Rhiannon Argo

Boi*hood

zaglossus

Rhiannon Argo

Boi*hood

Roman

Aus dem amerikanischen Englisch von
Nicole Alecu de Flers und Katja Langmaier

zaglossus

Wir bedanken uns für die Förderungen durch die Fakultätsvertretung für Geistes- und Kulturwissenschaften an der Universität Wien, die Studienrichtungsvertretung/Institutsgruppe Geschichte an der Universität Wien und die Studienvertretung Politikwissenschaft an der Universität Wien. Gefördertes Sonderprojekt der HochschülerInnenschaft an der Universität Wien.

Bibliografische Information der Deutschen Nationalbibliothek
Die Deutsche Nationalbibliothek verzeichnet diese Publikation in der Deutschen Nationalbibliografie; detaillierte bibliografische Daten sind im Internet über http://dnb.dnb.de abrufbar.

Die US-amerikanische Originalausgabe erschien unter dem Titel „The Creamsickle"
bei Spinsters Ink, P. O. Box 242, Midway, Florida 32343, USA

1. Auflage 2012

Umschlagfoto: © Amos Mac
Druck: Prime Rate Kft., Budapest
Printed in Hungary
ISBN 978-3-9502922-8-2

Zaglossus e. U.
Vereinsgasse 33/12, A-1020 Wien
E-Mail: info@zaglossus.eu
www.zaglossus.eu

Für Yes Alexander

Kapitel 1

Wie sie wirklich heißt, will ich nicht verraten, denn ihr Name würde nur einen bitteren Geschmack auf meiner Zunge hinterlassen. Ich bin so wütend darüber, dass ich mich in sie verliebt habe. Hurricane – so werde ich sie einfach nennen. Meine Mitbewohner_innen hassen mich zurzeit, weil ich Hurricane als neue Mitbewohnerin empfohlen habe, nachdem ich sie in einem Coffeeshop kennengelernt und mich ihn sie verknallt hatte. Aber als unsere Affäre ihren Lauf genommen hat, einen Monat nachdem sie am Anfang des Sommers eingezogen war, war sie noch nicht so verkorkst, das schwöre ich. Ich gebe ja zu, dass das Drama in unserer WG zum Teil auch meine Schuld ist. Es ist allseits bekannt, dass die oberste Regel für ein glückliches Zusammenleben lautet: *Geh nie mit Mitbewohner_innen ins Bett.* Neulich, als ich mich zur Tür hinausschleichen wollte, um mich mit meiner Skate-Crew zu treffen, haben mich unsere anderen Mitbewohner_innen mit einer Litanei von Beschwerden abgefangen.

„Niemand hier kann sie leiden", meinte Jeremiah. Er hatte recht. Als wir einmal abends nach Hause kamen, steckte die Frau, die in dem Haus vor unserem lebte, ihren Kopf zur Haustür heraus, um uns zur Rede zu stellen. „Dienstagnacht war es viel zu laut", sagte sie und sah Hurricane wütend an, doch die ging einfach weiter den schmalen Pfad zu unserer Haustür entlang und tat so, als hätte sie sie nicht gehört. Bei dem Lärm, so wurde ich von der Nachbarin informiert, hatte es sich nicht um Musik gehandelt, sondern um „andere Dinge". „Andere Dinge" sagte sie mit leiser, gedämpfter Stimme. Ich wurde rot, als ich kapierte, was sie meinte – dass Hurricane als Letzte eingezogen war und all die lauten Sexgeräusche somit von ihr stammen mussten. Aber die Schuld dafür traf teilweise auch mich. Wir hatten laut Sex gehabt, und das bei weit geöffneten Fenstern, um die hochsommerliche Nacht hereinzulassen.

„Ständig sind ihre Drogenkumpel hier und schauen Filme an, wir werden noch ausgeraubt", fügte Jeremiah noch hinzu.

„Ich glaube, sie geht anschaffen. Und dabei soll sie gefälligst unsere Wohnung aus dem Spiel lassen!" Lenora spitzte ihre dünnen Lippen. „Wir haben beschlossen, sie rauszuwerfen und die Schlösser auszutauschen. Am Freitag findet ein WG-Treffen statt, um diesen ganzen Mist zu klären. Du solltest dich dann besser auch blicken lassen."

Meine Freund_innen können Hurricane ebenfalls nicht ausstehen. Tagelang habe ich verheimlichen müssen, dass ich mit ihr ins Bett gehe, aber Cruzer hat es bald spitzbekommen. Sie kennt mich, seit ich fünfzehn war, deswegen kann ich vor ihr so gut wie nichts geheim halten. Dass es diesmal überhaupt so lange gedauert hat, lag daran, dass sie sich in Dixie, eine unserer Freund_innen, verknallt hatte und in letzter Zeit über nichts anderes mehr sprechen konnte. Ich musste mir nicht einmal die Mühe machen, mir Lügen auszudenken, so sehr war Cruzer abgelenkt. Aber dann fing ich mit dem Oxycontin an. Von da an sind mir Dinge einfach rausgerutscht und ich konnte keine Geheimnisse mehr für mich behalten. Als Cruzer mich eines Tages in die Enge trieb, um mich zur Rede zu stellen, sprudelten die Details meiner heißen und wilden Affäre nur so aus meinem allzu entspannten Mund.

„Was zum Teufel!", rief Cruzer. Wir standen auf der Straße und die Leute sahen zu uns herüber, als ob wir gleich in einen Streit geraten würden und ich ihnen leidtun würde, weil Cruzer so viel größer und tougher aussah.

„Was? Du und Soda schluckt auch höllisch viele Pillen", protestierte ich. Ihre Doppelmoral war nicht fair, nur weil die Pillen, die sie schluckte, eine andere Farbe hatten.

„Das ist etwas *vollkommen* anderes. Wenn du diese Art Pillen schluckst, bist du quasi ein Junkie, *und*, was noch schlimmer ist, du gehst mit einer Junkie-Frau ins Bett!"

„Das stimmt nicht. Es ist nur Oxy und sie ist kein Junkie mehr."

„Es interessiert mich verdammt nochmal nicht, was sie ist! *Sie* wird dein Leben ruinieren!"

Nach diesem Showdown auf dem Gehsteig haben Cruzer und unser neuester Skate-Kumpel Soda angefangen, abwechselnd nach mir zu sehen. Für gewöhnlich sagen sie *Ich war gerade in der Gegend* oder etwas dergleichen, wenn sie an der nervig lauten und unmöglich zu ignorierenden Türklingel läuten, aber in Wahrheit wollen sie sichergehen, dass ich nicht auf Drogen und überdies mit Hurricane im Bett bin. Die meiste Zeit ist das auch nicht der Fall, aber ich schaffe es dennoch nicht, etwas anderes zu tun, als Hurricane dabei zuzusehen, wie sie in all ihrer herrlich zerstörerischen Schönheit in der Wohnung herumlungert. Das spielt aber keine Rolle, denn wann immer Cruzer und Soda bei mir zu Hause vorbeischauen, sind sie ultraparanoid wegen *allem*, egal, was ich gerade mache. *Was zur Hölle soll das, dass du dich den ganzen Tag in dieser Höhle versteckst und ausgeflippte Filme anschaust, während draußen die Sonne scheint?* Leute bezeichnen meine Wohnung gern als Höhle, weil sie sich quasi unter der Erde befindet. Allein um zur Wohnungstür zu kommen, muss man über einen betonierten Weg und ein paar Stufen gehen, die in feuchtes Keller-Dunkel hinunterführen. Während dieser Besuche schiebt mir Cruzer sogar manchmal meine Skateboard-Schuhe auf die Füße, schnappt mein Board und zieht mich nach draußen, während sie Hurricane die ganze Zeit wütende Blicke zuwirft, die für gewöhnlich auf der Couch zusammengesackt und zu weggetreten ist, als dass es sie kümmert.

Cruzer und ich skaten dann immer von der Höhle weg, wobei meine Fledermaus-Augen im grellen Tageslicht schmerzen und all der Lärm der Welt da draußen wie ein Feuerwerk auf meine Ohren einstürzt. Skaten macht unglaublich viel Spaß, wenn man Pillen geschluckt hat. Näher werde ich dem Fliegen nie kommen. Ich habe auf andere Arten versucht zu fliegen, aber das hat immer zu gebrochenen, zerschrammten oder verstauchten Gliedmaßen geführt. Angefangen habe ich mit den Flugversuchen, als ich noch sehr klein war. Eine Narbe zwischen meinen Augen rührt daher, dass ich ein paar Stufen hinunterstürzte, als ich drei war. Mit sieben brach ich mir zum ersten Mal den Arm, als Cameron Jones all den anderen Kindern, die an einer Baustelle Wettrennen veranstalteten, erzählte, dass ich mit meinem Rad nicht den höchsten der Schuttberge hinabfahren könne. Mit zwölf fiel ich von einem Dach und kam mit einem blauen Auge nach Hause, das mir ein Ast auf dem Weg nach unten verpasst hatte. Mit fünfzehn tanzte ich dann mit meinem ersten Skateboard zu Hause an. Meine Mutter schrie mich deswegen eine Woche lang an. Sie sagte, ich müsse es dem Jungen, von dem ich es bekommen hatte, zurückgeben. Sie drohte, es als

Brennholz zu verwenden, und behauptete, ich würde sie um Haus und Hof bringen, wenn sie eine weitere Krankenhausrechnung von mir würde bezahlen müssen. Ich versteckte das Skateboard hinten im Garten in den Büschen unterhalb meines Schlafzimmerfensters. Wenn mir etwas passierte, etwa dass ich mit dem Fuß umknickte oder mir das halbe Schienbein aufschürfte, verkroch ich mich für gewöhnlich in meinem Zimmer. Das war ungefähr zu jener Zeit, als sie die Abendschule abschloss und einen Job fand, für den sie durch das ganze Land reisen musste, also bekam sie ohnehin nicht mehr mit, was ich machte.

Das Verkorkste daran, dass meine Bois nach mir sehen, ist, dass es mir noch mehr das Gefühl gibt, etwas Verbotenes zu tun. Es ist allseits bekannt, dass Tabu-Sex viel heißer als ein durchschnittliches Abenteuer ist – vielleicht erklärt das auch, warum Lesben immer mit den Ex-Freundinnen ihrer Freundinnen schlafen? Liegt es wirklich daran, dass die Queer-Community letztlich so eine kleine Welt ist? Nee. Der Grund ist, dass heimlicher Sex heiß ist. Zum Beispiel wenn ich in fieberhafter Eile mit Hurricane Sex habe und dabei ständig daran denke, dass die gottverdammte Türglocke jede Sekunde läuten kann oder kleine Steine an meine Fensterscheibe fliegen können oder meine Freund_innen in mein Zimmer platzen und ausflippen oder meine Mitbewohner_innen früher von der Arbeit heimkommen und mir vorwerfen, dass sich unsere schrecklich unbeliebte Mitbewohnerin wegen mir noch wohler in unserer Wohnung fühlt, oder die Nachbar_innen die Polizei rufen, aufgrund der Tatsache, dass Hurricane wie eine schrille Zugpfeife klingt, wenn sie kommt.

Natürlich haben all diese Sorgen auch den Effekt, mich während der Zeit, in der ich nicht buchstäblich Sex mit Hurricane habe, zu stressen. Gut, dass ihre Hosentaschen voll bunter Pillen sind, die alles für ungefähr vier Stunden okay machen.

Ich bin mir ziemlich sicher, dass mein vierstündiges Glücks-High genau in dieser Sekunde nachgelassen hat, weil ich anfange, zu viel nachzudenken. Heute ist einer dieser Abende mit Watermelon Rain. Mit der Art kühlem Sprühregen, der das Haar mit Tröpfchen wie mit Spinnweben überzieht. Ich liege auf meinem Bett und sehe zu, wie die Fenster meines Zimmers beschlagen, und denke krampfhaft darüber nach, dass ich mir einen neuen Platz zum Wohnen suchen sollte, am liebsten jetzt in dieser Sekunde, um diesem Schlamassel zu entkommen. Hurricane liegt neben mir, ganz benommen vom Sex, starrt an die Decke und zündet sich alle zehn Minuten eine neue Zigarette an. Ich kann nicht glauben, dass ich sie immer noch in meinem Bett rauchen lasse. Ich kann nicht glauben, dass ich sie meinen anderen Mitbewohner_innen als Mitbewohnerin empfohlen habe, obwohl sie in Wirklichkeit ein totales Desaster ist. Ich kann nicht glauben, dass ich sie gerade drei Mal zum Orgasmus gebracht habe, mit diesen neuen Tricks, von denen Cruzer mir letzte Woche erzählt hat, während wir in den Bridge Blocks in Downtown geskatet sind.

Mein Handy klingelt und Hurricane zittert neben mir, als ob der Lärm sie gerade aus einem schlechten Traum gerissen hätte. Cruzer ist dran. Ich lege meinen Finger an meine Lippen und werfe Hurricane einen Blick zu, woraufhin sie die Augen verdreht. Sie hasst Cruzer. „Ich komme in fünfzehn Minuten bei dir vorbei und hole dich ab. Ich schmeiße eine Enchilada-Party für Dixie", sagt Cruzer. Die Enchilada-Party ist Teil von Cruzers Programm, um unserer Freundin Dixie zu beweisen, dass sie für Cruzer jemand Besonderes ist, so dass sie Cruzer ranlässt. Dixie verdreht immer nur ihre großen braunen Rehaugen und lacht, wenn Cruzer vor ihr auf die Knie geht und ihr Geschenke wie ihren Lieblingslikör Alizé oder Vicodin-Pillen bringt. Sie ist schlau und macht es Cruzer nicht so einfach. Sie sind schon lange genug befreundet, dass sie aus erster Hand weiß, was für ein Arsch Cruzer bei Mädels sein kann, mit denen sie schläft. Außerdem ist Cruzers alles verzehrende Verliebtheit so aus dem Blauen gekommen, dass ihr niemand glaubt. „Ist das alles wirklich ihr Ernst?", fragte Dixie mich verwirrt, als Cruzer ihr zum ersten Mal ihre Liebe gestand, und ich musste es ihr bestätigen, weil Cruzer die ganze Woche lang nicht hatte aufhören können, darüber zu reden, dass sie Dixie ins Bett kriegen wollte, obwohl es mich total anekelte, wenn sie so über eine gemeinsame Freundin sprach. Sie hatte niemals zuvor auch nur ein Sterbenswort darüber verloren, dass sie Dixie heiß fand, bis sie plötzlich eines Morgens beim Frühstück in unserem Lieblings-Diner über nichts anderes mehr sprechen konnte. Sie sagte, sie habe sich wegen Dixies neuer

Haare verliebt, die sie als komplett blondiert und gleichmäßig auf eine Länge geschnitten wie Nicos Haare beschrieb. Ich traf Dixie ein paar Tage später und Cruzer hatte recht, sie hatte eine ernsthafte Wandlung durchgemacht. Sie hatte sich ihre langen straßenköterblonden Haare abschneiden lassen und sah nicht mehr wie das süße Mädel mit dem Südstaaten-Akzent aus, das Pferde auf die Unterseite meines Skateboards gekritzelt hatte, als sie einmal im Park meinen Edding aus meinem Rucksack geklaut hatte.

Cruzers Anruf ist die perfekte Rechtfertigung, um aus dem Bett zu springen und von Hurricane wegzukommen, die superheiß aussieht, wie sie so nackt neben mir liegt. Allein schon der Geruch ihrer Haut ist Gift für mich. Ich ziehe meine Jeans an. „Das war wirklich das letzte Mal", sage ich, wie jedes Mal, wenn wir *unbeabsichtigt* Sex haben. „Ich kann es kaum erwarten, dass dein Freund uns erwischt und mich fertigmacht."

„Er ist nicht mein Freund."

„Oh, ich vergaß. Ich meine, dein Drogendealer."

Hurricane ruft sich ein Taxi, um sich zu irgendeiner Punk-Show bringen zu lassen, wo höchstwahrscheinlich ihr „Freund" ist. Warum muss ich auf sie stehen? Warum bin ich süchtig nach dieser fieberhaften „das ist wirklich das letzte Mal"-Art von Sex? Nach explosionsartigem, verrücktem Sex, der dich den Planeten verlassen lässt? Hurricane schält ihren nackten Körper aus meiner Decke und steht vom Bett auf. „Warum ist es so kalt? Scheiß-Sommer in San Francisco", jammert sie. Als ich meine Schuhe schnüre und mein Blick auf ihre steifen Nippel fällt, kommt mir der Gedanke, dass ich noch einmal Sex mit ihr haben möchte. Ich versuche sogar, mir auszurechnen, wie lange Cruzer braucht, um zu mir zu skaten.

Hurricane blickt prüfend in meinen Spiegel, um ihre vom Sex zerzauste Frisur zu richten. Sie toupiert ihr mohnrotes Haar mit einem Kamm, um es voller zu machen, und gibt etwas Haarspray darauf, als ob sie vorgeben will, dass das Durcheinander beabsichtigt ist. „Glaubst du, ich könnte eines von diesen sexy Mädels sein, die in Bars Zigaretten und Süßigkeiten verkaufen?" Sie fragt, weil unser Boss im Coffeeshop, in dem ich ihr einen Job verschafft habe, als sie gerade in die Stadt und unsere WG gezogen war, drauf und dran ist, sie zu feuern, weil es schwierig ist, gleichzeitig eine gute Angestellte und drogensüchtig zu sein.

„Sicher. Warum nicht?“ Es nervt mich, dass Hurricane kurz davor steht, bereits den zweiten Job zu verlieren, für den ich sie empfohlen habe. Ich betrachte mich neben ihr im Spiegel. Ich muss mir die Haare schneiden lassen. Sie locken sich schon komplett wild unter meiner Railroad Cap. Ich hasse es, wenn meine Haare zu lang werden, weil ich dann immer mädchenhafter aussehe. Bei mir geht das ganz schnell – einige Bois wie Cruzer oder Soda können es sich leisten, ihr Haar zottelig werden zu lassen, und sehen dann immer noch wie Jungs aus, aber für mich ist es ein schmaler Grat. Meine Lippen hasse ich auch besonders, vor allem weil sie am Morgen nach versoffenen Nächten immer grellrot sind, so dass es aussieht, als ob ich Lippenstift tragen würde. Alle meine Freundinnen sind neidisch auf meine Lippen, aber ich hasse sie, ebenso wie meine rosigen Wangen, die mein Gesicht weicher machen, wo es doch eigentlich mein Ziel ist, wie ein tougher Junge auszusehen.

„Du bist eine Wanderin zwischen den Welten“, hat Soda neulich Abend gesagt, als eine Gruppe von Leuten im Dolores Park Flaschendrehen gespielt hat und Soda die Flasche gedreht hatte, woraufhin diese rumpelnd zum Halt gekommen war und ihr Hals direkt auf meinen Schuh gezeigt hat. Typischerweise setzt Soda bei einem Boi aus und wartet darauf, dass die Flasche bei einer Femme landet, aber in meinem Fall hat sie nur mit den Schultern gezuckt und ihre Kappe zur Seite gedreht, damit unsere Kappen beim Knutschen nicht von unseren Köpfen fliegen würden. Insgeheim liebe ich es, mit Soda zu knutschen, aber das würde ich niemals zugeben.

Ich gebe ein Styling-Produkt in mein zotteliges Haar, weil ich meine Mütze in der Unordnung in meinem Zimmer nicht finden kann. Normalerweise halte ich mein Zimmer sauber, aber im letzten Monat ist der Sex mit meiner Mitbewohnerin meinen häuslichen Pflichten äußerst abträglich gewesen. „Das war wirklich das letzte Mal“, brumme ich Hurricanes Spiegelbild zu. Sie ist so blass, dass sie wie eine Porzellanpuppe aussieht, deren Augen wild glühen, wie elektrische orangefarbene Murmeln, in denen sich das Licht fängt. Meine Schwäche: Punkrock-Mädels mit gnadenlosen Augen.

„Warum bist du so dramatisch, Georgie?“, schnaubt sie. Sie versucht, sich all ihre großen Ohrreifen wieder anzuhängen. Sie trägt große schwarze Ohrringe, von denen die Farbe an den Rändern absplittert, kreisförmige Ohrringe, die wie Miniaturausgaben von verbogenen Schallplatten aussehen und die sie mit sogar noch größeren silbernen Reifen kombiniert.

„Weil ich dabei bin, mich in dich zu verlieben, und du nicht aufhörst, irrsinnige Mengen von Drogen zu nehmen oder mit diesem Kerl rumzumachen."

„Ich kann nicht mit einer Person zusammen sein, die ich liebe."

Das Wort Liebe aus ihrem Mund löst eine Sekunde lang ein schwindliges Gefühl bei mir aus.

„Nee. Du kannst dich nicht von deiner Affäre trennen." Ich knalle mein Skateboard ein paarmal auf den Parkettboden, heftiger als nötig, um die Wassertropfen von den Rollen zu schütteln, die noch von meiner Fahrt zum Laden stammen, als ich Hurricane vorhin die Süßigkeiten geholt habe, die sie wollte. Mensch. Ich bin so nett zu ihr. Hurricane macht einen Schmollmund. Sie sieht enttäuscht aus, als würde sie wirklich glauben, dass wir nie wieder Sex haben werden.

„Das war wirklich das letzte Mal", sage ich nochmals, als ob ich es mir selbst und nicht ihr beteuern müsste. Als sie ihren Mund aufmacht, um vielleicht zuzustimmen oder zu protestieren, bleibt ihre Lippe ein wenig an ihrem Zahn hängen. Ich verspüre ein heftiges Verlangen, mit meiner Hand viel zu zärtlich über ihre hübschen Lippen zu streichen, aber da ertönt draußen ein dreifaches Hupen und sie springt auf. Ihr Taxi ist da.

Als Cruzer in mein Zimmer kommt, um ihr Skateboard bei mir zu bunkern, sind alle Spuren von Hurricane beseitigt. Ich habe sogar die Fenster geöffnet, damit all der Rauch nach draußen zieht, obwohl der Nieselregen allmählich hereinkommt.

„Was geht, Bro?" Cruzer schlägt leicht mit ihrer Hand, die sie zu einem spiegelverkehrten C gewölbt hat, gegen meine ausgestreckte Hand, so dass unsere Hufeisen-Ringe aneinanderklacken. Als wir zu Beginn des Sommers mit Soda unsere Skate-Crew gestartet haben, haben wir uns in einem Klunkergeschäft in der Market Street alle die gleichen Ringe gekauft, wobei das C für die Crew stehen soll. Wenn Crew-Mitglieder sich treffen, wölben wir immer unsere Hände zu spiegelverkehrten Cs und tippen unsere Ringe aneinander.

Cruzers riesige, chaotische dunkle Lockenmähne, die üblicherweise in die Höhe steht, ist nass und hängt schlaff zur Seite. Cruzers Haarpracht gehört zu den eindrucksvollsten in der Gegend, sie macht sogar den Rockerinnen mit den rasiermesserscharfen Irokesenfrisuren, die vor *Mission Records* rumhängen, Konkurrenz. Eines von Cruzers vielen Talenten besteht darin, Sachen in ihren Haaren zu verstecken. Neulich hat sie auf einen Sprung bei mir vorbeigeschaut und einen Berg von Locken auseinandergeschoben, um einen weißen Vogel mit Drahtkrallen, die um ein paar dicke Locken gewunden waren, zum Vorschein zu bringen. *Darf ich dich mit Twilly bekannt machen? Sadie hat sie für mich auf dem Flohmarkt gefunden.* Als wir Teens waren, war ich oft Zeugin, wie sie ihr Haar benutzte, um in Läden zu klauen und Sachen an ihrer Großmutter vorbeizuschmuggeln. Ihre Großmutter saß immer da und sah fern, wenn Cruzer vorbeiging und eine komplette Packung Pall Malls von ihrem Opa in ihrem Haar versteckt hatte und mich, die ich mit meinem Skateboard unter dem Arm auf der Stufe vor der Haustür wartete, anlächelte, während ihre Großmutter ihr nachrief: *Maricruz, halt dich gefälligst von diesem Skatepark fern! Deine Mama hat es verboten!*

Cruzer wischt mit der Hand das Wasser von der Unterseite ihres Skateboard-Decks. „Wir müssen bei der Praxis am Eck vorbeischauen. Ich hab dem Doc vor ungefähr einer halben Stunde gesagt, dass ich vorbeikomme, aber dann hat der Nebel mich voll erwischt."

Weil ein nasses Board Scheiße ist, lassen wir unsere Skateboards zu Hause und gehen schnell die Capp Street entlang. Cruzer ruft den Doc an. „Ich bin auf dem Weg zu deiner Praxis." Der Standort der „Arztpraxis" variiert, ist aber üblicherweise an der Ecke der 16th Street und der Mission Street, auf dem Gehsteig zwischen der Front einer Obststand-Markise und einem kleinen Supermarkt. Manchmal wenn wir hingehen oder mit dem Auto hinfahren und wirklich nur kurz in der Busspur parken (das nennt Cruzer Drive-through-Doc), sitzt der Doc dort und wartet, aber meistens kommt er ziemlich flink in seinem Elektrorollstuhl um die Ecke gebogen. Als wir heute zur Ecke kommen, ist er schon da, parkt auf dem markisenüberdachten Plätzchen, hat einen Plastik-Regenumhang an, aus dem seine Arme an den Seiten ragen, und starrt mit auf dem Schoß gefalteten Händen in die Luft. Er sieht wie ein unschuldiger alter Mann aus, der in seinem Rollstuhl sitzt und in den Regen sieht. In Wirklichkeit ist der Rollstuhl aber nur eine schlaue Tarnung für seine Pillengeschäfte.

Der Doc beliefert die Hälfte der hippen Leute des Viertels mit Pillen, aber um mit ihm ins Geschäft zu kommen, muss man von einer Person vorgestellt werden, die bereits zur guten Kundschaft zählt. Natürlich war die Person, die meinen Freund_innen das Tor zur Welt der Straßen-Pharmazeutika und billigen Highs öffnete, Hurricane. Sie verwies sie vor Monaten an ihn, als es sie zu nerven begann, dass sie sie ständig anriefen, um Zeug zu bekommen. „Ich gebe euch den Namen von meinem Doktor, damit ihr Schwachköpfe mich endlich in Ruhe lasst." Soda hatte gelacht, weil sie das für einen Witz hielt. *Häh. Dein Doktor?* Hurricane brachte ihnen auch bei, wie der Doc gern behandelt wurde, damit sie den besten Tarif bekamen. So beugte Cruzer sich zum Beispiel immer, wenn sie ihn traf, hinunter und küsste ihn auf beide Wangen, weil das die Begrüßung war, die er mochte. Hurricane wusste über eine Menge Sachen Bescheid, die in der Gegend um die Ecke der 16th Street und der Mission Street abliefen. Einmal erklärte sie mir, dass so ein Kerl, der an seinem Truck lehnte, in seine Hand hustete und dann einem dürren Typen vor sich die Hand schüttelte, in Wirklichkeit in einer Plastikkapsel eingepacktes Heroin von seiner Backe in die Hand seines Kunden befördert hatte. „Sie sind wie Eichhörnchen", hatte sie gesagt, „aber mit Backen voller Teer-Heroin statt Nüssen."

Der Rollstuhl lässt den Doc liebenswürdig aussehen, aber sein wahres Gesicht zeigt sich, wenn Leute vorbeigehen und ihn anmachen. Wenn zum Beispiel ein Typ auf ihn zugeht und ihn nach Kleingeld fragt und der Doc brüllt: „Verpiss dich! Mach, dass du wegkommst. Siehst du nicht, dass ich zu tun habe?" Einmal gab eine Frau seinem Rollstuhl mit ihrem Fuß einen Stoß, während wir mit ihm sprachen, und sagte ganz kokett: *Hast du dafür eine Genehmigung?* Und der Doc starrte sie so drohend an, dass die Frau wegschlurfte und beim Weggehen Beschimpfungen knurrte: *Eh, was ist los, Doc? Komm gefälligst von deinem hohen Ross runter. Blöder Arsch.* Manchmal wird der Doc wirklich sauer und flippt aus. Wie damals, als wir herausfanden, dass er den Rollstuhl nicht wirklich brauchte, weil er aufstand und einen Kerl die Straße runter verfolgte. Und er lief nicht mal so schlecht, für einen alten Mann, hinkte nicht mal oder so.

„Hey, wir brauchen heute Abend extraviele Pillen, weil wir sexy Mädels zu einer Enchilada-Party eingeladen haben", erzählt Cruzer dem Doc.

„Mist", seufzt er, „ich wünschte, ich wäre dein Typ."

Cruzer sackt ein, was er ihr gibt, und wir verdrücken uns in den Eckladen ein paar Meter weiter, damit sie sich ein paar mexikanische Gebäckstücke kaufen kann, die sie sich in den Mund stopft, während wir zu ihrer Wohnung gehen. Sie will ihre Pillen nicht auf leeren Magen schlucken, aber sie will sie verschwinden lassen, bevor Soda sie dazu bringt, den Rest aus Schuldgefühl mit ihr zu teilen. Seitdem meine Freund_innen ganz versessen auf Pillen sind, sind sie alle echt heimlichtuerisch geworden.

Nun, da wir nicht mehr in Eile sind, um den Doc zu erwischen, bleibt Cruzer auf dem Rest des Weges zu sich nach Hause alle paar Minuten stehen, um ein wenig romantische Straßen-Propaganda zu betreiben. Vor einem Straßenschild zieht sie eine Rolle Klebeband aus der Tasche ihres Kapuzenpullis. „Reiß ein Stück ab", beauftragt sie mich und gibt mir die dicke Rolle. Sie ist auf meine Hilfe angewiesen, weil sie an einer Hand einen Gips hat, nachdem sie letzte Woche den Dolores Hill runtergebrettert und von ihrem Skateboard gefallen ist. Sie versuchte, mir die Schuld an dem Unfall zu geben, weil sie, unmittelbar bevor sie zur Spitze des Hügels skatete, bei mir zu Hause vorbeigeschaut hatte, um nach mir zu sehen, ich aber nicht die Tür geöffnet hatte. Cruzer behauptete, sie hätte sich so viele Sorgen gemacht, dass sie ganz wacklig auf ihrem Skateboard gestanden hätte und schließlich runtergeflogen war. Auf die fünf mal fünf Zentimeter großen Stücke Klebeband, die ich für sie abreiße, schreibt sie mit einem neonblauen Stift, der sich leuchtend vom glänzend schwarzen Klebeband abhebt, *I love Dixie*. Sie hat Klebebänder in mehreren unterschiedlichen Farben in ihrer Tasche sowie allerlei Farbstifte, so dass sie das Design variieren kann, während sie an Ort und Stelle die *I love Dixie*-Aufkleber herstellt, die sie neuerdings auf Bartische, Klowände, Straßenschilder, Bussitze oder die Ärmel von Leuten im Mission-Viertel klebt.

„Es geht nichts über Klebeband", pflegt Cruzer zu sagen. Seit ich sie kenne, hat sie immer eines in ihrem Rucksack oder in ihrer Hosentasche zur Hand. Einmal, als wir ungefähr sechzehn waren, kam mein Board unter ein Auto, war aber nicht vollkommen kaputt, also klebte sie es superfest zusammen und ich konnte zumindest damit nach Hause skaten, bevor ich es wegwarf. Und einmal, als wir gerade in die Stadt gezogen waren und nach Jobs suchten, setzte sich so ein dicker Typ auf meine extragroßen Kopfhörer und zermalmte sie unter sich und Cruzer reparierte sie für mich. Und einmal, als Cruzer kein Klebeband dabeihatte und wir gerade irgendeine Straße im Castro entlanggingen, ließ sie ihr Handy fallen, so dass der Akku rausbrach. Sie musste ihr Handy unbedingt wieder zum Laufen bringen, weil sie für einen Job erreichbar sein musste, bei dem sie knapp davor war, gefeuert zu werden. „Scheiße, wir brauchen dringend Klebeband", sagte sie. Wir gingen in die nächstgelegene Bar, wo sie ihr Handy erfolgreich zusammenklebte. Dann sahen wir uns um und merkten, dass wir in einer Bear-Bar mit einer fantastischen Siebzigerjahre-Atmosphäre waren. Wir blieben schließlich stundenlang, abgelenkt von Bears und Zwei-für-eins-Specials, bis auf Cruzers ghettomäßig zurechtgebasteltem Handy die Nummer ihres Jobs aufleuchtete. Mittlerweile war sie betrunken, aber sie war in betrunkenem Zustand ohnehin besser in dem Job, also war das okay. Sie kletterte auf die Bar und rief unseren neuen Bear-Freunden und mir zu: „Seht ihr, wie Klebeband mich gerade davor bewahrt hat, dass ich mir nur noch Ramen-Nudeln leisten kann?" Das war der Abend, an dem sie ihr Klebeband-Manifest verkündete, und all die Leute waren so betrunken, dass sie ihr zujubelten. Es war ihnen egal, wovon sie redete, sie waren einfach sehr leicht zu begeistern. Sie feierten irgendein neues schwules Buch oder einen neuen schwulen Kinofilm oder Laden oder eine Website oder einen Politiker oder ein Computerspiel oder eine Modelinie.

Nun ist Klebeband auch Hauptbestandteil in Cruzers Masterplan, mit dem sie Dixie, die sich immer noch zurückhaltend gibt, verführen will. Der neueste Verführungsversuch ist die Enchilada-Party. Cruzer will Dixies Lieblingsgericht, Enchiladas, kochen und dabei das Rezept ihrer Großmutter Lola für *original* mexikanische Enchiladas verwenden, die laut Cruzer alle Enchiladas toppen werden, die Dixie jemals gegessen hat.

„Jede Wette, dass Dixie mir heute Abend nicht widerstehen kann", sagt Cruzer, als wir in die 20th Street abbiegen. „Schon auf dem Weg zu mir wird sie sehen, dass ich sie so sehr anbete, dass ich als Zeichen meiner Liebe die gesamte Gegend in ein Wahnsinnskunstwerk verwandelt habe. Und wenn sie dann bei mir ankommt, habe ich ihre Lieblingspillen, Drinks, romantischen Watermelon Rain und Enchiladas nach Originalrezept für sie." Sie lässt ein breites stolzes Lächeln aufblitzen. *Zack*. Sie klatscht einen weiteren *I love Dixie*-Aufkleber auf den Sattel eines Fahrrads, das an einen Telefonmast gekettet ist, und wir gehen weiter.

Kapitel 2

Cruzer stemmt Hanteln, während im Hintergrund eine *Buffy*-Folge ohne Ton über den Fernsehschirm flimmert. „Weißt du, Mädels schauen sich unsere Arme an. Damit können wir punkten. So wie in der Hetero-Welt Typen ihre Weichteile als Kapital haben. Gute Armmuskeln sind unser Kapital", sagt sie, als ob sie einen Vortrag zu Butch-Ästhetik halten würde. Sie gibt die Hanteln an Tiny weiter, die so ein Fliegengewicht ist, dass es aussieht, als ob sie kaum beide Hanteln in den Händen halten könnte. Tiny ist jüdischer Abstammung und hat große braune Augen, die sie seit Neuestem hinter einer Nerd-Brille mit schwarzer, eckiger Brillenfassung versteckt. Zuerst haben Cruzer und ich gedacht, dass sie die Brille trägt, damit sie auf Mädels intelligent und Indie-mäßig wirkt, aber offenbar ist sie schon immer halb-blind gewesen, hatte sich aber bis dato keine Brille leisten können. Das erklärt auch, warum sie so schrecklich schlecht skatet, was der Grund dafür ist, dass Cruzer sie nicht *offiziell* als Mitglied unserer Skate-Crew aufgenommen hat.

„Schau mal." Cruzer spannt ihre Oberarmmuskeln vor mir an. Es sieht wirklich so aus, als ob sie deutlicher zutage treten würden, aber ich weiß, dass es ihr genauso geht wie mir und sie immer vergisst, die Gewichte zu stemmen. Sie liegen für gewöhnlich unter ihrer Wohnzimmer-Couch und immer, wenn ein Müllwagen oder Bus vorbeifährt und das Haus erschüttert wird, rollen sie wie von Zauberhand in die Mitte des Zimmers. Das liegt daran, dass das Creamsickle in sich zusammensackt. Es klingt verrückt, dass das dritte Stockwerk eines Hauses in der Mitte absinkt, aber wir haben das einmal getestet, indem wir Skateboards in verschiedenen Ecken des Wohnzimmers abgestellt haben. Wir konnten zusehen, wie sie auf einen imaginären Punkt in der Mitte des Wohnzimmers zugerollt sind. Außerdem scheint es, dass sich bei Partys immer alle letztendlich auf einem Haufen in der Mitte des Zimmers zusammenfinden, auch wenn es jede Menge anderer Plätze gibt, wo man sich aufhalten kann. Doch alle geben sich dem Alkohol hin und daraufhin der Schwerkraft nach.

Alle nennen das Haus, in dem Cruzer und Soda wohnen, das Creamsickle, weil es aussieht wie ein Vanilleeis am Stiel, das mit Orangenglasur überzogen und bereits ein paarmal in den Dreck gefallen ist – es hat einen fleckigen orangefarbenen Anstrich und eine weiße Zierleiste, die mit Taubendreck übersät ist. Cruzer besteht darauf, dass das Haus vor allem das „Cream" in der Bezeichnung „Creamsickle" verdient, wegen seines bereits seit Langem bestehenden Rufs als queere Junggesell_innen-Bude. Das Haus ist herumgereicht und weitergegeben worden wie ein guter schmutziger Witz. Zwanzig Jahre lang sind Revolutionär_innen durch die Stockwerke getrampelt, eine Reihe von Hippie-Schwulen und -Tunten hat dort in den späten Achtzigerjahren gelebt und während der gesamten Neunzigerjahre war es von Grunge-Lesben überlaufen. In der Küche gibt es eine Wand, die mit Dingen vollgekritzelt ist, die an all das erinnern, Nachrichten und nicht mehr gültige Telefonnummern von herumreisenden Bands, Notizen, Liebesbriefe und schwülstige Gedichte von Herumtreiber_innen, Partyleuten und all den Künstler_innen, die hier gewohnt hatten. Es sind so viele Leute durch das Haus gezogen, dass all die Fingerabdrücke auf den Wänden einen matten Grauschimmer auf der Wandfarbe hinterlassen haben.

„Ich muss nach den Enchiladas sehen. Hilf du Tiny. Sie muss bis zum Jell-O-Wrestling-Wettkampf nächsten Monat durchtrainiert sein", sagt Cruzer. Tiny albert ein bisschen mit den Hanteln herum, macht Schattenboxen und kickt mit den Beinen in alle Richtungen.

„Wer am meisten Klimmzüge schafft", fordere ich sie heraus. Ich fange an und mache zwei Klimmzüge, doch als ich schon fast zum dritten Mal mit dem Kinn über die Stange komme, tritt jemand von hinten an mich heran und kitzelt mich an den Flanken. Ich muss lachen, verliere den Halt und drehe mich um, wobei ich schon weiß, dass es Soda sein muss. Ich kitzle sie und umarme sie so ungestüm nach Wrestling-Manier, dass sie sich nicht mehr rühren kann und ihre schwarz-goldene Baseballkappe auf den Boden fliegt. Sie riecht nach Tomatensoße und Spülmaschine, weil sie den ganzen Tag in einem noblen italienischen Restaurant im Marina-Viertel gearbeitet hat.

„Soda, schau mal, ich werd ganz viele Muskeln kriegen und jede Menge Mädels." Tiny fängt an, ihre Gewichthebe-Fähigkeiten zu demonstrieren.

„Nicht lockerlassen, Kleine." Alle machen sich immer über Tiny lustig, weil sie nie bei Mädels landen kann.

Soda hebt ihre Kappe vom Boden auf. „Mensch, Leute, hab ich euch schon von der heißen Oberkellnerin in meiner Arbeit erzählt?"

„Ungefähr zehn Millionen Mal." Cruzer kommt ins Zimmer zurück.

„Tiny aber noch nicht." Soda blickt prüfend in die Spiegeltüren des marmorierten Schrankkastens und rückt ihre Kappe zurecht. „Gott, sie ist so gemein zu mir. Ich schwöre, sie will mich ins Bett kriegen." Sie geht in die Küche und kommt mit einer Dose Hamms-Bier zurück, die sie zischend öffnet. „Scheiße, die Leute dort lassen mich schuften wie ein Tier. Ich werde das ganze Wochenende Party machen. Die ganze Woche bin ich nicht aus gewesen. Wann kommen die Mädels?"

Nach den Enchiladas verabschiede ich mich von allen, weil ich an nichts anderes denken kann, als zu Hause mit Hurricane abzuhängen, aber als ich gehen will, versperrt Soda mir den Weg. „Wir machen jetzt eine Intervention. Dieses Mädel hat dir den ganzen Sommer ruiniert. Du bleibst hier, bis du darüber hinweg bist." Ich stürze mich auf Soda und werfe mich mit ihr auf den Boden. Fast schaffe ich es, sie so festzuhalten, dass sie sich nicht mehr rühren kann, weil sie so beschäftigt damit ist, Scheiß zu reden und zu versuchen, mir eine zu scheuern, obwohl ich kurz davor bin, ihre Nase auf den superschmutzigen Fußboden zu drücken, aber dann wird sie ernst und zahlt es mir heim, wirft mich auf den Rücken und hält mich schnell auf dem Boden fest.

„Eins, zwei", zählt Tiny und schlägt auf den Holzboden, auf den meine Arme gedrückt werden, „drei."

Soda springt auf, verschwitzt und triumphierend.

„Ganz schön heiß, wenn ihr zwei so ringt", sagt Dixies Freundin Amanda. Sie hat ein blaues Glitzertop an, eines von der Sorte, die sich an den Brüsten der jeweiligen Trägerin in Falten legen, und von meiner Position auf dem Boden bekomme ich ganz schön was zu sehen, als sie sich über den Couchtisch beugt.

Meine Niederlage lässt mich nochmals nachdenken. Ich schätze, es ist eine gute Idee, nicht heimzugehen, da Hurricane ohnehin total dicht sein wird, wie so oft in letzter Zeit, was superdeprimierend ist. „Okay, ich bleibe." Ich lache und alle jubeln.

Am nächsten Abend sitze ich in einem Hotelzimmer im Phoenix-Hotel und bin unglücklicherweise Zeugin, als Cruzer und Dixie endlich zum ersten Mal knutschen. Es löst in mir einen ziemlich starken Brechreiz aus und ich fühle mich allmählich wie eine echte Geisel, da meine Sinne so sehr gefoltert werden. Den ganzen Abend über habe ich Cruzer dabei zuhören müssen, wie sie Dixie zu bezirzen versucht hat, mit Sprüchen wie: *Komm schon, du sagst doch die ganze Zeit, dass Butches mit Fleisch auf den Rippen genau dein Typ sind. Dein Traum-Boi steht genau vor dir, total Butch und mit ordentlich was auf den Rippen! Verdammt!* Und wie Dixie entgegnet hat: *Aber wir sind befreundet. Igitt!* Und: *Aber du bist ein Arschloch*. Grrrr.

Ich bin beeindruckt, dass Cruzer sich so viel Mühe gibt, besonders wenn es darum geht, ein Mädchen anzugraben. Sie ist auch sehr eifrig bemüht, mich zu kidnappen. Als ich vorhin aus der Arbeit gekommen bin, haben sie und Soda draußen schon in ihrem Truck gewartet. Ich war die ganze Schicht über deprimiert wegen meiner Wohn-Situation, aber als ich sie sah, hellte sich meine Stimmung sofort auf. Sie brachten mich zum Lachen, als sie mir erzählten, dass sie den ganzen Nachmittag damit verbracht hatten, eine – wie sie es nannten – Hotel-Verführungs-Tasche für den Abend vorzubereiten. Offenbar war die Tasche voller Liebesfilme, Kerzen und derartigem Zeug. Soda hatte das Hotelzimmer gebucht, um das Ende des Sommers zu feiern und weil sie legal in einem Hotel-Swimmingpool schwimmen wollte, anstatt sich reinzuschleichen, wie wir es üblicherweise taten. Cruzer war ins Boot gekommen, weil sie dachte, dass ein Hotelzimmer in puncto Dixie-Verführung helfen würde.

Nachdem sie mich aufgesammelt haben, fahren sie zu Cala Foods und kaufen eine Ladung Hotel-Snacks, wie Chips und Dip, Pabst-Bier, Budweiser und Eis. „Und die Bitches bringen den Alizé mit“, sagt Cruzer.

„Du solltest die Mädels Babes nennen und nicht Bitches“, meint Soda zu ihr.

„Warum?“

„Weil Corey Haim und Corey Feldman ihre Frauen im Film *License to Drive* so genannt haben“, erklärt Soda. Die Frau, die unsere Einkäufe eintippt, schüttelt den Kopf und lacht über Sodas Logik.

„Ihr seid peinlich", sage ich.

Später im Hotel entdecken sie, dass die Hotel-Verführungs-Tasche nicht in den Kofferraum des Trucks verladen worden ist und geraten darüber in einen Streit. „Ich kann nicht glauben, dass du vergessen hast, sie mitzunehmen! Das war alles, was du zu tun hattest!", brüllt Cruzer.

„Kann ich Melanie anrufen?", unterbreche ich den Streit. Sie drehen sich beide zu mir. Cruzer grinst wie ein Honigkuchenpferd. So sehr freuen sich beide darüber, dass ich mit einem anderen Mädel als Hurricane abhängen möchte. Melanie ist eine hochgewachsene Femme, mit der ich immer mal wieder was gehabt habe, bis ich mich vor ein paar Monaten nicht mehr bei ihr gemeldet habe, als ich was mit Hurricane angefangen habe. Sie ist ziemlich pampig zu mir, als ich sie vom Hotel aus anrufe. Vermutlich hat sie durch die queere Mundpropaganda Geschichten gehört und weiß, warum wir schon seit Monaten nicht mehr zusammen abgehangen haben. Ich beschreibe ihr unsere Luxus-Unterkunft, die Party-Vorräte und den Pool. „Okay, ich komme", sagt sie, „aber nicht wegen dir. Ich habe Amanda und Dixie schon lange nicht mehr gesehen und will mit ihnen abhängen."

Es fängt wieder an zu nieseln, dennoch landen alle im Pool, weil er beheizt ist, und die Regentropfen bewirken einen dunstigen Nebel. Amanda zieht sogar ihr Top aus und schleudert es Soda an den Kopf, quasi als eine Flirt-Darbietung, von der auch alle anderen etwas haben, weil Amanda wie eine kurvenreiche Version von Parker Posey aussieht. Es wird allmählich ziemlich viel rumgemacht, aber als ich versuche, Melanie zu küssen, sagt sie: „Alle wissen, dass du deine Junkie-Mitbewohnerin vögelst." *Scheiße*. Aber was noch ätzender ist als die Tatsache, dass Hurricane meinen Ruf ruiniert, ist, dass ich insgeheim nicht sehr scharf darauf bin, mit Melanie rumzumachen, weil das Einzige, was ich sehe, wenn ich meine Augen schließe und mich im türkisfarbenen Schein des nebelverschleierten Pools treiben lasse, während der Regen auf mein Gesicht tropft, Hurricanes Abbild ist, wie sie, als wir das letzte Mal Sex hatten, wie Zuckerwatte um meine Fingerspitzen gewirbelt ist und wie ihre wilden orangen Augen meine durchbohrt haben, als ob sie mich aufschlitzen könnten, genau mittendurch.

Als ich am nächsten Tag mit meiner Arbeit im Coffeeshop fertig bin, sitzt Cruzer vor dem Laden auf ihrem Skateboard auf dem Gehsteig. „Mensch, spielst du immer noch dieses Kidnapping-Spiel? Besorg dir 'nen Job!", ächze ich. Cruzer grinst bis über beide Ohren. Ich kenne dieses Grinsen, es ist ihr „Ich habe gerade Sex gehabt"-Grinsen. „Du warst mit Dixie im Bett!" Ich gratuliere ihr mit einem High Five. „Alsoooo. Details?"

„Nur so viel: Ich kann sogar mit diesem blöden Gips zur Sache kommen. Sie hat natürlich gedacht, dass ich mich von ihr vögeln lassen würde, weil ich den Gips habe, aber ich hab gleich gesagt, dass das sicher nicht läuft. Darum sage ich ja immer, man muss frühzeitig mit beiden Händen üben, um für solche Zeiten gerüstet zu sein."

Cruzer und ich erzählen uns immer alle Details unserer Eroberungen. Ich habe eine Menge verrückter Sachen von ihr gelernt. Seit sie ins Creamsickle gezogen ist, hat sie immer ein wildes Abenteuer mit einem Mädel in der Hinterhand. Sie ist besessen von Mädels. Vielleicht deswegen, weil sie so lange gewartet hat, bis sie sich geoutet hat, nicht zugegeben hat, dass sie auf Mädels steht, bis sie achtzehn war, und das, obwohl ich eine ihrer besten Freund_innen war und was mit Mädels hatte, seit ich ungefähr vierzehn war. Ich glaube, Cruzer war im sprichwörtlichen Schrank gefangen, weil sie ihre sehr auf traditionelle mexikanisch-katholische Werte bedachte Familie nicht in Aufregung versetzen wollte und auch nicht ihren Stiefvater, der versprochen hatte, die Kosten ihrer Fotografinnen-Ausbildung an der Kunstakademie zu übernehmen, wenn sie keinen Ärger machte. Und von den Hänseleien, die sie während des Aufwachsens von all ihren Cousinen ertragen musste, spreche ich gar nicht. Ihre Cousinen waren die Gonzalez-Mädchen, ein Rudel gemeiner Chicas, die in meine Highschool gingen und sich gern über meinen burschikosen Kleidungsstil lustig machten. Einmal kam Sonia Gonzalez in der Schule auf dem Gang zu mir und starrte mich wütend an. „Du und meine Cousine, ihr seid Scheiß-Lesben, oder? Bettelt sie darum meine Tante jeden Sommer an, dass sie hierherkommen darf? Ihr habt so ein Lesben-Ding am Laufen, oder?"

„Cruz ist nur eine Freundin von mir", behauptete ich beharrlich. „Sie steht auf Jungs, ich schwör's." Die Gonzalez-Mädchen machten mir Angst. Einmal hatte ich mitbekommen, wie sie den Kopf eines Mädchens namens Cat gegen ein Schließfach knallten.

Aber ich wusste, dass Cruzer nicht auf Jungs stand. Wir hatten nur nie darüber gesprochen. Darum war sie mein bester Skate-Kumpel aller Zeiten. Sie war nicht wie andere Mädchen, mit denen ich skaten wollte, die aber nur mit ihren Boards in den Skatepark gingen, um mit Jungs anzubändeln. Cruzer nahm keine Notiz von den Jungs, außer wenn sie versuchte, sich mit ihnen anzufreunden, damit sie uns zu ihren exklusiven Ramps in Hintergärten und an geheime Skate-Plätze mitnahmen. Gut bei diesen Jungs anzukommen und Teil der Skate-Szene, die extrem homophob und hetero ist, zu sein, war uns wichtiger, als über unsere Sexualität zu sprechen.

Als Cruzer mir schließlich erzählte, dass sie mit einem Mädchen zusammen war, war sie achtzehn und lebte bereits seit einiger Zeit alleine in L. A. Sie wollte, dass ich zu ihr nach L. A. zog, aber ich steckte in einem schrecklichen Bürojob fest, um mir meine eigene Wohnung leisten zu können, nachdem ich mit siebzehn von zu Hause ausgezogen war. Ich hatte nicht das Geld für einen Umzug. Dann sagte Cruzer eines Tages, ich müsse keine Miete zahlen. Das hatte sie zuvor vergessen zu erwähnen. Leute mit Geld vergessen, dass andere Leute keines haben. *Zieh hierher, Kumpel. Wir können den ganzen Sommer lang skaten. Du musst nicht mal Miete zahlen, mein Stiefvater zahlt für meine Bude, weil ich ihm gesagt habe, ich will mir ein Semester freinehmen, bevor ich studiere, um das Leben ein wenig zu genießen und an meinem Portfolio zu arbeiten.*

Also zog ich nach L. A. Es gab nichts, was mich in Petaluma gehalten hätte. Die Mädchen waren wenig überzeugend. Den örtlichen Skatepark kannte ich schon so gut wie meine Westentasche. Ich brauchte neues Terrain. Im Gegensatz zu einigen meiner Freund_innen ging ich nicht in das nahe gelegene College. Ich hatte die Schule mit Ach und Krach abgeschlossen und mit Müh und Not genug Geld zusammengekratzt, um aus dem Haus meiner Mutter auszuziehen. Wie hätte ich mir das College leisten sollen? Und auf welches College hätte ich mit meinem Abschlusszeugnis der alternativen Schule, in der es nicht einmal Noten gegeben hatte, gehen sollen? Cruzer studierte an einer teuren Kunstakademie in Chicago, aber weil ihr Stiefvater stinkreich war.

In L. A. arbeitete ich in einem Turnschuh-Geschäft und verbrachte meine gesamte restliche Zeit auf dem Skateboard. Dort gab es einen Haufen Skaterinnen. In meiner Kleinstadt hatte es außer mir nur ein weiteres Mädchen gegeben, die das Skaten wirklich ernsthaft betrieben hatte, aber sie war schwanger geworden und schwangere Mädchen konnten nicht skaten. Ich hatte so viel Spaß, dass ich dortgeblieben wäre, wenn Cruzer mich am Ende des Sommers nicht angefleht hätte, mit ihr nach Chicago zu ziehen. *Ich bezahle den Umzugswagen. Komm schon, lass dich auf ein Abenteuer ein*. Cruzer bettelte mich an, den süßen Skaterinnen und endlosen Sommertagen in Silver Lake den Rücken zu kehren. Ich dachte mir, dass es tatsächlich ein Abenteuer werden konnte, aber Cruzer würde studieren und sonst würde ich dort niemand kennen. Nicht sehr verlockend. Aber dann meinten die anderen Mädels, mit denen wir abhingen und skateten, dass sie auch mitkommen wollten, dass wir gemeinsam mit dem Auto fahren und auf dem Weg bei allen Skateparks anhalten könnten und dass wir alle zusammen in eine Wohnung in Chicago ziehen könnten. Das klang super.

Wir hielten es nur ein Jahr in Chicago aus. Da wir aus Kalifornien waren, konnten wir den klirrend kalten Winter nicht ertragen. „Wir müssen nach San Francisco ziehen. Das ist der ultimative queere Tummelplatz", meinte ich zu Cruzer. Ich hatte keine Ahnung, wie lange ich es noch in Chicago würde aushalten können, vor allem da so ein Mädchen dort rücksichtslos auf meinen Gefühlen herumtrampelte. Aber ich konnte mir nicht vorstellen, irgendwo ohne Cruzer zu leben. Sie war damals für mich quasi die einzige Familie, die ich hatte. Ich hatte keinen Kontakt zu meinen Schwestern, uns verband nichts, sie wollten nur heiraten und Kinder kriegen. Eine meiner Schwestern hielt mir gern Vorträge über „Familienwerte", die andere arbeitete als Model und sparte schon seit Ewigkeiten, um sich die Brüste vergrößern zu lassen, und ich hatte auch kaum Kontakt mit meiner Mom, weil wir dann nur immer über irgendetwas stritten, etwa darüber, dass ich nicht studierte, oder darüber, dass ich keinen netten Freund hatte.

In unserem ersten Monat in San Francisco verliebte Cruzer sich in ein Mädel in ihrem La-Raza-Kunst-Kurs. Das Mädel zog bei uns ein. Wir teilten uns eine Einzimmerwohnung nahe dem Tenderloin-Viertel, weil die Mieten in San Francisco zehnmal mehr kosteten. Es war die Hölle, als Cruzers Freundin einzog, vor allem da sie so zickig war. Sie hasste mich, weil Cruzer und ich uns sehr nahestanden, und war eifersüchtig. Zum Glück lernte ich Jeremiah kennen, als Cruzer und ich eines Abends versuchten, alten Männern in einer Schwulenbar Drinks abzuluchsen. Jeremiah war kein alter Mann, er war ein süßer junger Schwuler und in seinem Haus war ein Zimmer zu vergeben.

Es war Glück, dass ich damals auszog, weil Cruzer und ihre Freundin ein paar Monate später immer wieder in wahnsinnige Auseinandersetzungen gerieten, bei denen auch mal Fernseher aus dem Fenster flogen. Sie blieben eine Weile lang zusammen, doch eines Tages fand Cruzer ihr gesamtes Hab und Gut auf der Straße vor, protestierte aber nicht, denn sie war beim Fremdgehen erwischt worden. Später fand sie heraus, dass ihre Freundin sie auch betrogen hatte, aber zu diesem Zeitpunkt machte es ihr nichts mehr aus. Sie war weiter- und ins Creamsickle gezogen, wo ihre Freundin Shelby bereits wohnte und es sich gut leben ließ. Sie verbrachte ihre Zeit hauptsächlich damit, hinter Mädels her zu sein, sie für ihre Kunstprojekte fürs Studium und ihre Abschluss-Ausstellung zu fotografieren und sich in jede neue Muse zu verlieben.

Das ist der Grund, warum es schwer ist, mit Cruzer Schritt zu halten, und meistens ich diejenige bin, die hinterherhechelt. Aber manchmal kommen die guten Details auch von mir. Wie damals, als wir gerade nach San Francisco gezogen waren und ich als Erste herausfand, wie man ein Mädel zum Ejakulieren brachte. Wir waren in so einem supergünstigen Frühstückslokal namens Triple P, als ich Cruzer ausführlich erzählte, wie Marie in der Nacht zuvor meinen ganzen Arm nass gemacht hatte. „Zeichne es mir auf", schnaubte Cruzer. Sie hatte denselben Gesichtsausdruck wie damals, als wir beide fünfzehn waren und ich vor ihr einen Kickflip schaffte, obwohl sie schon viel länger als ich geübt hatte. Sie zog einen Stift aus der Brusttasche ihrer Jeansjacke mit den abgeschnittenen Ärmeln und schob mir eine Serviette zu.

Über Sex reden wir immer im Triple P, weil wir nach allen verrückten nächtlichen Abenteuern am Morgen immer dort hingehen. Das bedeutet, dass jeder Typ, der neben uns gerade in seiner Büro-Mittagspause das Mittagsmenü verschlingt, ganz schön was zu hören bekommt. Meistens sitzen wir am selben Tisch wie die Büro-Typen, weil in dem Lokal immer viel los ist, so dass man wie in einer Cafeteria eingepfercht zwischen Fremden sitzen muss. Als ich die Servietten-Zeichnung für Cruzer angefertigt habe, spürte ich, dass der Schnösel mit der geschmacklosen Krawatte zu meiner Linken versuchte, heimlich einen Blick zu erhaschen. Vielleicht hätte mich das eigentlich genervt, aber gleichzeitig wettete ich, dass er sich dachte: *Verdammt, warum kriegen diese kleinen Hosenscheißer, die wie vierzehnjährige Jungs aussehen, zehnmal mehr Frauen ins Bett als ich?* Butches, Bois, Boyish Girls, BGs, wie auch immer man uns nennt, wir müssen mit genug Scheiße in dieser Welt umgehen, da ist ein kleiner Spanner wohl meine kleinste Sorge.

Am liebsten unterhalte ich mich im Triple P mit Cruzer über schlechten Sex, weil sie mich so sehr zum Lachen bringt, dass mir einmal fast der Orangensaft aus der Nase herausgekommen wäre. Früher habe ich schlechten Sex nur mit Jungs assoziiert und mit den begrenzten Erfahrungen, die ich mit ungefähr fünfzehn mit Jungs im Bett gemacht hatte. Aber nun habe ich schlechten Sex in den unterschiedlichsten Variationen, und zwar mit Mädels, und das macht viiieeel mehr Spaß. Ich meine, ich würde es nicht einmal schlechten Sex nennen, eher so was wie interessanten Sex.

„Also, wohin gehen wir?", frage ich Cruzer, als wir von meiner Arbeitsstätte weggehen. Es deprimiert mich, dass ich immer noch in Geiselhaft bin, weil ich während meiner gesamten Schicht davon geträumt habe, mir von meiner Freundin Manno, die in einem Laden die Straße runter eine Ausbildung macht, ein billiges Tattoo machen zu lassen. In meiner geheimen Jacken-Innentasche habe ich ein Bündel Trinkgeld, das ich die ganze Woche lang gespart habe.

„Keine Ahnung. Mir egal."

„Ich darf bestimmen? Ich hab gedacht, ich bin immer noch in Geiselhaft und kurz davor, in einem Hotelzimmer zu landen oder irgendeinem anderen verrückten Verführungsszenario."

Cruzer zuckt nur mit den Achseln. Ich schätze, nun, da die Dixie-Jagd vorbei ist, muss sie sich ein neues Hobby suchen.

„Okay, ich hab mir gedacht, ich lass mir vielleicht ein Trennungstattoo von Manno machen."

„Kumpel. Hurricane war noch nicht mal deine Freundin. Sie verdient diese Tradition so was von überhaupt nicht."

„Ich weiß, aber ich brauche das", jammere ich.

„Gut. Ich komme mit, aber nur, wenn du dir nicht so ein lächerliches gebrochenes Herz oder so 'nen Mist machen lässt."

„Sicher nicht. Es wird dir gefallen. Ich lasse mir ein furchterregendes Medusa-Mädel machen, das drachenmäßig aussieht und feuerrote Haare hat."

Nach dem Tattoo machen wir uns auf den Weg ins Vine, diese legendäre Lesben-Kneipe, wo Queers entweder in die Nacht starten oder sie abschließen oder beides. Montagabends kann man die Crew immer im Vine antreffen, das ist unser Lieblingsabend, weil es Pabst-Bier für einen Dollar und Billard umsonst gibt. Außerdem hat die heißeste Barkeeperin, Mikala, Dienst und sie ist ziemlich in Soda verschossen, so dass die noch nicht mal den Dollar braucht. Ich verbringe auch viele andere Abende im Vine. Es freut mich immer noch, dass ich mich nicht mehr reinzuschleichen brauche, obwohl ich jetzt schon mindestens ein Jahr lang legal Alkohol konsumieren darf. Ich schätze, ich bin dessen noch nicht überdrüssig. Außerdem gibt es in der Höhle, der Wohnung, in der ich wohne, noch nicht mal ein Wohnzimmer, also kann ich das Vine genauso gut als mein Wohnzimmer betrachten: Es gibt gepolsterte Barhocker, einen Fernseher, Bilder an den Wänden, Musik, Alkoholdunst und Mädels. *Mmmm.* Wie in einem gemütlichen Zuhause.

Nach dem Vine gehen wir ins Cupcakes for My Cunts im Castro. Melanie hat offensichtlich einen Jägerbull über den Durst getrunken, weil sie anfängt, sich auf der Tanzfläche in ihrem unheimlich engen Outfit an mir zu reiben, als ob sie vergessen hätte, dass sie mich hasst. Später, nachdem sie gegangen ist, ruft sie mich betrunken von sich zu Hause an. „Komm vorbei." Das Trennungs-Tattoo zeigt bereits seine magische Wirkung!

„Ich gönne mir ein Schäferstündchen", sage ich der Crew, als ich sie mit Dixie und Amanda auf der Tanzfläche finde, und sie haben nichts dagegen und entlassen mich angesichts solch eines aufregenden Durchbruchs aus meiner Gefangenschaft.

Ich springe auf mein Board und mache mich auf den langen Weg ins Bernal-Heights-Viertel, wo Melanie wohnt. Sie ist eine Karriere-Lesbe, aber das heißt nicht, dass sie nicht verdammt heiß ist. Sie trägt eine Aktentasche und enge Röcke. Zum Anbeißen. Cruzer hat mir beigebracht, dass Mädels, die total seriös aussehen, im Bett die verdorbensten sind. Das war damals, als sie achtzehn war und mit älteren Hollywood-Power-Lesben ins Bett ging, die sie immer mit ihren Mercedes-Benz vom Skatepark abholten. Cruzer liebt ältere Frauen auch deswegen, weil sie ihr am Morgen danach immer Frühstück spendieren, und da sie nie einen Job hat, ist das ein nettes Extra.

Ich kann mitten auf der Folsom Street fahren, da es so spät ist, dass keine Autos unterwegs sind. Ich nippe an dem Bier, das ich in meiner Jacke aus dem Club geschmuggelt habe, und schaue hinauf in die zwei Reihen majestätischer Bäume, die über mir rauschen. Sie erinnern mich an die breiten Straßen in dem Vorort, in dem ich als Jugendliche geskatet bin. Manchmal sehne ich mich nach diesen Straßen. Nicht dass ich falsch verstanden werde. Ich bin wirklich froh, dass ich nicht mehr in irgendeinem langweiligen Vorort-Kaff lebe, aber das Gute daran waren die unbeschwerten Tage in riesigen Beton-Skateparks und die weiten, ebenmäßigen Straßen, die geradezu für Skateboard-Rollen gemacht waren. Angesichts der menschenleeren Straße ist alles schmerzlich still. Im Gegensatz zu Cruzer weiß ich ein bisschen Stille zu schätzen. Ich finde, die Welt ist zu laut. Den ganzen Tag lang prasseln laute Geräusche auf uns ein. Das ist der Grund, warum ich das Skaten so sehr liebe, weil alle Geräusche langsam ausgeblendet werden und ich dann nur das Geräusch meiner Rollen auf dem Asphalt hören kann. Das Geräusch hypnotisiert mich und beruhigt mich. Manche Leute machen Yoga oder nehmen ein heißes Bad und ich brettere einen waghalsig steilen Hügel hinunter, auf einem gerade mal 20 mal 75 Zentimeter großen Stück Pressholz. Ich trage mein Board manchmal sogar genauso unter dem Arm herum wie diese heißen Mädels in Yoga-Hosen ihre zusammengerollten Yoga-Matten, wenn sie durch mein Viertel spazieren, aber meistens fahre ich lieber auf dem Skateboard an ihnen vorbei, damit ich einen Blick auf einen hübschen Yoga-Po riskieren kann.

Aber zurück zur Stille.

Es läuft so ab: Zuerst verstummen die Menschen auf der Straße, ihre Schritte, schreiende Kinder und all die Gespräche. Dann werden die Autos ausgeblendet, die Motoren, Reifengeräusche und die Typen, die vielleicht aus Autofenstern rufen. Dann hörst du an einem bestimmten Punkt sogar nicht einmal mehr den Wind, obwohl in dieser Stadt ständig viel Wind weht. Schließlich kommt der beste

Teil, wenn sogar in deinem Kopf Stille einkehrt und all diese wahnsinnigen herumwirbelnden Gedanken einfach aus deinen Ohren rausfliegen.

Wumm.

Und dann lande ich auf dem Gehsteig. Irgendeine kläffende französische Bulldogge mit Knautschgesicht taucht aus dem Nichts auf und rennt hinter meinem Skateboard her, während ich wegdrifte. Hunde halten Skateboards für ihre moralischen Feinde. Beim Sturz von meinem Board fliegt mein Handy aus der Tasche meines Kapuzenpullis und schlittert über den Gehsteig, bis es schließlich im Rinnstein liegen bleibt. Ich suche zwischen den Blättern im Rinnstein nach meinem Handy, das komplett ruiniert ist. Mensch, ich glaube, es wäre mir lieber gewesen, wenn stattdessen ich selbst dort gelandet wäre. Ein paar aufgeschürfte Handflächen oder eine scheußliche Hüftprellung, eine Kampfverletzung oder zwei, machen mir nichts aus, aber kein Handy zu haben ist total nervig.

Am nächsten Morgen wache ich in Melanies nettem, gemütlichem Bett auf. Sie liegt zusammengerollt da und umarmt das Kissen, das zwischen uns liegt. Ich glaube, sie hat versucht, sich beim Einschlafen an mich zu schmiegen, so, wie sie es jetzt mit dem Kissen macht, aber ich habe mich selbst umschlungen. Ich setze mich auf und streiche über das struppige Haar auf meinem Kopf, weil ich weiß, dass es wahrscheinlich total irre zu Berge steht. Auf Melanies weißen Laken ist eine Reihe von verschmierten schwarz-blauen Flecken, die von der frischen Tattoo-Farbe kommen, die in der Nacht aus meinem Arm ausgetreten ist. Kurz habe ich Schuldgefühle, aber ich habe sie letzte Nacht gewarnt, bevor wir angefangen haben rumzumachen, als ich gesehen habe, wie nett, sauber und sehr weiß alles auf ihrem Bett war. „Ich werde deine Laken versauen", habe ich ihr gesagt, aber sie hat etwas wie *Ist mir egal, was du versaust* in mein Ohr geflüstert.

Ich möchte auf der hinteren Veranda eine Morgen-Zigarette rauchen und Cruzer anrufen, aber dann fällt mir wieder ein, dass mein Handy kaputt ist. Also frage ich Melanie, ob ich ihr Telefon benutzen kann, setze mich auf ihr Bett und zupfe an den verkrusteten roten Farbspuren an den Rändern ihres Bettbezugs herum, an den Flecken in der Farbe der Haare des verrückten Medusa-Mädels.

Ich weiß Cruzers Nummer auswendig, weil ich sie seit Jahren fast jeden Morgen anrufe. Melanie runzelt angesichts der Flecken auf ihren Laken die Stirn, als würde sie es bereuen, dass sie letzte Nacht angesichts meines chaotischen Lebensstils so nachsichtig war, während sie so ein heißes Business-Kostüm mit Nadelstreifen und sexy Schuhe anzieht und sich für die Arbeit sehr auf Karriere-Lesbe zurechtmacht. Ich denke, dass sie auch genervt ist, weil wir letzte Nacht nicht einmal Sex gehabt haben. Peinlicherweise bin ich eingeschlafen. Ich konnte mich einfach nicht dafür begeistern. Sie war so genervt und hat ständig versucht, mich wach zu stupsen, bis sie es schließlich aufgegeben hat.

Ich sage Cruz, sie soll ins Triple P kommen, entschuldige mich nochmals bei Melanie wegen ihrer Laken und schnappe mir meinen Kapuzenpulli und mein Skateboard von ihrem Boden. Ich gebe ihr keinen Abschiedskuss. Sie trägt so einen grellroten Lippenstift auf, den ich hasse, weil ich ihn dann im ganzen Gesicht habe. Ich denke mir, dass es okay ist, sie nicht zu küssen. Sie ist der Typ Frau, die ich nicht wie meine Freundin oder dergleichen behandeln möchte, weil sie immer superschnell etwas Ernsthaftes will. Ehe ich michs versehe, könnten *ihre* Laken *meine* Laken sein und anderes verrücktes Zeug von der Sorte.

Ich muss mich nach dem Frühstück von Cruzer trennen, weil sie sich vermutlich in irgendein verrücktes Abenteuer stürzen und irgendwo Unruhe stiften wird, was mich garantiert davon abhalten würde, meine Sachen auf die Reihe zu bekommen und vor der Arbeit ein neues Telefon zu kaufen. Ich skate zum Telefonladen auf der Mission Street, zu dem, vor dem das riesige aufblasbare Cartoon-Telefon draußen auf dem Gehsteig steht, in dem ein Ventilator eingebaut ist, so dass die seltsamen Arme auf den Seiten rauf und runter flattern, als ob es ein Pinguin mit einem psychotischen Anfall wäre. Ich hasse dieses aufblasbare Ding, weil es den gesamten Gehsteig blockiert, wenn ich vorbeiskaten will, und diese flatternden Arme mir meinen Kopf abschlagen wollen. Aber ich muss in diesen Laden gehen, weil es der einzige Ort ist, wo man ein günstiges vertragsfreies Telefon bekommt.

Nachdem ich ein neues Telefon gekauft habe, rolle ich nach Hause und höre mir meine verpassten Nachrichten an. Meine Mitbewohnerin, Lenora, hat angerufen. Sie spricht sehr schnell und schreit wegen irgendetwas. Ich muss von meinem Board springen und auf „wiederholen" drücken, damit ich sie überhaupt verstehen kann. *Wo zur Hölle steckst du? Deine Freundin wollte das Haus abfackeln!* Ich habe noch mehr Nachrichten, alle vom vorherigen Abend, in einer weint Hurricane. Was zum Teufel, hat Hurricane wirklich das Haus in Brand gesetzt! *Scheiße*. Lenora denkt sicher, dass ich sie ignoriere und deshalb nicht zurückgerufen habe! Mensch, ich habe so was von keine Lust darauf, zu Hause diesem ganzen Drama zu begegnen. Ich will einfach nur nach Hause kommen. Meine Beine sind müde nach einer Nacht des Nicht-Vögelns und dem Skaten am Vormittag. Ich will ein Nickerchen machen und selbst meine letzte Dusche ist schon drei Tage her. Ich fahre so langsam nach Hause, dass ich quasi stehen bleibe. Dann überlege ich es mir anders, drehe um und skate schnell in Richtung Creamsickle und schalte mein Telefon aus, so dass ich Lenora gegenüber so tun kann, als ob es immer noch kaputt ist und ich ihre Nachricht nicht bekommen habe. Mist, endlich ist es mir erlaubt, heimzugehen, und dann fahre ich genau in die entgegengesetzte Richtung.

Ich fahre erst später an diesem Abend nach Hause, als ich schon etwas angeheitert bin. Auf der steilen Einfahrt zu meinem Haus mache ich einen Kickflip. Der betonierte Abhang mit der super Neigung ist das Beste an unserem Haus, er eignet sich perfekt für ein bisschen lockeres Bank-Skating. Eine Horde von Jugendlichen aus dem Viertel hat das vor Kurzem entdeckt und attackiert die Einfahrt seitdem mit angeschlagenen gebrauchten Boards. Ich gebe ihnen immer High Fives, wenn ich von der Arbeit nach Hause komme, aber meine Mitbewohner_innen und Nachbar_innen sind Dumpfbacken und verscheuchen sie immer. Die Nachbarin, die sich über den lauten Sex beschwert hat, hält sich für extraschlau, weil sie sie mit den spanischen Ausdrücken anschreit, die sie im College gelernt hat. Die Jungs lachen sie aus, bevor sie wegfahren, und rufen Beschimpfungen, die nicht in ihrem College-Test vorkamen, deshalb lächelt die Nachbarin dann immer nur und winkt. Es ist ein Glück für meine Mitbewohner_innen, dass unsere Eingangsstufen hinter dem Haus und von der Straße her nicht sichtbar sind, denn wenn die Jugendlichen diese Stufen entdecken würden, hätten sie schnell raus, wie man auf dem Seitenweg Geschwindigkeit aufnehmen und dann von den drei Stufen einen Bomb-Drop machen kann, so dass man direkt gegen das harte Holz unserer Eingangstür fliegt. Dieses Geräusch eines an die Tür knallenden menschlichen Körpers ist Cruzers Markenzeichen, wenn sie vorbeikommt, um mich zu besuchen.

Als ich betrunken im Dunkeln über meine Einfahrt skate, schmeißt es mich schließlich hin. Danach setze ich mich kurz auf den Gehsteig und kratze die Kiesstückchen ab, die sich in meine Handflächen gegraben haben. Etwas weiter die Straße runter sehe ich einen stolpernden Schatten. Hurricane? Ich stehe auf und skate zu ihr, obwohl mein Hintern schmerzt. Der Schatten verwandelt sich in Hurricane, die kaum mit der Wimper zuckt, als mein Board von der Straße hoch- und mit einem dumpfen Geräusch in meine Hand schnellt. Sie ist offensichtlich weggetreten. Ich versuche, sie am Bund ihrer ausgeblichenen schwarzen Hose, die ihr seit Kurzem fast von den Hüften rutscht, weil sie kaum etwas isst, nach Hause zu ziehen, und denke mir dabei, dass ich lieber an diesen großen Silberreifen in ihren Ohren ziehen würde, damit sie tatsächlich etwas spürt. Sie bewegt sich immer noch nicht sehr viel weiter, obwohl ich sie nun stütze, also verfrachte ich sie und ihre schmutzig-weiße paillettenbesetzte Handtasche auf mein Board und schiebe sie zu unserer Wohnung. Ich wünschte, ich könnte sie auch einfach fallen lassen, wie alle anderen es getan haben, aber ich scheine sie nicht loslassen zu können.

Kapitel 3

Ich fahre schnell die Capp Street entlang, während ich Hurricanes orange-glühende Augen vor mir wirbeln sehe, wie die Lichter eines Spielautomaten, der verrücktspielt. Ich fahre noch schneller und schneller, damit der Wind mich blinzeln lässt und dieses Bild verschwindet.

Wenn ich traurig bin oder angepisst, dann skate ich, um es rauszulassen. Wenn ich Angst habe, nehme ich mir mein Board, um die durcheinanderwirbelnden Gedanken loszuwerden und alle Spannungen vom Gehsteig absorbieren zu lassen. Ich setze meine Kopfhörer auf und kreuze auf den Straßen der Stadt herum. Beim Anblick der gelben Straßenmarkierungen, die unter meinen Rollen vorbeigleiten, bekomme ich den Kopf frei. Die Straßen in meinem Viertel kenne ich in- und auswendig. Ich weiß, wo die ebenen Stellen sind und dass die Asphaltstreifen auf der linken Seite überall die gleiche Höhe haben. Ich denke nicht einmal darüber nach, wo ich hinfahre. Das ist die Art von Fortbewegung, die ich vollkommen beherrsche. Früher habe ich all den Mist bei meiner Mutter zu Hause auf diese Weise hinter mir gelassen. Wenn meine Schwestern mich anschrien oder meine Mom mich anschrie, lag mein Skateboard immer neben meiner Zimmertür bereit und wartete nur darauf, mich weg- und in die Nacht zu befördern. Meine Mutter schrie mir immer von der Veranda aus nach, wenn ich zur Tür hinaus- und die Straße hinunterstürmte. *Wenn du in fünfzehn Minuten nicht wieder da bist, sperre ich die verdammte Tür zu!*

Vor ein paar Stunden bin ich quasi aus meiner Wohnung geworfen worden, wegen Hurricane.

„Hör mal, warum siehst du dich nicht auch allmählich nach einer neuen Bleibe um?" Meine Mitbewohnerin Lenora stand mit vor der Brust verschränkten Armen in unserer Küche und sah mich wütend an. Wir stritten darüber, dass Hurricane zugedröhnt in einem Zimmer voll brennender Kerzen eingeschlafen war, die schließlich einen Vorhang in Brand gesetzt hatten, woraufhin sie aufwachte und die Flammen mit einem nassen Handtuch niederzuschlagen versuchte. Es war der Gipfel all der schlimmen Dinge, die Hurricane als die schlechteste Mitbewohnerin aller Zeiten angestellt hatte.

„Ich weiß nicht einmal, auf wessen Seite du stehst", sagte Jeremiah, was so was von nicht stimmte, denn ich hatte ebenfalls versucht, Hurricane zum Ausziehen zu bewegen. In den letzten paar Tagen, seit Hurricane fast die Wohnung abgefackelt hatte, hatte ich mein Bestes gegeben, um die Wogen zu glätten, und mich sogar bemüht, Hurricane zu überreden, auszuziehen. Lenora und Jeremiah hatten mich mit Schweigen gestraft. Als ich an jenem Abend nach Hause gekommen war und Lenora zu erklären versucht hatte, warum ich ihre Anrufe verpasst hatte, warf sie mir vor, verantwortungslos zu sein. Seit dem Tag, als Soda Lenora nicht mehr zurückgerufen hatte, nachdem sie miteinander geschlafen hatten, hegte sie mir gegenüber Groll. Das Verkorkste daran war, dass sie die Einzige war, die im Mietvertrag stand. „Nächste Woche kann Hurricanes Zimmer besichtigt werden, und wenn wir mehr als eine Person finden, die einziehen will, dann wollen wir, dass du auch ausziehst", sagte Lenora.

Nach diesem blöden Treffen stürmte ich aus dem Haus und machte mich in der gesamten Stadt auf die Suche nach Hurricane. Ich wollte ihr den Kragen umdrehen, weil sie alle Kontakte, zu denen ich ihr in der Stadt verholfen hatte, vor den Kopf gestoßen hatte. Ich ging in die Bar, in der ihr Freund, der Drogendealer, arbeitete. Ich schaute bei ihm zu Hause vorbei. Und dann noch in einem Dutzend anderer Bars. Immer noch keine Spur von Hurricane. Ich schaute im Vine vorbei und betrank mich und schüttete der Barkeeperin, Jo, die immer die besten Ratschläge gab, mein Herz aus. „Du solltest besser ausziehen. Sogar wenn sie dich nicht dazu zwingen, werdet ihr nie mehr ein so entspanntes Verhältnis haben wie früher."

Als ich bei der Hälfte meines dritten Biers angelangt war, rief Hurricane mich endlich zurück.

„Lenora will, dass wir beide ausziehen", teilte ich ihr mit.

„Gut, was soll's. Scheiß auf diese Zicken, ich werd mit Kevin herumreisen."

Ich war froh, dass Hurricane mir das nicht von Angesicht zu Angesicht sagte, denn dann hätte sie gesehen, dass ich kurz davor war, vor Wut zu weinen. Hurricane und ich hatten uns den ganzen

Sommer über Reiseabenteuer ausgedacht. Sie hatte mit mir abdüsen wollen, nicht mit diesem Schleimscheißer Kevin. Verdammt, ich kochte fast vor Wut. Ich schnappte mir mein Board, rief Jo einen Abschiedsgruß zu und verließ die Bar.

Jetzt bin ich bereits seit ein paar Stunden auf dem Skateboard und in meinem Kopf herrscht noch immer keine Klarheit. Das Einzige, woran ich denken kann, ist, wie tief ich in der Scheiße stecke. Ich habe all meine Ersparnisse für dieses blöde Tattoo und ein neues Handy ausgegeben. Ich habe kein Geld für eine neue Bleibe, vor allem nicht, wenn sie teurer ist als die schäbige Höhle.

Schließlich halte ich vor den fleckig orangen Eingangsstufen vom Creamsickle, an dem ich schon vorher vorbeigekommen bin, weil ich quasi in Schleifen um das Viertel fahre. Dieses Mal lasse ich mein Board in meine Hand schnellen und gehe die breiten schmutzigen Marmorstufen zur Eingangstür hinauf. Sie ist nicht abgesperrt, also trotte ich über die lange Treppe nach oben. Soda ist im Wohnzimmer und sieht fern, mit glasigen Augen, so wie die Augen von Leuten aussehen, die Stunde über Stunde flimmernde Bilder absorbiert haben. Als ich sie frage, wo Cruzer ist, deutet sie wie ein Zombie zur hinteren Veranda. Cruzer sprüht Lackfarbe durch Schablonen auf weiße T-Shirts, um sie bei so einem riesigen Queer-Festival in Olympia verkaufen zu können, zu dem sie fahren will. Ihr Plan ist, sich, während sie dort ist, durch den Verkauf der T-Shirts das Geld für Essen und Bier zu verdienen. Vor ein paar Tagen, während wir im Park gelegen haben, habe ich ihr geholfen, griffige queere Slogans zu finden.

Ich hüpfe auf das Verandageländer und betrachte die wahnsinnige Aussicht. Leute, die zum ersten Mal im Creamsickle sind, kriegen sich angesichts der irren Aussicht, die man von den riesigen Panoramafenstern im holzvertäfelten Wohnzimmer aus hat, üblicherweise nicht mehr ein. Coit Tower, Treasure Island, die Münzprägeanstalt und bis ganz zur East Bay, weil sich die Wohnung auf einem kleinen Hügel in einem Gebäude befindet, das aus einem hohen, schiefen Turm besteht.

„Was stimmt nicht mit Soda?"

„Hm? Oh, ich glaube, sie hat eine Menge Vs genommen."

Ich seufze tief. Ein weiterer guter Grund, Hurricane zu hassen – die

Tatsache, dass sie meine Freund_innen ihrem blöden Doc vorgestellt hat.

„Diese heiße Mama hat wieder ihre heißen kurzen Siebzigerjahre-Shorts an", sage ich, während ich auf den endlosen Zickzack von Veranden und Fenstern hinunterblicke. Cruzer ist damit beschäftigt, die Schablonen möglichst gerade anzuordnen, deshalb schaut sie nicht einmal auf, obwohl sie den lindgrünen Velours-Hintern der heißen Mama liebt. Sie stützt das Brett, auf dem ihr Shirt festgeklammert ist, ab und beginnt, die Schablonen aufzulegen. „Ich glaube, ich habe heute Vormittag eine Mitfahrgelegenheit nach Olympia gefunden. Starla hat sie für mich klargemacht, in einem Wohnmobil mit ungefähr acht anderen Leuten, die in der Früh losfahren." Als wir das erste Mal von dem Festival gehört hatten, war eigentlich vorgesehen gewesen, dass wir uns gemeinsam eine Mitfahrgelegenheit suchen, aber die ganze Sache mit Hurricane hatte mich so abgelenkt, dass ich meinen Scheiß nicht geregelt gekriegt hatte, um mir von der Arbeit freizunehmen und die Reise zu planen.

„Ich schätze, Soda und ich werden schauen, dass wir das auch irgendwie hinkriegen", sage ich, obwohl ich das bezweifle, besonders wenn ich daran denke, dass Soda völlig zusammengesackt auf der Couch im anderen Zimmer sitzt. Ich glaube, sie hat die Stadt nicht ein einziges Mal verlassen, seit sie vor zwei Jahren hierhergezogen ist. An ihrem zweiten Tag in der Stadt hat sie sich ein Anker-Tattoo stechen lassen, nachdem sie sich so lange von einer Stadt in die nächste hatte treiben lassen, und dann hat sie gleich auf der Couch im Creamsickle angedockt.

Ich gebe Cruzer ein Update über mein ganzes WG-Drama. Erzähle ihr alles – dass ich kein Geld für einen Umzug habe und von Lenoras Verrat und dass Hurricane wegfahren will und dass ich mir Sorgen mache, was mit ihr wird, und schließlich auch, dass ich mir wünsche, einfach abhauen und mit ihr Amerika unsicher machen zu können. „Ich weiß, du willst herumreisen", meint Cruzer, „aber dieses Mädel ist nicht die Richtige dafür. Du hast einfach das Gefühl, festzustecken. Du solltest nächste Woche mit Soda mitgehen und dich für ein Studium einschreiben. Sie fängt mit diesem Tontechnik-Studium oder so was an."

Ein paar Minuten lang ist nur das zischende Geräusch von Cruzers Farbsprühdose zu hören. Ich sehe zu, wie die Telefonleitungen über mir hin und her schwingen und wie Müll über einen verlassenen Basketballplatz weit unter uns geweht wird.

„Ich finde, es ist Zeit, dass du hier einziehst." Cruzer blickt zu mir auf.

Ich habe es so lange vermieden, im Creamsickle einzuziehen, weil das letzte heruntergekommene Haus, in dem ich mit Cruzer gewohnt habe, schließlich mit Bulldozern planiert worden ist. Mir kommen die kalten Winter im Creamsickle in den Sinn. Ich hasse die Kälte. Dann denke ich an die spottbillige Miete und dass der Indian Summer wahrscheinlich bald beginnen wird, da die Hitze immer erst spät in diese Stadt kommt. Das wäre die Jahreszeit, in der es wirklich schön wäre, hier zu leben, quasi nur den Herbst über. Ich kann das sinkende Schiff verlassen, bevor der Winter kommt. „Nimm den Schlüssel", sagt Cruzer, als sie dabei ist, den Aufdruck *It ain't gonna lick itself* quer über der Vorderseite eines weißen Tanktops zu vollenden. „Schlaf einfach in meinem Zimmer oder im Hinterzimmer, während ich weg bin, und überleg's dir."

Es gibt einen Schlüssel, der an einem Haken am oberen Treppenabsatz des Creamsickle hängt, Bett-Bekanntschaften benutzen ihn öfter, um am Morgen aus der Wohnung zu kommen, und schieben ihn dann durch den Briefschlitz in der Tür wieder in die Wohnung, so dass ich ihn oft oben auf dem Haufen unzustellbarer Post liegen sehe, wenn ich vorbeikomme. Ich gehe ihn holen und hänge ihn an den Karabiner an meiner Gürtelschlaufe, und mein Leben fühlt sich sofort ein bisschen besser an.

Als ich am nächsten Tag kurz bei mir zu Hause vorbeifahre, um ein paar Sachen zu holen, schwirren überall neue potenzielle Mitbewohner_innen herum, um sich das Zimmer anzusehen. Sie machen fröhliche Gesichter, lächeln und sagen: „Hmmmm, ich müsste definitiv streichen", während sie an den Bruce-Springsteen-Songtexten kratzen, die Hurricane in das lackierte Holz des Hochbetts geschnitzt hat. Sie sehen unentspannt aus, wie Lenora, und ich möchte ganz sicher nicht mit ihnen zusammenleben.

Als ich am Tag darauf von der Arbeit nach Hause komme, kann ich mir nicht einmal Zutritt zur Wohnung verschaffen, weil die Schlösser offenbar ausgewechselt worden sind und Lenora und Jeremiah sich gar nicht erst die Mühe gemacht haben, mich anzurufen und es mir mitzuteilen. Ich rufe Lenora an ihrem Arbeitsplatz an. „Wir können nicht darauf vertrauen, dass nicht ihre Junkie-Leute kommen und uns ausrauben. Ich besorge dir nachher einen Schlüssel", sagt sie total zickig. Ich bin völlig genervt, dass ich ausgesperrt bin und auf den Stufen vor meiner eigenen Wohnung sitzen muss, während ich eigentlich nur nach drinnen gehen und den Kaffeegestank von mir abwaschen möchte. Außerdem skaten die kleinen Jungs aus dem Viertel in unserer Einfahrt und ich komme nicht einmal hinein, um mir mein Skateboard zu schnappen und etwas Zeit mit ihnen totschlagen zu können. „Nicht nötig", meine ich zu ihr, „ich habe eine neue Bleibe gefunden. Wie schnell kann diese Freundin, die mein Zimmer will, einziehen?"

„Jederzeit."

Nachdem ich aufgelegt habe, beauftrage ich einige der Skater-Jungs, unter dem Eingangstor hindurch und dann durch das winzige Badezimmerfenster im Hinterhof zu kriechen. Ich gebe ihnen die alten Skateboard-Decks, die ich in meinem Zimmer herumliegen habe, zur Belohnung. Dann zeige ich ihnen die geheimen drei Stufen vor der vorderen Eingangstür, jetzt werden sie Lenora garantiert zehnmal so sehr nerven. Die meisten Möbel habe ich auf der Straße gefunden, also kann ich sie auch wieder dorthin zurückstellen. Das Creamsickle ist bereits voller Zeug, das frühere Bewohner_innen über die Jahre hinweg dort gelassen haben.

Ich rufe Soda an, um herauszufinden, ob Cruzer die Schlüssel für ihren Truck hiergelassen hat, weil ich nicht weiß, wann sie wieder aus Olympia zurückkommt. Scheiße, ich kann's nicht glauben, dass ich ins Creamsickle einziehe.

„Endlich", sagt Soda, als sie mich abholen kommt.

Kapitel 4

Als ich im gammeligen Hinterzimmer des Creamsickle aufwache, bin ich außerordentlich enttäuscht von mir. Das Zimmer steht üblicherweise leer, was Leuten auf der Durchreise oft sehr gelegen kommt. Es ist ein Fundbüro, eine Keimzelle für Trödel und ein Museum für zurückgelassene Einrichtungsgegenstände, die sich über die Jahre im Haus angesammelt haben. Früher war das Zimmer einmal eine Vorratskammer. Es gibt eine Schiebetür, die auf wundersame Weise aus dem Inneren der Wand hervorkommt, sich aber genau genommen nicht ganz schließen lässt, und unzählige Reihen von vorratskammertypischen Regalböden an der hinteren Wand. Über die Jahre hinweg ist auf den Regalen eine Tausch-Bibliothek entstanden. *Nimm ein Buch, schenk ein Buch* steht auf einem handgeschriebenen Schild. Es gibt Bücher, die dem Kampf gegen das weiße Establishment gewidmet sind, Bücher über homöopathische Medizin, Bücher über jüdische Geschichte, alte Zines aus unserem Viertel aus der letzten Dekade und Bücher über feministische Rhetorik. Einmal habe ich ein Eileen-Myles-Leseheft, das ungefähr so groß wie eine Mini-Cornflakes-Schachtel und hinter den Regalen im Staub versteckt war, gefunden. Nachdem ich es gelesen hatte, habe ich es wieder zurück in sein Versteck gelegt, wie einen Schatz, nach dem ich irgendwann wieder sehen kann. Der Rest der Bücher verweilt nur kurz dort, ähnlich wie die Leute, die vorübergehend in der Vorratskammer geschlafen haben, Couch-Surfer_innen, Wandernde, Leute in irgendwelchen Zwischenphasen oder auf dem Weg woandershin.

Ich bin nirgendwohin unterwegs. Ich wache nur hier auf und fühle mich deprimiert und als würde ich festhängen. Hurricane ist jedoch todsicher irgendwohin unterwegs. Sie fliegt in der tiefsten Nacht durch die Luft, ganz in Schwarz gekleidet, so dass ihre Umrisse mit den grauen schmuddeligen Wänden von rostbraunen Zugwaggons verschmelzen. Sie schläft unter den Sternen. Spuckt ihre Geschichten in Blechdosen, um sie später aufzuwärmen. Was, wenn ich mit ihr gefahren wäre? Wenn sie den Jungen in letzter Minute hätte stehen lassen und mich von einem altmodischen Münztelefon aus angerufen hätte, schnell und hektisch in den Telefonhörer geflüstert hätte: *Oh Georgie, ich warte auf meine Mitfahrgelegenheit, aber ich sage dir, ich könnte ihn problemlos stehen lassen und nur auf dich warten.*

Wo bist du?, hätte ich gefragt, während ich verzweifelt auf ihren leisen, panischen Atem gehört und mir vorgestellt hätte, wie sie mit ihren ramponierten goldenen Stöckelschuhen dasteht. Wenn ich meine Augen schließe, kann ich mir sogar vorstellen, wie ich sie in alten Zugbetriebshöfen vögle, wie ich ihre Hand halte und wir laufen, um das Ende riesiger, sich fortbewegender Gefährte zu erwischen, und wie ihre Hände feucht werden und mein Herz schneller schlägt angesichts des Nervenkitzels von alldem. Aber dann wird meine Fantasievorstellung an den Rändern überschattet von dem Gedanken, dass ich jeden Kontakt, den sie vielleicht mit Herumtreiber_innen hätte, reglementieren müsste und immer prüfen, ob sie Drogen kauft, und alles überwachen, was sie schluckt oder schnupft.

Also stecke ich in diesem Haus fest, wo das Einzige, was sich bewegt, der alte Holzfußboden ist, der aufgrund seiner Instabilität wackelt. *Leck mich, Hurricane*, ächze ich in Richtung Zimmerdecke, bevor ich mich aus dem Bett rolle. Ich muss eine Lawinenladung von Gerümpel mit meinen bloßen Füßen zur Seite schaffen, um überhaupt zur Tür zu kommen. In einigen Monaten wird Shelby, eine der Creamsickle-Mitbewohner_innen, vielleicht für eine Weile nach New York ziehen und dann kann ich ihr Zimmer haben oder ich könnte vielleicht die Vorratskammer herrichten und ein Hochbett bauen.

Soda schläft auf der muffigen Couch, die genauso sehr durchhängt wie der Boden, den zurückgelegten Kopf in ein Kissen gedrückt, das zwischen die Couch und die riesigen Fenster mit Blick auf die Bucht geklemmt ist, während ihr Hund Napoleon sich auf ihren Füßen zusammengerollt hat. Cruzer hat mir erzählt, dass Soda niemals mehr als zwei Nächte hintereinander in ihrem eigenen Bett schläft. Sie ist rastlos. Ich schaue durch das Fenster über ihr auf die Stadt, auf die die Morgensonne scheint. Es wird ziemlich fantastisch sein, die Creamsickle-Aussicht jeden Tag genießen zu können. Vielleicht ist die Lage gar nicht so schlecht. Hier kann ich meine Freund_innen die ganze Zeit um mich herum haben, eine kuschelige queere Familie.

Ich stupse Soda an, damit sie aufwacht. „Komm, wir fahren zum Armory Building skaten!" Es freut mich, dass der super Platz nun nur eine nette, kurze Bergabwärts-Fahrt mit dem Skateboard entfernt ist.

„Mensch. Ich habe gerade von Meerjungfrauen geträumt." Soda grinst.

Soda ist Pirat. Als sie gerade erst in die Stadt gezogen war, sogar noch bevor ihr der Spitzname Soda verliehen wurde, ging sie mir regelmäßig auf die Nerven, weil sie mit allen ins Bett ging und auf Kosten der Ladys lebte. Cruzer war eigentlich diejenige, die sich mit ihr anfreunden wollte. Als wir am Anfang des Sommers einmal auf dem Gehsteig vor dem Triple P saßen und Cruzer die Horoskope aus der kostenlosen Wochenzeitung vorlas, verstummte sie genau nach der Hälfte meines Horoskops und ließ mich auf den Rest meines Schicksals für diese Woche warten. Sie spähte über meine Schulter die Straße entlang. „Hey, da ist diese Soda. Ich möchte mich mit ihr anfreunden."

„Nee, sie ist Scheiße", stöhnte ich.

„Ich find sie cool, Kumpel. Neulich Abend hat sie im Vine mit ihrem verschlafenen Gesichtsausdruck neben der Jukebox gestanden –"

„Wie, mit ihrem Ich-hab-gerade-Kleber-geschnüffelt-Gesicht?" Ich lachte.

„Wie auch immer, mir gefällt es, wie all die Mädels sie anzutanzen versuchen und sie einfach nur den ganzen Abend lang in der Ecke rumhängt, nach dem Motto ‚Na und?'."

„Ja, als ob sie über was ganz Wichtiges nachdenken würde oder so."

„Du bist nur sauer, weil sie unmittelbar vor dir was mit Melanie hatte."

„Nein, ich finde sie nur schäbig. Glaub mir, die Meinung teilen auch 'ne Menge Mädels, Melanie eingeschlossen." Das Gespräch nervte mich.

Als Soda bei uns angelangt war, schnappte ich mir die Gratis-Wochenzeitung, die aufgeschlagen auf dem Boden lag, und blätterte auf der Suche nach der Sex-Ratgeber-Kolumne darin herum, um dann vorzugeben, supervertieft darin zu sein. Nur weil Cruzer plötzlich beschlossen hatte, dass sie eine neue beste Freundin brauchte, musste ich noch lange nicht mitspielen. Ich sah nur eine Sekunde lang auf, als Sodas Stimme unter der dunkelblauen Kapuze ihres Pullis erklang, die sie über ihr Markenzeichen, die Trucker Cap mit den drei rostigen, seitlich in den Kappenschirm gebohrten Schrauben, gezogen hatte. Soda hockte sich neben Cruzer hin. „Wie geht's, LezBros?", fragte sie und lachte. „Mensch, gestern Nacht war irre."

Cruzer sagte: „Du warst im Yoni Club, hm? Ich hab mir auch kurz überlegt, da hinzugehen, aber dann sind wir im Cozy's gelandet."

Dann klinkte ich mich aus ihrer Konversation aus, weil ich gerade angefangen hatte, über einen Mann zu lesen, der sich nicht traute, seine Frau zu bitten, auf ihn zu pinkeln. Ich bekam erst wieder mit, dass Cruzer meinte: „Kumpel, dein Outfit ist gerade von einem Zehnjährigen unter die Lupe genommen und für stylish befunden worden." Aus ihrer Stimme triefte der Neid. Als ich aufblickte, sah ich einen Jungen, der eine Hipster-Mutter haben musste. Der kleine Skater-Junge mit struppigen Haaren und wirklich sauberen Klamotten hatte definitiv ein Auge auf Soda geworfen, zumindest auf ihre Klamotten, er musterte sie von oben bis unten, bis sein Blick an ihren Skateboard-Schuhen hängen blieb: Sie waren weiß und schwarz mit einem Muster aus Totenköpfen mit gekreuzten Knochen an den Seiten und breiten babyblauen Schnürsenkeln. Dann trottete er weiter.

„Nicht schlecht, ich hab ihn auch unter die Lupe genommen. Er hatte hellbraune Schuhe mit pinken Schnürsenkeln. Das sieht super aus", sagte Soda.

„Und deine Schuhe sehen genauso sauber und möchtegernmäßig aus wie seine", warf ich ein. Soda wusste, dass ich sie nicht abhaben konnte, aber sie tat immer so, als würde sie es nicht merken.

„Du hast mir halt immer noch nicht das Skaten beigebracht, Kumpel", antwortete Soda grinsend.

Ich hielt Soda für eine Grinsekatze, die rührselig und meistens scheinbar ohne bestimmten Grund grinste. Als hielte ihr ständig jemand Farbverdünner unter die Nase oder als hätte sie ein kleines Fläschchen davon an einer Schnur um ihren Hals hängen. Irgendetwas musste sie so grinse-fröhlich machen. Erst eine Woche zuvor hatte Melanie in Bezug auf Soda gemeint: „Einer Person, die grinst, kannst du nie trauen, besonders wenn sie sich nach einer heißen Sex-Nummer zu dir beugt und sagt: ‚Ich liebe dich', und dich dann eine Woche später nicht einmal zurückruft. Das leichte Grinsen um ihre Mundwinkel nimmt allem, was sie sagt, jede Ernsthaftigkeit."

Ich hatte Soda einmal versprochen, ihr das Skaten beizubringen, damals, als sie mit so einem Mädel namens Knockout Nicki ausging, sah aber dann keinen Grund mehr dazu. Sie sprach mich allerdings nach wie vor darauf an, wenn ich ihr im Vine über den Weg lief. „Hey Georgie", sagte sie dann immer, „wann bringst du mir das Skateboardfahren bei, hm?" Soda arbeitete den ganzen Frühling über als Türsteherin im Vine, also war es leicht für sie, mir in den Ohren zu liegen, wann immer ich nach draußen zum Rauchen ging. Nachdem Cruzer anlässlich meiner Schuh-Bemerkung die Augen verdrehte, versuchte sie, das Thema zu wechseln und mehr mit Soda ins Gespräch zu kommen, indem sie damit angab, welche Vorteile es hatte, als vierzehnjähriger Junge durchzugehen. „Neulich haben Marty und ich im Kino Kinderermäßigung bekommen."

„Ich muss für Zigaretten immer noch meinen Ausweis herzeigen", sagte Soda. „Oh, und kennt ihr dieses Mädel Tia? Hey, letzten Monat hat sie mich nach Vegas mitgenommen –"

„Die blonde Tia oder die androgyne Tia?", unterbrach Cruzer sie.

„Äh, die heiße, reiche, ältere."

„Ahaaaa." Cruzer nickte und lächelte dann. Sie schwelgte vermutlich in irgendeiner Sex-bezogenen Erinnerung, da sie mit dieser Tia auch einmal eine Weile lang ausgegangen war.

„Ja, also die Flugbegleiterin im Flugzeug sagt mir, dass ich nicht in der Reihe am Ausgang sitzen kann, nach dem Motto, ich wäre dafür nicht alt genug. Du musst vierzehn sein oder so ein Scheiß, um notfalls alle retten zu können. Ich habe ungefähr zehn Minuten lang mit ihr diskutiert und dann schickt sie ein paar Minuten später sogar noch eine andere Flugbegleiterin zu mir, die immer so Sachen gesagt hat wie: ‚Bist du sicher, dass du schon vierzehn bist, Schätzchen?', und ich hab nur gemeint: ‚Ja, ich zeig Ihnen meinen Ausweis, wenn ich später einen Drink bestelle.'"

Diese Geschichte brachte mich zum Lachen. Ich konnte nichts dagegen tun. Ich stellte mir vor, wie Soda mit der Flugbegleiterin diskutierte, während Tia, ganz High Femme, neben ihr saß und wahrscheinlich eher wie ihre Mutter aussah und nicht wie ihre Loverin.

„Als wir wieder zurück waren, hat Tia gemeint: ‚Ich nehme dich nie wieder nach Vegas mit'. Ich musste ungefähr alle zehn Minuten meinen Ausweis herzeigen, als wir uns eigentlich entspannen und an den Automaten spielen wollten. Sie haben uns einfach nicht in Ruhe gelassen. Und das Glück war uns auch nicht hold. Sie hat mir auch ein Tattoo spendiert und wir haben uns beide das gleiche Tattoo von irgendeinem verrückten Scheißkerl in der Nähe vom Strip machen lassen."

Soda rollte den Ärmel ihres Sweatshirts hinauf, um uns das verkrustete Kleeblatt auf ihrem Unterarm zu zeigen, und zuckte mit den Achseln. „Hat aber nichts gebracht. Ich hab immer noch so was von kein Glück."

„So viel Glück wie ich hat niemand auf der ganzen Welt", prahlte Cruzer, was völlig der Wahrheit entsprach. „Bei Rubbellosen gewinne ich immer. Halt dich einfach an mich, vielleicht färbt es dann auf dich ab."

„Total gern. Okay, ich muss jetzt gehen und mich mit Cello treffen. Ich hab sie letztens gebeten, ob sie mir beim Säumen meiner neuen Arbeitshosen helfen kann. Ich hab einen neuen Job in so einem Restaurant und die wollen, dass ich mich schön anziehe." Soda gab uns beiden einen Handschlag. „Ruf mich wegen dem Skaten an", rief sie, als sie wegtrottete und dabei ihre Gürtelschlaufen festhielt, da ihr die Hose vom Hintern hing, weit unterhalb des bunten Bündchens ihrer Buben-Unterhose.

„Mensch, sie ist super", meinte Cruzer. „Neulich Abend beim Cat Fight sind wir draufgekommen, dass wir fast am selben Tag geboren wurden. Es ist uns so was von vorbestimmt, beste Kumpel zu sein, ein wildes Widder-Duo in Aktion. Hey, das wäre ein guter Name für einen Club. Wir sollten nächsten Monat gemeinsam eine Geburtstagsparty schmeißen! Verflucht, Georgie, wir müssen sie zum Skaten mitnehmen."

„Bring du es ihr bei", schlug ich vor und wunderte mich, warum das nicht schon geschehen war.

„Du weißt, dass ich auf der Straße Scheiße bin. Das wäre echt peinlich", quengelte Cruzer.

Das stimmte. Cruzer kurvte neuerdings lieber auf ihrem Longboard und mit einem Pabst-Bier in der Hand herum, als zu trainieren. Sie machte in letzter Zeit nur Acid Drops von hohen Randsteinen und dreistufigen Treppen herunter und alberte gern auf ihrem old-school Powell-Peralta-Skateboard herum. Dieses Skateboard hatte sie schon seit Ewigkeiten. Es war ziemlich hinüber, rot und schwarz, und ins Griptape war KISS geritzt. Auf die Unterseite war Max aus dem Bilderbuch *Wo die wilden Kerle wohnen* gemalt, neben einem Soundgarden-Aufkleber, den sie in der Highschool dort hingeklebt hatte, und auf dem Tail stand die Telefonnummer von irgendeinem Mädchen, das sie mal kennengelernt hatte, als wir im Park saßen.

Hmm, vielleicht wäre es eine gute Idee, Soda das Skateboarden beizubringen, dachte ich mir. Vielleicht hätte ich dann einen neuen Skate-Kumpel, auch wenn Melanie mich dann vermutlich zur Schnecke machen würde.

Ein paar Wochen später veranstaltete ein Mädel namens Starla am 1. April ein Barbecue. Ich begegnete Soda auf der Veranda auf einer Seite des Hauses. Sie zupfte losen Tabak aus einer Packung, die sie in einer Hand hielt, und verteilte ihn auf das Paper, das in ihrer anderen, gewölbten Hand war. Das sah ziemlich gekonnt aus. „Okay, du bringst mir bei, wie man so schnell Zigaretten dreht, und ich bring dir das Skateboardfahren bei", sagte ich zu ihr.

Sie grinste.

War ja klar.

Cruzer und ich trafen uns immer auf dem Parkplatz von Cala Foods mit Soda, spätabends, wenn der Laden schon zuhatte, so dass keine Autos mehr dort waren. Sie wollte nur abends üben, weil es ihr peinlich gewesen wäre, wenn jemand aus der Gegend sie ganz unbeholfen auf dem Skateboard gesehen hätte. Wie sich herausstellte, war es nicht sehr schwer, Soda das Skateboardfahren beizubringen. Es gab Mädels, die es nie raushatten, die auf einem Board immer irgendwie unnatürlich wirkten, ganz egal, was sie versuchten, aber sie hatte es gleich raus. Sie musste hauptsächlich nur ihre Angst vor dem Board überwinden. Sie erzählte uns, dass sie mit fünfzehn einmal ungefähr eine halbe Sekunde lang auf dem Board ihres Bruders gestanden hatte, bevor es unter ihr wegrutschte und sie sich schließlich das Handgelenk brach. Das war der Grund, weswegen sie niemals wieder versucht hatte zu skaten, und das, obwohl sie von Dingen, die Räder hatten, besessen war. „Das blöde Handgelenk wird mein ganzes Leben lang steif bleiben", beklagte sie sich und schüttelte ihre Hand aus. „Und das alles wegen einem Skateboard." Soda trat gegen das Hinterteil des Skateboards, das ich ihr geliehen hatte.

„Hey, behandle dein Board mit *Liebe*." Ich streichelte das verschlissene Griptape ihres neuen gebrauchten Gefährts und erklärte ihr, dass sie deswegen gestürzt war, weil sie sich nicht bewegt hatte. Um das zu demonstrieren, hob ich einen Kieselstein von der Straße auf und platzierte ihn vor mein Board. Ich fuhr langsam mit dem Board darauf zu, so dass es, als eine der Rollen auf den Kieselstein traf, zurückholperte und mein Fuß vom Board rutschte. Dann zeigte ich Soda, dass Geschwindigkeit gut war, dass du über alles nur so hinweggleiten konntest, wenn du genug Geschwindigkeit hattest: Kieselsteine, Risse im Gehsteig, vielleicht sogar über die Scherben einer zertrümmerten Flasche, die am Rand des Parkplatzes verstreut waren. „Siehst du, je schneller du unterwegs bist, desto weniger stolperst du. Mach dich einfach mit dem Board vertraut, halte das Gleichgewicht und fahr nicht zu langsam, das ist alles."

„Ja klar, das ist alles", meinte Soda skeptisch.

In den darauffolgenden Wochen trafen wir uns fast jeden Abend auf dem Parkplatz. Der Sommer stand vor der Tür, also gab es glücklicherweise schon ein paar warme Tage, die in kühle, luftige Nächte übergingen, die aber immer noch warm genug waren, so dass wir nach einer Stunde Skateboardfahren immer die Ärmel unserer verschwitzten T-Shirts raufkrempelten.

Eines Abends blödelte ich auf dem niedrigen Bordstein bei den Fahrradständern herum und übte ein paar Smith Grinds, als Soda sich auf den Asphalt plumpsen ließ, um eine Pause zu machen. „Georgie skatet switch besser als regular", stellte Cruzer Soda gegenüber fest.

„Kann schon sein", meinte ich achselzuckend.

„Nun, du bist switch 360-Flips gelandet, bevor du sie regular geschafft hast."

„Was bedeutet switch?", fragte Soda. „So was wie Switch-Hitter?" Sie meinte Bisexuelle.

„Nun, es ist quasi die *Fußstellung*, mit der du skatest, ob du regular oder goofy auf dem Board stehst. Weißt du, so wie Leute entweder rechts- oder linkshändig oder so was sind, also ob du den linken

Fuß vorne hast und mit dem rechten Fuß anschiebst, und goofy ist, wenn dein rechter Fuß vorne ist." Cruzer demonstrierte das alles auf ihrem Board.

„Und wenn du switch fährst, machst du Tricks und so in der entgegengesetzten Fußstellung als die, die du eigentlich hast, wie wenn du Gitarre mit deiner linken Hand spielen würdest, obwohl du rechtshändig bist, aber wenn du krass drauf bist, schaffst du es, dass es ganz normal aussieht."

„Ich weiß nicht, welche Stellung sich richtig anfühlt, ich mach das ja noch nicht so lange", jammerte Soda.

Cruzer gab Soda einen kräftigen Schubs in den Rücken, woraufhin diese sich gerade noch fangen und es nur knapp vermeiden konnte, auf den Asphalt zu stürzen. „Was zum Teufel?" Soda drehte sich um und wollte Cruzer eine verpassen, aber die duckte sich, so dass Sodas Fausthieb nur in ihrer aufgeplusterten Wuschelmähne landete.

„Du hast dich gerade auf deinen rechten Fuß gestützt, um nicht hinzufallen, also bist du goofy", lachte Cruzer.

„Ich kann in beiden Stellungen cool skaten", prahlte ich. „Wahrscheinlich weil ich mich so oft verletze, ich musste immer lernen, andersherum zu skaten, quasi wann immer ich mit dem Fuß umknicke oder ein Knie so gut wie kaputt ist. Außerdem glaube ich, dass ich mehr Kraft habe, wenn ich switch fahre."

„Hast du Cruzer das Skaten beigebracht?"

„Ha. Quatsch. Ich habe es von Marcos, einem Freund meines Cousins, in L. A. gelernt", antwortete Cruzer. „Bevor ich Georgie kennengelernt habe, bin ich nie mit Mädels geskatet, aber dann haben wir in Petaluma einen Sommer lang eine Skateboard-Bande gehabt und quasi auch als wir in L. A. gelebt haben, bevor wir nach Chicago gezogen sind."

„In Missouri hat es keine Skaterinnen gegeben. Keine einzige. Verdammt, vielleicht gibt's jetzt ein paar, aber damals, vor fünf Jahren, als ich mich auf das Skateboard von meinem Bruder gestellt habe, hat es mit Sicherheit keine gegeben."

Früher, bevor ich fünfzehn war und bevor Cruzer in Petaluma auftauchte, hatte ich nur ein Mädel gekannt, das Skateboard fuhr, und sie war eine ziemliche Wichtigtuerin. Darum war ich so begeistert, als Cruzer aus dem Nichts auftauchte und mich vor meinem schlimmsten Sommer aller Zeiten rettete. Der Sommer in jenem Jahr hatte so viel Potenzial, ein schrecklicher Sommer zu werden, weil sich meine Mutter in dem Jahr von meinem zweiten Arschloch-Stiefvater scheiden ließ und ich außerdem zum ersten Mal fürs Taggen verhaftet wurde und meine Mutter anfing, „liebevolle Strenge" anzuwenden, so dass sie mich in den meisten Nächten aus dem Haus aussperrte oder mich einfach ignorierte, und weil meine Schwestern in dem Jahr extrabösartig wurden, oh, und ich war zum zweiten Mal abgehauen und mit Drogen in Berührung gekommen und außerdem war ich in der Highschool nicht glücklich, denn das war noch, bevor man mich auf die Alternativ-Schule, in der sehr viel Verständnis praktiziert wurde, schickte und somit rettete. Ich hasste meine Familie, ebenso all die Hinterwäldler_innen und Arschloch-Sportskanonen in meiner Schule und in meiner Stadt überhaupt, und das Einzige, was mir was bedeutete, war Skaten.

Cruzer teilte diese Lebensphilosophie. Zuerst war sie angepisst, weil ihre Mutter sie den Sommer über zu ihren Großeltern verbannt hatte, aber das war, bevor ich ihr den Skatepark zeigte, für den Petaluma in Skate-Zeitschriften berühmt war. Cruzers Mutter hatte gerade den Anwalt geheiratet, für den sie als Anwaltsgehilfin arbeitete, und hatte veranlasst, dass sie aus ihrer winzigen Wohnung in sein geräumiges Zuhause in den Hügeln oberhalb der Stadt zogen. Gleich nach der Hochzeit schickte Cruzers Mutter sie nach Petaluma. „In L. A. wirst du zu sehr verwöhnt", sagte sie. „Du kannst noch nicht mal Spanisch. Du musst mehr Zeit mit deiner mexikanischen Familie verbringen."

„Meine Mutter hat mich hierhergeschickt, damit sie den ganzen Sommer lang ihren neuen Ehemann bumsen kann", erzählte Cruzer mir, während wir im Park Jelly Beans mampften.

„Also, ich finde das cool, weil du jetzt meine Komplizin sein kannst", meinte ich.

Danach wollte Cruzer jeden Sommer wiederkommen. Ihre Mutter wunderte sich, warum ihr Spanisch nie besser wurde. Der Grund war, dass Cruzer ihre gesamte Zeit mit mir verbrachte und damit, über Zäune zu springen, sich die Knie aufzuschürfen, sich im Wald hinter dem Skatepark Acid einzuwerfen und grundsätzlich jeden Unfug anzustellen, der in einem verschlafenen Vorstadt-Örtchen möglich war.

Als wir an einem Montagabend an einem Ende der Bar saßen, sagte Soda: „Hey Leute, ich hab nachgedacht. Wir sollten eine Skateboard-Clique starten". Und dann schlug sie noch vor: „Wir fragen Tiny, Parker und Manno, ob sie mitmachen wollen. Vielleicht könnten wir uns ‚Die Crew' nennen? Wie eine Schiffscrew!"

Cruzer und ich fanden die Idee super und wir stießen mit unseren nahezu leeren Bierdosen auf Soda an.

Mikala stellte ein weiteres Gratisbier vor Soda. „Sie stellt mir immer noch eines hin", meinte Soda mit Blick auf unsere leeren Pabst-Dosen, die auf dem Bartresen ein Dreieck bildeten.

„Nun, wir feiern, dass du jetzt so eine Brettkünstlerin bist", meinte Cruzer. Soda wurde allmählich wirklich eine gute Skaterin, nach all den spätnächtlichen Sessions auf dem Parkplatz und nachdem sie auf dem glatten Küchenfußboden des Mädels, bei dem sie damals wohnte, Gleichgewichtsübungen gemacht hatte.

„Ich bin 'ne echte Skaterin. Meine Schuhe sind ganz abgewetzt und so Zeug", hatte sie neulich aufgeregt am Telefon zu mir gesagt. Und als sie an jenem Abend im dämmrigen Licht der Happy Hour bei der Schwelle des Vine angerollt und über die Risse im Holzfußboden gekurvt und quasi genau beim Bartresen schlitternd zum Stehen gekommen war, hatte sie wie ein alter Profi ausgesehen. Sie hatte außerdem einen kleinen Bulldoggen-ähnlichen Welpen dabei, der ungeschickt hinter ihr hertapste und ihr Skateboard jagte. „Dieses Mädel, bei dem ich penne, hat uns einen Hund gekauft", meinte sie achselzuckend. Das Mädel, bei dem sie pennte, war eigentlich so was wie Sodas Freundin, obwohl Cello, eine Freundin von mir, mir kurz zuvor erzählt hatte, dass sie mit Soda ins Bett ging. Es war schwierig, hier in der Gegend den Überblick über all das zu bewahren.

Wir stießen mit unseren Bierdosen auf unseren neuen Namen an. Soda hatte ein bisschen Gras, das sie uns spendieren wollte, aber Cruzer stand kurz vor einem Drogentest für irgendeinen neuen Job, für den sie sich bewarb, deswegen blieb sie mit Dixie an der Bar sitzen. Soda ließ den Welpen bei einer Gruppe Mädels, die ihn sofort liebkosten, und wir gingen hinaus und in das Gässchen, das Vine Alley genannt wurde und wie eine Bucht in einem Bogen um die Bar herum verlief. Ein paar Häuser entfernt von der Bar gab es einen kleinen Treppenaufgang, der zum Garagentor von irgendjemand führte, perfekt, um sich hinzusetzen. „Scheiße, ich muss echt mit dir sprechen", sagte Soda, während sie ihre Pfeife stopfte. „Das Mädel, bei dem ich wohne, macht mich wahnsinnig. Ich hasse es, nach der Arbeit zu ihr nach Hause zu gehen, weil sie immer an mir herumnörgelt. Ich bin froh, dass ich das Skaten für mich entdeckt habe, ich habe das Gefühl, dass ich nur dann Frieden finden kann. Wenn ich ihr sage, dass ich zum Üben nach draußen gehe, kann sie nichts dagegen sagen."

Ich war sicher, dass Soda zu Übungszwecken sehr viel Skateboard fuhr – direkt bis zu Cello nach Hause.

„Mensch, und jetzt hat sie diesen Welpen gekauft, als ob sie eine glückliche Familie oder so was haben will. Ich muss da echt 'ne Fliege machen. Ich hänge jetzt seit vier Monaten mit ihr ab, schön langsam wird's kritisch."

Soda war die ultimative Herzensbrecherin. Sie lebte damals noch nicht lange in der Stadt und hatte sich niemals wirklich eine eigene Wohnung oder ein eigenes Zimmer gesucht, sondern sich stattdessen die Kunst des Bed-Surfings angeeignet, das dem Couch-Surfing sehr ähnlich war. Aber Soda blieb nicht nur ein paar Wochen, wie bei einer kurzen Bettgeschichte, und zog dann weiter; sie stahl dem jeweiligen Mädel für ein paar Monate das Herz. Später erzählte sie mir einmal eines Nachts, als sie mich über ihre Lebensphilosophien ins Bild setzte, dass für sie als generelle Regel beim Heart-Surfing drei Monate das Maximum waren. „Das ist der Zeitpunkt, ab dem es bergab geht." Aber in den ersten drei Monaten war Soda die beste Loverin, die sich ein Mädel wünschen konnte. Sie hatte üblicherweise keinen Job, deswegen wurde das jeweilige Mädel, mit dem sie gerade ins Bett ging, zu ihrer Teilzeit-Beschäftigung. Mädels versuchten immer wieder, sie in den Vollzeit- oder Dauerstatus zu befördern, doch Soda stellte sicher, dass sie auf der Eingangsstufe blieb. Typischerweise schlief sie bis zum Nachmittag, kurvte bis zum Abend auf ihrem BMX-Rad in der Umgebung herum und achtete dann darauf, zurück zu sein, wenn die jeweiligen Mädels aus der Schule, von der Arbeit oder von wo auch immer nach Hause kamen. Dann half sie ihnen, ihre Fahrräder durch enge Treppenhäuser hinaufzutragen, gab ihnen Feuer für all ihre Zigaretten und kochte vielleicht ein spitze Steak zum Abendessen. Sie machte auch andere

Dinge, wie dass sie um sieben Uhr morgens aufstand und das jeweilige Mädel in dessen Auto jeden Morgen zur Arbeit fuhr. Sie fragte sie die Hausaufgaben ab, richtete sich süß für die Mitbewohner_innen her und, was am wichtigsten war, sie war eine Allzeit-bereit-zum-Sex-Top, mit der sie Sex im Überfluss haben konnten, und zwar guten Sex. Gelegentlich machte sie sogar Gartenarbeiten, reparierte eine kaputte Türklinke, erledigte den Ölwechsel beim Auto und wechselte die Glühbirnen in der Wohnung aus. Es kam schon mal vor, dass Soda Mist baute, aber sie wurde nie rausgeschmissen – es gab höchstens mal kurze Unmutsäußerungen in den frühen Morgenstunden, wenn das jeweilige Mädel zur Arbeit musste und komplett müde und verkatert war nach einer Nacht voller Alkohol und Sex. Dann sah das Mädel Soda, die sich in ihr warmes Bett gekuschelt hatte, wütend an. Das passierte, wenn sie so was getan hatte, wie in der Nacht zuvor betrunken nach Hause zu kommen und all die Mitbewohner_innen des Mädels aufzuwecken, indem sie um vier Uhr morgens auf die Klingel drückte, oder wenn sie ihr ganzes Geld für neues Sex-Spielzeug ausgegeben hatte, so dass das Mädel den Rest der Woche für ihr Essen zahlen musste. Aber diese Vergehen waren schnell vergeben, wenn Soda sie vögelte und ihre Verbitterung direkt zum Schmelzen brachte, wenn sie zwischen ihren Beinen grinsend zu ihr hoch sah, mit einem unwiderstehlich süßen Gesichtsausdruck, der ihren ganzen Mist vergessen machte. Sie musste nur ihr süßes Grinsen zeigen – Lippen spielerisch geöffnet, rosige Wangen und ihr sich unter ihrer Kappe hervorringelndes Haar – und das Mädel bezahlte im Gegenzug immer ihre Kippen, ihren Kaffee, den Eintrittsstempel für Clubs und Drinks. Das war alles, was sie brauchte. „Es ist, wie wenn ein Welpe den ganzen Tag lang die Wohnung verwüstet hat, während man in der Arbeit war. Kann man da wirklich lange auf den hinreißenden Welpen sauer sein?" So erklärte Soda das.

Soda machte das ein Jahr lang oder so und hatte dadurch einen schlechten Ruf bekommen. Mädels warfen ihr ständig über die Bar hinweg böse Blicke zu. Das war, weil das jeweilige Mädel unweigerlich eines Abends nach Hause kommen und sein Fahrrad alleine die Treppe hinaufschleppen würde. Das Einzige, was von der Romanze übrig sein würde, würden Spuren auf den Bettlaken sein. Und eine Woche später würde das Mädel Soda mit irgendeinem neuen Mädel sehen, wie sie in einem Club Händchen halten, wie sie aneinandergeschmiegt im Coffeeshop im Viertel sitzen und sich einen Kaffee teilen und wie sie gemeinsam betrunken und in Schlangenlinien mit dem Fahrrad vom Vine nach Hause fahren würden.

Der Welpe kam durch die offene Doppeltür des Vine herausgeplumpst und rannte die Straße entlang und direkt auf Sodas Schoß. „Lernst du dort drinnen zukünftige Ex-Freundinnen für mich kennen?", fragte Soda den Welpen.

An jenem Abend gingen wir vom Vine auf einen der steilsten Hügel beim Dolores Park hinauf. Wir wollten Soda die Power-Abfahrt beibringen, unsere Lieblingsaktivität zu später Stunde. Während wir skateten, hörte der Welpe nicht auf, unsere Skateboards anzubellen, wie Hunde das eben so taten. Ich setzte mich auf den Bordstein und schob ihn in mein Sweatshirt, weil es drei Uhr morgens war und wir in einer ruhigen Gegend waren, aber der Hund gab immer noch ein gedämpftes kleines Welpen-Bellen von sich. „Napoleon, halt die Klappe", zischte Soda zu den Umrissen des Hundes unter meinem Sweatshirt herüber.

„Was?", rief Cruzer, die gerade den Hügel hinunterbrettern wollte, und krümmte sich vor Lachen. „Du nennst den Welpen Napoleon?"

Soda machte ein superernstes Gesicht und legte ihre Handflächen auf die Ohren des Welpen: „Er hat einen Napoleon-Komplex."

Cruzer schüttelte nur den Kopf und schob mit ihrem Fuß an, so dass sie den Hügel hinunterflog. Sie fuhr auf ihrem Cruiserboard gern richtig schnell und drehte auf den abfallenden Straßen rund um das Grundstück Kreise. Auf ihrem Board zu fahren war wie auf Beton-Wellen zu surfen, da es total schauklig war und in der Mitte federte. Ich setzte mich neben Soda auf den Bordstein und sie reichte mir eine frisch gedrehte Zigarette. „Ist das für dein Piratenschiff?", fragte ich sie mit Blick auf das riesige Anker-Tattoo auf ihrem Unterarm.

„Nee, das habe ich mir machen lassen, als ich hierhergezogen bin", sagte Soda. „Damit es mich hoffentlich vom Herumstreunen abhält."

„In Bezug auf Städte oder Mädels?"

„Beides. Aber die Stadt hat mein Herz gewonnen. Das Erste, was ich gemacht habe, als ich hierhergezogen und aus dem Greyhound gestiegen bin, war, zum Pier gehen und die Boote und das dreckige Wasser rund um die Halbinsel unter die Lupe nehmen. Wochenlang bin ich jeden Tag mit den Öffis zum Strand oder zur Bucht gefahren. Jetzt bin ich total begeistert von so einem neuen Busfahrjob in Fisherman's Wharf. Ich kann zusehen, wie die Schiffe reinkommen. Wenn ich erwachsen bin, möchte ich auf so einem Fischereischiff arbeiten."

Eine Weile lang musste Soda bis spätabends in der Arbeit bleiben und hatte deswegen nicht so viel Zeit, zum Skaten mitzukommen. Wir trafen sie aber trotzdem jeden Montagabend im Vine. Sie brachte dann immer Napoleon mit, dessen vollmundiger Name das betrunkene Stammpublikum verdutzte, also fingen alle an, ihn einfach Nappy zu nennen. Der Welpe wusste es damals noch nicht, aber er würde auch Stammgast im Vine werden. Eine Menge Hunde wuchsen im Vine auf. Sie waren schon von klein auf Bar-Hunde – süße kleine Pelzknäuel, die herumgereicht wurden und sich an die Brüste von sie liebkosenden Mädels kuschelten, bis sie alt und abgestumpft wurden und nun allen ausgestreckten Händen auswichen, bevor sie sich auf den Holzboden plumpsen ließen und die Pfoten anzogen, um sie vor den Füßen von all den Betrunkenen zu schützen. Wann immer Soda uns seitdem sah, sagte sie: „Meine Crew!", zeigte uns ihr breites Grinsen und gab uns den Handschlag unserer Crew: zwei spiegelverkehrte Cs, die aufeinandergelegt wurden. Oder wenn sie betrunken war, was üblicherweise der Fall war, stürzte sie sich zu einer extralangen Umarmung auf mich, die manchmal mit einem nassen schmatzenden Kuss auf eine beliebige Stelle meiner Wange einherging. Das war ihre berühmte Soda-Umarmung. Sie brachte dich dazu, dass du sie fester umarmen wolltest als alle anderen.

Am Ende jenes Monats beschloss Cruzers High-Femme-Mitbewohnerin mit dem Fetisch-Faible, in ein Auto zu springen und einen spontanen Sommer-Auto-Trip gen Süden zu unternehmen, der sie schließlich zum Camp Trans führen würde, und sie wusste nicht, ob sie überhaupt zurückkommen würde. Sie sagte Cruzer, dass es ihr egal sei, was mit ihrem Zimmer passierte. So lief das in der Creamsickle-Bruchbude: Mitbewohner_innen zogen oft ganz plötzlich aus, als ob sie das in sich zusammensackende Schiff verlassen wollten, bevor es endgültig versank.

Cruzer rief Soda an, um zu sehen, ob sie einziehen konnte, und zwar dalli.

„Oh ja, total. Ich möchte ohnehin aus der Wohnung von diesem Mädel ausziehen. Mensch, aber kann ich den Welpen mitbringen?"

„Kein Problem", meinte Cruzer. Im Creamsickle waren Hunde erlaubt. Im Creamsickle war alles erlaubt, was man sich nur denken konnte. Als Cruzer aufgelegt hatte, verkündete sie allen, die im Wohnzimmer des Creamsickle rumhingen, stolz, dass ihr neuer bester Kumpel bei ihr einziehen würde.

„Sei nicht überrascht, wenn sie versucht, dich ins Bett zu bekommen, um für ihren Mietanteil aufzukommen", warf ich ein, weil ich eifersüchtig war.

„Hmm, naja, ich bin nicht schwul", sagte Cruzer.

„Du kannst sie jederzeit an mich weitergeben", meinte Amanda, deren Augen beim Gedanken an ein Liebesabenteuer zu glänzen begannen.

„Wie auch immer, sogar für eine Schnorrerin wie Soda ist die Miete hier bezahlbar", hob Cruzer hervor.

Die Miete im Creamsickle ist spottbillig, weil einer von den Leuten, die in den späten Achtzigerjahren den ursprünglichen Mietvertrag abgeschlossen haben, immer noch hier lebt. Naja ... mehr oder weniger. Er benutzt das Zimmer zum Pendeln, deshalb ist er so gut wie nie da. Er ist dem Wein sehr zugetan und Cruzer nennt ihn Potter, weil er immer einen braunen Zauberer-Umhang und eine Brille mit dicken runden Gläsern trägt und kurze braune Locken hat wie Harry Potter. Für einen alten Kerl ist Potter ziemlich locker. Es ist ihm egal, was in der Wohnung kaputtgeht, aber er kann ein ziemlicher Stimmungskiller sein, weil immer eine traurige dunkle Wolke über ihm schwebt. Niemand weiß so recht, wo all die Traurigkeit herkommt und aus welchem Grund Potter sich so sehr an den Mietvertrag für die Wohnung klammert, sogar nachdem seine Eltern verstorben sind und ihm ein anderes Haus außerhalb der Stadt hinterlassen haben. Und er muss sich sehr daran klammern, weil in den letzten fünf Jahren fast alle Häuser in der Straße entkernt und neu hergerichtet und dann zu viel höheren Preisen wieder vermietet worden sind. Sogar die zwei untersten Wohnungen im Haus sind vor Kurzem renoviert und hergerichtet worden. Das Creamsickle ist wie ein historisches Monument, hinreißend, wie es windschief am oberen Ende des Häuserblocks steht. Cruzer sagt, dass Potter so besessen davon ist, die Wohnung zu behalten, dass er immer, wenn die Vermieterin ihn zum Umziehen zu überreden versucht, anbietet, ihr die Wohnung abzukaufen, und sogar schon so weit gegangen ist, dass er ihr Bargeld in die Hand drücken wollte. Potter zahlt sogar einen Teil der Miete und der sonstigen Rechnungen, obwohl er nie da ist. Er kommt vorbei und repariert Sachen, wie das Schutzgeländer der Treppe, das gewackelt hat, oder die Türknäufe aus Glas, die immer von den Türen gefallen sind. Das Creamsickle zu erhalten ist sein bizarres Hobby.

Anfangs, als Cruzer gerade eingezogen war, war sie unglaublich skeptisch, was Potters Nettigkeit betraf. Sie war überzeugt, dass er nicht ohne Hintergedanken günstige Zimmer an junge queere Leute untervermietete. Wenn ich vorbeikam, erzählte sie mir immer ihre neuesten Theorien. Andere Leute stiegen dann auch darauf ein, hauptsächlich aus dem Grund, dass, wenn ein Haufen Leute sich gemeinsam betranken, sie manchmal irgendeine Detektivarbeit erfinden mussten, um irgendetwas zu tun zu haben. „Vielleicht ist er ein CIA-Agent", schlug Tiny einmal vor. „Und seine Ghetto-Wohnung ist nur Fassade, damit der Feind nicht seine wirkliche Bude überwacht."

„Vielleicht hat er in den Zimmern überall Kameras angebracht und überträgt euch alle live auf einer Lesben-Sex-Website", schlug Dixie einmal vor, was dazu führte, dass alle wie die Wahnsinnigen jeden Winkel nach winzigen Kameras absuchten. Cruzer war ganz besessen von einem Loch in der Holzvertäfelung und meinte lange Zeit immer, wenn jemand etwas besonders Unflätiges im Wohnzimmer sagte oder tat: „Bitte in die Kamera lächeln", während sie auf das Loch zeigte, nur um den Leuten Angst einzujagen. Eines Nachts, als sie auf Drogen war, wollte sie sich dann mit einem Hammer daran machen, das Loch und die Kamera-Theorie wirklich zu überprüfen, aber Shelby, die einzig praktisch veranlagte Person im Creamsickle, redete es ihr aus.

Shelby war so nett, dass Potter ihr aufrichtig leidtat und sie, wann immer er vorbeikam, ihre veganen Spezialitäten für ihn kochte und mit ihm plauderte, während er mehrere Flaschen Wein aus dem Eckladen leerte und weitschweifende Geschichten über das orange Haus erzählte. Lustig, da Shelby selten sehr lange mit sonst jemand sprach, sie war eine einsiedlerische Mitbewohnerin; an den seltenen Tagen, an denen sie zu Hause war und keine Überstunden in einer gemeinnützigen Einrichtung machte, versteckte sie sich in ihrem Zimmer und hörte sich Platten an, und wenn sie doch einmal herauskam, hatte sie große schwarze DJ-Kopfhörer auf den Ohren und einen versonnenen Blick, als ob sie nicht gestört werden konnte, weil sie auf dem Mars tanzte. Früher war ich mal in Shelby verknallt, weil sie so schwer greifbar war, sich hinter ihren dicken Stirnfransen und ihrer dichten mausbraunen Haarmähne versteckte, aber ich kam darüber hinweg, als Cruzer mir erzählte, dass sie mehr auf Kerle als auf Mädels stand. Was Mädels betraf, die sich nicht so richtig für Sex mit Frauen entscheiden konnten, war ich ein gebranntes Kind.

Als Soda einzog, vergaßen Cruzer und Shelby, sie über Potter zu informieren. Es war zum Schreien komisch, als Soda eines Abends auf ihn stieß, sie flippte total aus. Es gab eine Club-Nacht namens Daisy Dukes, die jeden zweiten Freitagabend im Cat Fight Club stattfand. Und im Creamsickle gab es an jenem Abend eine After-Party. An jenem Abend hatte ich auch zum ersten Mal was mit Melanie. Ich erinnere mich nur daran, wie ich ihren roten Stöckelschuhen die Straße entlang folgte, nachdem wir getanzt, Unmengen von Whiskey getrunken und im Raucher_innen-Gässchen herumgeknutscht hatten. Als die Party in vollem Gang war und alle im Wohnzimmer so ein Kartenspiel namens Ring of Fire spielten, bei dem immer viele orgienmäßige Pflichten erfüllt werden mussten oder man die Wahrheit sagen musste, nach dem Motto „Ich habe noch nie …", und alle jede Menge Alkohol becherten, schrie Soda in der Küche auf einmal so laut, dass alle zu ihr liefen, um nachzusehen, was passiert war. Soda zitterte und starrte ganz blass im Gesicht auf den Türknauf nahe der Tür zur hinteren Veranda.

„Was ist?", schrie ich.

Soda konnte nicht sprechen. Sie war bis an den hintersten Winkel der Wand zurückgewichen und zeigte mit zitterndem Finger auf die Tür. „Ein toter Mensch! Ein toter Mensch! Dort drin!", stammelte sie schließlich.

Cruzer trat einen Schritt nach vorn und starrte auf die Tür zum Hinterzimmer. Soda hatte erst seit ein paar Wochen in der Wohnung gewohnt. „Hast du ihr nichts von Potter gesagt?", rief Shelby unter ihrem Vorhang von Stirnfransen hervor. All die Mädels quiekten und drängten sich in der Ecke der Küche hinter Soda zusammen.

„Wer ist Potter?", schrie Soda, aber niemand gab ihr eine Antwort.

Ich konnte sehen, dass Cruzer Angst hatte, dass Potter vielleicht wirklich tot war, aber sie gab sich vor den Ladys tough und bewegte sich langsam auf die Tür zu. „Oh mein Gott. Oh mein Gott", riefen Dixie und Amanda immer wieder, wie in einem Sprechchor.

„Tu das nicht!", brüllte Soda. „Rufen wir einfach die Polizei!"

Aber Cruzer atmete tief ein und drehte den Türknauf. Das Licht aus der Küche flutete in das Zimmer, das ich nie zuvor gesehen hatte. Melanie grub ihre Fingernägel in meinen Arm. Das Erste, was mir in den Sinn kam, war, dass das Zimmer sicherlich das beste im ganzen Haus war. Ich sah einen riesigen viktorianischen, offenen Kamin an der vorderen Wand und große Fenster zur Bucht hin, die mit dicken staubig-roten Vorhängen verhangen waren, aber bei geöffneten Vorhängen einen fantastischen Blick über die Stadt bieten würden. Dann sah ich zur Ausziehcouch an der hinteren Wand und hielt den Atem an, denn dort lag Potter in seinem üblichen Outfit, mit halboffenem Mund und lila gefärbten Mundwinkeln.

„Ist er tot?", riefen alle.

„Potter", zischte Cruzer.

Potter reagierte nicht. Ich betrachtete seinen schlaffen Körper genauer und sah, dass er Ohrstöpsel in seine spitzen Elfenohren gestopft hatte. „Er ist nicht tot." Cruzer drehte sich um und verkündete allen im Zimmer: „Ich kann ihn atmen sehen. Er schüttet nur Wein in sich hinein, bis er umkippt."

„Was?", krächzte Soda. „Ist das ein Freund von dir? Hast du ihn etwa eingeladen oder so was?"

„Ja, sie hat ihn beim Zauberlehrlings-Treffen kennengelernt." Dixie bog sich vor Lachen. Nun lachten alle entweder angesichts des Bildes, das sich ihnen bot, oder wanderten zurück ins Wohnzimmer, um weiter Karten zu spielen und miteinander rumzumachen. Cruzer ging in Potters Zimmer. Wie mutig von ihr. Dixie fing an, Soda zu erklären, wer Potter war und warum es ein geheimes Zimmer gab.

Soda sah Cruzer wütend an. „Äh, kannst du mir mal erklären, warum es dir nichts ausmacht, dass ein tot aussehender Typ sich in unserer Wohnung in einem geheimen Zimmer versteckt?"

Cruzer wirkte ziemlich verloren und sah mich bittend an. Sie war nicht gut in Konfrontationen und konnte nicht damit umgehen, wenn jemand ihr gegenüber aggressiv war. „Lass uns eine rauchen gehen", sagte ich zu Soda.

Cruzer war sichtlich erleichtert, dass sie aus der Verantwortung genommen worden war. Soda folgte mir auf die hintere Veranda, wobei sie sich immer noch an die hinterste Wand der Küche hielt, um so viel Abstand wie möglich von der nun wieder verschlossenen Tür zu Potters Zimmer zu wahren.

In klaren Nächten hatte man auf der hinteren Veranda das Gefühl, in der Kabine eines Baukrans zu sein und über der Stadt zu baumeln, hoch über den Straßen im Mission-Viertel, die direkt in die zerklüfteten Ränder des Stadtzentrums mündeten, und über den Brücken, die wie verblassende Scheinwerferlichter über die Ränder hinausragten. Wenn die Luft so klar war, sah es unwirklich aus. In anderen Nächten, manchmal sogar wochenlang, verschwand alles in einer grauen Nebelmasse und die einzigen Dinge, die sichtbar waren, waren die Dinge, die rot leuchteten, wie das Leuchtschild von Safeway auf der linken Seite und die Coca-Cola-Werbetafel auf der rechten Seite. „Schau, man kann sehen, wenn Leute die Lichter in den Bürogebäuden anmachen, jedes Fenster der Reihe nach. Das sind wahrscheinlich die Putzkolonnen, die nachts arbeiten", meinte ich, während ich auf die Stadt hinaussah, die unter uns glitzerte.

Dann erzählte ich Soda die ganze Geschichte über Potter.

„Ich kann nicht glauben, dass ich fast einen verdammten Herzinfarkt bekommen habe." Soda lachte in sich hinein. „Aber ich bin froh, dass nicht wirklich ein toter Mann in meiner ersten wirklichen Wohnung hier liegt."

Seit diesem Abend verarschte Soda Cruzer immer mal wieder. Manchmal sagte sie so was wie „Kannst du dich noch daran erinnern, wie du mich dazu gebracht hast, bei dir und deinem alten Zauberer-Freund einzuziehen?" Und Cruzer erwiderte so was wie „Kannst du dich noch daran erinnern, wie du mal total wie ein Mädchen gekreischt hast?" Aber in Wirklichkeit lachten sie darüber. Und außerdem lenkte so ein Mädchen namens Amanda Soda so sehr ab, dass sie nicht mehr an Potter dachte, denn während wir draußen waren, hatte Amanda Cruzer gebeten, das nächste Mal, wenn Cruzer bei Wahrheit oder Pflicht bestimmen durfte, sie aufzufordern, Soda einen Lapdance zu geben.

Als schließlich die Sonne aufging, unterbrach ich meine Knutscherei mit Melanie und bemerkte, dass sich das Zimmer komplett geleert hatte. Cruzer saß neben zwei Mädels auf der Couch, die ebenfalls herumknutschten. Aus der Küche waren dumpfe Schläge zu hören und von der hinteren Veranda her leises Gekicher. „Wo ist Soda?" Cruzer starrte zur Decke und stieß einen langen Rauchschwall aus.

„Weiß nicht. Wo ist Amanda?"

Wir kicherten, schlichen durch den knarrenden Flur und legten unsere Ohren an Sodas Zimmertür. Stille. Dort war niemand. Wir sahen in den Badezimmern und den Schränken nach. „Cruzer, deine Zimmertür ist zugesperrt", rief ich vom anderen Ende des Flurs.

„Mensch, du hast ein eigenes Zimmer!", schrie Cruzer ihre verschlossene Zimmertür an. Sie lachte jedoch. „Diese Kleine ist so seltsam, sie schläft gern in jedem Bett im Haus", flüsterte Cruzer mir zu. Ich musste daran denken, was Soda über das Anker-Tattoo gesagt hatte und dass es nicht wirkte. „Sie schläft auch echt gern auf der Couch. Sie ist wirklich lustig. Es ist, als ob sie nicht an einem Ort bleiben kann und Bed-Surfing machen muss, um nicht verrückt zu werden. Deswegen hat sie wahrscheinlich auch Potters Zimmertür aufgemacht. Sie hat nach einem neuen Bett gesucht! Haha."

„Bring mich nicht zum Lachen, sonst mach ich in die Hose!", rief ich, während ich durch den Flur zurück zum Wohnzimmer lief, um herauszufinden, ob Melanie wollte, dass ich sie nach Hause begleitete.

Kapitel 5

Nun, da Cruzer weggefahren ist, hängen Soda und ich die ganze Zeit gemeinsam ab. Als wir eines Nachts betrunken vom Vine nach Hause kommen, sagt sie: „Du musst in meinem neuen Bett schlafen. Es ist klasse." Eine Sekunde lang kriege ich fast die Krise. Ich will mit Sicherheit niemals wieder mit jemand von meinen Mitbewohner_innen ins Bett gehen und außerdem würde Cruzer ausflippen, wenn ich mit einem Boi und noch dazu einem Mitglied unserer Crew einen auf schwul machen würde. Dann wird mir klar, dass Soda es nicht so gemeint hat.

Ich klettere betrunken auf Sodas Hochbett hinauf, während Napoleon zurücksetzt, um Anlauf zu nehmen und raufzuhüpfen, weil das Bett ungefähr 1,80 Meter hoch ist.

„Was für ein absurdes Bett. Du fällst sicher mal mitten in der Nacht runter, wenn du betrunken bist", hat Cruzer Soda ausgelacht, nachdem sie es fertig gebaut hatten. Soda hat erst angefangen, nachts in ihrem eigenen Zimmer zu schlafen, als sie sich ein verrücktes Piratenbett gebaut hatte, fast einen Monat, nachdem sie ins Creamsickle eingezogen war. Die Idee, das Bett zu bauen, war ihr gekommen, während sie bei einer Freundin zu Besuch war, die mit einer Frau, die queere Pornofilme machte, zusammenlebte, und deren Bett sah, ein großes Holzding mit vier hohen Holzpfosten und Haken mit Seilen an den Seiten. Die Porno-Regisseurin benutzte die Seile, um ihre Bettbekanntschaften anzubinden, aber Soda kamen bei deren Anblick gleich die Seile auf einem Piratenschiff in den Sinn.

Ich schätze, sie hat die Schrauben und Bolzen noch nicht ganz fest angezogen, weil das Bett immer noch wirklich wackelig ist. Immer wenn ich mich bewege, schwankt es vor und zurück, wie eine Seilbrücke. Ich stelle mir vor, dass da noch andere Schiffe sind, die das Bett umkreisen. Die Schatten auf Sodas weißen Wänden sehen wie Schiffe aus, die das Bett die ganze Nacht lang umkreisen werden, wie hungrige Haie. Wenn das Bett schaukelt, fühlt es sich so an, als ob das gesamte Haus wanken würde. Aber wahrscheinlich ist mir bloß vom Alkohol schwindlig. „Das ist also dein schunkliges Piratenbett", sage ich.

„Betten sollten unbeständig bleiben, wie Schiffe", murmelt Soda kurz vor dem Einschlafen.

Die ganze nächste Woche lang ergibt es sich irgendwie jeden Abend, dass ich in Sodas Bett schlafe. Ich habe Entzugserscheinungen wegen der Trennung von meinem alten Zimmer, und von Hurricane. Manchmal bleiben wir die ganze Nacht lang wach und reden. Wir erzählen einander all unsere Jugendgeschichten, Zukunftsträume und einige unserer tiefsten Geheimnisse. Soda erzählt mir, dass es ihr größter Traum ist, zu lernen, wie man Schiffe baut. Ich erzähle ihr, dass ich, wenn ich nicht die ganze Zeit arbeiten müsste, um in dieser teuren Stadt die Rechnungen bezahlen zu können, wieder zur Schule gehen würde, um Englischlehrerin zu werden, weil in der alternativen Highschool, in die ich gegangen bin, meine Englischlehrerin meine Lieblingslehrerin war und der einzige Grund, warum ich mir überhaupt die Mühe gemacht habe, zur Schule zu gehen und den Abschluss zu machen. Soda erzählt mir, dass ihr Vater sie ins Gesicht geschlagen hat, als er herausgefunden hat, dass sie eine Lesbe ist, als sie mit einem rasierten Kopf nach Hause gekommen ist. Ich erzähle ihr, dass mein Vater sich immer zum örtlichen Stripclub davongeschlichen hat, als er eigentlich auf meine Schwestern und mich hat aufpassen sollen, als wir noch klein waren, und dass er sich eines Tages mit all dem Geld davongemacht hat, das meine Eltern gespart hatten, um aus dem Kellerzimmer ausziehen zu können, in dem wir gelebt haben, und wir nie wieder was von ihm gehört haben. Sie erzählt mir, dass ihr Vater, als sie eine Teenagerin war, immer Zeug aus großen Baumärkten gestohlen hat und sie es dann hat zurückbringen und Geld dafür hat verlangen müssen und dass sie einmal erwischt worden ist und gemeinnützige Arbeit hat leisten müssen. Wir machen Witze darüber, dass offenbar alle, die wir kennen, ihre eigenen Geschichten von Vätern, die ihrer Unterhaltspflicht nicht nachgekommen sind, haben und unsere zumindest so wahnsinnig beschissen sind, dass sie schon wieder lustig sind.

Soda erzählt mir, dass sie als Kind so oft versucht hat, wie ein Junge zu pinkeln, dass ihre Mutter immer ihren Vater angeschrien hat, weil sie gedacht hat, er hätte den Klositz „verfehlt", und dass die Hosenbeine ihrer Jeans wegen ihres unermüdlichen Übens manchmal nach Pipi gerochen haben. Ich erzähle ihr, dass ich früher zu Jodie-Foster-Filmen masturbiert habe. Sie erzählt mir, dass sie als Teenagerin vielen Freunden ihres älteren Bruders einen geblasen hat, damit sie sie mit ihren Autos haben herumfahren lassen und ihr Bier gekauft haben und weil sie besessen davon war, wie ihre Teile funktionieren. Ich erzähle ihr davon, dass meine Schwestern mich in der Schule komplett ignoriert haben, weil sie hübsch und beliebt waren, eine war sogar Cheerleaderin, und es ihnen peinlich war, dass ihre Schwester so „komisch" war. Sie erzählt mir davon, dass sie früher mit ihrem Bruder und Vater auf die Hirschjagd gegangen ist, nur damit sie ihnen nahe sein konnte, dass ihr das aber immer noch leidtut. Ich erzähle ihr von dem Mädchen, mit dem ich mein erstes Mal gehabt habe, so ein schnöseliges Mädel, das sich mit Tabletten zugedröhnt hat und das ich in einer Gruppen-Unterkunft, in der man kurzzeitig übernachten konnte, kennengelernt hatte. Sie erzählt mir, dass sie sich von niemand hat vögeln lassen, seit sie neunzehn war. Ich erzähle ihr davon, dass Cruzers erste Freundin einmal versucht hat, mich zu verführen, und dass das das einzige Geheimnis ist, das ich vor Cruzer habe. Sie erzählt mir, dass sie mit der Freundin des besten Freunds ihres Bruders Sex gehabt hat, direkt bevor sie ihre Heimatstadt endgültig verlassen hat.

Ich mag Sodas Geschichten. Ihre Heimatstadt klingt so viel romantischer als die Nullachtfünfzehn-Vorstädte, auf die ich beschränkt gewesen bin. Sie ist in einer Stadt im Landesinneren aufgewachsen, wo es staubtrocken war, aber sie war vom Ozean besessen. Als Kind hat sie in der Badewanne mit Schiffen gespielt und den ganzen Tag lang auf dem Boden in ihrem Zimmer kleine Spielzeug-Hafenanlagen aus Plastik beladen. Aber in ihrer Stadt hat es keine echten Schiffe gegeben, nur eine Papiermühle, die sich gegen den Himmel abgezeichnet und keine Sonnenstrahlen hereingelassen und nach faulen Äpfeln gerochen hat, und einige Hundert grasende Kühe. Während ich im Piratenbett liege, stelle ich mir Sodas stickige Heimatstadt vor, über der eine diffuse Dunstwolke hängt, und dass die einzigen Schiffe dort Papierschiffe sind, die auf einem matschigen See aus Papierbrei schwimmen.

Eines Nachts fragt Soda: „Wie ist dein richtiger Name?" Eine Frage, die für die meisten Bois gegen die Umgangsformen verstößt, aber da sie von Soda kommt, macht es mir nichts aus.

„Georgette", verrate ich ihr und muss lachen, weil es aus meinem Mund so komisch klingt. „Das ist der Name meiner Großmutter väterlicherseits. Ich habe sie nie kennengelernt und meine Mutter hasst meinen Vater so sehr, dass sie mir ihre Adresse nicht gibt, damit ich zumindest versuchen könnte, sie zu kontaktieren."

Soda nennt mir den Namen auf ihrer Geburtsurkunde, obwohl er mir egal ist. Sie lässt mich zehnmal schwören, dass ich ihn niemals sagen werde. Dann spricht sie ihn selbst noch einmal aus, ihren verrückten langen Landmädchen-Namen, und wir können mindestens fünf Minuten lang nicht aufhören, laut zu lachen.

Soda.

Die Stadt hat ihr diesen Namen gegeben. Irgendein Mädchen, dass sie in ihrer ersten Woche in der Stadt auf einer Party geküsst hatte, hatte gemurmelt: *Mmmm, du schmeckst nach Trauben-Soda*, und sie dann den ganzen restlichen Abend so genannt. Der Spitzname ist an ihr kleben geblieben wie Kaugummi an einer Schuhsohle, was ihr aber nichts ausgemacht hat. Sie hat ohnehin einen neuen Namen gebraucht. Sie hat ein neues Leben gebraucht. Deswegen war sie ursprünglich aus der kleinen Stadt im Mittleren Westen abgehauen.

Das Piratenschiff steht direkt neben den zwei Eckfenstern. Die ganze Nacht lang beschlägt der Nebel die Fensterscheiben, als würden kleine Wasserwellen an ihnen emporplätschern.

Als Cruzer schließlich wieder zurückkommt, übernachte ich nicht mehr in Sodas Bett. Cruzer würde das bestimmt komisch finden, als ob wir es miteinander treiben würden oder so was. In jener Nacht lege ich mich wieder in meinem Vorratskammer-Zimmer schlafen und vermisse das Schaukeln des Piratenschiffs. Am nächsten Morgen wache ich früh auf und möchte in Sodas Bett kriechen und ein Weilchen mit ihr lachen. Ich gehe über den Flur zu ihrem Zimmer, aber Soda ist nicht alleine, Amandas dunkler kurz geschnittener Haarschopf lugt unter der Bettdecke hervor. Ich spüre einen kleinen, dummen Anflug von Eifersucht.

„Georgie!", quiekt Amanda, als ich ins Zimmer komme. Sie hüpft ein wenig unter der Decke hervor und schnappt meine Hand. Da sie kein Hemd anhat, kann ich die kleinen metallenen Piercings in ihren beiden Brustwarzen sehen. Sie zieht mich zwischen sich und Soda ins Bett. „Ich bin so aufgeregt, dass du jetzt auch hier wohnst!", sagt sie mit ihrer verkaterten Raucherinnen-Stimme. „Ich habe gehört, dieses verrückte Mädel wollte euer Haus abfackeln."

„Ich glaube nicht, dass das Absicht war", murmle ich, aber Amanda hört nicht zu.

„Ich habe diese Zicke nie gemocht. Sie und dieser Koksdealer, mit dem sie abhängt, haben mal meinen Cocktail mitgehen lassen."

Ich lache nur.

„Hurricane hat Georgies Herz gestohlen, deswegen redet sie nicht schlecht über sie", informiert Soda Amanda.

„Mir egal", sagt Amanda. „Meine Freundin Lorrie findet dich süß. Du solltest was mit ihr anfangen. Sie ist nett. Sie wird dich nicht sitzen lassen oder versuchen, dein Haus niederzubrennen."

„Klingt gut", meine ich, obwohl ich mir überhaupt nicht vorstellen kann, mit jemand ins Bett zu gehen. Die einzige Begebenheit, die in letzter Zeit auch nur annähernd in diese Richtung gegangen ist, war, als ich letzte Woche einmal frühmorgens, als es noch dunkel war, in Sodas Bett aufgewacht bin und ihre Gliedmaßen komplett um mich geschlungen gewesen sind. Am Morgen haben wir beide jedoch wieder auf getrennten Seiten des Betts gelegen, also habe ich es mir vielleicht nur eingebildet.

Ein paar Wochen später wache ich mitten in der Nacht auf und fühle mich immer noch betrunken. Ein süßes australisches Mädel mit blonden und pinken Haaren liegt neben mir. Ich schätze, ich sollte Sex mit ihr haben, aber stattdessen liege ich hier nur steif herum, starre an die Decke und fühle mich unglaublich einsam. Ich glaube, Hurricane hat meinen Sextrieb dauerhaft ruiniert. Zig Wochen sind schon vergangen, seit sie weggefahren ist, aber es ist egal, mit wem ich rumknutsche. Es ist, als wären meine fünf Sinne ausgeschaltet worden und als würden Mädels sich nach nichts anfühlen, nach nichts riechen oder schmecken. Es erscheint wie eine Ironie des Schicksals, dass ich gerade in eine der berüchtigtsten Junggesell_innenbuden gezogen bin und mir noch nicht einmal etwas daran liegt, Sex zu haben, aber ich schwöre, ich habe es versucht, ich hab's wirklich versucht.

Es gibt hier so ein Verfahren, das Soda mir unzählige Male beschrieben hat, bevor ich ins Creamsickle eingezogen bin, und nun habe ich unbegrenzte Möglichkeiten, es in die Tat umzusetzen. Das Verfahren wird *Der Drei-Stufen-Plan* genannt. Wow, das klingt wie eine neue Diät oder so was. Aber in Wirklichkeit ist es Cruzers todsichere Methode, um ein Mädel ins Bett zu bekommen. Alles, was du tun musst, ist, ein süßes junges Ding im Vine finden und sie zu dir einladen, oder was auch immer, und dann führst du die Schritte aus. Hier ist eine genaue Wiedergabe, wie die Schritte in Cruzers Skizzenbuch in Sodas Handschrift aufgeschrieben sind, wobei einige Dinge ausgestrichen und in nicht entzifferbarer Handschrift und mit einem andersfarbigen Stift überschrieben sind. Die Überschrift lautet *One-Night-Stand-Schritte.*

Schritt 1. Lade sie auf ein Bier ein und gehe mit ihr zum Rauchen auf die hintere Veranda. Sag so was wie „Oh, willst du die Aussicht sehen?" = romantisch. Da küsst du sie zum ersten Mal. ~~Spiel Musik von Marvin Gaye.~~

Schritt 2. Geht ins Wohnzimmer (geh niemals direkt nach dem ersten Kuss ins Schlafzimmer), trinkt noch ein Bier und raucht noch eine Zigarette auf der Couch und REDET einfach. Du kannst deine Hand auf ihr Bein legen oder so 'nen Kram, aber knutsch nicht mit ihr. Dadurch wird sie es noch mehr wollen. Glaub mir. Sie *will* reden.

Schritt 3. Jetzt geh mit ihr in dein Zimmer. ~~MACHT LIEBE.~~ Vögelt.

Okay, dieses Strickmuster wirkt jetzt schäbig, aber Soda und Cruzer machen ihre Listen meistens nur zum Scherz. Dass diese Anleitung überhaupt zustande gekommen ist, hat daran gelegen, dass Cruzer eines Tages bewusst geworden ist, dass sie immer genau das Gleiche macht, wenn sie ein Mädel mit nach Hause nimmt, und sie hat felsenfest behauptet, dass es immer funktioniert, also hat Soda es auch ausprobiert. Ich glaube, es ist sogar eine Wette abgeschlossen worden zwischen ihr und Cruzer, bezüglich der Erfolgsgarantie. Und dann ziehe ich ein und bin die Einzige, die es nicht schafft, bis zum Ziel zu kommen. Der ganze Ablauf langweilt mich so sehr, dass ich, wenn ich der imaginären Route durchs Haus folge und es zum Sex-Teil kommt, beim Knutschen fast gähnen muss.

Die letzten paar Male, als ich ein Mädel mit nach Hause nahm, ertappte ich mich dabei, wie ich einen der Gedichtbände aufschlug, die ich gerade fürs College las, oder eines von Hurricanes Lieblingsbüchern, die sie nicht mitgenommen hatte, und wie ich dem jeweiligen Mädel daraus vorlas, bis es schließlich einschlief, wahrscheinlich aus purer Langeweile. „Du bist so verdammt lesbisch!", schrie Cruzer mich an, als sie hörte, dass ich immer noch nicht mit Amandas Freundin Lorrie geschlafen hatte, aber schon bis zur Hälfte von Mina Loys *Lunar Baedeker* gekommen war. „Streich Schritt 3 = Vögeln und schreib stattdessen *Lies ihr Gedichte vor* hin", wies Cruzer Soda an. „Georgie wohnt jetzt auch hier und wie es aussieht, gibt es ein paar Änderungen im *Statut für One-Night-Stands*."

„Georgie ist einfach eine Romantikerin", entgegnete Dixie. „Du hättest hören sollen, wie sie neulich Nacht Amanda erklärt hat, warum Soda ein Piratenbett hat. Sie hat ihr eine ganze Geschichte über eine Stadt voller Papierschiffe, aber ohne Ozean erzählt."

„Mir gefällt das", sagte Soda. „Du verwandelst meine stinkige alte Heimatstadt in etwas, über das ein Kinofilm gedreht werden könnte."

Mit dem *Drei-Stufen-Plan* kann, Soda zufolge, auch bei Besuch von auswärts oder bei Mädels, die gerade in die Stadt gezogen sind, nichts schiefgehen, weil bei ihnen die Aussicht über die Stadt extragut ankommt. Alles, was sie sich jemals von San Francisco erträumt haben, während sie noch in der homophoben oder spießigen Stadt gelebt haben, von der sie nun weggezogen sind, kommt ihnen genau dann schlagartig wieder in den Sinn, wenn sich das riesige, glitzernde queere Prachtstück von einer Stadt wie ein Teppich zu ihren Füßen erstreckt. Also ist es auch für mich ein Leichtes gewesen, die Australierin, die zu Besuch hier ist, ins Bett zu bekommen, aber statt weiterer Schritte habe ich ihr Gedichte von Michelle Tea vorgelesen. Jetzt überlege ich mir, sie aufzuwecken, sie zu küssen oder etwas noch Heißeres anzufangen, wie eine kurze scharfe Nummer mitten in der Nacht, während die ganze Welt schläft, aber stattdessen sehne ich mich nach etwas Vertrautem. Ich stehe auf und schleiche mich in Sodas Zimmer.

Das Piratenbett ächzt, als ich hineinklettere. Soda wacht auf, aber sie ist es gewohnt, dass ich in ihr Bett krieche, also flippt sie nicht aus.

„Hey, wie läuft's mit deiner süßen Australierin?"

„Keine Ahnung. Mir ist einfach nicht danach."

Beim Morgengrauen fällt das Licht durch Sodas Fensterläden. Mir fällt ein, dass ein Mädel in meinem Bett liegt und ich mich auch wieder dort hinbegeben sollte. Als ich zurück in mein Bett krieche, wecke ich sie auf und wir knutschen eine Weile, aber dann, genau als ich anfange, ihre Hose aufzuknöpfen, sagt sie: „Ich hab meine Periode", und das in einem Ton, als würde sie sagen: „Mein Hund ist gerade gestorben." Scheiße. Da bin ich endlich bereit, mit dem ersten Mädel nach Hurricane zu schlafen, und dann gibt's rotes Licht.

Wir starren beide betreten an die Decke. Ich spüre, dass sie sich fragt, ob ich gevögelt werden möchte, ob ich wohl ihre Hand wegschiebe oder sie in meine Hose lasse, wenn sie mich anfasst. Oder vielleicht fragt sie sich nichts von alldem und nimmt an, dass ich es will, ist aber einfach nervös. Wer weiß? Keine von uns sagt etwas. Gewöhnlich bin ich jederzeit bereit, gevögelt zu werden. Ich bin da nicht so wie Cruzer, die quasi die Regel hat, dass sie sich selbst nie vor dem dritten Rendezvous vögeln lässt, oder wie Soda, die nie und nimmer die Bottom-Rolle übernehmen würde. Ich mag es, gevögelt zu werden. Aber jetzt in diesem Moment bin ich nicht in der Verfassung, von einer Fremden gevögelt zu werden, so intim mit jemand zu sein. Ich könnte zwar sie vögeln, aber ich habe Angst, dass ich, wenn ich mich von ihr vögeln lassen würde, die Fassung verlieren oder weinen oder etwas ähnlich Schreckliches passieren könnte.

Ich ziehe das australische Mädel an mich, so dass sie auf mir zu liegen kommt und pinke Haarsträhnen in mein Gesicht hängen. Sie hat nur ein durchsichtiges blaues Höschen an. Ich hebe sie ein wenig hoch und schiebe meine Hände in meine Boxershorts und sie lässt ihre Hand auch zwischen ihre Beine gleiten. Sie bewegt sich auf und nieder, als ob sie auf mir reiten würde. Soda hat mir mal erzählt, dass das das einzige Bottom-Mäßige ist, was sie je macht. Topping from the bottom, so nennt sie es. Der Gedanke an Soda turnt mich sogar noch mehr an und ich komme, als das Mädel sich niederbeugt, so dass ihr Haar wie ein dunkler Vorhang auf mein Gesicht fällt, und ihre Zunge um meine kreisen lässt.

Stunden später wache ich auf, weil im Flur geschrien und Türen zugeschlagen werden. Ich stehe auf, um mir ein Glas Wasser zu holen, und sehe, dass Cruzer versucht, den Fernseher im Wohnzimmer wieder zu verkabeln, bei dem offenbar alle Kabel durcheinander sind, nachdem Soda und ihr Freund Ed gestern Abend Videospiele gespielt haben. „Soda, bring das in Ordnung!", brüllt Cruzer. „Die Soap geht gleich los!" Jeden Tag könnte es jetzt so weit sein, dass die Lesben in der Soap-Opera tatsächlich eine Sex-Szene haben. Es ist eine Riesen-Geduldsprobe. Soda kommt von der hinteren Veranda herein, auf der sie für gewöhnlich ihre Morgenzigarette raucht.

„Schalt ihn ein. Schalt ihn ein", ruft Cruzer ihr über den Flur zu, als ich mich ins Badezimmer verdrücke, um zu pinkeln.

„Mensch, beruhige dich, es ist noch nicht mal zwölf Uhr!", schreit Soda zurück.

Mein Schädel brummt.

Es könnte sein, dass die Lesben nie Sex haben. Es ist schon eine Ewigkeit her, dass sie sich das erste Mal geküsst haben. In Soap-Operas geschieht alles im Zeitlupentempo und außerdem passiert jedes Mal etwas, wenn die Lesben gerade so weit wären. Leute sabotieren sie ständig, ihre Ex-Freunde, Eltern und Kinder, so dass die zwei an Lesbian Bed Death leiden, noch bevor sie zur Sache gekommen sind. Vor ein paar Tagen, als wir alle eine besonders frustrierende Anbahnungsepisode angesehen haben und sie *immer noch keinen* Sex gehabt haben, hat Cruzer einen Vergleich zu meinem Sexleben gezogen. „Okay, als Nächstes fangen sie an, einander Emily Dickinson vorzulesen, darauf wette ich."

Im Wohnzimmer hält Cruzer mir einen halben Bagel hin, den sie von ihrer Kontaktperson im Coffeeshop um die Ecke bekommen hat. Cruzer hat so gut wie überall im Viertel Queer-Mafia-Kontaktpersonen und bekommt Gratis-Kaffee von Cello, Gratis-Sandwiches, wenn Jens Boss nicht da ist, Gratis-Pizza von Freddys, ihre Fotos entwickelt Dina umsonst und so weiter. Das war schon immer so. Wenn Cruzer etwas will, braucht sie nur mit dem Finger darauf zu zeigen und bekommt es für gewöhnlich. Als wir jünger waren und das bei mir nicht funktioniert hat, bin ich wirklich gut im Stehlen geworden, um mit ihr mithalten zu können.

Soda sitzt schon auf der Couch, bereit für die Soap-Opera, mit verschlafenem Gesicht und verstrubbelten Haaren, sie hat immer noch ihre Boxershorts an sowie ein schwarzes Halstuch und ein blaugestreiftes schnöseliges Hemd mit Kragen, über dessen Vorderseite

Cruzer *Wilder Widder* gesprüht hat, für die Party, die sie im April anlässlich ihres gemeinsamen 22. Geburtstags geschmissen haben. Sie hat sich ihre hellgrau melierte Fleecedecke um ihre Füße geknüllt, denn komme, was da wolle, sogar wenn die Morgensonne durch das gesprungene Fenster über Sodas Kopf hereinblitzt, im Creamsickle ist es immer kalt. Cruzer hat die gleiche Decke, die gewöhnlich auf der anderen Couch liegt. Sodas Freund Ed hat ihnen die Decken gekauft, nachdem er einmal an einem besonders kalten Tag nachmittags zum *Tony Hawk Pro Skater*-Spielen da war und nicht glauben konnte, dass er seinen Atem sehen konnte, weil es im Haus keinerlei Heizung gibt. Das erklärt vermutlich auch, warum sie so viele Partys geben, sie frieren und wollen, dass Leute vorbeikommen, damit sie all deren Körperwärme stehlen können.

Als das australische Mädel ins Wohnzimmer kommt, mache ich mir Sorgen. Soda und Cruzer haben strenge Regeln und während der Soap-Opera ist eigentlich kein Übernachtungsbesuch erlaubt, weil die beiden während der Werbepausen über Mädels quatschen, meist über Details von Abenteuern in der Nacht zuvor. Im Creamsickle gibt es all diese komischen Regeln, an die ich mich noch gewöhnen muss. Glücklicherweise will das Mädel den Tag mit einer Freundin im Golden Gate Park verbringen. Sie fragt, ob ich mitkommen will, aber ich sage ihr, dass heute eine wirklich wichtige Folge der Soap läuft. Es ist mir peinlich, dass ich vermutlich Stereotype über Amerikaner_innen bestätige, indem ich am helllichten Tag meine Abhängigkeit von einer Fernsehsendung offenbare, und ich möchte erklären, dass wir nur wegen der Lesben Feuer und Flamme für die Soap sind. Den ganzen letzten Monat über, seit Cruzer und Soda angefangen haben, sich die Soap anzusehen, sind sie jeden Tag um zwölf Uhr mittags nach Hause geeilt, wenn sie morgens woanders aufgewacht sind. Manchmal haben sie einander auch superhöflich per Telefon Bescheid gegeben, nach dem Motto: „Hey Kumpel, ich bin bei Stephanie. Äh ja, erzähl ich dir später, aber ich mach mich jetzt auf den Weg, ich bin nur noch zwei Straßen entfernt." Was Cruzer betrifft, ist das Einhalten des Soap-Opera-Termins die verbindlichste Verpflichtung, die sie je gehabt hat und die einem wirklichen Job am nächsten kommt.

Soda fängt an, die Soap kurz zusammenzufassen, um dem australischen Mädel die Bedeutung der heutigen Folge zu vermitteln.

Zwischen Schlucken von ihrem Kaffee und Bissen von ihrem Bagel erzählt sie bruchstückhaft: „So ein Mädel namens Bianca hat sich als Lesbe geoutet ... die erste Lesbe, die es je in so einer Fernsehsendung gegeben hat ... sie bringt so ein Mädel namens Maggie dazu, out zu sein ... Maggie hat einen gewalttätigen Freund ... Halt dich fest! Der Bruder von dem gewalttätigen Freund ist der Kerl, der Bianca mal vergewaltigt hat, was später dazu geführt hat, dass Bianca ein Baby von ihm bekommen hat!"

„Bianca ist die Tochter von Erica, du weißt schon, Susan Lucci? Die absolute Königin des Unterhaltungsfernsehens? Japp, ihre Fernseh-Tochter ist durch und durch lesbisch!", fügt Cruzer hinzu.

„Sie haben heute garantiert Sex. Ich weiß es einfach", sagt Soda aufgeregt und hüpft ein wenig in die Höhe, so dass die alte Couch unter ihr ächzt.

Nun sieht das australische Mädel so aus, als hätten wir sie hochoffiziell mit unserer Schrägheit verschreckt, was vermutlich auch gut so ist, und geht.

In der ersten Werbepause redet Cruzer unaufhörlich über den Sex mit einem Mädel, das sie bei ihrer Kunstausstellungseröffnung am Abend zuvor kennengelernt hat. „Wie hat sie sich angehört?", fragt Soda, was heißen soll: „Wie hat sie sich angehört, als sie gekommen ist?" Dadurch, dass ich mit Cruzer und Soda abhänge, bin ich quasi aus zweiter Hand zu einer Aficionada geworden und weiß genau, wie sich die meisten Femmes, die wir kennen, im Bett anhören, bis hin zu den kleinsten Geräuschen, die sie machen. Soda macht dauernd Bemerkungen wie „Du kennst doch dieses Mädel Dasha, also, bei ihr ist es eine Folge von leisen, kurzen Schreien, wie in einer Oper, die immer mit demselben vierten Schrei endet." Das führt dazu, dass ich für immer dazu verdammt bin, dass mir diese Geräusche völlig unwillkürlich wieder in den Sinn kommen, zum Beispiel wenn ich auf der Straße einem Mädel zuwinke oder wenn eine heiße Femme-Barkeeperin mir den Drink reicht, wie bei diesem Mädel Hillary, die wir *Hillary die Raubkatze* nennen, weil sie, wenn man Soda glauben will, im Bett wie eine wütende Katze faucht. Hillary ist Sodas Lieblingsbeitrag zur Orgasmus-Nachahmungs-Kartei. Soda ist super im Imitieren, zum Beispiel macht sie, wenn sie Hillary nachahmt, sogar so ein leises pfeifendes Geräusch zwischen ihren Zähnen. Cruzer ist gewöhnlich nicht ganz so gut, ihre

Imitationen klingen eher immer alle gleich, aber sie versucht es zumindest.

Bei der Hälfte der Soap-Folge sind wir alle komplett frustriert, weil offensichtlich ist, dass die Lesben nach wie vor niemals Sex haben werden. Cruzer schreit den Fernseher ständig an und Soda wirft bei der letzten Szene eine alte Bierdose gegen den Fernseher. Ich fühle mich immer noch beschissen, weil ich letzte Nacht zu viel getrunken habe, und sie machen meine Kopfschmerzen noch schlimmer.

Ich gehe und lege mich in mein Bett, aber ich halte es nicht aus, dass es so sehr nach dem Parfüm von dem Mädel riecht, deswegen gehe ich in Sodas Zimmer und klettere wieder einmal in ihr Piratenbett. Dann rolle ich mich zusammen und sehe durch das Fenster den Telefonkabeln dabei zu, wie sie im Wind tanzen. Bald wird die Kälte kommen. Man erkennt es an der dünnen Nebelschicht am Morgen, am kalten Wind und den dunklen Wolken, die in der Ferne lauern, bereit, sich über der Stadt auszubreiten.

Als ich auf die Unordnung in Sodas Zimmer hinuntersehe, entdecke ich auf dem Fußboden etwas Vertrautes. Ich stehe auf und ziehe es aus einem Haufen zusammengeknüllter Klamotten. Es sieht wie ein Kapuzenpulli aus, von dem ich dachte, dass ich ihn schon vor einer Weile verloren hätte. Als ich ihn anziehe, erinnere ich mich sofort daran, dass er wie angegossen gesessen hat. Ich lasse ihn an und gehe zurück ins Wohnzimmer. „Wow, dieser Pulli ist aus alten Zeiten." Cruzer blinzelt mich an und befühlt den Stoff. „Ich weiß noch, wie du dir quasi mal den Ärmel abgerissen hast, bei dieser Ramp-Party in Petaluma."

„Wo hast du den her?", frage ich Soda.

„Hä?" Sie reißt sich von der Soap los, um einen flüchtigen Blick auf den Pulli zu werfen. „Oh, den, äh, ich glaube, von Amanda, oder nein, ich glaube … ähm, oh ja, Coby hat ihn auf einmal gehabt und mir war kalt, also hat sie ihn mir geliehen."

„Eigentlich gehört er mir, aber Hurricane hat ihn mir vor Ewigkeiten geklaut."

„Warte, heißt das, du willst ihn zurück? Oh, komm schon, das ist mein Lieblingspulli."

„Geht mir genauso." Ich rieche am Kragen, auf der Suche nach Hurricanes Spuren. „Also, heißt das, sie hat mit Coby geschlafen und ihn bei ihr gelassen?" Ich richte die Frage an Soda und Cruzer, könnte aber genauso gut mit der Wand reden, weil keine von beiden antwortet. Soda sieht mich nur an, die Mundwinkel ihres ansonsten typischerweise breit grinsenden Munds zeigen keine Regung. Mir dämmert, dass Hurricane auch mit anderen Mädels im Bett gewesen sein könnte, während ich gedacht habe, sie wäre bei ihrem Freund. Dass sie mit anderen Mädels Sex gehabt haben könnte, während wir was miteinander hatten, macht mich zehnmal eifersüchtiger als bei diesem albernen Jungen. In meinen Augen ist es mit Mädels was anderes, wichtiger. Oder vielleicht ist der Pulli auch auf irgendeinem anderen Weg zu Coby gelangt. Wer weiß, durch die Hände von wie vielen anderen Mädels und durch wie viele Betten mein längst verloren geglaubter Pulli gewandert ist, bevor er wieder zurück zu mir gekommen ist.

Soda bricht das Schweigen als Erste. „Du kannst den Pulli zurückhaben."

Ich muss ziemlich erbärmlich aussehen, wie ich da sitze und an den ausgefransten Ärmelenden und dem weichen Stoff am Kragen rieche. Also schleudere ich den Pulli auf den Boden und verkünde: „Ist mir egal."

Wir richten unsere Aufmerksamkeit alle wieder auf die Soap.

„Das australische Mädel hat so geklungen, als sie gekommen ist." Ich demonstriere es ihnen in der nächsten Werbepause. Es ist das erste Mal seit Langem, dass ich beim Sexgeräusche-Spiel mitmache. Soda ist so aufgeregt, dass sie aufspringt und mich umarmt. Sie freut sich über jedes Anzeichen, dass ich über die schreckliche Hurricane hinwegkomme. Cruzer versucht meinen neuen Beitrag zur *Orgasmus-Kartei* zu imitieren, aber sie hört sich letztendlich wie eine ertrinkende Katze an und wir müssen alle laut lachen.

Die superdramatische Schlussmusik der Soap-Opera ertönt und es gibt eine Vorschau dessen, was am nächsten Tag geschehen wird, also drehen wir uns alle wieder zum Fernseher. In einer Szene verkündet eine der Lesben, dass sie nach Frankreich zieht. „Was! Sie zieht nach Frankreich!", kreischt Soda. „Sie werden es nie tun!"

Das Durcheinander von grauen Wolken, die ich zuvor von Sodas Fenster aus gesehen hatte, legt sich über die Morgensonne, die durch die mit Isolierband verklebten Fenster über Sodas Kopf geschienen hat. Das Wohnzimmer mit dem durchhängenden Boden wirkt einen Moment lang trist. Die Soap ist aus und Soda und ich müssen uns jetzt fertig machen für die Arbeit und Cruzer muss so tun, als würde sie sich auf Jobsuche begeben, und die Lesben ziehen nach Frankreich, um ihr Baby großzuziehen, was zum Teufel!

„Scheiß-Unterhaltungsfernsehen, ich protestiere! Ich bleibe bei Buffy", schnaubt Soda, als sie ihre graue Fleece-Decke von ihren in Sport-Kniestrümpfen steckenden Füßen strampelt.

Nachdem Soda zur Arbeit gegangen ist, kommt Amanda ganz aufgebrezelt in einem tief ausgeschnittenen Vintage-Trägerkleid vorbei. „Wo ist Soda?", will sie wissen. „Ich rufe sie schon seit Tagen an und sie ruft mich nicht zurück. Ich meine, ist sie okay?" Amanda fügt hinzu, dass Soda sie die ganze Woche lang nicht zurückgerufen hat. Sie holt ein Mixtape aus ihrer Handtasche, das sie für Soda gemacht hat. „Spielt sie mit mir?", fragt sie uns. Sie knallt das Tape auf den Couchtisch, mit ziemlicher Wucht. Wir zucken mit den Achseln.

Als Amanda sich umdreht, sehen Cruzer und ich uns hilflos an. Warum haben wir auf die gottverdammte Türklingel reagiert? Wir haben beide Angst, dass wir nun vielleicht live erleben werden, wie Soda bei einem Mädel tatsächlich einen echten Nervenzusammenbruch hervorruft. Von solchen Dingen habe ich schon gehört. Ich habe Geschichten über Mädels gehört, die Glasscherben um Sodas abgesperrtes Fahrrad herum verteilt haben. Ich habe von einem Graffiti in der Toilette des Vine gehört, das so obszön war, dass die Belegschaft es sofort übermalen musste. Wir wissen beide, dass Soda Amanda nicht zurückrufen wird, selbst dann nicht, wenn sie zwei Wochen lang ununterbrochen Sex gehabt hätten oder wenn das Mixtape so erstaunlich gut ist, dass Soda die Kinnlade runterfällt. Soda wird auch dann nicht anrufen. Manchmal bin ich mir nicht sicher, ob Soda überhaupt weiß, was ein Handy ist, wenn man bedenkt, wie ihres auf dem Couchtisch liegt, vergraben in einem Haufen anderem Zeug, und den ganzen Tag lang vibriert, während sich ihre Augen nicht vom Fernseher wegbewegen.

Eines Tages, als ich im Wohnzimmer meine Hausaufgaben mache und den Lesestoff für mein Englisch-Seminar zur Hälfte gelesen habe, höre ich aus dem Flur ein leises dumpfes Geräusch. Ich frage mich, ob Soda früher von der Arbeit nach Hause gekommen ist, aber dann taumelt Potter ins Zimmer. Zuerst denke ich, er geht wegen des schiefen Bodens nicht geradlinig, bis ich seine violetten Zähne und aufgesprungenen Lippen sehe und mir klar wird, dass er vermutlich gerade ein paar Flaschen Wein zum Frühstück geleert hat. Vermutlich noch bevor er mit dem Auto von Marin aus über die Golden Gate Bridge in die Stadt gefahren ist.

„Tim?" Potter schielt mich an.

Mir fällt auf, dass er nicht seine übliche Brille mit den runden dicken Gläsern trägt, die ernsthaft geputzt werden müssen, weil sie immer mit Fingerabdrücken übersät sind. Als Potter „Tim" sagt, schaue ich hinter mich, wo Napoleon sich zu einem schwarzen Fellknäuel zusammengerollt hat und auf der Couch schläft. Ich frage mich, ob das Potters Spitzname für Naps ist.

„Tim?", murmelt Potter abermals, als er näher kommt. Dann wird mir bewusst, dass er mit mir spricht. *Okay, ich schätze, er hält mich für einen Jungen.* Es ist nett, gelegentlich Verwirrung bezüglich meines Genders zu stiften. Üblicherweise ist die Wahrscheinlichkeit, dass das passiert, größer, wenn ich außerhalb der Stadt bin, wo Leute nicht an genderqueere Menschen gewöhnt sind.

„Äh, nein, ich bin Georgie", berichtige ich Potter. Ich weiß, dass Potter es gewohnt ist, neue Mitbewohner_innen im Creamsickle zu haben, in dessen Zimmern quasi ständig ein- und ausgegangen wird, aber es ist seltsam, dass er mich bereits vergessen hat, besonders da ich, bevor ich eingezogen bin, hier schon jahrelang abgehangen habe.

„Oh", sagt Potter und sieht schrecklich enttäuscht aus. Er setzt sich neben mich, was mir sofort das Gefühl verursacht, niesen zu müssen. Ich bin allergisch gegen Staub und auf den Schultern seiner braunen Cordjacke im Siebzigerjahre-Stil liegt eine graue Staubschicht. Oder vielleicht ist er ein Geist und es liegt an seiner staubigen Geister-Aura. Ich habe ein wenig Angst, so ganz alleine mit ihm. Wenn er ein Geist ist, kennt ihn dann jemand außerhalb des Creamsickle? Es ist ja nicht so, dass wir ihn je zufällig getroffen hätten, in der Valencia Street oder beim Einkaufen im Eckladen. Vielleicht ist er tot, so wie Soda es ursprünglich vermutet hatte!

Potter stößt ein langes und tiefes Seufzen aus. Sein Atem riecht wie ein Weinkeller. Ich komme zu dem Schluss, dass Geister keine Alkoholfahne haben können und er also ein Mensch sein muss.

„Eines Tages wird Tim kommen", behauptet Potter nachdrücklich.

„Wer ist Tim?", frage ich, nachdem sich mein Niesreiz-Gefühl abermals verflüchtigt hat.

„Tim ist mein Mann. Wir sind hier vor fünfzehn Jahren gemeinsam eingezogen. Wir waren Revoluzzer. Wir waren Aussteiger! Wir waren verliebt!" Mit seinen Händen, deren Finger mit dicken Goldringen bedeckt sind und mit denen er heftig gestikuliert, ist Potter ein wenig wie eine Queen. Mein erster Gedanke ist, dass er diese Person erfunden hat, als ob es um eine Art aufblasbare Puppe ginge. „Tim ist in Kanada, aber er kommt zurück."

„Äh, wann kommt er denn zurück?"

„Ich warte schon seit zehn Jahren." Potter stößt ein langes pfeifendes Seufzen aus. „Aber er kommt zurück. Er hat sich zu Hause um ein paar Dinge kümmern müssen", sagt er zuversichtlich. Potter sieht so traurig und gleichzeitig so überzeugt aus, dass ich nun ein schlechtes Gewissen habe, weil ich ihn nicht ernst genommen habe. Mein Magen grummelt, weil ich den ganzen Tag noch nichts gegessen habe, außer einem Bagel, und weil mir bewusst wird, dass Potter mir keinen Blödsinn erzählt, dass dieser Tim seine große Liebe ist und er selbst nach zehn Jahren noch immer nicht über ihn hinweggekommen ist.

„Niemand hier erinnert sich mehr an ihn, weil alle tot sind. All unsere Freunde sind tot. Sie sind alle an Aids gestorben, und ich bin als Einziger noch hier, deswegen erinnert sich niemand mehr an irgendwas, an überhaupt nichts, außer mir", sagt Potter. All das stellt er auf eine ruhige, nüchterne Weise fest, ähnlich wie in einem Schauspiel-Monolog, das haben wir kürzlich in meinem Englisch-Unterricht durchgenommen. Ich habe das Gefühl, dass das gesamte Haus plötzlich um einen weiteren halben Meter absinkt.

Ich bin zu nichts anderem fähig, außer in Potters trübselige Augen und auf seinen violetten Mund zu starren. Ich möchte ihn umarmen, aber ich weiß nicht, ob er diese Art von Person ist, und außerdem würde das vermutlich einen Niesanfall bei mir hervorrufen. All die Vermutungen, warum Potter so sehr am Creamsickle festhält, sind falsch gewesen. Er ist kein CIA-Agent und auch nicht Eigentümer eines Internet-Lesben-Porno-Rings, er ist ein armer, trauriger Mann, der sich aus Nostalgie betrinkt. Was Cruzer mir einmal über ein seltsames Gespräch mit ihm erzählt hat, als sie ihn gefragt hat, ob sie ihre Zimmer tauschen könnten, da er nie zu Hause und sein Zimmer das beste im Haus ist, macht jetzt Sinn. Sie sagte, Potters Augen weiteten sich vor Schreck und er antwortete: „Nein! Dieses Zimmer ist mir extrem wichtig. Ich will nicht, dass sich irgendwas darin ändert." Sie wollte nach dem Grund fragen, aber Potter hatte schon äußerst beleidigt gewirkt, dass sie das Thema überhaupt angesprochen hatte, und er war quasi zur Tür hinausgestürzt, wobei seine Geisterfüße die Treppenstufen kaum berührt hatten.

„Das ist so schrullig!", sagte Cruzer. „Warum hängt er so an einem Zimmer, in dem er so gut wie nie schläft?"

Jetzt weiß ich, dass das Zimmer das Museum einer Liebesaffäre ist, ein Heiligtum, das einer Zeit gewidmet ist, die niemals wiederkommen wird. Potters Zeit der revolutionären Liebe mit Tim ist vorbei, aber er ist in diesem Jahrzehnt stecken geblieben, in einer sorgenlosen Zeit vor Aids, bevor all seine Freund_innen verschwunden sind. Ich kann mir nicht vorstellen, meine queere Familie zu verlieren.

Potter starrt mit trüben Augen und leicht schwankendem Kopf in den Flur. Seine Zähne sind so gelb und violett, dass sie aussehen wie ein ordentlicher Bluterguss am dritten Tag. Als ich unbeholfen seinen Rücken tätschle, steigt von seiner Jacke eine Staubwolke auf. Ich schließe mein Englisch-Buch und stehe auf, um eine andere Platte aufzulegen, etwas Peppigeres. Ich suche etwas von Joy Division für ihn aus, da er die Achtziger mag, und ich merke, dass es ihm gefällt, weil er lächelt und anfängt, im Takt vor und zurück zu schwanken. Ich schenke mir selbst ein Glas von seinem Rotwein ein und verbringe schließlich die nächsten drei Stunden damit, ihm dabei zuzuhören, wie er Dutzende von erstaunlichen Geschichten über – wie er es nennt – „die Blütezeit des Creamsickle" erzählt.

Später geht Potter, um in seinem Zimmer ins Bett zu kippen, und lässt mich sehr traurig zurück. Ich rufe Dixie an, um mich im Vine mit ihr zu treffen. Es sieht nach Regen aus, deswegen kann ich nicht mit dem Skateboard fahren, sondern muss zu Fuß gehen. Auf dem Weg dorthin rufe ich Cruzer an. Sie hängt in einer Kunstgalerie in SoMa ihre Fotos für eine Ausstellung auf. „Ich weiß, warum Potter dir nicht sein Zimmer gibt", erzähle ich ihr und berichte die ganze Geschichte.

„Was du nicht sagst. Das ist so traurig." Sie seufzt. „Ich kann nicht glauben, dass er nicht das ganze Haus mit einem Fluch belegt hat. Aber Mensch, eigentlich ist genau das Gegenteil der Fall. Das Creamsickle ist eine Goldgrube, was Mädels angeht!"

„Ich finde, wir sollten ihm ein neues Styling verpassen und mit ihm im Castro ausgehen. Ich werde mich diese Woche auf alle Fälle in ein paar Secondhandläden begeben und eine neue Jacke für ihn suchen, die nicht total verstaubt ist."

„Auf jeden Fall. Wir könnten ihn auch auf dem Flur überfallen, wie in dieser Reality-Sendung. Wir verstecken uns hinter meiner Tür und schnappen ihn uns, wenn er die Treppe raufkommt. Wir könnten ihn mit dem Seil fesseln, das an Sodas Piratenbett hängt, ihn dann festhalten und ihm eine stylishe Schmalzlocke verpassen", plant Cruzer.

Im Vine spiele ich in der Jukebox für gewöhnlich bestimmte Songs, die mich an Hurricane erinnern, wie den einen Song, den ich zum ersten Mal gehört habe, als wir gerade Sex gehabt hatten und ganz verschwitzt waren, ineinander verknotet auf dem Bett gelegen haben, high von den multiplen Orgasmen und derartigen Vergnügungen. Aber wenn ich an diesem Nachmittag eines von Potter gelernt habe, dann ist es, dass es Zeit ist, mit diesem erbärmlichen Mist aufzuhören. Also begebe ich mich diesmal nicht einmal in die Nähe der Jukebox. Ich spiele ein paar Runden Flipper, während ich auf Dixie warte, und nehme jedes neue Mädel unter die Lupe, das in die Bar kommt.

In den nächsten paar Monaten konzentriere ich mich aufs Lernen und darauf, mein Zimmer herzurichten. Shelby überlegt es sich noch einmal anders und zieht nicht nach New York, deswegen poliere ich die Vorratskammer auf. Oft schlafe ich in Sodas Zimmer, falls sie kein Mädel mit nach Hause bringt, oder wenn Soda nach Auswandern ist, dann schläft sie bei mir im Bett. Manchmal wenn sie ein Mädel von der Sorte mit nach Hause bringt, die mitten in der Nacht geht, kommt sie, um mich zu holen. *Klopf, klopf* um drei Uhr morgens an der Tür zur Vorratskammer. „Georgie, auf zum Piratenschiff. Crew-Treffen."

Eines Nachts, als wir im Piratenschiff liegen, sagt sie: „Fass mal mein Gesicht an." Und nachdem ich es getan habe, grinst sie. „Konntest du meinen Bart fühlen?"

„Nein."

Sie sieht enttäuscht aus. „Bist du sicher?"

Sie streicht mit ihrer Wange über mein Gesicht. Ich kneife die Augen zusammen und suche nach Anzeichen von einem Bart, nach irgendetwas auf ihren blassen Wangen, die im Licht der Skyline der Stadt unterhalb ihres Fensters weiß leuchten.

„Ich habe mir das Gesicht rasiert", erzählt sie mit einem Lächeln, das sie wie ein kleines Kind aussehen lässt, das beichtet, dass es gerade Süßigkeiten geklaut hat. „Ich will, dass mein Schnurrbart dunkler und dichter nachwächst. Ich will einen Piratenbart!"

„Lass mich noch mal fühlen". Ich fahre noch einmal mit meiner Hand über ihr Gesicht und vielleicht spüre ich doch etwas wie das Kribbeln von Haarfollikeln unter meinen Fingerspitzen. Sodas Babywangen stehen unter Strom.

„Okay. Vielleicht habe ich tatsächlich was gefühlt. Ja. Da ist ganz sicher was."

Kapitel 6

Am Abend vor dem Thanksgiving Day sitze ich vorne neben Cruzer in ihrem Truck, während Soda, Dixie und Tiny im Fond sitzen, und wir fahren den Highway Richtung Süden entlang. Soda ist total aufgeregt. Sie hat den ganzen Tag nonstop gegrinst, weil wir auf dem Weg zu einer Stadt am Meer sind, und springt im hinteren Teil des Wagens herum wie Nappy.

Heute Morgen haben wir im Haus herumgesessen und uns gelangweilt, da es in der Stadt totenstill ist, nun, da die meisten unserer Freund_innen über die Feiertage weg sind. Wir sind die übrig gebliebenen queeren Waisenkinder, die die Feiertage gemeinsam verbringen, also haben wir beschlossen, einen spontanen Queer-Urlaub zu machen. Wir wollen eine Kleinstadt erobern, die örtliche Schwulenbar in Beschlag nehmen und die Tanzfläche aufmischen. Wir wollen mit neuen Mädels flirten und Soda will eine alte Bett-Bekanntschaft besuchen. Nachdem wir uns für ein Reiseziel entschieden hatten, hat es nicht einmal zwanzig Minuten gedauert, bis wir Schlafsäcke und Skateboards im Truck verstaut und uns hineingezwängt hatten.

Als die Disko-ähnliche Kleinstadt-Schwulenbar zur letzten Runde läutet, hüpft eine der kleinsten jungen Queers vor Dixie auf und ab und klimpert mit ein paar Schlüsseln vor ihrem Gesicht herum. „Feiern wir im Diner weiter." Wie wir erfahren, ist heute der einzige Abend im Jahr, an dem das Diner, das sonst die ganze Nacht geöffnet hat und in dem all die Queers in der Stadt arbeiten, geschlossen hat. Es hat sogar am Weihnachtsabend geöffnet. Aber heute Abend hat es zum ersten Mal seit Jahren früher geschlossen.

Die Mädels schließen die zweifach verriegelten Hintertüren auf und wir stürmen alle hinein, ungefähr fünfzehn betrunkene Leute. Zuerst sprechen wir mit gedämpften Stimmen, aber die Lautstärke nimmt schnell zu, wir werfen Geld in die Jukebox, lassen uns in die leeren Sitznischen plumpsen und tanzen auf dem

Schachbrettmuster-Boden. Ein Mädel fängt sogar an, auf dem Tresen zu tanzen. Wir haben Plastiktüten voller Flaschen mit Alkohol, den wir mit Cola direkt aus der Zapfanlage mischen. Ich sitze am Tresen und sehe dem verrückten Mädel mit den Kampfstiefeln und dem Batik-Rock zu, dann fällt mein Blick auf so ein superheißes Mädel, dem ich persönlich viel lieber beim Tanzen auf dem Tisch zusehen würde. Das Mädel lehnt sich cool in einem der roten Nischensitze zurück. Ihr dünner Körper ähnelt einem abgebrannten Streichholz, sie hat kurze kohlrabenschwarze Haare mit wilden Zacken, die ihr in die Augen fallen, aus deren mit Wimperntusche verklumpten Schlitzen sie wild blickt. Eine Sekunde lang treffen sich unsere Blicke, was mich ganz nervös macht. Also drehe ich mich wieder um und sauge angestrengt an meinem halben Liter Whiskey-Cola.

Ein bisschen später kommt das Mädel gemeinsam mit einer Freundin zu mir und sie setzen sich neben mich auf Drehstühle. „Deine Freundin Cruzer hat uns gerade erzählt, dass du mal mit dem Skateboard von einem Dach gesprungen bist, um Eindruck bei einem Mädel zu schinden, und dir dabei den Knöchel gebrochen hast", sagt das heiße Mädel, während sie sich mit ihrem Drehstuhl im Kreis dreht.

„Du meine Güte." Ich versuche, ganz lässig zu reagieren, kann aber spüren, dass meine Ohren rot werden. *Verdammt, Cruzer ist so eine Tratschtante.* „Unten waren Tonnen von Büschen, deswegen habe ich nicht gedacht, dass es so gefährlich ist, aber dann habe ich, äh, die Büsche verfehlt, schätze ich ..."

Cruzer gesellt sich zu uns, „Mädels, das ist Georgie, wir nennen sie gern unsere kleine Romantikerin", meint sie, während sie mir auf den Rücken klopft.

„Ich bin Mia", sagt das heiße Mädel. „Ich arbeite hier. Ich könnte euch einen Milchshake machen." Ich lehne kopfschüttelnd ab. Ich bekomme den Mund nicht auf, irgendetwas an ihrer rauen Stimme wirkt ganz hypnotisierend auf mich. „Okay, dann komm mit, eine rauchen." Sie macht eine Kopfbewegung in Richtung der doppelten Glasschwingtüren des Diners und der äußeren Terrasse.

Draußen sind Haufen von Leuten, die auf der umzäunten Terrasse sitzen, sich aneinanderdrängen und rauchen, mit den Kapuzen ihrer Jacken auf den Köpfen, um den kalten Nebel vom Meer abzuwehren. Alle sprechen über John Waters und ein Joint-Stummel wird herumgereicht. Dixie setzt sich neben Mia und ich setze mich neben Dixie. Am Himmel deutet sich die Morgendämmerung an.

Als Mia abgelenkt ist und mit Dixie spricht, sehe ich Cruzer wütend an. „Was? Sie hat sich nach dir erkundigt", Cruzer lehnt sich zu mir und flüstert in mein Ohr. „Du solltest mir danken. Mädels lieben diesen romantischen Mist. Ich bin dir nur behilflich."

„Sie hat sich nach mir erkundigt?"

Cruzer nickt. „Bleib cool."

Ich merke, dass Mia zu uns herübersieht. Also rauche ich und tue so, als ob ich nicht den gesamten Tagesanbruch damit verbringen wolle, ein Auge auf sie zu haben. „Ich ziehe bald in die Stadt. Wegen meiner Musik", höre ich sie zu Dixie sagen, bevor wir uns alle wieder nach drinnen begeben. Es wird nun schnell hell, also müssen wir uns beeilen, um das Diner zu verlassen, bevor das Tageslicht unsere illegale Party-Location ans Licht bringt. Ich fange an, unsere restlichen Bierflaschen in meinen Rucksack zu packen. Mia geht an mir vorbei, zieht an einem Zipfel meines karierten Hemds und geht dann weiter. *Will sie mich necken?* Sie steuert auf den Gang zu, der zur Toilette führt, in der entgegengesetzten Richtung als zur Hintertür, die auf den Parkplatz hinausgeht, wo alle anderen sich hinbewegen.

Mia wirft mir über die Schulter einen Blick zu. Ich stehe mitten im nun menschenleeren Diner, während in der Jukebox Dolly gespielt wird. Dann folge ich ihr.

Als ich aufwache, gräbt sich etwas kaltes Metallenes in meinen Rücken. Es sind die Leisten im Laderaum des Trucks, die sich in meinen Rücken drücken, obwohl ich auf einem Stoß von Decken liege, die weich sind, aber nach Hund riechen. Mia liegt schlafend neben mir. Sie hat sich in einem Haufen von mit Hundehaaren übersäten Decken zusammengerollt. Ihr kurzes schwarzes Haar klebt an ihrem Gesicht, weil es im Truck heiß und stickig ist, nun, da die Morgensonne durch die Fenster hereinbrennt. Ihre Wimpern sind die längsten, die ich je gesehen habe, und werfen verstreute Schatten auf ihre Wangen.

Napoleon jault. Das war es, was mich aufgeweckt hat. Er starrt auf das Rückfenster und sieht dann wieder flehend zu mir her. Ich entriegele das Fenster und stecke meinen Kopf hinaus. Wir parken auf einem Kiesweg, auf beiden Seiten sind Reihen von verschlafenen Vorstadt-Häusern und über unseren Köpfen rauschen riesige Bäume. Ich kann das Meer riechen. Als Nappy hinausspringt, wackelt der gesamte Truck.

Mia wacht auf und lächelt mir scheu vom anderen Ende des Trucks zu. Sogar im Halbschlaf sieht sie wild aus, mit ihren heißblütigen, mit schwarzem Eyeliner umrandeten Augen, die im Sonnenlicht blinzeln. Sie sieht wie die Art von Mädel aus, die wahrscheinlich ein Springmesser in der Gesäßtasche ihrer engen schwarzen Hose hat. Sie trägt immer noch fingerlose schwarze Handschuhe und ein rotes Tuch um ihren Hals. Dann beginnt sie, sich im Truck nach ihrem T-Shirt umzusehen. Sie hat keine Tattoos, außer einem Namenszug, der auf eine ihrer Brüste gekritzelt ist. „Meine erste Band, als ich sechzehn war", hat sie mir letzte Nacht erzählt, als sie auf dem Waschbecken in der leeren Diner-Toilette gesessen und ihr T-Shirt auf dem Boden gelegen hat. Auf meinen Armen sind Flecke, wo sich ihre Finger in meine Haut gegraben haben, während unsere Münder aufeinandergepresst waren.

Mia kriecht auf Händen und Knien zu mir und steckt ihren Kopf neben meinem hinaus, „Oh, wie sind wir denn hierhergekommen? Wir stehen vor dem Haus meiner Ex-Freundin", murmelt sie. *Ha*, ich schätze, die Szene in ihrer Stadt ist genauso klein wie die in meiner. Wir hüpfen hinten aus dem Truck hinaus und schütteln Nappys Haare und Sägespäne von unseren Klamotten. Mias schwarze Klamotten sitzen so eng, dass ich ihr jederzeit helfen würde, sie sauber zu klopfen. „Nappy, bring mich zu Soda", sage ich, als der Hund wieder zu uns gelaufen kommt.

Der Hund läuft direkt zur Tür des Hauses, vor dem wir geparkt haben. Mia weiß, wie man durch die Seitentür ins Haus kommt, da ihre Ex hier wohnt. Drinnen finden wir Soda schlafend auf der Couch vor. Wir wecken sie auf und sie erzählt uns, dass Cruzer bei dem Mädel, das hier wohnt, im oberen Stockwerk ist. „Ja, meine Ex." Mia verdreht die Augen. Als Soda und ich sie anschauen, um zu sehen, ob ihr das etwas ausmacht, fügt sie schnell hinzu: „Oh, kein Drama, es ist eine alte Ex. Zwischen uns gibt's keinen Stress."

„Lassen wir Cruzer hier. Ich will das Meer sehen", sagt Soda.

Also gehen wir zum Strand. Napoleon, der Einzige, der nicht verkatert ist, rennt direkt in den eiskalten Ozean. „Mensch, ich will auch ins Wasser!", jammert Soda. „Du hat so ein Glück, dass du hier lebst."

„Soda ist Pirat. Sie will in einer Hütte am Meer leben", erkläre ich Mia.

„Du kannst meine Bude haben", meint Mia. „Mir reicht es hier. Ich möchte bald in die Stadt ziehen."

Wir setzen uns auf ein großes Holzstück und ziehen unsere Schuhe aus, obwohl es eiskalt ist. Unsere Zehen graben wir in den kalten, feuchten Sand. „Wo kommst du her?", frage ich sie.

Sie zeichnet mit Treibholzstücken eine behelfsmäßige Landkarte in den Sand. „Meine Gitarre und ich haben diesen Weg zurückgelegt." Sie malt mit ihren Fingern ein Zickzack in den Sand, das ein ausgetrocknetes flaches Stück Holz, das New Jersey sein soll, mit einem Stück Stechkiefer verbindet, das Kalifornien darstellt. „Ich habe unterwegs immer wieder Halt gemacht und etwas Kleingeld als Straßenmusikantin verdient."

Mia erzählt mir beiläufig ein paar Reiseabenteuer von ihrer Reise in den Westen. Sie ist erst zwanzig, aber sie lebt schon sehr lange Zeit allein. Bei ihr stimmt es wirklich, ihre Augen sind die eines Mädels, das *wirklich* gelebt hat.

„Was bist du?", frage ich sie. Ich weiß, dass das wirklich komisch geklungen haben muss, aber sie versteht, was ich meine, da ich ihr in die Augen starre. Außerdem wird sie vermutlich oft nach ihren ethnischen Wurzeln gefragt. Ich komme mir hirnlos vor, weil ich mich so unoriginell verhalte.

„Mein Vater ist Italiener. Die Mutter meiner Mutter war amerikanische Ureinwohnerin."

Soda kommt zu uns. „Alle sitzen mit ihren Familien in ihren schicken Häusern am Meer und essen Truthahn-Braten." Sie sieht zu den Häusern auf den Klippen hinter uns.

„Meine Mutter feiert Thanksgiving nicht", sagt Mia. „Wir fahren für gewöhnlich nach Plymouth und begehen dort den Staatstrauertag mit Bekannten, die auch von amerikanischen Ureinwohnern und Ureinwohnerinnen abstammen. Dieses Jahr wollte ich nach Hause fahren, aber ich konnte mir das Flugticket nicht leisten. Meine Großmutter ist dieses Jahr gestorben und sie ist immer mit meiner Mutter gefahren, deshalb wollte ich für sie da sein, weil sie ganz allein ist in ihrem großen alten Haus. Das ist deprimierend."

Ich erzähle Mia nicht, dass meine Familie nur ein paar Stunden entfernt lebt und ich mir das Busticket dorthin leisten könnte, aber deswegen zu Thanksgiving nicht nach Hause fahre, weil wir immer über irgendetwas Dummes streiten und ich das nicht packe, dass ich mich immer beschissen fühle, wenn ich dort bin, weil ich keinen Zugang zu ihnen finden kann, und dass sie abfällige Bemerkungen über meinen Lebensstil machen. Ich erzähle ihr nicht, dass meine Mutter mich dieses Jahr nicht einmal eingeladen hat, weil ich mir nicht die Mühe gemacht habe, ihren Telefonanruf, der jeden zweiten Monat kommt, wenn sie sichergehen will, dass ich noch am Leben bin, entgegenzunehmen. Ich habe Schuldgefühle, weil Mia so einen netten Eindruck macht, als ob sie die Art von Mensch ist, der es nicht so gleichgültig wäre wie mir und die sich mehr Mühe geben würde, ein gutes Verhältnis zu ihrer Familie zu haben, und als ob sie an den Feiertagen wirklich gern zu Hause wäre, es ihr aber einfach nicht möglich ist.

Soda, von der ich gedacht habe, dass sie gar nicht zuhört, weil sie Zickzacklinien gelaufen ist und Steine ins Wasser geworfen hat, denen Nappy nachjagt, bricht das Schweigen. „Als ich klein war, hat mein Vater mich und meinen Bruder immer zu unterschiedlichen Hotels gebracht, in die wir uns reinschleichen sollten, und dann haben wir immer Essen vom Feiertagsbüffet gestohlen und danach sind wir für den Rest des Nachmittags im Indoor-Swimmingpool zum Schwimmen gegangen. Oder wir sind ins Sizzler gegangen und weil dort an den Feiertagen so viel los ist, war das immer der perfekte Zeitpunkt, um die Zeche zu prellen."

„Meine Güte, man kommt mit so vielem durch, wenn man kleine Kinder hat, die man als Puffer benutzen kann!", meint Mia. „Das ist wahrscheinlich der Grund, warum so viele Leute welche haben."

Soda wirft einen Felsbrocken weit über den Strand. „Heutzutage reden meine Eltern nicht mal mit mir, weil ich die Schule abgebrochen habe und in die große Stadt gezogen bin, um ein Homo zu werden." Dann rennt sie Nappy hinterher, der einigen Jugendlichen die Promenade entlang nachläuft. „Was soll man machen? Scheiß auf sie!", ruft sie uns noch zu, wobei das Ende ihres Satzes sich als Singsang in den Wind mischt.

Ich sehe auf die dunklen Wolken über dem windgepeitschten Meer hinaus und dann hinauf zu den superschönen Häusern, die über die Meerklippen ragen. Es ist Thanksgiving und fast Nachmittag und die Familien in den Häusern setzen sich mittlerweile zum Essen an den Tisch. „Ich hasse Feiertage, aber heute ist ein cooler Tag." Der Anblick von Soda, die Nappy über den Strand nachläuft und dabei mit den Armen rudert, lässt mich lächeln. Mia nickt zustimmend. Sie wirft die Zweige, die gerade ihre Heimatstädte markiert haben, auf die kleinen Sandhügel vor uns.

Während wir wieder nach Hause fahren, reichen wir ziemlich gutes Gras herum, das die Hippie-Leute in Santa Cruz uns für die Reise mitgegeben haben. Wir drehen die Musik nur leise auf, damit wir alle jedes kleinste Detail hören können, das Cruzer über das Mädel austratscht, mit dem sie in der Nacht zuvor im Bett war, während Dixie ihre üblichen umwerfend komischen und sarkastischen Beobachtungen macht. „Oh ja, sie hat gesagt: ‚Schau mir in die Augen, wenn du's mir machst.' Ich mag es, wenn mir ein Mädel in die Augen schaut", erzählt Cruzer.

„Wirklich?", fragt Dixie. „Das hat sie gesagt? Also hast du ihr zuliebe deine Sonnenbrille abgenommen oder was? *Tom Cruz-er*!"

Wir kichern alle über Cruzer und Dixies Geplänkel. Sie schlafen nicht mehr miteinander, aber sie sind immer noch Freundinnen, worüber alle sehr erleichtert sind, denn es ist total nervig, wenn es im Freund_innenkreis Drama gibt. Soda hat immer noch das breiteste Grinsen im Gesicht, weil wir den Vormittag am Meer verbracht haben, und Nappys Ohren flattern mit derselben Zufriedenheit aus dem Autofenster.

Als wir wieder in der Stadt sind, halten wir bei Cala Foods und holen fünf Kuchen, um sie ins Creamsickle mitzubringen, wo Shelby ein veganes Potluck-Dinner schmeißt. Shelby lässt sie uns auf einen Tisch in Sodas Zimmer stellen, damit wir ihren veganen Besuch nicht vergrämen. Wir fangen an, Sodas Zimmer Sahneschnittchen-Zentrale zu nennen, was nach einer angemessenen Bezeichnung für ihren Lebensstil klingt. Mia ruft mich an, um mir zu erzählen, dass sie den Truthahn für das queere Abendessen, bei dem sie ist, aus Versehen mit der Oberseite nach unten gebraten hat und dass sich alle über sie lustig gemacht haben. Ihre Stimme klingt toll am Telefon.

Später rolle ich mich auf der Couch zusammen, supersatt von den Kuchen und dem Brandy. Cruzer mischt auf dem klapprigen

Couchtisch die Karten und ich kann Dixie und Soda in der Küche hören, die einander damit zu überbieten versuchen, wer als Kind die meisten White-Trash-Gerichte zu essen bekommen hat.

„Makkaroni mit Käse und kleinen Hotdog-Würstchen", ruft Soda.

„Dosenfleisch mit Dosenerbsen", ruft Dixie.

„Thunfischauflauf mit Kartoffelchips-Kruste."

„Einen Kübel Hähnchenteile von Kentucky Fried Chicken."

Ich liebe meine queere Familie. Ich fühle mich gut, wie ich hier mit Naps kuschle. Von der letzten Nacht habe ich immer noch Flashbacks. Mia hat mich zuerst gevögelt. Wir wälzten uns eine Weile miteinander herum, bevor sie mich auf der geräumigen Ladefläche des Trucks auf dem Rücken liegend festhielt und mir die Hose runterzog. Ich bin mir sicher, dass der Truck im Schotter geschwankt haben muss. Und dann ließ ich sie einfach machen, gab nach. Noch nie hatte ein Mädchen beim ersten Mal mit mir derart hartnäckig versucht, die Top zu sein. Es war das erste Mal seit einer Ewigkeit, dass ich gevögelt wurde, ich schätze, seit Hurricane. Ich war froh, dass es hinten im Truck komplett dunkel war, so dass sie mein Gesicht nicht sehen konnte. Sie vögelte mich viel besser, als Hurricane es je getan hatte, bei den wenigen Malen, als sie es überhaupt getan hatte. Ich hatte es jedoch nie von ihr verlangt, denn sie wusste nie, was sie tun sollte, oder es war ihr egal, oder sie war zu betrunken oder zu high, damit es ihr nicht egal war. Hurricane war beim Sex grob. Also war es für mich okay, nur eine Top zu sein.

Als Mia mich vögelte, verschwand eine Minute lang alles um mich herum. Ich vergaß völlig, wo ich war, in welcher Stadt, in welchem Truck, in welcher Welt. Ihre Hände waren rau. Sie fühlten sich kalt und spröde an. Es waren die Hände einer Musikerin. Es waren die Hände eines Mädels, das sich soeben mit seiner Gitarre auf dem Rücken durch ganz Amerika durchgeschlagen hatte. Als ich hinten im Truck einschlief, trommelte sie gerade aus dem Gedächtnis heraus einen Rhythmus auf meine Hüftknochen.

Kapitel 7

Bei der Silvesterparty im Creamsickle kommt Sodas Verabredung, ein Rollerderby-Mädel namens Natasha Nun Chucks, um ein Uhr morgens zu Cruzer und mir und fragt, ob es okay ist, wenn all ihre Teamkameradinnen vorbeikommen. Nun Chucks meint, dass ihre Teamkameradinnen großteils Heteras sind, aber bekannt dafür, einander niederzuringen und miteinander zu knutschen, besonders wenn sie Unmengen von Feiertagsbrandy und Eierpunsch im Blut haben.

Zwanzig Minuten später gleicht das Haus der Invasion der Rollerderby-Mädels. Sie schwärmen im ganzen Haus aus, wie auf einer Rollschuhbahn, zwei Dutzend tätowierte, großmäulige Rollerderby-Mädels, die ausgefranste türkisfarbene Dickies-Pullis tragen, die bis knapp über ihre Hintern reichen und deren Ärmel abgeschnitten und bis zu den Schultern aufgerollt sind. Auf den Pullis sind lauter aufgenähte Flicken und auf den Rückseiten in Schablonenschrift ihre jeweiligen Namen, *Mollytov Cocktail, Taxi Trash, Viva Vendetta, Betty BoneCrusher, A Kate Forty-Seven, Farrah Felony*.

Am Morgen ist das Haus verwüstet und es geht das Gerücht, dass eines der Rollerderby-Mädels mit einer blutigen Nase nach Hause gegangen ist. Eigentlich hat die Invasion der Rollerderby-Mädels am Weihnachtsabend angefangen, als Soda Natasha Nun Chucks vom All-you-can-eat-Büfett mit chinesischem Essen und Karaoke im Silver Room mit nach Hause genommen hat. Soda und Tiny hatten das Karaoke-Mikrofon zu Schrott gemacht und ich schätze, ihre Fertigkeiten haben die Aufmerksamkeit einiger Rollerderby-Mädels erregt, die quasi Feiertags-Waisen waren. Tiny hat gemeint, sie sei sich sicher gewesen, dass Soda sich an ein Rollerderby-Mädel namens A. Pocalypse ranmachen würde, da Soda vom herannahenden Ende der Welt besessen ist, aber sie hat stattdessen Natasha Nun Chucks mit nach Hause gebracht. Natasha Nun Chucks hat Soda zu Weihnachten ein blaues Auge verpasst, als sie auf der hinteren Veranda herumgealbert haben.

Natasha Nun Chucks' Team hat einen Wettkampf gegen Oakland. Wir sitzen alle in der ersten Reihe, betrunken von Whiskey aus kleinen Plastikbechern, und feuern die Mädels an, die an uns vorbeifliegen, total schnell fahren und sich hinabbeugen, so dass ihre Dekolletés vor uns aufblitzen. Die Mädels aus San Francisco haben die besten Outfits, kleine Minikleider-Dinger im Tarnlook, aber sie werden vom anderen Team trotzdem total auseinandergenommen. Als alle draußen am Wasser rauchen, leuchtet Alcatraz im Nebel und scheint zum Greifen nah. Cruzer versucht, ein Rollerderby-Mädel dazu zu bringen, dass sie sie in die Umkleide lässt. Ich flirte mit keinem der Mädels, weil in meinem Kopf seit Neuestem nur Gedanken an Mia sind. Ich will nach Hause, nur damit ich sie anrufen kann.

Am nächsten Morgen wache ich viel zu früh auf, weil draußen im Flur Türen zugeschlagen werden. Als ich später aufstehe, sehe ich, dass vor Cruzers geschlossener Zimmertür ein Paar Rollschuhe steht. Ich schätze, Cruzer ist bei ihrem eigenen Rollergirl gelandet. „Ihr Name ist Viva Vendetta", sagt Soda, als wir uns draußen auf der hinteren Veranda Kaffee und Zigaretten reinziehen. „Und sie ist komplett verrückt."

An diesem Abend rufe ich Mia an und erzähle ihr von Viva Vendetta, weil Mia damals auch auf der Party war. Seitdem ich sie kennengelernt habe, haben wir mehr als nur ein paar Nächte damit verbracht, bis zum Morgengrauen zu quatschen, und einmal, als wir betrunken waren, haben wir sogar Telefonsex gehabt. Fast jedes zweite Wochenende ist sie mit ihren Freundinnen heraufgefahren, um zum Cat Fight Club zu gehen und mit mir zu tanzen und dann im Creamsickle zu übernachten. Mia meint am Telefon: „Das war dieses wilde Rollergirl, das damit angegeben hat, dass sie auf ihren Rollschuhen Spagat machen kann, dann hat sie versucht, vom Couchtisch zu springen, und sich fast das Gesicht gebrochen, also musste ich sie am Boden festhalten und eine Rollerskate-Intervention vornehmen! Tiny musste mir sogar helfen, ihr die Rollschuhe von den Füßen zu nehmen!"

Soda erzählt mir die ganze Geschichte. Viva Vendetta ist an diesem Morgen in aller Frühe ins Creamsickle gekommen und hat Cruzer gesagt, dass sie sich weigere, zur Arbeit zu gehen. Stattdessen verbringt sie den ganzen Tag in Cruzers großem mit Goldfarbe besprühtem Bett, lackiert sich die Nägel und hängt an ihrem Handy.

Cruzer macht das nicht viel aus, denn Viva ist heiß, groß und tätowiert, genau so, wie es ihr gefällt, und es gibt ihr die Motivation, in ihrem Zimmer zu bleiben und ihr Collagen-Kunstprojekt zu beenden, während sie dem Mädel dabei zuhört, wie es an ihrem Handy quasselt. „Scheiß auf Slap Shot Suzy!", schreit Viva. „Sie hat mich ohne einen verdammten Grund zur Seite gestoßen!" Viva hat sich beim letzten Wettkampf ihr Handgelenk verstaucht, deshalb ist sie für den Rest der Saison außer Gefecht. Es ist offensichtlich, dass Cruzer Viva gerade noch vor der letzten Stufe einer ernsthaften Abwärtsspirale aufgefangen hat. Viva hat Entzugserscheinungen vom Rollerderby und ist so angepisst davon, nicht an den Wettkämpfen teilnehmen zu können, dass sie sich total aufführt und versucht, von ihrem Job gefeuert zu werden. Was für ein schrecklicher Zeitpunkt, um Cruzer kennenzulernen.

Viva verlässt Cruzers Bett die ganze Woche lang nicht. Eines Nachts sind sie bis zum Morgengrauen wach und sitzen in der schicken Badewanne, die auf einem Podest in der Ecke unseres Badezimmers steht, golden und weiß, mit einer mit Kerzenwachs und Seifenresten verkrusteten Marmorschale auf der Seite. Die Badewanne ist das Prachtstück der heruntergekommenen Wohnung, mit ihren eleganten Krallenfüßen, die keck auf dem nackten rissigen Betonboden ruhen, der in den Ecken mit Schimmelflecken übersät ist. Als ich mitten in der Nacht pinkeln gehe, planschen Cruzer und Viva *immer noch* im Schaumbad, teilen sich eine Flasche billigen Champagner und rauchen Zigaretten. Viva vergisst ständig den leuchtend neonblauen Gips an ihrem Arm und lässt ihn des Öfteren fast ins Wasser sinken. Sie bringt mich dazu, ein Foto zu machen, während sie Cruzers Haar mit einem Berg von Seifenschaum wäscht und ihr Gips auf Cruzers Stirn ruht. Beide lassen ihre braunen Beine über den Rand der Badewanne hängen und ihre Zehen sind schon ganz verschrumpelt, weil sie seit ungefähr fünfzig Stunden im Wasser sind.

Als Viva eines Abends mit uns mitkommt, als wir was trinken gehen, kommt niemand mit ihr zurecht, weil sie sich betrinkt und laut und aufbrausend wird. Außerdem erzählt sie die ganze Zeit Lügen, schrecklich märchenhafte Lügen, auf die Cruzer total hereinfällt. „Heute hat Viva mir von ihrem Pony erzählt, das sie früher zu Hause in L. A. hatte." Oder noch besser: „Heute hat Viva mir gesagt, dass sie eine Großerbin ist und auf ein Mädcheninternat gegangen ist, wo sie sich mit lesbischen Zwillingen ein Zimmer geteilt hat." Als es Freitag ist, kann ich Vivas kreischende Stimme am Morgen nicht mehr ertragen, deswegen leihe ich mir Cruzers Truck und fahre ans Meer, um Zeit mit Mia zu verbringen.

Als ich nach dem Wochenende nach Hause komme, faulenzt Viva *noch immer* im Creamsickle, sie sitzt noch immer im Wohnzimmer und trinkt Champagner direkt aus der Flasche und jetzt hat sie sogar auch noch einen winzigen weißen, flauschigen Hund. Sie nimmt ein paar Goldketten aus einem ganzen Haufen auf dem Boden, kürzt sie auf die Länge eines Hundehalsbands und legt sie ihm um den Hals. Napoleon knurrt den weißen, flauschigen herumspringenden Fellball an. „Was ist das?", grummle ich in der Wohnzimmertür stehend. „Ein Chinesischer Powderpuff-Schopfhund." „Ein was?" Ich sehe Soda an, um eine Erklärung zu bekommen. *Wie sind wir zu diesem Mädel gekommen?*, frage ich sie mit meinen Augen. Sie kann nur mit den Achseln zucken. *Und jetzt auch noch zu diesem Hund?*

Wer weiß, wo Viva hergekommen ist. Bevor sie Cruzer kennengelernt hat, war sie vielleicht hetero, überall, wo ihr Körper nicht von ihren Klamotten bedeckt ist, sind Tattoos zu sehen, aber es ist die Art von Tattoos, die keine Geheimnisse preisgibt, die Art, die aus dem Musterbuch in einem Tattooladen ausgesucht worden ist, ohne sich weitere Gedanken darüber zu machen. Und wer weiß, wie sie überhaupt an diesen kleinen Hund gekommen ist. Sie sagt, ihr Ex habe ihr zwei sehr teure Hunde gekauft, aber offenbar ist nur dieser eine übrig. Am dritten Tag von Vivas Abwärtsspirale, als das mit Goldfarbe besprühte Bett ihr Hauptquartier war, ist sie von ihrem Einzelhandelsjob gefeuert worden und seitdem hat sie das Haus nicht verlassen.

Nachdem Cruzer eine weitere Woche lang alle Hände voll mit diesem schrecklichen Chaos von einem Mädel zu tun gehabt und ihre gesamte Zeit damit verbracht hat, sich um sie zu kümmern, komme ich von der Arbeit nach Hause und finde sie mit dem winzigen Hund in einer Hand und einem Abschiedsbrief in der anderen vor. Sie hatte Viva in ihrem Bett zurückgelassen, während sie Kaffee holen gegangen war, um Viva, die in einer besonders niedergeschlagenen

Stimmung gewesen war, aufzuheitern, und als sie zurückgekommen ist, war keine Viva mehr da. Nur eine Notiz auf dem Nachttisch, auf der Rückseite von Cruzers Filmscanner-Installationsanleitung, die auf dem Boden gelegen hatte. Sie hatte mit einem dicken schwarzen Stift überall auf die Anleitung gekritzelt und somit dafür gesorgt, dass Cruzer die Anleitung niemals mehr würde lesen können.

Danke, dass du eine tolle Person bist und mir geholfen hast, die Welt in einem anderen Licht zu sehen. Ich habe gerade einen Nervenzusammenbruch gehabt, als ich auf eurer Toilette gesessen habe, und dann habe ich meine Mutter angerufen. Ich gehe nach L. A. zurück, um in eine Entzugsklinik zu gehen. Danke, dass ich bei dir bleiben durfte. PS: Ich habe den Hund bei dir gelassen.

Darunter war ein Pfeil, der nach rechts zeigte.

PSS: Ich habe dir den Rest von meinem Gras dagelassen :)

Als Cruzer dann ins Wohnzimmer gegangen ist, hat da der winzige Fluff von einem Hund auf der durchhängenden Creamsickle-Couch gesessen und traurig und verlassen ausgesehen.

Cruzer behält den Hund ein paar Tage lang, aber er ist schrecklich pflegeaufwendig und sie kommt damit nicht zurecht, doch Viva geht nicht an ihr Telefon. Ich schlage Cruzer vor, Dixie den Hund zu geben. Eine geniale Idee, da Cruzer immer noch eine Schwäche für Dixie hat. „Romantisch!", ruft sie. Sie geht auf die Veranda hinaus und sprüht mit roter Farbe lauter Herzen auf eine Schachtel, setzt den Hund hinein und legt die Schachtel in ihren Fahrradkorb. Dann fahren wir mit unseren Rädern zu Dixie.

Dixie hüpft vor Aufregung auf und ab, nachdem sie die Schachtel geöffnet hat. Cruzer ist schrecklich stolz, dass sie Dixie so glücklich gemacht hat. „Ein nachträgliches Weihnachtsgeschenk. Die Hunde-Mama ist in einer Entzugsklinik und ich bin mir nicht sicher, ob sie sich überhaupt dazu eignet, eine vernünftige Hunde-Mama zu sein. Sie hat nicht mal Futter dagelassen!", erklärt sie.

Dixie lässt dem Hund einen kultivierten Haarschnitt verpassen, kauft ihm noch mehr Goldketten und süße kleine Outfits. Sie steckt den Hund immer in ihre Jacke und nimmt ihn überallhin mit. Alle fangen an, dem Hund andere Namen als Fluffy zu geben. Sie nennen ihn Misfit oder Waisenjunge, den Mafiaboss oder Rollerderby-Ausgeburt.

Kapitel 8

In der Stadt werden nun homosexuelle Paare getraut. Neulich sind wir beim Rathaus Skateboard gefahren und dort waren lange Schlangen von Paaren, die darauf gewartet haben, verheiratet zu werden. Es war so aufregend, die Menschenmengen zu sehen. Mir gefällt diese Aufregung, wenn sich etwas tut. Es erinnert mich daran, wie vor ein paar Jahren während der Anti-Kriegs-Demonstrationen alle die Stadt zum Stillstand gebracht haben. All die verschiedenen Protestformen während einer ganzen Woche, beispielsweise hat so ein Mädel, mit dem ich zu dieser Zeit ausgegangen bin, einen Strick-Zirkel gegründet und für den Frieden gestrickt, quasi ein Strickstreik-Sitzstreik. Nun sagen alle „Lass uns heiraten!“, sogar Queers, die erst seit ein paar Wochen verliebt sind. Tun wir's einfach, weil es aufregend ist.

Im Wohnzimmer des Creamsickle diskutieren jetzt alle, die den ganzen Winter über hier abgehangen, Zigaretten geraucht und im Rotationsverfahren rumgequatscht haben, die ganze Zeit über die Homo-Ehe, Dixie, Tiny und ein paar andere, wie Coby, diese BMX-Göre, die um die Ecke wohnt, Patch, so ein umherreisender Boi mit Sommersprossen im Gesicht, der nur vorübergehend hier ist, Cello, so ein Mädel von der Kunstakademie, das Musikinstrumente auf die Unterseiten ihrer Arme tätowiert hat (wir sind früher öfter mal im Bett gelandet und ich habe ihr dann immer Knutschflecke auf ihre Posaune gemacht), Darling Nicki, eine heiße Femme-Braut mit verwuscheltem schwarzgefärbtem Haarschopf und rotgeschminkten Lippen, mit der Soda früher mal ausgegangen ist, mittlerweile hassen sie sich jedoch, und Zeena, die mit ihren großen Augen und winzigen Gliedmaßen wie eine Blythe-Puppe aussieht.

„Die Ehe unterstützt die unterdrückerischen, patriarchalen Institutionen mit ihrem religiösem Mist!“, brüllt Patch.

„Ich liebe Hochzeiten“, sagt Dixie.

„Wen kümmert das Heiraten? Warum sollte ich heiraten? Damit meine Eltern mir einen Toaster kaufen können?“, meint Tiny.

„Ich möchte in einem weißen Leder-Minikleid heiraten, aus dem an der Brust ein Herz ausgeschnitten ist, und dazu goldene Halsketten tragen", sagt Knockout Nicki.

„Bürgermeister Gavin versucht nur, Aufmerksamkeit zu bekommen, er ist süchtig nach Aufmerksamkeit!", sagt Cello.

„Außerdem will ich einen pinken Kuchen in der Form einer Vagina", kichert Knockout Nicki.

„Warum brauchen wir die Privilegien der Heteros. Mir gehen die Zeiten von vor fünf Jahren ab, als Queer-Sein tatsächlich noch ein Statement gegen das System war!", ruft Coby.

„Ich finde, das ist ein perfekter Moment, um die LIEBE zu feiern!", ruft Zeena.

„Liebe, Liebe, Liebe", singt Soda. „Blabla."

„Liebesfeindliche Person", meint Dixie.

„Aber ich liebe euch alle!", brüllt Soda.

Soda ist natürlich nicht verliebt, aber sie hat sich tatsächlich neulich von Natasha Nun Chucks getrennt und geht nun mit einer Yoga-Lehrerin aus, auf die sie ziemlich steht. „Ich brauche ein Mädel, das weniger anfällig für Unfälle ist", hat sie mir gesagt.

Ich hänge immer noch mit Mia ab. Sie bringt mit unserer klebrigen Liebesaffäre immer noch Würze in mein Bett. An Wochenenden kommt sie zu Besuch und wir haben achtundvierzig Stunden lang Sex, bis sie den Cal-Zug zurück nach Hause nehmen muss. Durch die Entfernung entwickeln sich die Dinge zwischen uns langsamer, was gut ist.

In den Abendnachrichten sehen wir uns alle die Brautpaare an. Das alles passiert nur sechs Straßen weiter, Reihen über Reihen von Leuten, berühmte Leute, die in unsere Stadt geflogen kommen und in die Fernsehkameras lächeln. „Sie haben noch nicht einmal eine Torte. Wie schade", sagt Nicki.

„Soll sie ihnen doch eine Torte bringen", meint Soda zu mir, aber laut genug, dass Nicki es hört. Wann immer die beiden gezwungen sind, im selben Zimmer zu sein, machen sie passiv-aggressive Bemerkungen über einander.

„Diese heuchlerischen Schwulen und Lesben sollte man mit Torten bewerfen", ruft Patch.

„Möchtest du meine Frau werden?", macht Cruzer Dixie plötzlich einen Antrag.

Dixie antwortet prompt mit „Ja", was alle schockiert und eine Minute lang schweigen lässt, als ob wir uns alle fragen würden, was für einen seltsamen Liebestrank die Stadt wohl ins Wasser gegeben hat. Oder vielleicht hat Cruzer Dixie mit dem Hunde-Traumgeschenk endlich für sich gewonnen.

Dann springt Zeena auf und ruft: „Lasst uns alle einander heiraten!"

Alle fangen an zu lachen, weil Zeena so durchgeknallt ist, dass alle sie Zany Zeena nennen, und an jenem Abend scheint sie ein besonders manisches Hoch zu haben. Zeena hat in letzter Zeit quasi im Haus gelebt. In manchen Nächten schläft sie auf der Couch oder sie übernachtet in so einem Rocker_innen-Hotel. Soda gefällt das, denn wenn Zeena dort ist, übernachtet sie auch gern in dem Rocker_innen-Hotel. Alle anderen mögen Zeena, weil sie immer Drogen mitbringt. Irgendwie ist sie sowohl sehr reich als auch sehr paranoid, was eine schlechte Kombination sein kann. Außerdem bringt Zeena die Energie im Haus völlig durcheinander, weil alle anderen Downer nehmen, sie sich aber ständig kleine pinke Speed-Pillen und weiße Pülverchen einwirft. Sie redet unglaublich schnell und regt sich total schnell über die kleinsten Dinge auf, was aber von allen toleriert wird, weil sie jedes Mal auch den ganzen Mist im Haus wegräumt, wenn sie vorbeikommt. „Ich kann nicht glauben, dass ihr in dieser Müllhalde lebt!", ruft sie dann, während sie alle Aschenbecher leert, die Schachteln mit den Essensresten auf dem Couchtisch wegwirft und die verstreuten Karten von kürzlichen *Ring of Fire*-Runden auf einen Stapel schichtet. Wenn sie in einer besonders guten und energetischen Stimmung ist, nimmt sie sogar das Recyceln der Bierdosen in Angriff.

„Ich mache die Planung für die Hochzeit!", ruft Zeena.

Patch ächzt, steht vom Boden auf und verlässt das Zimmer. Von unten ist zu hören, wie die Haustür laut zugeschlagen wird.

Cruzer versucht, aus dem Etikett, das sie gerade von ihrer Budweiser-Bierflasche gepuhlt hat, einen Origami-Ring für Dixie zu formen.

„Eine riesige Hochzeit!" Zeena springt auf.

Dixie lächelt und klatscht in die Hände. Sie ist ein Südstaaten-Mädel, also gefällt ihr die Vorstellung einer großen Hochzeit. „Ich werde goldene Sachen tragen. Das sind nicht meine Farben", meint sie zu Cruzer und deutet auf den rot-schwarzen Origami-Ring.

„Mach dir keine Sorgen, alles wird farblich abgestimmt sein", sagt Zeena. Sie hat diesen verrückten Gesichtsausdruck. Ähnlich wie letzte Woche, als sie beschlossen hat, die Badewanne im Creamsickle zu schrubben. Sie schnappt sich einen Schreibblock aus der schwarzen Aktentasche, die sie immer mit sich herumträgt, und beginnt aufzuschreiben, welche Rolle wir ihr zufolge jeweils übernehmen. „Cello ist die erste Brautjungfer. Tiny ist der Trauzeuge. Georgie, du heiratest mich."

Quiiieeetsch. Der Plattenspieler in meinem Kopf kommt kreischend zum Stehen. Hat Zeena gerade gesagt, dass ich sie heiraten soll!?

„Ach ja?" Cruzer hebt ihre Augenbrauen. „Dann mal los, Georgie! Wir können eine Doppelhochzeit machen."

„Ich bin schon vergeben", sage ich. Cruzer starrt mich an, weil ich bis zu diesem Moment niemand verbal bestätigt habe, dass Mia meine Freundin ist. Sie wissen alle, dass sie, seitdem wir in Santa Cruz waren, jedes Wochenende in die Stadt gekommen ist und die meiste Zeit in meinem Bett verbracht hat, aber davon, dass ich mich selbst als vergeben bezeichne, ist nicht die Rede gewesen.

„Georgie kann dich sehr wohl heiraten", meint Cruzer zu Zeena. „Sie hat eine Fernbeziehung. Sie sprechen nur übers Internet. Niemand von uns ist sich sicher, ob sie überhaupt wirklich existiert."

„Halt den Mund!", sage ich zu Cruzer. „Was ist mit Soda?", frage ich Zeena.

Zeena sieht mich mit einem Schmollmund an und klopft wild mit ihrem Stift auf ihren gelben Schreibblock. Alle wissen, dass Zeena und Soda einmal miteinander Sex gehabt haben, als sie im Rocker_innen-Hotel viele Drogen genommen hatten, und nun hassen sie einander, außer wenn sie high sind.

„*Diese* Person heirate ich nicht!"

„Ich liebe alle!", schreit Soda. Sie ist superbekifft, deswegen kleben ihre Augen die meiste Zeit an den Fernseh-Nachrichten und dem Filmmaterial von Rosie O'Donnells Hochzeit mit ihrer Freundin, so dass sie die Einzige im Zimmer ist, die nicht in Zeenas manische Hochzeitsplanung verwickelt wird. Sie ist sich auch in keiner Weise der Tatsache bewusst, dass ich gerade in eine arrangierte Ehe mit einer verrückten Person gedrängt worden bin.

„Du brauchst einen weißen Smoking", weist Zeena mich an, während sie etwas auf ihren Block schreibt.

„Habe ich hier auch irgendwas zu sagen?" Ich stampfe mit dem Fuß auf und zerquetsche dabei fast Dixies neues Kätzchen/Hündchen. Napoleon ist der Einzige im Zimmer, der mich zumindest mit einer Spur von Mitgefühl ansieht. Alle anderen rufen einstimmig *„Nein"*, dann geht Zeena dazu über, die Rollen und Outfits farblich aufeinander abzustimmen.

„Kann die Rollerderby-Brut bei der Hochzeit mitmachen?", fragt Dixie.

„Wir könnten die Hochzeit im Stud abhalten", schlägt Cruzer vor. Das ist die Bar, in der Cruzer und Soda vor Kurzem ihre eigene Club-Nacht gestartet haben.

Später, als ich im Bett bin, rufe ich Mia an. Ich rufe sie oft kurz vor dem Einschlafen an, denn ihre Stimme ist so heiß. Außerdem ist sie sehr gut in Verbalerotik und wir haben ziemlich viel Telefonsex. Ich hätte nie gedacht, dass ich einmal total auf Telefonsex stehen würde, aber wir bleiben manchmal die ganze Nacht lang wach und denken uns abwechselnd heiße Dinge aus, die wir miteinander machen möchten. Ich warte bis nach dem Telefonsex, um Mia zu erzählen, dass ich heiraten werde. Ich will sie nicht verärgern, bevor sie mit mir fertig ist.

„Hä?", meint sie. Wir hatten vor Kurzem dieses Gespräch gehabt, dass wir nicht daran interessiert wären, mit jemand anders Sex zu haben, und dass wir, wenn wir etwas mit jemand anders anfangen würden, es uns sagen würden. Ich versuche, alles schnell und in einem ausschweifenden Atemzug zu erklären: „Also, es gibt da dieses Mädel Zeena, sie hat kurz mal im Hinterzimmer geschlafen, und ja, sie plant so eine große Performance-mäßige Hochzeit aus Anlass von diesem Homo-Ehe-Zeugs. Und Cruzer denkt, wenn sie sich mit Dixie verheiraten lässt, wird Dixie sich endlich in sie verlieben, und Zeena will, dass sie und ich gleichzeitig auch heiraten, und es sollen auch Protestierende kommen, die die Homo-Ehe schlecht finden, wahrscheinlich auch Patch, und es soll Kuchen und Champagner geben und wir können uns aufbrezeln und der kleine Hund bekommt eine goldene Fliege umgebunden! Es ist quasi die Performance einer Hochzeitsfeier. Äh, glaube ich. Es ist politisch. Glaube ich? Aber ich bin mir nicht sicher, inwiefern es politisch ist, aber Zeena sagt, dass es das ist, also, es klingt nach einer Party."

„Seltsam", murmelt Mia.

„Ich weiß. Sehr."

„Kann ich dann deine Verabredung bei deiner Hochzeit sein?", fragt sie.

„Ja", sage ich. Mir kommt der Gedanke, dass Zeena das hassen wird, und ich bekomme eine wenig Angst.

In den nächsten paar Wochen wird das Wohnzimmer im Creamsickle jeden Tag von Zeena mit ihren Papieren, Flyern und ihrer allgemein wahnsinnigen Hochzeitsplanungs-Manie in Beschlag genommen. Sie nennt die Zines und Flugblätter die Hochzeitspropaganda. Ich hebe sie auf und lese sie. Sie sind alle unterschiedlich, manches ist ganz klein geschrieben, in Kleinbuchstaben mit einer Schreibmaschine getippt, und andere Teile nur in Großbuchstaben, alles mögliche Zeug über Festivitäten, Partner_innenschaften, Freund_innenschaften, ein Statement gegen Zwangsmonogamie und Heteronormativität sowie für nichteheliche Lebensgemeinschaften und eingetragene Partner_innenschaften und die Ankündigung, dass die Hochzeit grundsätzlich eine riesige Party sein wird. Zeena hat so viel Energie, bleibt die ganze Nacht in ihrem Hotel mit der Schreibmaschine und einem Laptop wach und produziert all dieses Zeug. Manchmal sitzen wir im Creamsickle herum und Zeena kommt mit immer noch mehr Stapeln von Flyern, Briefen und Manuskripten vorbei.

„Sie ist unsere kleine Valerie Solanas", sagt Cruzer bewundernd.

Dixie liest die Einladungen gern laut vor, wobei sie die Teile in Großbuchstaben übermäßig betont. *„Kommt und LIEBT ALLE bei unserer Hochzeit!"* Am Anfang haben wir nicht gewusst, auf was wir uns einlassen. Zu einer Party sagen wir nie nein, aber Zeena versucht, uns tatsächlich zum Arbeiten zu bringen, sie will eine feste Besetzung, Skripts und sogar Kleider-Anproben.

Patch und Tiny kommen eines Abends vorbei und verkünden, dass sie eine Streikpostenkette vor dem Stud organisieren werden. „Und nimm mich von der Liste, ich flippe aus, wenn ich auch nur eine einzige weitere E-Mail über die Hochzeitsparty bekomme! Geht das nur mir so? Ich fühle mich, als würde ich attackiert, mit ungefähr fünfzig E-Mails pro Tag!", sagt Tiny.

Cruzer und ich holen gleichzeitig tief Luft. Wir haben Zeena gerade dabei zugesehen, wie sie den ganzen Nachmittag lang ihre pinken Speed-Pillen eingeworfen hat, während sie Hunderte von Flyern im Hochzeitseinladungs-Stil ausgeschnitten hat, um die Stadt damit zuzupflastern, und wir wissen, dass jedes kleinste Anzeichen von Undankbarkeit sie um den Verstand bringen kann.

„PROTESTIERT!", schreit Zeena Patch und Tiny an, während ihr Kopf vor und zurück federt, wie bei einer Wackelkopffigur. „Je mehr, desto besser! Übrigens geht es darum, dass wir alle einander LIEBEN, Tiny! Es geht darum, dass die gesamte lesbische Community sich GEGENSEITIG heiratet, weil wir uns alle LIEBEN!"

Patch und Tiny poltern die Treppe hinunter, um an ihren Streik-Schildern zu arbeiten und ihre Armee zusammenzutrommeln. „Wir lieben uns nicht wirklich alle gegenseitig", nuschelt Dixie. „Ich meine, mein Blumenmädchen hat mir meine letzte Freundin ausgespannt und ich hasse es, dass Nicki meine Brautjungfer ist."

„Ich werde das Skript nicht noch einmal fotokopieren!", brüllt Zeena. Ihre Augen sind jetzt wirklich groß, also hält Dixie die Klappe. Sie probiert nur gern aus, ob sie Zeena ärgern kann, wie vor ein paar Tagen, als sie versucht hat, sie dazu zu bringen, weniger kontrollierend in Bezug auf die Farbenplanung zu sein. Zeena hat alle so sehr geschunden, dass sie die liebe Cello fast zum Weinen gebracht hat, deren kurze blonde Korkenzieherlocken auf ihrem Kopf gezittert haben, als Zeena ihr Befehle zugerufen hat wie eine verärgerte Fußballtrainerin. Alle sind so paranoid und genervt von der Hochzeits-Machtübernahme in unserem Haus, dass die üblichen Leute nicht einmal mehr zum Abhängen vorbeikommen. Sie meiden das Creamsickle, als ob es von einer Hochzeits-Diktatorin übernommen worden wäre.

„Ich kann es nicht erwarten, dass meine Hochzeit vorbei ist", seufzt Dixie.

„Bringen wir es hinter uns und kommen schnell zu den Flitterwochen", sagt Cruzer.

Bei der Hochzeit werden so viele Drogen konsumiert, dass sich niemand ans Skript hält. Zeena rennt die ganze Zeit herum und fuchtelt mit ihren winzigen Ärmchen, als ob sie Reis werfen würde, aber eigentlich versucht sie nur, die Leute dazu zu bringen, sich dort hinzustellen, wo sie sich hinstellen sollten. Das Einzige, was Cruzer und ich machen müssen, ist, den Gang zwischen den Sitzbänken entlangzugehen, und dann muss ich mit Zeena rumknutschen und Cruzer knutscht mit Dixie rum. Dixie hat ihr Schulabschlussball-Kleid an, das sie nach der Arbeit in ihrem Hintergarten mit Goldfarbe angesprüht hat, gerade noch rechtzeitig zur Hochzeit. Eine Gospelsängerin und eine Dichterin, ein Rocker-Geistlicher und eine Hochzeitsband sind da und es gibt Unmengen von Champagner und Torte. Die Sisters of Perpetual Idulgence haben sich alle in ihre Nonnengewänder geworfen und ein Journalist macht Fotos für die schwullesbische Zeitung. Draußen gibt es eine irre Streikpostenkette. Es geht das Gerücht, dass Zeena selbst wahllosen Menschen auf der Straße, sogar Obdachlosen, Geld gegeben hat, damit sie bei der Hochzeit protestieren.

Cruzer versucht, eine Brautjungfer dazu zu bringen, mit ihr im Hinterzimmer zu verschwinden. Eigentlich bearbeitet sie sogar zwei Brautjungfern. Ein paar Leute, die Zeena und mich für ein echtes verliebtes Pärchen halten, kommen zu uns und gratulieren mir. Ich beobachte Mia, die sich das alles gelassen ansieht, während sie an der hinteren Wand lehnt. Zeena geht die dreistöckige Hochzeitstorte anschneiden, die eine queere Verbündete, die in einer Konditorei arbeitet, eingebracht hat. Zeena beginnt, Tortenstücke auszuteilen, und sieht besonders wild aus, wie sie sich über die Torte beugt und schreit: „Sollen sie doch Kuchen essen! Sollen sie doch Kuchen essen!"

Ich schleiche mich zu Mia hinüber. „Deine Freundinnen sind echt verrückt", sagt sie, als Zeena Leuten Kuchen auf den Schoß stellt und schreit: „LIEBT EUCH ALLE!" Mia schnappt mich und will mich in die kleine schwarze Toilette bringen, wo schon so viele Schwule Sex hatten, aber dort gibt es eine lange Schlange. Also gehen wir beide stattdessen in Richtung des Hintereingangs des Stud, wo keine Streikpostenkette ist. Ich komme mir ganz ungezogen vor, wie ich mich von meiner eigenen Hochzeit und der manischen Braut davonschleiche, und folge Mia mit ihren wirren Haaren und dem neckischen Lächeln, als ob sie eine gemeine Männer-Diebin wäre. Ich kann es nicht erwarten, sie zu mir nach Hause zu bringen. In dem Moment, als wir uns durch die Tür hinausschleichen, sehe ich Zeena auf uns zulaufen, das Hochzeitskleid gerafft, damit sie durch die Menschenmenge laufen kann. Draußen rennen wir die Straße runter zum nächsten Taxi, während sie zur Tür herausstürmt.

Im Taxi schnappen wir beide nach Luft. Ich glaube, Zeena hat etwas über Liebe geschrien, bevor die Tür zugeschlagen worden ist. Mia beginnt, Sachen zu sagen wie „Böser Junge, hast dich mit dem Bräutigam von deiner Lesbenhochzeit davongemacht", mit ihrer Telefonsex-Stimme. Der Taxifahrer verwickelt uns fast in einen Unfall, so sehr ist er damit beschäftigt, uns über den Rückspiegel anzustarren.

Da wir uns frühzeitig von der Hochzeit davongeschlichen haben, wird eine Weile lang niemand ins Creamsickle kommen, besonders da Zeena eine Hochzeits-After-Party arrangiert hat und alle dorthin gehen.

Ich vögle Mia im Wohnzimmer, sie sitzt auf der Rückenlehne der Couch, ihr Hintern ist halb auf dem Fenstersims und ihr Rücken ist an die schmutzigen Glasfenster mit dem Ausblick auf die Stadt gepresst.

„Ich habe das Gefühl, gleich hinunterzufallen", flüstert sie.

Auf der anderen Seite der Fensterscheibe, an die ihr Rücken gelehnt ist, leuchten die Lichter der Stadt. Eine Sekunde lang werfe ich einen Blick über ihre Schulter. Irgendetwas an der Skyline ist anders.

Später reißen wir das Fenster weit auf und die kalte Nachtluft trocknet den Sex-Schweiß in unseren Haaren. Wir teilen uns eine Zigarette. Die Luft ist so klar, dass die Stadt wie in einer Schneekugel für Tourist_innen aussieht. Als Mia aus dem Fenster ascht, sehe ich zu, wie die Asche auf die Stadt hinunterrieselt, sie sieht aus wie der Puderschnee, der über die Schneekugellandschaft fällt, wenn man sie schüttelt.

Mia ist halbnackt, die gelblichen Lichter der Stadt flackern über ihre braune Haut, die kleinen Muttermale auf ihrem Hals und ihre perfekten Brüste, die genau in eine Hand passen. Ich lasse meine Hand auf ihrem Kreuz ruhen, während der Wind durch ihr Haar fährt. Ihr Mund ist wie ein Köder, der mich über den Rand lockt. Ich will mich nicht in sie verlieben, denn wenn man sich verliebt, wird alles nur vermasselt. Ich bekomme das Schneekugel-Bild immer noch nicht aus dem Kopf, deswegen kann ich Liebe in diesem Moment nur damit vergleichen, wie in einer Schneekugel die Ruhe von einem Augenblick zum nächsten in einen wilden Sturm umschlagen kann. So ist Liebe.

Chaotisch.

Ich sehe aus dem Fenster. Ich glaube, ich weiß jetzt, was anders ist. Die Lichterkuppel auf dem Rathaus sechs Häuserblocks weiter, wo die Schwulen und Lesben gerade heiraten, leuchtet für gewöhnlich weiß, in derselben Farbe wie die Bürogebäude in der ganzen Stadtlandschaft, aber zu besonderen Anlässen ändert die Stadt die Farbe der Lampen, die die Kuppel erleuchten, so dass sie zum St. Patrick's Day beispielsweise grün ist und am amerikanischen Unabhängigkeitstag am 4. Juli rot, weiß und blau, und nun leuchtet sie rot wie ein pochendes Herz.

Sogar eine Woche nach der Hochzeit rufen die Leute immer noch gern Zitate aus den Flugblättern, die im ganzen Creamsickle verteilt waren. Soda brüllt am Morgen gern: *„Wir lieben einander jetzt alle!"*, um alle aufzuwecken. Mia lacht, wenn Sodas Gebrüll uns aufweckt. Sie dreht sich zu mir und lächelt mich an und sieht dabei morgens wunderschön aus, mit ihrer wilden pechschwarzen Haarmähne und ihren dunkelbraunen Augen, deren Lider von diesen zentimeterlangen Wimpern gesäumt sind, und wenn das Licht auf die Sommersprossen scheint, die auf ihren zartbraunen Wangen versprengt sind und die man nur sehen kann, wenn man ganz nah an ihrem Gesicht ist und sie kein Make-up trägt.

Mia hat angefangen, sich die ganze Zeit in ihrem Job im Diner am Meer krankzumelden, weil sie nicht mehr aus der Stadt weg will, und auch nicht von mir. Sie hatte schon Geld für den Umzug gespart, aber dann hatte sie eine echt fiese Pechsträhne, eines Morgens war ihr Auto gestohlen, das sie vor dem Creamsickle geparkt hatte, und wurde später vollkommen zugrunde gerichtet in der Nähe von Ocean Beach gefunden, mit seltsamen verschlüsselten Wörtern, die in die Seitentüren gekratzt worden waren, als ob es von Außerirdischen entführt und ähnlich wie bei den Getreidekreisen mit Schnitzereien markiert worden wäre.

Soda fand die ganze Sache so aufregend, dass sie uns allen Vorträge hielt über die apokalyptischen Nachrichten, die sie in die kryptischen Schnitzereien hineinlas, während Cruzer spottete: „Ja, genau, jemand hat einfach zu viel Crack zum Frühstück gehabt und wollte Mist bauen." In der Zwischenzeit hatte Mia murrend das Geld geblecht, damit sie das Auto wieder vom Abstellplatz mitnehmen konnte, und musste auch ihre Umzugsersparnisse anzapfen, um den Schaden zu beheben.

Als sie schließlich von ihrem Job gefeuert wird, bietet ihr ein Mädel, das sie in der Stadt kennengelernt hat, einen neuen Job an. Eine andere Freundin von ihr lässt sie auf ihrer Couch schlafen, solange sie nach einer Bleibe sucht. Also zieht Mia um, obwohl sie kein Geld hat.

Als ich eines Freitagabends, ein paar Wochen, nachdem Mia in die Stadt gezogen ist, das Haus verlasse, um zur Arbeit zu gehen, kommt Mia auf einem Fahrrad mit quietschenden Bremsen auf der Mission Street vor mir zum Stehen. Es schockiert mich immer noch, dass sie nun in meiner Stadt lebt und quasi überall auftauchen kann. Sie ist auf dem Weg zu Critical Mass, der monatlichen Massen-Fahrradfahrt durch die Stadt, die den Innenstadt-Verkehr stundenlang durcheinanderbringt. Sie ist ganz aufgeregt, wie sie mit ihren engen schwarzen Leggings und Frye-Biker-Stiefeln auf ihrem Fahrradsattel sitzt und unglaublich heiß aussieht. Ich beuge mich über ihren Lenker und küsse sie und kann den salzigen Schweiß auf ihrer Lippe schmecken. Ihr Geruch betört mich. Ich bin total dabei, mich in sie zu verlieben. Es schleicht sich langsam heran, wie die Regenzeit im Februar.

„Hör mal, warum ziehst du nicht einfach zu mir?" Der Satz kommt aus meinem Mund, bevor ich überhaupt darüber nachgedacht habe. Ich weiß nur, dass es kalt und regnerisch ist und ich sie in meinem Bett vorfinden möchte, wenn ich heute Abend von der Arbeit nach Hause komme.

„Okay." Ihr Lächeln ist unwiderstehlich.

So kommt es, dass ich mit meiner Freundin zusammenziehe.

Kapitel 9

Die Nachtluft, die durchs geöffnete Fenster zu mir strömt, während ich auf dem Bett liege und Mia zuschaue, die auf dem Fensterbrett sitzt und an den Saiten ihrer Gitarre zupft, ist in den ersten Frühlingstagen noch kühl. Den ganzen Tag war ich in der Arbeit total von Geldsorgen gestresst, weil Mia wieder von einem Job gefeuert worden ist, schon zum zweiten Mal in diesem Monat, aber jetzt, in diesem Augenblick, ist mir das egal. Ich will einfach nur Mia ansehen, um deren schwarze Umrisse die Lichter der Stadt so etwas wie einen orangenen Glorienschein entstehen lassen. Mia hat meistens ihre schwarzen Stretch-Jeans mit dem grauen Flicken auf einem Knie an und enge schwarze T-Shirts, die sie so umnäht, dass sie an den Schultern und an ihren Brüsten wie angegossen sitzen. Man kann immer den oberen Rand ihres abgetragenen BHs mit Leopardenmuster sehen, der über den ausgefransten Saum ihrer tief ausgeschnittenen T-Shirts herausragt. Manchmal sitzt Mia den ganzen Abend lang am Fenster, spielt ihre Songs und bringt den schlafenden Obdachlosen in den Einfahrten in der Straße unterhalb Ständchen dar. Sie beschweren sich nie oder werfen Steine nach ihr, wie ich es erwartet hatte, als sie dieses Ritual ins Leben gerufen hat. Bestimmt mögen sie ihre Stimme so sehr wie ich, ihren rauchigen, hohlen Klang, unter die sie süße und schreckliche Klänge mischt, die mir immer Schauer über den Rücken jagen.

Mia hat gerade eine neue Band gegründet, mit einem Jungen, den sie in einem Job kennengelernt hat, bei dem sie einen Monat lang Pizzas gemacht hat. In jedem Job, den Mia bislang gehabt hat, hat sie jeweils fast einen Monat lang gearbeitet. Sie hat in dunklen chinesischen Restaurants Geschirr gespült, in trendigen Kleidungsgeschäften Sensoren auf Klamotten angebracht, Saft in einer Saftbar gemacht und Räder im Fahrradladen um die Ecke repariert, aber weil die Musik ihr wichtiger ist, als ihre Rechnungen bezahlen zu können, behält sie die Jobs nie lange. Wenn sie beispielsweise ein Konzert hat und den Abend nicht freibekommt, dann ist sie am nächsten Tag bestimmt arbeitslos. Das ist der Grund, warum sie schon so lange bei mir wohnt. Das Mädel kann keinen einzigen Cent sparen, um ihrer eigenen Bleibe ein Stückchen näher zu kommen, und wenn sie einmal Geld hat, dann gibt sie es für Zeug für ihre neue Band, eine neue Gitarre oder die Miete für den Proberaum aus. Bislang hat das niemand im Creamsickle sehr gekümmert. Shelby ist sogar ins Hinterzimmer gezogen und hat mir das größere vordere Zimmer überlassen, weil sie Geld sparen will, um im Sommer verreisen zu können. Letzten Monat haben Mia und ich das Zimmer hergerichtet, es gestrichen, Vorhänge gekauft und nach gebrauchten Möbeln gesucht.

Mia hat ihre Band nach unserer Liebesaffäre benannt. Sie singt immer nur über Liebe und gebrochene Herzen. Vor ein paar Tagen hat sie ihr erstes Konzert gegeben, das ein Bandkollege in einer schmuddeligen Metal-Bar organisiert hatte. Das Publikum bestand zu einer Hälfte aus großen verschwitzten Kerlen mit langen Haaren und zur anderen Hälfte aus dürren tätowierten, schlaksigen Dykes, die in der vordersten Reihe vor und zurück schwankten und dabei möglichst toughe Gesichter machten. Dann, als Mia begann, zu zittern und aufzuheulen, wurde es im gesamten Raum totenstill. Mit jedem Song, den sie spielte, grub sie tiefer in ihre Brust und förderte noch mehr von ihrem Herzen zutage. Die Münder in der Menschenmenge wurden weich. Leute vergaßen zu schlucken. Sie sahen zu, wie Mias Herz auf die Bühne fiel und wie ein Fisch herumzappelte, nass und blutig. Die Dykes fingen an, sich gegenseitig die Arme um die Hüften zu legen. Die Kerle blieben still und ernst, eingeschüchtert von all der Emotion, die zur Schau gestellt wurde. Sie bissen sich auf ihre Unterlippen und versuchten, ihre Blicke auf Mias Brüste zu fixieren, damit sie nicht sehen mussten, wie ihr hübsches Gesicht all ihre intimsten Geheimnisse preisgab. Ich schob mich durch einen Wall von Kerlen und stellte mich ganz vorne hin, wo mich ein paar von meinen Freund_innen packten und mit ihren sich wiegenden Körpern hochhoben. Soda küsste mich auf den Mundwinkel. *Ich liebe dich, Kumpel.* Sogar Cruzer sagte, dass sie uns liebte. Mia hatte meine sich sonst so hart gebenden Freund_innen zum Schmelzen gebracht, sie direkt ihrer Lederjacken-Rüstungen entledigt. Alle waren plötzlich so nett zueinander, all die Mädels. Es war, als ob alle im Raum sich gerade eine riesige Tüte Koks geteilt hätten und alle in ihrem trügerischen High einander lieben würden, *Ich liebe dich und das sage ich nicht nur, weil ich auf Drogen bin!* Aber dieses High war ganz natürlich zustande gekommen. Mias Stimme machte sie high. Ich bin überzeugt, dass das der Grund ist, warum Cruzer und Soda sie Monat für Monat kostenlos im Creamsickle wohnen lassen. Sie wollen nicht, dass die Musik, die von meinem Fensterbrett kommt, aufhört.

Mia hat einen Song für ihre tote Großmutter und wenn sie ihn singt, brüllt sie deren Namen so laut, dass ihre kleinen Vogellippen genau in der Mitte aufspringen und ganz rissig werden. Sie kommt regelmäßig mit wunden Lippen und wundem Hals vom Proberaum nach Hause. Und sie hört nie auf, ihre gefühlvollen und wunderschönen Liebeslieder zu singen. Den ganzen Tag lang, während sie Geschirr spült, Parfüm auf alte Damen sprüht oder jemand Frischkäse auf den Bagel schmiert, schreibt sie in ihrem Kopf die Songs und wenn sie dann heimkommt, hält sie sie in kleinen schwarzen Notizbüchern fest. Sehr oft kann sie die Notizbücher nicht finden, dann werden die Texte auf ihre Hände geschrieben oder auf was immer sich gerade findet, auf Papierstückchen oder auf beliebige Stellen in meinem Zimmer, einmal hat sie sogar auf einen Lampenschirm geschrieben und einmal auch auf das Schild meiner Lieblings-Trucker-Cap.

Das Einzige, worüber wir uns bislang gestritten haben, ist Geld, fehlendes Geld für Rechnungen, Miete und Essen. In manchen Wochen lege ich Extraschichten ein, nur um alles abzudecken. Aber ich glaube an Mias Traum, ihre Leidenschaft, eines Tages mit ihrer Musik Geld zu verdienen, obwohl das bekanntlich wirklich schwierig ist. Wann immer wir an dem taubenblauen Cadillac vorbeigehen, der immer um die Ecke von unserem Haus geparkt ist, sagt sie: *George-Baby, wenn ich ein reicher Rockstar bin, kaufe ich dieses Auto und kutschiere uns damit in der Stadt umher*, und dann muss ich an all die unterschiedlichen Variationen denken, wie wir in diesem Cadillac Sex haben werden, wenn er uns gehört. Mia nennt mich gern George, weil sie findet, es klingt wie der Name von einem alten Opa, und sie sagt, dass sie eines Tages mit mir in Schaukelstühlen auf der Veranda eines alten Hauses in Kentucky sitzen möchte. Dass sie gern die Augen schließt, wenn sie in der Arbeit Teller schrubbt, und sich vorstellt, dass wir in so einem märchenhaften alten Haus am Ende einer langen unbefestigten Straße wohnen. *Die Art von Haus, zu der man mit einem Truck fahren muss, mit Hunden, vielen, vielen Hunden.* Manchmal ahmt sie die Stimme einer alten Frau nach und neckt mich. *Hey George, gib mir eine von den Zigarren rüber.*

Heute Abend machen die Geräusche einer After-Party im Wohnzimmer Mia beim Üben im Fenster Konkurrenz. Ich kann hören, wie beim Flaschendrehen die Flasche über den Boden rumpelt. *Soda, du verdammte Schwindlerin!*, ruft eine Mädchenstimme. Die Musik wird lauter. Es ist seltsam, wie schnell Monate über Monate an dir vorbeifliegen können, wenn du damit beschäftigt bist, jemand einfach zuzusehen. Zahllose Nächte habe ich damit verbracht, Mia zuzusehen, wie sie auf meinem Fensterbrett sitzt. Zahllose Nächte haben wir auf meinem Bett gelegen, mit ineinander verschlungenen Beinen und Armen, und uns in die Augen gesehen. Der Rest der Welt ist draußen auf der Straße unter meinem Fenster geblieben. Vor meiner Zimmertür. Das Creamsickle gleicht immer noch einem Zoo, durch den zahllose Füße trampeln und in dem ständig laute, tratschende Mädels sind und Partys. Ein Dutzend Leute konnten an meiner Tür vorbeigehen und an sie klopfen oder davor rufen, aber Mia und ich waren zu beschäftigt damit, einander anzusehen, als dass wir hätten hinauskommen können. Ich musste außerdem die Lage der kleinen Leberflecke ausforschen, die hinter ihrem Ohr anfingen und dann wie kleine mahagonibraune Konfetti ihren Hals hinunterführten, manche sogar bis unterhalb ihres Schulterblattes. Währenddessen schob sie ihren Daumen unter das Bündchen meiner Buben-Unterhose und hielt mich dort fest, als ob sie mich am Haken hätte.

Nun dreht sich Mia vom Fenster zu mir und lächelt mich an. „Ich stürze mich jetzt jeden Moment auf dich." Sie sieht mich an, als wollte sie mich bei lebendigem Leib auffressen, springt aufs Bett und setzt sich rittlings auf mich. Sie lässt ihr dunkles Haar lang wachsen. Hier in der Stadt lassen viele Femmes ihr Haar lang wachsen, als ob sie es hier – anders als in der x-beliebigen Kleinstadt, aus der sie gekommen sind – nicht mehr kurz zu tragen bräuchten, um sichtbar queer zu sein. Ihr Haar löst sich aus der Haarklammer und fällt in mein Gesicht. Ich lasse meine Zunge um ihre wirbeln und meine Hände erkunden ihren ganzen Körper, schieben sich unter ihre Klamotten, kreisen mit den Fingerspitzen um ihre Nippel und streichen über ihre Taille bis hinunter zu ihren Hüften. Sie drückt sich immer fester an mich. Ich ziehe ihr das Hemd über den Kopf und schiebe ihren BH über ihre Brüste. Mia hat die tollsten Brüste. Dann greife ich auf ihren Rücken und öffne ihren BH mit einer Hand, so dass ihre Kupferpfennig-Nippel in meinen Mund gleiten. Ich kann irgendwelche Partyleute hören, die vor meiner Zimmertür laut über den Taschentuch-Code diskutieren und darüber, ob links Bottom heißt und rechts Top, oder umgekehrt. Das Badezimmer ist neben meinem Zimmer, deswegen stehen die Leute vor meiner Tür dafür Schlange. Als ich heftig an Mias Nippel sauge, stöhnt sie laut, was das Gespräch eine Sekunde lang verstummen und dann in Kichern übergehen lässt. Ich reiße Mia ihre schwarze Stretchhose herunter, lecke und küsse ihre Oberschenkel und lasse dann meine Finger in sie gleiten. Sie hat die schönste Pussy, die ich je gesehen habe. Als ich das Cruzer eines Morgens erzählt habe, wollte sie, dass ich sie für sie zeichne, aber das konnte ich nicht. *Das ist zu persönlich*. Ich lecke Mia und lasse mehr Finger in sie gleiten und sie beginnt, sich heftiger auf meine Hand zu schieben. Sie reißt das Kissen über ihren Kopf, um die lauten Geräusche zu dämpfen, die sie von sich gibt und die vermutlich alle in der Toiletten-Schlange im Flur unterhalten. Ich packe Mias Hintern mit einer Hand und ziehe sie näher an die Bettkante. Ich sehe sie immer an, wenn sie kommt, wie ihre Beine beben, sie ihre Augen zur Decke verdreht, als ob sie dort oben verzweifelt nach etwas suchen würde, das länger währt als die drei Minuten, in denen alles andere in ihrer Welt einfach verschwindet. Ich höre nicht auf, bis ich den richtigen Punkt finde, der ihren Körper zum Beben bringt, als ob sie unter Strom stünde, und sie auf meine Hand ejakuliert und das ganze Bett völlig nass macht. Mia sagt, dass meine Hände wie der richtige Schlüssel für ihr Schloss sind, dass meine Hände den perfekten Punkt treffen, einfach so. Wie komisch es doch sei, dass so viele Hände sich einfach nicht richtig angefühlt haben und es auf einmal ein Paar Hände gibt, die sich zwischen deinen Beinen immer himmlisch anfühlen.

Dann sitzt Mia wieder am Fenster. Die Stadt hinter ihr bewegt sich im Zeitraffer, in den Bürotürmen gehen schließlich die Lichter aus und ganze Gebäude legen sich für die Nacht schlafen. Die Vormittage kommen und gehen, die Nachmittage sind scharf und bitter und dann ist wieder Nacht. Tage und Monate und noch mehr Tage und Monate vergehen auf diese Weise. Es scheint, als wäre Mias Silhouette ein dauerhafter Bestandteil meines Fensters, wie ein Wasserspeier mit einer Gitarre, und wir rauchen und summen beide, bis der Sommer da ist.

Kapitel 10

An einem heißen Juni-Tag liege ich im Dolores Park und starre nach oben in die Palmen über meinem Kopf. Cruzer und Soda spielen ein Spiel, das Cruzer und ich vor ein paar Jahren im Sommer erfunden haben. Es funktioniert so: Cruzer schlägt eine leere Seite in ihrem legendären Skizzenbuch auf und schreibt oben *Mädels, an die in diesem Sommer Postkarten geschickt werden* hin. Die Überschrift ist „chiffriert", weil unsere Freund_innen manchmal durch Cruzers Skizzenbücher, die im Creamsickle herumliegen, blättern und wir nicht wollen, dass jemand weiß, dass die Überschrift der Liste in Wirklichkeit lautet: *Mädels, mit denen ich diesen Sommer ins Bett will.*

Als Cruzer und ich früher dieses Spiel gespielt haben, hat sie immer gewonnen. Jedes Mal, wenn eine von uns mit einem Mädel von ihrer Liste im Bett gelandet war und ein Kreuz in das kleine Kästchen neben deren Namen machen konnte, musste die Verliererin die Gewinnerin am Morgen danach zum Frühstück ins Triple P einladen und sich bei einem fetttriefenden Frühstück alle Details anhören. Das führte dazu, dass Cruzer, die nie sehr lange ein Arbeitsverhältnis hatte, eine Menge Frühstück spendiert bekam, was mir aber nicht viel ausmachte, weil es weniger als fünf Mäuse kostete. Offensichtlich war sie in dem Wettbewerb viel besser als ich, deswegen bin ich froh, dass diesen Sommer Soda mit von der Partie ist, um sie tatsächlich herauszufordern.

„Georgie, ich weiß, du spielst nicht mit, weil du jetzt verheiratet bist und so, aber wie wär's, wenn du einfach zum Spaß eine hypothetische Liste machst?"

„Mich interessiert nur Mia."

Nachdem ich eine Weile lang Soda und Cruzer beim Schreiben ihrer Listen zugehört habe, fühle ich mich ausgeschlossen. Allein die Mädels auszuwählen und zu sagen: „Wie wär's mit Soundso ...", ist immer schon der halbe Spaß.

„Na schön. Macht mir auch eine Liste, aber ich will nicht zehn, ich will nur fünf oder so."

„Bist du sicher? Es sind so viele heiße neue Mädels aus dem Winterschlaf erwacht", meint Cruzer, während sie neben ihre und Sodas Liste *Georgies Mädels, an die Postkarten geschickt werden* schreibt.

„Knockout Nicki", sage ich als meinen ersten Namen, weil sie verrückt und so schön ist. Wir nennen sie Knockout Nicki, weil sie Gerüchten zufolge einmal entweder sich selbst oder jemand anders in irgendeiner Art öffentlicher Sex-Eskapade k. o. geschlagen hat, was dazu geführt hat, dass es bei der Party schließlich Sirenengeheul gegeben hat. Es kursieren viele Versionen dieses Gerüchts, die Fensterscheiben oder Windschutzscheiben, Treppenhäuser oder Stair-Master-Fitnessgeräte beinhalten, und ich habe sogar eine Version gehört, die entweder ein Klettergerüst oder eine Kletterausrüstung beinhaltet hat, aber Nicki bestätigt nie irgendwelche Details. Wenn man sie fragt, woher sie ihren Spitznamen hat, grinst sie nur und meint: *Manchmal geht's hoch her*. Knockout Nicki hat auch noch andere Spitznamen wie Naughty Nicki oder Nasty Nicki. Sie hat einen schlechten Ruf und die meisten Bois halten sie für einen kaltherzigen Vamp. Das steht sogar riesig auf der Toilettenwand im Vine geschrieben, als Teil des sich ständig verändernden Dyke-Drama-Graffitis, das man sich beim Pinkeln einprägt, ob man will oder nicht. *Knockout Nicki ist so was von herzlos*, und auf eine andere Wand hat noch jemand offenbar verärgert mit schwarzem Filzstift gekritzelt: *Nasty Nicki ist eine Beziehungskillerin*.

„Ich kann nicht glauben, dass du noch nie mit Naughty Nicki im Bett warst", sagt Soda ungläubig.

„Wie ist das möglich?", fragt Cruzer.

„Sie hat's bei mir aufgegeben, schon vor langer Zeit."

„Hat sie nicht. Sie gibt nie auf. Weißt du noch, wie sie einmal, kurz bevor du mit Mia zusammengekommen bist, bei Heathers Party versucht hat, unter dem Kartentisch deine Hand unter ihren Rock zu schieben?", meint Cruzer.

„Ich glaube nicht, dass sie gewusst hat, wessen Hand das war." Ich lache.

„Dieses Mädel ist die größte Flirtmaschine aller Zeiten", sagt Soda. „Ich weiß noch, wie sie mich immer total gereizt hat, bevor ich was mit ihr angefangen habe. Sie ist immer ohne Unterwäsche in den Park gekommen. Ich habe dort gelegen, mein Bier getrunken und die vorbeiziehenden Wolken angesehen und sie hat mich lässig angelächelt und ist direkt über mein Gesicht gestiegen, in diesen kurzen, gestreiften Baumwoll-Rock-Dingern, die sie immer angehabt hat. Dann ist sie davonspaziert, einfach den Hügel hinunter. Hat mich ganz wild gemacht."

Damals, als Nicki und Soda miteinander schliefen, richteten sie einander fast zugrunde. Es war eine Art von Liebe, bei der schnell die Sicherung durchbrannte. Damals sah auch ich Soda zum ersten Mal. Einen Monat, nachdem sie in die Stadt gezogen war, hatte sie etwas mit Nicki angefangen und ihr BMX-Rad war jede Nacht an den Pfosten vor der Mädels-Bar gekettet, während sie das neue Terrain und die neuen Mädels erkundete. Nicki war das selbsternannte Oberhaupt der Mädels-Szene und man musste an ihr vorbei, um dort eintreten zu dürfen. Ich weiß noch, wie Cruzer mich eines Tages anrief, als ich gerade aus der Arbeit kam, und sagte: „Komm in den Park", und als ich dort anrollte, fand ich alle auf dem Rand von Nickis pinker getupfter Decke sitzend vor. Nickis ultralange Beine ragten aus einem sehr kurzen berüschten Rock und sie kümmerte sich nicht um den Wind, so dass sie, wann immer der Wind ihren Rock hob, ihr Unterhöschen zur Schau stellte, was sehr förderlich war, um von allen Aufmerksamkeit zu bekommen. Sie hatte sich mit einer Schachtel Erdbeeren mitten zwischen zwei Champagnerflaschen niedergelassen, einer leeren und einer vollen, und Cruzer, Soda und Coby saßen um sie herum. Als ich Nicki kennengelernt hatte, hatten ihre Haare noch ihre natürliche rotblonde Farbe, aber nun färbte sie sie schwarz, so dass ihre klaren grünen Augen in ihrem blassen Gesicht so hell wie die eines Tigers leuchteten.

„Hast du schon meine neueste Idee gehört?", wandte Nicki sich mit ihrem Schmollmund an mich, als ich mich auf ein Eck ihrer Decke fallen ließ. „Ich mache eine Agentur auf, bei der man Bois anheuern kann. Meine Agentur wird *Naughty Nickis Bois* heißen. Dann müsst ihr euch nie mehr um Jobs kümmern. Ihr werdet einfach Aufträge bekommen, damit ihr ein Fenster repariert, einen Garten harkt oder Hundescheiße aufsammelt. Aber ihr müsst niedliche Jungen-Outfits mit Werkzeuggürteln tragen."

Nicki tätschelte mit ihren grellpinken Nägeln mein Bein. „Georgie, du kannst auch für mich arbeiten."

Sie legte dir immer die Hand auf den Schenkel oder lehnte sich an dich, wenn sie mit dir sprach. Ich sah Cruzer an und verdrehte die

Augen. „Sie verhält sich wirklich respektlos", meinte ich, laut genug, dass auch Nicki es hören konnte. Das sagte ich halb im Scherz, halb im Ernst, weil ich wusste, dass sie Soda necken wollte. Außerdem sagten Nicki oder Dixie immer: „Ihr verhaltet euch wirklich respektlos", wenn sie sagen wollten, dass Cruzer, Tiny oder ich sexistisch oder so waren, wenn wir über Mädels sprachen.

„Schätzchen, ich glaube, das ist genau mein Punkt." Nicki lächelte und versuchte, mich mit einer Erdbeere zu füttern, aber ich wich zurück und nahm sie selbst in die Hand. Ich war die Einzige auf der Decke, die noch nicht mit ihr geschlafen hatte, deswegen spielte sie viele Spielchen mit mir. „Das ist eine echte Marktlücke", lachte Nicki. Dann richtete sie ihre grünen Katzenaugen auf Soda. „Was meinst du?"

Soda zuckte nur die Achseln. Man konnte sehen, dass sie nicht wusste, wie sie mit Nicki umgehen sollte, die so enorm heiß war, dass sie sogar die großspurigsten Bois einschüchterte. „Oh!", sagte Nicki mit vorgetäuschtem Erstaunen. „Dann hättest du ziemlich große Konkurrenz, hm? Vielleicht hättest du dann keinen Erfolg mehr? Du müsstest dann für mich arbeiten!" Nicki fächelte mit ihrer manikürten Hand vor ihrem Gesicht herum, wie mit einem altmodischen Fächer, und grinste.

Ein paar Tage später gingen Cruzer, Dixie und ich Nicki bei ihrer Arbeit in so einem trendigen Vintage-Laden in der 16th Street besuchen. Nicki staffierte Soda mit neuen Klamotten aus. Sie ließ sie durch die Kisten voller Trucker-Caps wühlen, auf denen Dinge wie SAM'S SHRIMP SHOP und ED'S KNIFE STORE standen, Kappen, die Soda zu Hause in Kansas City nie getragen hätte, aber nun, in dieser neuen Stadt, waren sie ein Mode-Statement. Soda entschied sich für die, auf die Schifffahrts-Logos oder die Namenszüge von Hafen-Unternehmen gedruckt waren. Nicki gab mit ihr an wie mit einem heißen neuen Accessoire und nannte sie „Soda POP". Im gelblichen Licht des Ladens konnte man den Schatten der Härchen auf Sodas Oberlippe erahnen, der sie wie einen Teenager-Jungen aussehen ließ. Das in Kombination mit ihrer leicht ländlichen Art, zu sprechen, war genug, um sie zur Hauptfigur in Nickis feuchten Träumen zu machen. Als Nicki ihr Gesicht hob, nachdem sie es samt ihren Lippenstift-Lippen in Sodas schmutziger Tankwart-Jacke vergraben hatte, sah sie so aus, als würde der Schweiß dieses Mädels sie ganz high machen.

Wir gingen nach draußen, um zu rauchen, und ließen Soda im Laden, damit sie mit Dixie Sachen anprobieren konnte. Cruzer und ich standen rauchend im Nieselregen, als Nicki für eine Zigarette nach draußen kam. „Soda macht mich verrückt." Sie spähte nach hinten in den Laden, um sicherzugehen, dass Soda nicht herauskam oder uns zuhörte. „Sie hat Augen wie ein trashiger Trucker."

Ich rauchte und sah in den Regen. Auf den blauen Flecken auf Nickis Oberschenkeln bildete sich langsam eine Gänsehaut.

Einen Monat später trennten Soda und Nicki sich. Obwohl Nicki versuchte, es zu verbergen, war doch ein winzig kleines Stück ihres eiskalten Herzens gebrochen. Seither sahen ihre Augen immer ein bisschen verrückter aus. „Nicki hat kein Herz", hatte Cruzer in Bezug auf diese Stone-Fox-Femme immer behauptet. Aber ich hatte das Gegenteil erlebt, Tage nach ihrer Trennung, als ich bei Dixie abhing, wo Nicki früher auch wohnte, bevor Dixie und ihre Mitbewohner_innen sie abschossen, um es mal so zu sagen. Nicki war völlig durcheinander wegen Soda und kippte eine Flasche gekühlten Weißwein in sich hinein, während sie die Tränen, die ihr in die Augen stiegen, zu verbergen versuchte.

„Ich wäre mit ihr auf und davon gelaufen. Ich habe sie geliebt, wirklich wahr", sagte sie.

Ich aß gerade Popcorn und mir klappte quasi die Kinnlade runter. Ich hatte Nicki noch nie so über jemand sprechen gehört. Sie tat immer so, als wäre sie bei all dem Sex, mit dem sie um sich warf wie mit Bonbons bei einer Parade, gleichgültig. Ich war überzeugt gewesen, dass sie eine kaltherzige Aufreißerinnen-Femme war, aber in dieser Nacht änderte ich meine Meinung zweifellos.

„Lucia", wähle ich als den nächsten Namen auf meiner Liste. Lucia ist eine heiße brasilianische Kunststudentin, die Cruzer und ich beim veganen Sonntagsbrunch im Frühling kennengelernt haben.

„Mir fällt niemand Drittes ein." Ich zucke mit den Achseln.

„Talia, A. J., Diana, Heather, Bird, Griselda, Jenny." Soda und Cruzer schlagen in einer Tour Namen vor, aber ich schüttle bei jedem den Kopf.

„Wie wär's, wenn du Soda hinschreibst", sage ich.

„Ja", grinst Soda.

„Nööööööö, ich weigere mich", jault Cruzer.

Soda schnappt sich den Stift und kritzelt ihren Namen hin. „Was soll's. Sie hat eine Frau. Sie spielt sowieso nicht mit." Und sie zwinkert mir zu.

Ein paar Minuten später kommen Dixie, Cello und der kleine fluffige Hund auf uns zu, also schlägt Cruzer ihr Skizzenbuch zu. Dixie erzählt uns, dass am unteren Ende des Parks gerade so ein alter Typ zu ihnen gekommen ist und ihnen zwei verschiedene, komplett laminierte Fotobücher wie von Kinko's gezeigt hat, mit Bildern von jungen Mädels, meist Freund_innen von uns und Leute, die wir kennen, die beim Dyke March und beim Folsom-Street-Straßenfest rumgeknutscht haben. „All diese Mädels oben ohne, die rumgeknutscht haben!", sagt Dixie. „Es sah aus wie ein Highschool-Jahrbuch, mit Bildern von uns. Ich hab nur gesagt, hey, da ist Soda, wie sie Nasty Nicki küsst. Da sind Coby und Amanda. Da ist Lucia oben ohne! Und dann hat er uns gefragt, ob er Fotos von uns machen kann, und wir: Auf keinen Fall! Dann hat Cello gefragt, ob sie ein Exemplar von dem Buch haben kann, und er sagt, nein, er hat nicht die Rechte, um es zu verkaufen! Es ist nur seine eigene persönliche Sammlung!"

„Gruselig", zischt Cruzer. „Ich hasse es, dass ich kein Geld dafür bekomme, Fotobücher über uns zu machen, und uns stattdessen reiche Spanner-Typen fotografieren, als ob wir in einem Zoo wären. Scheiß auf den Kerl und seine perversen Bilder." Als Cruzer sich gerade nochmals über dieses Thema auslassen will, klingelt ihr Telefon. „Viva Vendetta!", kreischt sie. Dixie ächzt, aber Cruzer freut sich, weil sie schon monatelang versucht hat, Viva ausfindig zu machen. Viva ist mittlerweile trocken und hält sich versteckt. Sie ruft niemand an oder zumindest ruft sie keine Trinker_innen an, so dass Cruzer definitiv nicht infrage kommt. Tiny entdeckte, dass Viva überhaupt zurück in der Stadt war, weil sie anfing, in die Videothek zu kommen, in der Tiny arbeitete. Seit Viva versuchte, sich vom Alk fernzuhalten, lenkte sie sich offenbar ab und war süchtig nach *Six Feet Under* und den *Sopranos* auf DVD geworden. Abends ging sie nicht in Bars, sondern stattdessen in Tinys Videothek, um sich ihre Dosis zu besorgen.

„Ich bin jedes Mal, wenn sie wiederkommt, so stolz auf sie, dass ich ihr einen Gay-Mafia-Abstinenzrabatt gebe", sagte Tiny. „Aber ich werde langsam nervös, wenn ich daran denke, was wohl passiert, wenn es keine Folgen von ihren Serien mehr gibt? Läuft sie dann zum nächsten Schnapsladen und kippt sich eine Flasche Jameson rein?"

Als Dixie hörte, dass Viva zurück war, wurde sie wegen anderer Dinge als Vivas Alkoholabstinenz nervös, sie bekam Angst, dass Viva den Hund zurückwollen würde, in den sie sich so verliebt hatte. Sie ließ den Hund kaum mehr aus dem Haus, nachdem sie herausgefunden hatte, dass Viva in der Stadt war, weil sie wusste, dass sie, wenn sie sie zufällig auf der Straße treffen würde und es zu einem Kampf käme, dem verrückten Amazonen-Rollerderby-Mädel mit Sicherheit unterliegen würde. Das alles war so viel, dass Dixie eine Panikattacke hatte und nun die angstlösenden Pillen, die sie üblicherweise nur zum Vergnügen schluckte, wirklich brauchte.

Cruzer versuchte dennoch weiterhin, Viva zu fassen zu bekommen. Sie behauptete, der Grund wäre, dass sie ihre Vintage-Ferrari-Sonnenbrille zurückhaben wollte, die Viva an jenem unvergesslichen Tag getragen hatte, an dem sie aus dem Creamsickle geflohen und direkt in die Entzugsklinik gefahren war. Ich war überzeugt, dass Cruzer Viva einfach wiedersehen wollte und sie die Sonnenbrille nicht sehr kümmerte. In ihrem Zimmer hatte sie ein ganzes Wandregal voller Vintage-Sonnenbrillen, was für einen Unterschied machte es da schon, wenn eine fehlte?

Am Telefon sagt Viva zu Cruzer, wenn sie sie treffen wolle, müsse es jetzt oder nie sein, weil sie in der Gegend Rollschuh fahre und eine kurze Pause einlegen könne. Sie weigert sich, sich in einer der Bars zu treffen, die Cruzer vorschlägt, deswegen verabreden sie sich in einem Coffeeshop. „Sie ist verrückt, also ist es besser, wenn wir uns an einem öffentlichen Ort treffen", meint Cruzer, nachdem sie aufgelegt hat. Dann sagt sie: „Georgie, du *musst* mit mir mitkommen."

„Nein! Ich kann dieses Mädel nicht ausstehen. Soda, geh du mit!", flehe ich.

„Viva hasst Soda, weil sie Natasha Nun Chucks abserviert hat. Dich hat Viva immer geliebt, weil alle die *süße Georgie* lieben", entgegnet Cruzer. „Du wirst Balsam für ihre verrückten Nerven sein."

„Okay, gut, ich gehe mit, wenn du mir das Foto von Mia, wie sie beim Cat Fight tanzt, vergrößerst. Aber auf ein wirklich riesiges Format."

„Abgemacht."

Wir treffen uns also im Coffeeshop mit Viva. Zuerst ist es lustig, weil Viva sofort eine Menge Fotos von sich selbst aus ihrer gefälschten Gucci-Handtasche zieht, auf denen ihr Gesicht aufgedunsen wie ein Ballon ist. Sie sehen ihr nicht einmal ähnlich.

„So habe ich beim Entgiftungsprogramm ausgesehen", sagt sie. „Alkohol schwemmt dich auf."

Ich glaube, sie versucht, eine Art Intervention bei uns vorzunehmen, auf eine unaufdringliche Art und Weise, aber auf Cruzer hat es die gegenteilige Wirkung: „Brr, so sieht man aus, wenn man aufhört zu trinken?" Sie flüstert mir zu: „Lass uns nie, nie damit aufhören."

Viva hat Cruzer auch einen Artikel über einen Hai-Angriff mitgebracht. Ich schätze, sie sind während jener Woche, in der sie in Cruzers goldenem Bett gelegen haben, immer wieder in einen mächtigen Streit geraten, weil Cruzer behauptet hat, dass man sich bei einem Hai-Angriff retten kann, indem man dem Hai auf die Nase boxt, und Viva argumentiert hat, dass es unmöglich ist, einen Hai unter Wasser zu schlagen. Der Streit ist mit Sicherheit ein heikles Thema zwischen ihnen, weil er im Coffeeshop sofort wieder losgeht. Sie fangen beide an zu schreien und zu streiten, ob der Artikel nun der einen oder der anderen von ihnen recht gibt oder nicht.

Um die Sache noch schlimmer zu machen, wählt Viva genau diesen Moment, um das Gespräch auf das Thema Hund zu bringen. Sie schien ihn komplett vergessen zu haben, hatte ihn bis zu diesem Punkt nicht einmal erwähnt, aber dann ist sie wegen des Hai-Artikels sauer geworden. „Weißt du, ich vermisse diesen verdammten Hund wirklich." Viva verschränkt ihre Arme vor ihrer Brust.

Sie sitzen eine Minute lang da und starren sich wütend an. Dann setzt Viva sich die Ferrari-Brille wieder auf. „Siehst du jetzt, dass sie mir viel besser steht?", sagt sie eingebildet.

Cruzer schnappt sie sich von ihrem Gesicht und dreht sich zu mir. „Äh, auf keinen Fall. Sie steht mir am besten, oder?"

Ich weigere mich, das zu beantworten. Ich kann nicht glauben, dass ich hier festsitze, zwischen meiner besten Freundin und einem gemein aussehenden, seit Neuestem trockenen Mädel, das einen ungefähr fünf Zentimeter dicken, an den äußeren Augenwinkeln nach oben geschwungenen Lidstrich trägt, einen dauerhaft gekrümmten Finger von einer Rollerderby-Wettkampf-Verletzung hat und wegen eines „gestohlenen" Hundes in superreizbarer Stimmung ist.

Ich denke, dass Cruzer wahrscheinlich die Sonnenbrille gegen den Hund tauschen könnte, wenn sie das Thema wirklich ein für alle Mal abschließen will, aber sie scheint wild entschlossen, dass ihr die Brille besser steht, und behält sie an, als ob sie an ihrem Gesicht festgeklebt wäre.

Viva lehnt sich zurück und macht einen Schmollmund. „Ich vermisse diesen verdammten Hund wirklich!" Sie hört nicht auf, den Satz immer lauter im ansonsten ruhigen Coffeeshop zu sagen. Ich will Viva erzählen, wie glücklich der Hund ist, aber sie schneidet mir das Wort ab. „Auf Craigslist könnte ich neunhundert Mäuse für diesen Hund bekommen."

„Dixie schneidet ihm sogar süße Hundefrisuren", erzähle ich. Daraufhin nimmt Vivas Gesicht allmählich die Farben ihres rotschwarzen Fashion-Outfits an und sie ballt ihre Hand, in der sie den Hai-Angriff-Artikel hält. Sie könnte sich nun jederzeit auf Cruzer stürzen, wie ein verrückter Stier auf Rollschuhen. Kurz flackert Angst in Cruzers Augen auf, wie dann, wenn ich versuche, sie durch Gruppenzwang dazu zu bringen, sich auf ihrem Board in eine Vert-Ramp fallen zu lassen.

Plötzlich lächelt Cruzer. „Du hast recht! Sie steht dir viel besser." Ich stoße einen Seufzer der Erleichterung aus, als sie die Sonnenbrille abnimmt. „Es sieht eigentlich nett aus, wie sie deine Augen verbirgt", fügt sie hinzu.

Viva ignoriert den zusätzlichen Hieb. Sie grabscht sich die Ferrari-Sonnenbrille und verliert kein einziges Wort mehr über den Hund. Dann nimmt sie den letzten Schluck von ihrem Latte, sagt: „Man sieht sich", und rollt auf ihren Rollschuhen zur Tür hinaus.

„Erinnere mich daran, Tiny zu sagen, sie soll diesem Mädel nicht länger den Gay-Mafia-Mitgefühl-Rabatt geben", meint Cruzer.

„Und erinnere du mich daran, Dixie zu erzählen, dass du deine alte Ferrari-Sonnenbrille für ihren Tausend-Dollar-Hund hergegeben hast."

„Was soll ich sagen? Ich habe eine Schwäche für Dixie."

Cruzer und ich schlagen unsere Fäuste aneinander. Dann skate ich zur Bushaltestelle hinüber, um den 22er zu Mias Haus im Lower-Haight-Viertel zu nehmen.

Vor einigen Monaten hat sie endlich eine eigene Bleibe gefunden. Es machte mir nichts aus, mit Mia zusammenzuleben, viel zu trinken und mit ihr gemeinsam nach Hause zu torkeln, zu lachen und stundenlang für den Heimweg zu brauchen, weil wir in jedem Treppenaufgang knutschen mussten, aber am Ende stresste mich die Geldsache so sehr, dass ich begeistert war, endlich wieder allein zu schlafen, als sie schließlich ihre eigene Bleibe hatte.

Bei Mia zu Hause möchte ich mit ihr herumalbern, aber sie ist wegen ihrer Summer-Love-Tour gestresst, die in ein paar Wochen beginnt. Sie ist beschäftigt und erschöpft von den Vorbereitungen. Jeden Abend macht sie nach der Arbeit bis spät in die Nacht in ihrem Übungsraum Musik und kommt nur nach Hause, um ins Bett zu fallen. Sie steckt alles in jeden Song hinein, bis sie so ausgelaugt ist, dass sie nicht mal mehr Energie für Sex hat. Das zieht mich runter. Ich hoffe, es ist nicht Lesbian Bed Death. Ich habe schon zahllose Stunden damit verbracht, mit der Crew herumzusitzen und alle möglichen Beweise dafür zu finden, dass das ganze Konzept von Lesbian Bed Death ein Mythos ist, eine queere Legende, die wir uns weigern zu akzeptieren. Aber könnte es nun sein, dass es mir tatsächlich widerfährt?

Ich lasse meine Hand unter Mias Shirt gleiten und sie seufzt: „Ich kann nicht. Ich bin so scheißmüde. Oh, kannst du dich um meine Katze kümmern, während ich weg bin?"

Verdammt. Das hat sie gerade nicht wirklich gesagt.

Als wir bei einer Party am 4. Juli, dem US-amerikanischen Unabhängigkeitstag, alle auf dem Dach sind und uns die letzten Feuerwerke über der Bucht ansehen, sehe ich, wie Shelby mit einem Jungen herumknutscht, der mir bekannt vorkommt. Sie kommen auf uns zu, an der Reihe von Leuten vorbei, die auf den Rohrleitungen sitzen. „Wer ist das bei Shelby?", frage ich Cruzer, weil sie immer alle kennt.

„Das ist diese Lucy aus England, Lucy, erinnerst du dich? Er ist jetzt ein Junge, also muss man ‚er' sagen, und sein Name ist jetzt außerdem Luc."

Luc setzt sich neben uns auf das Sims und holt eine Marlboro heraus. „Hey Leute." Er lächelt. Soda dreht sich um und gibt ein Bein auf die andere Seite der Rohrleitung, so dass sie ihn direkt ansehen kann. „Bist du auf T?"

Luc zieht an seiner Zigarette. „Ja, seit mittlerweile einem Jahr.

Ich habe in Portland damit angefangen, was cool war, weil ich mir keine Sorgen machen musste, dass Leute wegen meines Jungennamens verwirrt sein würden, weißt du, damals, als ich gewissermaßen noch wie eine Lucy ausgesehen habe."

Zuvor hatte ich auf dieser Party so ein Mädel sagen hören: „Wir verlieren all unsere Butches an T", und ein anderes Mädel hat gemeint: „Dagegen habe ich nichts. Tranny-Jungs finde ich scharf."

Shelby und Luc fangen an, miteinander auszugehen, deshalb ist er ständig im Creamsickle. Soda ist ziemlich besessen von Luc. Sie folgt ihm gern durchs ganze Haus, was Shelby nervt. Sie fragt Shelby auch über jedes Detail ihres Liebeslebens aus. Das nervt Shelby nicht so sehr, weil sie so verschossen ist, dass sie die ganze Zeit davon schwärmen möchte.

„Ist er stone? Er lässt sich nie von dir anfassen, oder?", fragt Soda.

„Am Anfang habe ich nicht gewusst, was ich mit ihm machen soll", erzählt Shelby, während sie wie ein nervöses Schulmädchen auf einer dicken Haarsträhne herumkaut. „Zum Beispiel als wir zum ersten Mal miteinander geschlafen haben, habe ich darauf gewartet, dass er den ersten Schritt macht. Ich musste mich fast auf meine Hände setzen, um mich davon abzuhalten, ihn zu berühren! Ich meine, er hat nichts gesagt, also nicht nein gesagt, aber es war klar, dass er die völlige Kontrolle wollte. Wir waren in so einem Hotel im Stadtzentrum und er hat all seine Klamotten angelassen."

„Hatte er einen Packer? Und macht er sonst auch Packing?", unterbricht Soda. Ihre Augen kleben nicht einmal am Frühstücksfernsehen wie sonst immer. Sie schenkt jedem einzelnen von Shelbys Worten Aufmerksamkeit.

„Ja, total. Es war so heiß. Er hat so einen Schwanz, der Draht drin hat, so dass er ihn biegen und in seine Hose stecken oder herausholen und aufrichten und bereit zum Sex machen kann. Als er meine Hand das erste Mal auf die Beule in seiner Jeans gelegt hat, hab ich mich total in meine Teenagerinnen-Jahre zurückversetzt gefühlt, als ich Kerlen einen runtergeholt hab. *Heiß*. Außerdem können wir überall Sex haben, in der ganzen Stadt. Er zieht ihn einfach raus. Wir haben in der Box in der Minxy Peepshow gevögelt. Ich habe ihm neulich Abend im Vine Alley einen geblasen. Wir haben's nach einer Show hinten im Auto einer Freundin gemacht ..."

„Warum bist du so besessen von Luc?", frage ich Soda eines Tages. Ich schätze, ich bin ein wenig eifersüchtig oder so.

„Wir sind beide Piraten", meint Soda nur.

Beim Skaten mit der Crew ein paar Tage später halten wir beim Walgreens im Castro an, weil Luc Soda erzählt hat, dass er dort seinen Binder herhat. Die Binder sind eigentlich Rückenbandagen, aber Bois benutzen sie seit Neuestem, um ihre Brüste flachzudrücken. Soda hat üblicherweise mehrere Kleiderschichten angezogen oder eine hautfarbene elastische Bandage verwendet, die sie sich ein paarmal umgewickelt und mit einem halben Dutzend Sicherheitsnadeln an einer Seite befestigt hat. Es ist ziemlich verständlich, dass dieser Prozess irgendwann zu nerven beginnt. Die neuen Binder sind viel einfacher zu tragen, einige haben einfach auf der Rückseite einen Klettverschluss, andere dehnen sich aus und legen sich dann eng an die Rippen. Wir probieren sie alle über unseren T-Shirts an, während wir in einem Gang im Walgreens stehen und unsere Skateboards an einer Vitamin-Auslage lehnen. Cruzer will auch einen, nachdem sie Soda angeschaut und gesehen hat, wie unglaublich flach deren Brust ist. Niemals wieder würde ein Kerl auf der Straße uns beim Skaten anglotzen, um herauszufinden, ob wir Brüste haben, weil sie einfach nicht da sein würden. Als ich sehe, wie gut Cruzer und Soda aussehen, will ich auch einen, obwohl ich meine Körbchengröße B üblicherweise gut unter einem Sport-BH und ein paar Schichten T-Shirts verstecken kann.

Wir verlassen den Walgreens mit unseren neuen Brüsten. Als ich den nächsten Hügel hinaufskate, kann ich eine Sekunde lang fast nicht atmen, weil das Ding so eng ist, dass es die ganze Luft aus meinem Körper hinausquetscht. Daran muss ich mich noch gewöhnen.

Am nächsten Tag gehen Tiny und Coby sich auch Binder kaufen. Sie erzählen es einem Haufen anderer Leute und daraufhin kaufen die Bois in der Gegend kollektiv die Bestände in allen Walgreens auf. Alle rufen in den Walgreens an und bitten darum, dass weitere Binder bestellt werden. Eines Montagabends sehe ich mich im Vine um und mir fällt auf, dass die Brüste von quasi allen Bois in der Bar flach wie ein Brett sind. Der Binder ist integraler Bestandteil des Stylings von Bois, jetzt, da er so einfach zu bekommen ist. Cruzer und Soda tragen ihn jeden Tag, aber ich trage meinen nach einer

Weile nicht mehr, weil ich davon das Gefühl bekomme, Asthma zu haben.

Während wir eines Nachts in meinem Bett liegen, meint Soda: „Ich merke jetzt schon, wie dieser neue Binder mein Leben leichter macht. Es macht mir nichts mehr aus, die Straße entlangzugehen, weil keine Kerle mehr ‚Hey Süße' sagen oder versuchen, meinen Busen unter die Lupe zu nehmen, um zu beurteilen, *was* ich bin. Es ist so toll, als Junge durchzugehen, oder gar nicht mal das, schätze ich, aber einfach nicht mehr wie ein Mädel *angesehen* zu werden, weißt du? Ich meine, manchmal tun mir die Rippen davon weh und ich muss damit beim Skaten mehr schwitzen, aber das nehme ich gern in Kauf, weil es viel besser ist, als wenn irgendein betrunkener Scheißkerl auf der Straße mir nachschreit. Oder wenn irgendein Typ seinem Freund so laut zuflüstert, dass ich es hören kann: ‚Ist das ein Junge oder ein Mädchen', und dann: ‚Teufel auch, es hat Titten. Ich glaube, es ist ein Mädchen.'"

„Scheiß auf den Dreck", knurre ich. Ich weiß noch, wie so ein verdammter Straßen-Spanner Soda einmal genau das hinterhergerufen hat, als sie mit Dixie die Mission Street entlanggegangen ist.

„Weißt du, wenn ich aus der Dusche komme, sehe ich nie in diese riesigen Spiegel, die wir im Badezimmer haben. Ich tue einfach so, als wären sie nicht da. Ich ziehe mir so schnell wie möglich meine Klamotten an und das ist der einzige Körper, den ich kenne, derjenige mit meinen Klamotten. Hey, wenn ich anfangen würde, mich als ‚er' bezeichnen zu lassen, würdest du mich dann so nennen?"

„Sicher", sage ich. Ich weiß nicht, was ich sonst sagen soll. Ich habe keine Anhaltspunkte für das, über was Soda da spricht, aber ich weiß, dass es nicht darum geht, dass ich etwas sage oder irgendwelche Antworten habe. Es ist einfach gut für sie, überhaupt über solche Sachen zu reden, weil sie so vieles nur in sich hineinfrisst. Wenn sie wütend wird oder traurig, dröhnt sie sich sofort zu und verlässt den Planeten. Darin ist sie ziemlich gut und das hat sie regelmäßig gemacht, seit sie dreizehn war. Ich bin die Einzige, mit der Soda je über diese Sachen spricht. Also bin ich eigentlich froh, dass Luc in letzter Zeit hier abhängt und Soda mit jemand sprechen kann, der sich damit auskennt.

„Muss es entweder das eine oder das andere sein?", fragt Soda später, als ich schon am Einschlafen bin.

„Was?", murmle ich.

„Entweder das eine oder das andere Geschlecht."

„Nach dem Motto, können wir nicht alle irgendwas dazwischen bleiben?"

„Ja. Nach dem Motto, warum können wir nicht alle Piraten oder Affen anstatt Mädchen oder Jungen genannt werden."

Kapitel 11

Es geht das Gerücht, dass Hurricane in die Stadt zurückkommt. Wie ich gehört habe, hat jemand das Cellos Ex, Tobia, erzählt, die in New York lebt und die es dann Cellos Freundin Tash erzählt hat, die es dann Nicki gesagt hat, die es dann Tiny erzählt hat, die es dann Cruzer gesagt hat, die es dann mir erzählt hat. Ich erfahre die Neuigkeit, während Cruzer und ich in den Häuserblocks bei der Brücke skaten, und richte meinen Blick sofort zum Himmel, um nach Anzeichen zu suchen, dass sich ein Sturm zusammenbraut. Dann versuche ich immer wieder, diesen einen Trick zu landen, kicke aber stattdessen nur mein Skateboard gegen eine Wand. *Verdammt*. Gerade, als sie nicht mehr in meinen Gedanken war. Warum muss sie wieder auftauchen?

„Biete ihr keine Gelegenheit, mit dir abzuhängen", rät Cruzer mir.

„Begib dich nicht einmal in ihre *Nähe*", sagt Soda. Er schnappt sogar mein Telefon und versucht herauszufinden, ob ihr Name darin ist, damit er ihre Nummer löschen kann.

„Es ist egal, ob ich ihre Nummer habe oder nicht", seufze ich. „Sie wird mich finden."

Ich möchte Hurricane sehen, aber ich will es mir nicht mit Mia vermasseln. Sie ist ohnehin schon supereifersüchtig, wenn Hurricanes Name auch nur erwähnt wird.

Den Rest der Woche bin ich jedes Mal auf der Hut, wenn ich in der Gegend unterwegs bin. Bevor ich eine Straße entlangskate, suche ich sie mit meinen Augen gründlich ab, um zu wissen, auf was ich mich einlasse. Hurricane würde das Geräusch meiner Rollen erkennen, es ist quasi meine Visitenkarte.

Dann bin ich eines Tages mit Mia im Park, es ist der letzte Tag, bevor sie zu ihrer Tour aufbricht, und es macht so viel Spaß, einfach mit ihr auszuspannen, im Gras zu liegen und edle Schokopralinen aus dem Gourmetladen um die Ecke zu essen. Außerdem weiß ich, dass sie am nächsten Morgen aufbrechen wird und nicht mehr eine Million Dinge für die Tour erledigen muss und wir somit mit Sicherheit die ganze Nacht lang Sex haben werden. Ich kann es kaum erwarten. Mensch, Mia ist diesen Sommer süßer als je zuvor. Ihre Haare werden lang und sie bindet die verworrenen Strähnen zu verlotterten schludrigen Rattenschwänzchen zusammen. Sie piksen mich mit ihren vom Haarspray stachligen Enden in die Wangen, wenn sie mein Gesicht küsst. Sie trägt ein rotes Neckholder-Top und ich tupfe mit meinen Fingern gern die blassen Sommersprossen auf ihrem leicht gebräunten Rücken an, bis hinauf zur Ansammlung winziger Sommersprossen-ähnlicher Leberflecke auf ihrem Hals, die üblicherweise unter ihren Haaren versteckt sind.

Ich will dich sehen. Eine SMS von einer unbekannten Nummer. Ich bin überzeugt, dass Hurricane versucht hat, mich zu erreichen. Vorhin hat zweimal eine komische Nummer bei mir angerufen, während Mia in meinem Bett unter meinen Fingerspitzen gekichert hat. Ich musste mit meiner freien Hand auf „ablehnen" drücken.

„Wer war das?", fragt Mia.

„Niemand", sage ich und mache mich wieder daran, ihren Hals zu küssen.

Während der letzten warmen Sommertage, unmittelbar nachdem Mia zu ihrer Tour aufgebrochen ist, legt die Crew eine exzessive Besäufnis- und Skateboard-Woche ein. Soda und Cruzer liegen Kopf an Kopf im *Mädels, an die Postkarten geschickt werden*-Spiel, also sind sie extralustig und schamlos, wenn sie ausgehen.

„Soda schummelt, verdammt nochmal", behauptet Cruzer. „Er schraubt seine Ansprüche völlig schwachsinnig runter. Und neulich habe ich ihn dabei erwischt, wie er versucht hat, die Namen auf seiner ursprünglichen Liste zu ändern, als ob ich das nicht mitkriegen würde!"

Es macht mir Spaß, jeden Abend auszugehen, aber ich bin immer noch auf der Hut, dass Hurricane sich plötzlich anschleichen könnte. Seit der SMS schlägt mein Herz jedes Mal schneller und die Härchen auf meinem Arm richten sich auf, wenn ich die Doppeltür des Vine öffne und mir vorstelle, dass Hurricane vielleicht bei einem Bier an einem Tisch in einer dunklen Ecke lauern könnte.

Eines Nachts, als ich betrunken bin und dieses unbestätigte Gerücht schon fast vergessen habe, poltern Soda, Cruzer und ich kurz vor der letzten Runde durch die Tür ins Vine und da steht Hurricane. Zum Glück hat die wahnwitzige Menge Whiskey, die ich getrunken habe, mich betäubt, so dass ich ihr nicht auf die goldenen Stöckelschuhe kotze, als sie so plötzlich vor mir steht. Nach einem Jahr des Reisens sieht sie sogar noch faszinierender aus, kaum zu glauben. Ihr Gesicht hat sich gefestigt, als ob jede Stelle endgültig an ihren Platz gelangt wäre. Es ist nicht mehr halb aufgedunsen und halb dünn und nicht mehr so sehr von den Drogen gezeichnet, als könnte es jeden Moment in sich zusammenfallen. Ihre Augen sind größer und weiter, bis zum Rand gefüllt mit all ihren Abenteuern. Ihr Haar hat einen matten rotbraunen Farbton und ist schmutzig, die Locken sind mit einem Haufen schwarzer Haarklammern zurückgesteckt. Sie wirft sich mir an den Hals und umarmt mich.

„Haste mich vermisst?", sagt sie. Oh, diese alte vertraute Flirt-Stimme.

Als wir später im Vine Alley stehen, erzählt Hurricane mir, sie habe oft an mich gedacht. Während ich nach Hause skate, frage ich mich, ob ich oder die Stadt es war, die ihr im Gedächtnis geblieben war.

Ein paar Tage später mache ich mich mit dem Rad auf den Weg zur Arbeit und höre ein Klack-Klack-Klack-Geräusch. Ich halte am Straßenrand an und sehe, dass ein Stück Karton zwischen die Speichen meines Hinterrads geklemmt wurde. Als ich das gefaltete Stück Karton herausziehe und den verblassten Aufdruck eines brüllenden Löwen sehe, weiß ich sofort, von wem es ist. *Diese verdammte Hurricane*. Über das Bild ist etwas gekritzelt, mit schwarzer Tinte und in ihrer Handschrift, die ich von all den Briefen kenne, die sie mir geschickt hat, kurz nachdem sie die Stadt verlassen hat, bis die Briefe nach einem Monat abrupt aufgehört haben.

Georgie,

die Sache ist die, ich bin nur noch zwei weitere Nächte lang hier, mir tut das alles leid und ich liebe dich. Treffen wir uns?

Ich rufe die Nummer an, die auf die Rückseite des Kartons gekritzelt ist.

Später an diesem Abend fahre ich mit meinem Fahrrad nach Hause, mit zitternden Händen, nicht weil es kalt ist, sondern weil ich gerade von Hurricane komme, mit der ich rumgeknutscht habe. Sie hatte nach meiner Schicht auf mich gewartet und wir hatten auf dem Dach eines im Bau befindlichen Gebäudes um die Ecke von meiner Arbeit ein Plätzchen gefunden. Sie sagte, ich würde so vertraut riechen, nach Kaffeebohnen und *Heimat*. „Wohin gehst du jetzt?", fragte ich sie.

„New York", lachte sie.

„Aber ich habe gedacht, da bist du gerade gewesen!"

„Glaub mir, ich bin *überall* gewesen, nur nicht dort."

Nachdem wir uns eine Unterlage zurechtgeschustert hatten, fielen wir nach nur drei Schluck Whiskey direkt in unsere alten Knutsch-Gewohnheiten zurück. Ich hatte meine Hände unter ihren Klamotten, als mir vom Whiskey ganz heiß wurde, aber nicht auf eine angenehme Weise, sondern weil ich ein schlechtes Gewissen hatte.

„Ich liebe dich", brüllte Hurricane mir nach, als ich mich überstürzt vom Acker machte, am Rand des Gebäudes hinabkletterte und vor ihr floh.

Ein paar Wochen später kommt Mia von der Tour nach Hause. Cruzer und Soda haben mir unzählige Male geraten, ihr nicht von der Knutscherei zu erzählen. „Lesben halten Küssen nicht für Fremdgehen", behauptet Soda. Im Widerspruch dazu meint Cruzer: „Sie wird nur paranoid, was dich anbelangt, wenn du es thematisierst." Ich habe dennoch vorgehabt, es ihr zu erzählen, tue es dann aber doch nicht, weil sie wieder in ihrem beschissenen Job arbeiten muss, anstatt einfach Musik machen zu können.

„Eine Tour ist wie eine Kostprobe von der Freiheit", sagt sie. „Den ganzen Tag Musik spielen und umherreisen, sich vorstellen, dass das dein Leben sein könnte ..." Sie ist so niedergeschlagen, dass es nicht lange dauert, bis ich von Dingen abgelenkt werde, die mehr Leidenschaft beinhalten. Wie Hurricanes Briefe. Sie fängt an, mir ständig welche zu schicken. Jeden Tag bekomme ich durch den Briefschlitz im Creamsickle einen Brief von ihr. Das war so vorhersehbar, sie ist besessen von mir, wenn sie mich nicht haben kann. Aber sie schreibt mir die wunderschönsten Briefe. In einem Brief schickt sie mir ein Polaroid-Foto von sich, auf dem sie rosige, dreckverschmierte Wangen hat und ihr oranges Haar wie Stroh unter meiner alten Railroad Cap hervorragt, die ich ihr zum Abschied geschenkt habe. Nachdem ich die Briefe oft genug gelesen habe, lege ich sie in eine Schuhschachtel, in der alles ist, was sie mir jemals geschrieben hat, und verstecke sie im obersten Fach in meinem Schrank.

Dann blättert Mia eines Tages durch Cruzers Skizzenbuch und sieht die *Mädels, an die Postkarten geschickt werden*-Liste. Sie kriegt ziemlich schnell heraus, um was für ein Spiel es hier geht. Sie schreit mich an, Sachen wie: *Wie kannst du nur mit Nicki schlafen wollen? Sie ist so eine Schlampe!* Und später rastet sie total aus, weil Sodas Name auf der Liste ist. Sie wird superparanoid und stellt alle möglichen Forderungen. Als ich zum Beispiel an jenem Nachmittag wie üblich mit Soda skaten gehen will, sagt sie, dass ich immer lieber mit ihm abhänge als mit ihr. Sie sagt sogar, dass ich nicht mehr in seinem Bett schlafen darf. Als wir an jenem Abend zum Cat Fight Club gehen, verlangt sie, dass ich nicht mit Nicki tanze und nicht mal in ihre Richtung sehe. Das bringt das Fass zum Überlaufen! Wir fangen an, uns vor dem Club anzuschreien, und alle starren uns an, als ob sie wüssten, dass unsere Beziehung kurz vor dem Ende ist.

Am Sonntag darauf sitze ich mit Dixie im Vine und lasse angesichts all meines Beziehungsdramas Dampf ab. Dixie nennt Sonntage „Bloody-Mary-Sonntage", weil sie gern jeden Sonntagnachmittag Bloody Marys trinkt. Manchmal geht sie in Bars, in denen man sich selbst die Bloody Mary mixen kann. An ihrem letzten Geburtstag hat die Crew morgens mit ihr eine Tour durch all die Bloody-Mary-Bars im Viertel gemacht. Es tut so gut, mit Dixie zu sprechen. Sie streichelt abwechselnd den Kopf des fluffigen Hundes, der sich in ihren Schoß schmiegt, und meinen mit einer Strickmütze bedeckten Kopf. „Ich habe mir immer gedacht, dass dieses Mädel viel zu jung ist", sagt sie über Mia, obwohl Mia nur ein paar Jahre jünger ist als wir. „Sie weiß offensichtlich nicht, wie man kommuniziert und Vertrauensfragen löst", fährt Dixie in affektiertem Ton fort. „Du musst sie erwachsen werden lassen."

Lass sie einfach erwachsen werden. Ja, als ob das so einfach wäre. Freund_innen tun immer so, als ob Trennungen so simpel wären. *Mach einfach Schluss*, sagen sie, aber sie sind ja auch nicht in die Person verliebt, also haben sie leicht reden. Ich kaue auf einer kalten grünen Bohne herum, die vom Wodka meiner zweiten erstaunlich trostreichen Bloody Mary durchtränkt ist. Die Barkeeperin, Katie, kommt zu uns herüber, wobei sie die Hand über die Sprechmuschel vom schnurlosen Telefon der Bar gelegt hat. „Hey, irgendein Mädchen will wissen, ob du hier bist. Was soll ich ihr sagen?", fragt sie Dixie. Mit gehobenen Augenbrauen versucht sie, ein Kichern zu unterdrücken.

„NEIN!", ruft Dixie im Flüsterton. Sie nimmt den kleinen Hund von ihrem Schoß und steckt ihn in Windeseile in ihre überdimensionale Handtasche, so dass nur noch seine kleinen Ohren herausragen.

„Nein. Hab sie schon seit Wochen nicht mehr gesehen", sagt Katie ins Telefon. Sie verdrückt sich ins Hinterzimmer, um das Telefon wegzulegen, und kommt dann zurück. „Dieses Mädel ist *immer noch* hinter diesem Hund her!"

„Viva steht für Vendetta", erwidere ich, ein Witz, den wir im Creamsickle die ganze Zeit machen, deswegen ist er schon ziemlich alt, aber Katie kennt ihn noch nicht. Und, Mensch, wie sehr liebe ich es, Katie zum Lachen zu bringen. Hauptsächlich, nun gut, *nur* aus dem Grund, dass dann ihre tollen Brüste, die üblicherweise zu drei Vierteln aus ihrem Shirt herausragen, auf höchst hypnotische Weise hüpfen.

Ich sehe zu, wie Katie lacht, während Dixie sie über die neuesten Entwicklungen ins Bild setzt und ihr erzählt, weswegen Viva einmal mehr so besessen davon ist, ihren Hund zurückzubekommen. Viva hat eine neue, alkoholabstinente Freundin, mit der sie zusammengezogen ist, so dass Viva zum ersten Mal, seit sie den Hund verlassen hat, ein wirkliches Zuhause hat. Deswegen will sie nun den Hund zurück. Aber der Zug ist längst abgefahren. Der kleine Hund ist so glücklich mit Dixie, sie sind völlig unzertrennlich und verliebt ineinander. Und nun ruft Viva ständig im Vine an, um herauszufinden, ob Dixie dort angetroffen werden kann, damit sie sie dort suchen kommen kann. Dixie ist deswegen ganz nervös. „Das verdirbt mir meinen Sommer und meine Bloody-Mary-Sonntage! Ich muss immer auf der Hut sein!", jammert Dixie und da Katie so eine aufmerksame Barkeeperin ist, fängt sie an, ihr einen neuen Drink zu machen.

„Ich habe gehört, du musstest dich letzte Woche im Keller vor ihr verstecken!", sagt Katie.

„Ja, ungefähr eine Stunde lang", stöhnt Dixie. „Ich war dort unten und habe die Tequila-Flaschen angestarrt und war unglaublich durstig, bis Mikala nach unten gekommen ist und mir gesagt hat, dass sie gegangen ist!"

„Ihr müsst euch hier einen geheimen Hinterausgang machen lassen", meine ich zu Katie. „Das würde eine Menge Probleme lösen."

„Das kannst du laut sagen", gibt Katie mir recht, bevor sie geht, um sich um die Bar zu kümmern.

Mein Hauptgedanke dabei ist, dass ich womöglich selbst, wenn ich vielleicht bald mit Mia Schluss mache, all meine Lieblingsorte meiden muss, an denen sich eine kleine Alkoholikerin gern herumtreibt, und dass ein Hintereingang im Vine quasi als eine Art Drehtür fungieren könnte, so dass ich mich, wenn sie hereinkommt, hinausschleichen könnte, ohne dass ich ihr verdammt süßes Lächeln sehen und es mir das Herz brechen würde.

„Ich denke, es wird vielleicht Zeit, dass ich nach Portland ziehe, wo ausgebrannte Lesben sich zur Ruhe setzen", sagt Dixie, während sie wieder den Kopf des fluffigen Hundes streichelt. „Ich meine, will ich in dieser Stadt für den Rest meines Lebens auf der Hut sein müssen? Immer mit der Ungewissheit leben, ob sich jemand mein Baby schnappen will?"

„Nein! Du kannst nicht wegziehen!", brülle ich. Mit dem Gedanken, dass jemand von meinen Freund_innen wegziehen könnte, kann ich nie umgehen.

Genau in diesem Moment kommt Mia mit ihren Freund_innen herein. Sie hält einen Basketball in den Händen und ist ganz verschwitzt. Sie sieht so heiß aus. Ich will sie mit zu mir nach Hause nehmen und wundervollen Versöhnungssex mit ihr haben.

„Siehst du, eine Hintertür, das ist alles, was wir brauchen", flüstert Dixie mir ins Ohr.

Mias Basketball rollt hin und her, als das Bett den Boden erschüttert, während wir vögeln, bis er schließlich auf ihren zerknüllten Jeans zu liegen kommt. Wir haben beide unsere Hände in der anderen, vögeln einander und bringen das Bett zum Wackeln. Plötzlich legt sie ihre Hand unter mein Kinn, hält mein Gesicht fest und stellt sicher, dass ich sie ansehe. Manchmal merke ich sogar selbst, wie ich mich verabschiede. Ich spüre, wie meine Augen ausdruckslos werden. Ich bin mir nicht sicher, wo meine Gedanken genau hinwandern, aber sie wandern umher. So oder so, es entgeht Mia definitiv nicht. Ich sehe den verängstigten Ausdruck in ihren Augen in dem Moment, als sie mich dabei ertappt, wie ich ihr entgleite.

Kapitel 12

„Leck mich. Du verdammte Lügnerin. Du bist genauso wie deine widerlichen Freundinnen. Ich habe gedacht, du wärst anders", schreit Mia mich an. Sie steht auf dem Gehsteig vor dem Creamsickle. Ich bin oben auf den Stufen, halte die Tür mit einem Fuß offen und versuche, sie dazu zu bewegen, reinzukommen. Es ist vier Uhr morgens und wir sind die ganze Nacht aus gewesen. Wir sind zur Geburtstagsparty eines Mädels namens Starla gegangen, die in einem gemieteten Partybus stattgefunden hat, die Sorte, die ganz wild angemalt ist. Der Bus fuhr die ganze Nacht in der Stadt herum, ganz hinauf auf die höchsten Aussichtspunkte auf den Hügeln, nach Treasure Island, über Brücken und ans Meer, wo es ganz feucht und neblig war. Bei jeder Haltestelle hielt der Fahrer zehn Minuten lang und alle stiegen aus und tanzten auf der Straße oder zwischen Autos oder pinkelten hinter die großen Felsen am Strand oder snifften von einem Schlüssel Drogen oder sahen sich einfach die Aussicht an. Ich hatte eine Flasche Whiskey in meiner Gesäßtasche, die Mia sich ständig schnappte, so dass eigentlich sie das meiste davon getrunken hat. Dann haben wir natürlich angefangen, uns über jede Kleinigkeit zu streiten, so wie es in letzter Zeit meistens der Fall ist.

Mia steht im gelben Licht der Straßenlaternen auf dem Gehsteig und weint. Wenn sie weint, kneift sie ihre umwerfenden dunklen Augen zusammen und die dicke Wimperntusche und der flüssige Eyeliner werden ultraschwarz und schmierig. Ich möchte ein Foto von ihr machen. Einmal hatte Cruzer eine Foto-Ausstellung, die nur aus einer Serie von Bildern bestand, die sie während ihrer Zeit an der Kunstakademie gemacht hatte und die ihre erste Freundin beim Weinen zeigten. Das Weinen fand an allen möglichen verschiedenen Orten statt, im Bett, nackt auf der Toilette, auf der Straße. Manchmal konnte man gar nicht unbedingt erkennen, dass sie weinte, aber alle, die sie kannten, konnten es sehen. Nun, die neue Freundin der weinenden Ex-Freundin, die die Ausstellung auch besuchte, konnte es mit Sicherheit erkennen. Sie sah Cruzer extrawütend an.

Das will ich jetzt in diesem Moment auch mit Mias Augen machen, sie auf ein riesiges Format vergrößern, wie eine dieser Fotografien. Cruzers Fotos sind so groß, dass sie sie auf riesige Streifen druckt und ein Foto aus fünf oder sechs diagonalen Streifen besteht und eine halbe Wand einnimmt. Mias Augen würden leuchten und die nassen, verklumpten Wimpern vor dem Hintergrund ihrer blass gepuderten Wangen wie Zebrastreifen aussehen. Sie trägt eine Menge Make-up, weil sie sich für die Party aufgebrezelt hat. Aber verdammt, ich sollte jetzt nicht darüber nachdenken, ein Foto von ihr zu machen. Die Lage ist eigentlich ziemlich ernst. Mia ist schon wieder stinksauer auf mich.

Es ist alles heute Morgen eskaliert, als sie einen Brief von Hurricane in meiner Schublade gefunden hat. Sie war sauer wegen der Dinge, die Hurricane mir geschrieben hatte, und ich war sauer, weil sie in meinen Sachen herumgeschnüffelt hatte. Mia hielt den Brief für einen Beweis, dass ich nicht mehr auf sie stehen würde, und wedelte vor meinem Gesicht damit herum. Der Brief bestand aus Servietten, auf die Hurricane in einem Diner irgendwo im Südwesten der USA gekritzelt hatte, sie waren mit Zeilen in blauer Tinte bedeckt und hatten ein kleines Kakteenmuster an den Rändern.

„Ich kann dir einfach nicht vertrauen", weint Mia auf dem Gehsteig.

„Ich habe sie nur geküsst und dann bin ich gleich auf und davon!"

Ich bin am Boden zerstört, dass sie diesen Brief gefunden hat, weil ich gerade gedacht hatte, dass die Dinge zwischen uns wieder besser würden. Zu Halloween hatten wir Kostüme im Partner_innen-Look getragen und nächste Woche ist der ERSTE Jahrestag unseres Kennenlernens im Diner. Vor ein paar Tagen habe ich ihr eine neue Lederjacke gekauft, die ich in einem Secondhandladen gefunden hatte. Aber nun schreit sie einmal mehr über unser Sexleben und das übliche obdachlose Publikum am Eck vor meinem Haus darf sich ganz schön viel Dyke-Drama anhören. Sie ist so betrunken, dass sie extrawütend und rührselig ist, und tritt mit ihren schmutzigen Stiefeln gegen die Ränder der Stufen.

„Komm einfach mit nach oben und schlaf drüber", bettle ich sie an, zum zehnten Mal.

„Ich gehe nie wieder über deine verdammten Stufen", ruft sie.

„Komm schon, es ist spät. Du kannst nicht nach Hause gehen."

Mia lässt schließlich zu, dass ich sie mit nach oben nehme, und ich stecke sie ins Bett.

Am Morgen muss ich für die Arbeit früh aufstehen, also gebe ich ihr einen Abschiedskuss und sage ihr, dass sie den Tag in meinem Bett verbringen und ihren Kater auskurieren soll, und wenn ich um drei Uhr von der Arbeit nach Hause komme, würde ich ihr Kekse aus dem Coffeeshop mitbringen. Sie nickt und sieht mich traurig mit ihren verquollenen und verschmierten Waschbär-Make-up-Augen an.

Als ich von der Arbeit nach Hause komme, ist Mia weg.

Der Abend ist grau und die Vorhänge sind zugezogen, so dass es im Zimmer dunkel ist. Noch bevor ich das Licht anmache, spüre ich, dass etwas anders ist. Zum einen riecht es nach Salbei. Hat sie mein Zimmer ausgeräuchert? *Seltsam*. Dann sehe ich, dass sie all ihre Sachen mitgenommen hat. Ich sehe durch die CDs bei meinem Bett – sie hat ihre CDs mitgenommen. Ich öffne die Schublade – sie hat ihre Unterwäsche und T-Shirts mitgenommen. Ich sehe auf die Wand – sie hat ein Gemälde mitgenommen, das wir gemeinsam in einem Gebrauchtwarenladen gekauft haben. *Verdammt*, sie hat sogar all die Fotoautomaten-Bilder von uns von meinem Spiegel genommen.

Mia geht nicht an ihr Telefon. Drei Tage lang gehe ich sie draußen suchen, aber sie ist nie an einem ihrer üblichen Lieblingsplätze. Eines Tages nehme ich nach der Arbeit den Bus und lege den langen Weg bis zu ihrem Übungsraum zurück und sie sieht wirklich traurig aus, als sie ihre Augen vom Mikrofon hebt und mich in der Tür stehen sieht. Oh Mia. Was für ein schmerzhaft schönes Gesicht. Ich sehe ihr zu, wie sie einen neuen Song spielt, aber sie hört mittendrin zu spielen auf.

Wir rauchen draußen eine Zigarette. „Du hättest nicht hierherkommen sollen", sagt sie. „Ich arbeite gerade an diesen neuen Sachen und ich muss mich wirklich konzentrieren. Ich rufe dich bald an." Als Mia mir einen Abschiedskuss gibt, schmecken ihre Lippen nach Schweiß und Salz. Auf meiner niedergeschlagenen Busfahrt nach Hause kann ich sie immer noch schmecken und ich frage mich, ob es das letzte Mal ist.

Als Mia mich endlich anruft, ist ihre Stimme hart.

„Hör mal. Ich will mich einfach auf meine Musik konzentrieren."

„Dann machen wir also bloß eine Beziehungspause?", frage ich hoffnungsvoll. „Weil, ich vermisse dich wirklich. Ich liebe dich wirklich.

„Ich muss gehen", sagt sie traurig.

Als ich am nächsten Morgen zur Arbeit gehen will, liegt eine gekritzelte Nachricht unter der Türmatte des Creamsickle.

Georgie,

Du gehst mir nicht aus dem Kopf. Ich liege die ganze Nacht wach und denke daran, wie viel Angst ich davor habe, dass du mich verletzt. Damit kann ich nicht umgehen. Ich kann im Moment nicht mit dir zusammen sein. Ich habe gerade ein komplettes Album mit Songs darüber geschrieben, wie du mir das Herz gebrochen hast.

Alles Liebe, Mia

Ich lese die Nachricht immer wieder, bis ich sie auswendig kann, und dann wiederhole ich sie bei der Arbeit den ganzen Abend lang in meinem Kopf. Ich sehe Mia vor mir, wie sie die Nachricht mitten in der Nacht auf meinen Eingangsstufen hinterlassen hat, wahrscheinlich betrunken, nachdem die Bars geschlossen hatten, ihr blaues Cruiser Bike an ihre Hüfte gelehnt, während sie sich niedergebeugt hat, um die Nachricht zwischen die Matte und die cremefarbenen Marmorstufen zu schieben.

Ich bin so sauer, dass sie ein neues Album schreibt. Das weckt in mir die Überzeugung, dass sie mit mir Schluss gemacht hat, um ihrer Musik Nahrung zu geben. Sie hatte mir unzählige Male erzählt, dass ihr Liederschreiben zum Erliegen gekommen ist, wann immer sie eine Beziehung gehabt hat. In ihrem Zimmer ist über dem Spiegel ein Stück Papier mit Klebestreifen an die Wand geklebt, auf dem steht: *Du hast es für die Musik getan*. Nun sieht sie sich dieses Schild vermutlich hundertmal am Tag an, um ihre Trennung von mir zu rechtfertigen.

Ich zeige Cruzer den Brief. „Ich kapier's nicht. Ich habe *ihr* das Herz gebrochen?"

„Du bist genau vor dem Winterschlaf abserviert worden. Brutal."

Sie spielt darauf an, wie Scheiße es ist, kein Mädel im Bett zu haben, wenn es im Creamsickle kalt wird und all die Queers in der Gegend sich paarweise zusammenfinden und für den Winter einnisten, was es für Leute, die die Paarungssaison verpasst haben, superschwierig macht, Sex zu haben. Sogar Cruzer hat eine fixe Beziehung und ist somit gerüstet für den Winter. Sie hängt viel mit einem Mädel namens Topsy ab. Im Sommer war Topsy eines von Cruzers *Mädels, an die Postkarten geschickt werden*, aber irgendwie bekommt sie bis weit in den Winter hinein immer noch Postkarten. *Scheiße*. Ich bin kurz davor, Single zu sein, und Cruzer freut sich noch nicht einmal darüber, weil sie mit Topsy so beschäftigt ist.

„Mia hat also mit dir Schluss gemacht, weil sie denkt, du bist nicht über deine Ex hinweg? Das ist übrigens Lesben-Scheiß. Wie. Nach. Dem. Lehrbuch." Cruzer spricht jedes Wort betont langsam aus und schüttelt den Kopf.

„Ich weiß. Sie ist so stur. Wegen nichts! Ein dummes Spiel und ein Scheiß-Brief an eine Ex-Affäre. Wahrscheinlich ist das nur eine Ausrede, damit sie mit anderen Leuten ins Bett gehen kann. Sie hat ihre Runden in dieser Stadt noch nicht gemacht und es gibt eine Menge Leute, in die sie verknallt ist und mit denen sie ins Bett will, jede Wette."

„Hmmm, vielleicht. Aber sie hat nicht so einen Eindruck gemacht. Sie hat immer nur von dir gesprochen. Bist du sicher, dass du sie nicht Hurricane genannt hast oder so was, als du mit ihr Sex hattest?"

„Das habe ich nicht!"

„Okay, okay." Cruzer schnappt sich die Nachricht vom Tisch und starrt ein paar Minuten lang darauf, als ob dort irgendein Geheimcode stünde, den sie zu entziffern versucht. „Aber vielleicht hat sie recht? Hm? Vielleicht hoffst du immer noch, dass Hurricane zurückkommt, und willst immer noch mit ihr davonlaufen und lässt deswegen einen Fuß in der Tür, du weißt schon, um sie dir offen zu halten?"

Ich schüttle den Kopf. „Nein, nein. Ich bin über dieses durchgedrehte Mädel komplett hinweg!"

„Nun, wie kommt es dann, dass du immer noch die ganze Zeit ihr T-Shirt anhast und es *niemals* wäschst?"

Gott, in letzter Zeit ist Cruzer so ein Arsch. Ich meine, sie ist schon immer ein Arsch gewesen, aber in letzter Zeit hat das noch einmal neue Dimensionen erreicht.

„Ich kann deinen Mist jetzt nicht brauchen." Ich springe auf und reiße ihr meinen Brief aus der Hand. „Werd mal ein bisschen sensibler." Ich stapfe durch den Flur und schlage meine Zimmertür zu. Dann lasse ich mich auf mein Bett fallen und krieche unter die Trost spendende Decke. Wo ist Soda? Ich will mit ihm draußen auf der hinteren Veranda eine Zigarette rauchen und über Mia und Cruzer quatschen.

Soda ist auch schon länger sauer auf Cruzer. Anfangs weil sie sich, nachdem sie wegen Topsy völlig durchgedreht war, nicht mehr in dem Club hatte blicken lassen, den sie mit Soda organisiert. Bei zwei der letzten Club-Abende tauchte sie nicht auf und behauptete, dass sie mit Sex beschäftigt sei, aber beim dritten Mal sagte sie, dass es einen neuen, cooleren Club gäbe, der irgendwo anders gestartet hatte, und Topsy wolle lieber dorthin gehen. Cruzer hatte überhaupt kein Interesse mehr an ihrem eigenen Club gezeigt, auch wenn sie Freibier dafür bekam, dass sie ihn organisierte. Sie hatte Soda nicht einmal geholfen, ihn zu promoten. Vor ein paar Tagen ging ich mit ihm zum Papierwarenladen, in dem sie Gay-Mafia-Rabatt für das glänzende Gold-Papier bekamen, auf das sie die Flyer gern druckten. Wir nahmen Cruzers Truck und Soda meckerte die ganze Fahrt über herum, dass das der letzte Club-Abend sein würde, den er geben würde, wenn er die ganze Werbe-Arbeit allein machen musste und Cruzer nicht einmal auftauchte.

Wir hatten Cruzer die ganze Woche lang nicht gesehen. Nachdem ich zum hundertsten Mal versucht hatte, sie anzurufen, ging sie endlich ran. *Hallooo?* Ihre Stimme klang verschlafen, obwohl es mitten am Nachmittag war. „Wir kommen dich abholen." Sie wollte etwas einwenden, aber ich legte einfach auf.

Wir parkten in der zweiten Reihe vor Topsys Haus und warteten wie zwei Paparazzi. Letztendlich kam Cruzer mit ihrer verspiegelten Sonnenbrille und der Kapuze ihrer Jacke über dem Kopf heraus. Sie quetschte sich neben mich ins Auto und lächelte verträumt, als ob sie in Gedanken an irgendeinem zauberhaften Ort wäre. *„Te amo muchachos"*, sagte sie, während sie grinste und sich räkelte. Ich verdrehte die Augen. Als Nächstes schauten wir bei meiner Arbeit vorbei, um meinen Gehaltsscheck zu holen. Als ich wieder in den Truck sprang, traurig, dass ich so pleite war, nachdem ich mich in der Woche, in der Mia mit mir Schluss gemacht hatte, zweimal krankgemeldet hatte, meinte Soda: „Georgie, hör dir diesen Scheiß an! Cruzer glaubt, sie ist verliebt. Dieses Mädel hat ihr E gegeben und nun glaubt sie, sie ist scheißverliebt!"

Cruzer war still.

„Du weißt, dass Topsy das mit Absicht gemacht hat, oder?", brüllte Soda und schüttelte den Kopf.

Cruzer zuckte mit den Achseln. „Mir egal."

Ein paar Minuten später fuhr Soda in der Busspur auf der 16th Street rechts ran, um eine Drive-by-Pillen-Abholung zu machen. Er musste sich aus dem Fenster nach unten zum Doc in seinem Rollstuhl beugen.

Cruzer drehte sich zu mir und grinste: „Dieses Mädel hat mir zwei Stück E auf die Zunge gelegt und als ich wieder runtergekommen bin, habe ich mir gedacht: *Wow, ich liebe sie.*"

„Nun, alle wissen, dass Zeena so auch Katie D. bekommen hat." Soda steckte ihren Kopf eine Sekunde lang wieder ins Auto und rief zu uns nach hinten: „Ja, genauso hat ihre Beziehung angefangen und sieh sie dir jetzt an! Zeena ist waaahnsinnig!"

„Nein, nein, bei uns ist es anders. Ich liebe sie, weil ich ihre Geschichten liebe", behauptete Cruzer, als ob sie noch auf Ecstasy wäre.

„Letzte Woche hast du davon noch nichts gesagt", meinte ich.

„Oh, aber letzte Nacht habe ich ihr erzählt, dass meine Lieblingsfrüchte Nektarinen und Limonen sind, und wisst ihr was, sie hat gesagt: ‚Oh, wow, ich habe mir schon immer ein Nektarinen-und-Limonen-Tattoo stechen lassen wollen, weil sie auch meine totalen Lieblingsfrüchte sind!'"

„Was!" Soda schlug mit ihren Handflächen auf das Lenkrad. „Georgie! Tu doch was!"

Ich konnte nicht viel sagen, weil ich nicht aufhören konnte zu lachen, als ich mir Cruzer und dieses Mädel auf Drogen vorstellte, wie sie einander tief in die Augen sahen und ihnen bewusst wurde, wie kosmisch verbunden sie waren.

„Ihre Pussy schmeckt wie ein Törtchen", erzählte Cruzer.

„Hör auf", meinte Soda.

„Wie ein Vanille-Erdnussbutter-Törtchen", fügte Cruzer noch hinzu.

„Du bist zum Schreien", sagte ich zwischen zwei Lachanfällen.

„Sie ist auch umweltbewusst. Sie ist so sexy. Ich würde ihre Orgasmen am liebsten in eine Flasche abfüllen. So gut sind sie. Ich würde sie definitiv in eine Flasche geben und auf meinen Körper sprühen."

„Ahhhhhhhhh!" Soda presste seine Hände auf seine Ohren. Der Doc reckte seinen Hals und versuchte, in den Truck zu sehen, um herauszufinden, was den ganzen Aufruhr verursachte. Vielleicht brachte ihn der Aufruhr sogar dazu, dass er seine Rollstuhl-Tarnung eine Minute lang aufgab.

„Mensch, du lässt dich so von dieser Tussi reinlegen", sagte Soda.

„Ja, ich bin verwirrt." Cruzer seufzte. „Aber vielleicht fühlt sich Liebe so an."

Scheiß auf Mädels. Scheiß auf Liebe, denke ich mir, während ich auf meinem Bett liege. Die Liebe nimmt mir meine beste Freundin weg. Und wegen der Liebe habe ich das Gefühl, als ob mir ein heißes Messer tief in meine Brust gerammt würde. Warum lernen Menschen einander überhaupt kennen, verlieben sich und kommen einander näher, wenn es jedes Mal so scheißweh tut? Warum bin ich überhaupt wieder mit jemand ausgegangen, nachdem Hurricane mein Herz gebrochen hatte? Wie oft kann ein Herz brechen? All diese Fragen wirbeln in meinem Kopf herum, bis ich hämmernde Kopfschmerzen bekomme.

Ich wische mir die ersten Anzeichen von Tränen der Wut aus den Augen. Ich weigere mich, wegen eines Mädels zu weinen. Es muss vieles zusammenkommen, um mich zum Weinen zu bringen. Üblicherweise schlucke ich das Salz hinunter und spucke es auf den Boden, bevor ich es aus meinen Augen tropfen lassen würde. Oder ich schlage mit der Faust gegen die Wand über meinem Bett, so dass dort mittlerweile eine Reihe von Abdrücken ist, von all den Tränen, die in geballte Fäuste umgelenkt worden sind.

Ich muss raus aus meinem Zimmer, in dem Mias Songtexte auf die Wand über meinem Bett geschrieben sind, in dem die Fotos von ihr hängen und die Postkarten über meinen Plattenspieler geheftet sind, die sie mir geschickt hat, als sie auf Tour war. Ich schnappe mir mein Board und fahre über den Flur bis zur Treppe. Cruzer ruft etwas aus dem Wohnzimmer, vielleicht einen sarkastischen Kommentar oder vielleicht auch irgendeine Entschuldigung, aber ich bleibe nicht stehen, um das genauer herauszufinden. Stattdessen laufe ich die Stufen hinunter, mache einen Acid-Drop von den Eingangsstufen und fahre schnell los und den Hügel hinab.

Ich skate ohne Ziel umher. Es dauert eine Stunde, bis mein Kopf aufhört zu hämmern. Dann mache ich mich auf meinem Skateboard auf den Weg zu Sodas Arbeit, eine Bar namens Clubhouse, in der er in letzter Zeit für den Sound zuständig ist. Auf dem Weg dorthin sehe ich Darling Nicki, die die South Van Ness Avenue entlanggeht. *Verdammt*, sie ist so hübsch. Sie trägt eine schwarze Hose, die am Hintern eng sitzt, und Stöckelschuhe mit Schlangenleder-Optik. Sie lächelt, als ich zu ihr skate. „Hi, Schätzchen." Sie sieht müde aus. Sie sagt, sie habe einen harten Tag gehabt. Ob ich mit ihr ein Bier trinken gehen möchte? Ich erzähle ihr, dass ich nur ins Clubhouse will, weil ich wegen meiner vielen Krankenstände in letzter Zeit kein Geld habe und Soda mir wahrscheinlich Freibier verschaffen wird.

„Glaubst du, er kommt mittlerweile mit mir klar?", fragt Nicki.

„Er ist in letzter Zeit wirklich entspannt." Ich muss lachen, als ich an den Haufen Pillen denke, die ihm der Doc letzte Woche gegeben hat.

Soda ist mit Arbeit beschäftigt, so dass er uns nicht einmal hereinkommen sieht. Wir gehen direkt nach oben auf den Balkon, auf dem man gratis Billard spielen und von dem man auf die Bühne sehen kann. Sonst ist niemand in dem riesigen Club, außer dem Barkeeper, Soda und einem Kerl von der Band, der einen Soundcheck macht. Ich gehe Nicki und mir Bier holen. Als ich zurückkomme, lehnt sie sich an den Balkon, hat ihr Kinn auf ihre Hände gestützt und sieht Soda unten auf der Bühne beim Arbeiten zu. „Er sieht so gut aus, wie er die Sachen aufbaut", meint sie.

Ich sehe ebenfalls hinunter, über die riesige Tanzfläche mit Holzfußboden und bis zur Bühne. Soda trägt eine Kappe, mit zur Seite gedrehtem Schild, und Baggy Jeans. Er sieht klein aus dort unten, aber auch so süß und tough, wie er das Equipment herummanövriert und dem bulligen Kerl aus der Band sagt, welche Kabel er einstecken soll, während er auf dem Sound-Schaltpult an Knöpfen dreht.

Ich gebe Nicki ihr Bier. „Weißt du, ich muss immer daran denken, wie Soda mich das letzte Mal gevögelt hat", erzählt sie. „Ich glaube, daran werde ich mich mein Leben lang erinnern. Wir waren im Shotgun, nachdem ich die Bar zugemacht hatte, und er hat mir dabei geholfen, die Bierkühlschränke wieder aufzustocken, und dann haben wir direkt auf dem Bartresen angefangen zu vögeln, während so ein Bierkasten neben uns gerattert hat."

Ich fange an, mir Nicki in einem kurzen Rock vorzustellen, wie sie auf dem Tresen der Bar, in der sie arbeitet, sitzt. Schnuckelig. Unten fängt Soda an, einen Verstärker über die Bühne zu zerren.

„Ich sollte gehen", murmelt Nicki. „Es macht mich ganz verrückt, Soda zu sehen. Noch verrückter, als ich schon bin, es macht mich rasend, dass ich ihn nicht haben kann – wie eine nasse Katze, die in eine Badewanne fallen gelassen worden ist."

„Nein!" Ich sage ihr, sie soll aufhören, ihm zuzusehen. Ich versuche, sie abzulenken. „Lass uns Billard spielen."

Nicki sieht immer noch vom Balkon hinab, während ich die Kugeln auf dem Billardtisch hinter uns startklar mache. „Du weißt, warum Mia vor dir weggelaufen ist, oder?" Endlich wendet sie sich vom Balkongeländer ab, nimmt noch einen Schluck von ihrem Bier und trinkt es ganz aus. „Weil es Leuten Angst macht, wenn jemand sie derart verrückt macht. Es ist immer einfacher, wegzulaufen. Sieh dir dieses Kerlchen an, er macht das schon sein Leben lang und kümmert sich nie um irgendwas."

Ich sehe zu meinem Handy hinüber, das auf einem Tisch nahe dem Billardtisch liegt. Die ganze Zeit würde ich Mia so gern anrufen. Hastig trinke ich mein Bier und versuche, sie mir nicht mit jemand anders vorzustellen, eine schreckliche Vorstellung, die mir schon die ganze Woche über durch den Kopf geht. Gleichzeitig will ich sie auch nicht anrufen, denn was ist, wenn sie den Anruf zum Anlass für das Gespräch über das Sachen-Zurückgeben nimmt. Das ist das Zeichen für die offizielle Beendigung einer Beziehung, das Aufteilen der Sex-Spielzeuge. Ich nehme das Telefon in die Hand. Fast rufe ich Mia an, aber dann wähle ich stattdessen Tinys Nummer und sage ihr, dass sie zu uns ins Clubhouse kommen soll.

Als Soda Dienstschluss hat, sind Nicki, Tiny und ich von all den Gratisdrinks betrunken. Und weil sie betrunken sind, kommen Nicki und Soda gut miteinander aus. Wir gehen alle ins Creamsickle, wobei wir auf dem Weg einen kurzen Abstecher machen, um eine Tüte mit Drogen von Nickis Dealer zu holen.

Zu Hause verkündet Soda, dass Spieleabend ist. Ich habe den Spieleabend vergessen, weil wir ihn monatelang nicht gemacht haben, seit Cruzer nicht mehr nach Hause kommt. Früher war es eine Art Bois-Abend gewesen, in der wir Poker und Domino gespielt haben. „Wo steckt Cruzer überhaupt die ganze Zeit?", fragt Nicki.

„Ich sag's mal so, sie wird zu uns zurückkommen, wenn dieses Mädel, Topsy, aufhört, sie mit Halluzinogenen vollzupumpen", antwortet Soda.

„Hmm, Topsy. Ich weiß nicht. Ich hab gehört, sie legt ihre Freundinnen gern an die Leine!"

„Halt den Mund!", sagt Soda und ich denke eine Sekunde lang, dass er und Nicki zu streiten anfangen, wie üblich, aber stattdessen legt er seine Hand auf ihren Oberschenkel. *Wow*. Ich frage mich, ob sie im Bett landen werden. Soda wirkt in letzter Zeit so verletzlich, fertig, weil Cruzer sich verdrückt hat, und deprimiert wegen Sachen, über die er nicht spricht.

Ich muss auf der Couch eingeschlafen sein, denn ehe ich michs versehe, schüttelt Nicki mich und sagt, sie bringt mich in mein Bett. Soda steht hinter ihr. Ich sage ihnen beiden: *Lasst mich in Ruhe, ich hasse mein Bett*. Weil es immer noch nach Mia riecht. Weil ich seit Neuestem mitten in der Nacht aufwache und meine Hand nach ihr ausstrecke, aber nur ins Leere greife.

Als ich Mia zum allerersten Mal gefistet habe, hat sie geweint. Sie presste ihre Augen zu und hob schnell die Hand vor ihren Mund, um ihre zitternden Lippen zu verbergen. Ich roch an ihrem salzigen Hals und spürte, wie ihre Pussy sich eng um meine Faust krampfte. Manchmal ist der verlässlichste Halt in der Welt deine Hand in der Pussy eines Mädels. Wenn sie deine ganze Hand verschluckt hat. Dann ist das vielleicht das Einzige, was dir Halt gibt, wenn die Welt um dich herum erschüttert wird und ins Wanken gerät.

Kapitel 13

Eineinhalb Wochen später wache ich auf der Couch auf. Wahrscheinlich waren es mehr als eineinhalb Wochen, aber ich weiß es nicht, weil ich ständig auf Sauftour gewesen bin. Ich habe nicht sehr viel geschlafen. Und wenn ich schlafe, dann offenbar auf der Couch.

Die Morgensonne strömt durch die nackten Wohnzimmerfenster herein. Ich blinzle Nicki an, die auf der Couch auf der gegenüberliegenden Seite des Zimmers sitzt. Cruzers Couch, aber sie ist schon so lange nicht mehr zu Hause gewesen, dass ich vergessen habe, wie sie auf der Couch ausgesehen hat, wenn sie dort gesessen hat, während sie ihre neuen Fotos in ihr Skizzenbuch geklebt und Blödsinn geredet hat. Letzte Woche ist sie einmal vorbeigekommen, nur sehr kurz, um sich ein paar Boxershorts zu holen. Sie steckte ihren Kopf ins Wohnzimmer, wo wir gerade *Tony Hawk's Underground* spielten, was wir im Grunde schon drei Tage lang ununterbrochen getan hatten. „Oh Mensch, ihr habt *THUG*", meinte sie zu unserem neuen Spiel.

„Ja, du kannst Wallplants machen und sogar von deinem Board steigen und herumgehen. Ich habe gerade Slam City Jam gewonnen und bin Pro geworden!", prahlte ich.

„Ich will auch mal!" Cruzer versuchte, sich neben uns zu setzen, aber Soda und ich hielten unsere Controller fest umklammert. Wir fanden, dass Cruzer nicht einfach hereinplatzen und mit uns abhängen konnte, wann immer ihre *Freundin* in der Arbeit war oder was auch immer. „Du solltest ihr nur eine Postkarte schicken und nicht bei ihr einziehen", sagte Soda bitter.

„Ich halte die Kälte hier nicht mehr aus", wollte Cruzer uns verscheißern.

Soda und ich halten die Kälte aus, weil wir uns in letzter Zeit so volllaufen lassen, dass wir unsere Körper nicht mehr spüren. Wir rollen uns immer unter den grauen Flanelldecken zusammen und streiten darüber, wer sich an Napoleon kuscheln darf, oder manchmal kuscheln wir uns auch einfach aneinander. Aber hauptsächlich versuchen wir, das Haus nicht zu verlassen. An einem Tag, als es super-hammermäßig geschüttet hat, hat Soda eine Essenslieferung vom chinesischen Restaurant bestellt, das einem Freund vom Doc gehört. Er machte einen Witz darüber, dass er den Doc gern beauftragen würde, eine Pillen-Bestellung zur Essenslieferung dazuzugeben, und zu seiner Freude war neben den Glückskeksen tatsächlich ein kleiner Umschlag vom Doc. *Ich habe mir die Pillen mit dem chinesischen Essen liefern lassen*, prahlte Soda wochenlang vor allen, die bereit waren, es sich anzuhören.

Nicki hält eine große Schere in der Hand und schneidet damit das Halsbündchen von einem schwarzen Harley-T-Shirt ab, das aussieht wie eines, das Soda letztens angehabt hat. Nicki liebt es, die T-Shirts von anderen Leuten zu zerschneiden. Einmal habe ich sie dabei erwischt, wie sie eines von meinen Anti-Hero-Shirts in ihren scheren-affinen Händen gehalten hat, und ihr fast Hausverbot im Creamsickle gegeben. Danach hat sie sich daran gehalten, nur T-Shirts von Leuten zu stehlen, mit denen sie schläft, weil Leute, die mit Nicki schlafen, sie alles machen lassen, was sie will. Sie schneidet sich die T-Shirts zurecht, weil sie keine neuen Outfits hat, da sie seit über einer Woche nicht zu Hause gewesen ist. Sie schnappt sich einfach ein Skate-Shirt und schneidet das Halsbündchen ab und vielleicht auch die Ärmel, und dann lässt sie auf der Rückseite mit ein paar horizontalen Schnitten eine Reihe lamellenartiger Streifen entstehen, die sie mithilfe ihrer spitzen weißen Zähne eng zusammenknotet. Dann hängt sie sich wieder ihre Tonnen von Goldketten und -armbändern, die im ganzen Haus verstreut sind, um, schlüpft in ihre Stöckelschuhe mit Kroko-Muster, trägt etwas roten Lippenstift auf und sie ist für jedes Abenteuer bereit.

Nicki merkt, dass ich wach bin, und kommt zu mir und setzt sich neben mich auf die Couch. „Geht's dir gut, Schätzchen?"

Ich nicke. Obwohl ich mich fühle, als hätte mich ein Laster überfahren. Letzte Nacht habe ich viel zu viel getrunken, viel zu viele Drogen genommen und bin viel zu lange aufgeblieben. Nicki streichelt über meinen Kopf. Ich mag es, wenn sie da ist. Sie kümmert sich irgendwie um mich. Sie hat ihre netten Momente. Meistens wenn niemand sonst in der Nähe ist, wie zum Beispiel Soda, mit dem sie ständig mit rasiermesserscharfer Zunge schäkert.

Nicki zieht das Shirt von gestern aus und schlüpft in das, das sie sich neu zurechtgeschnitten hat. Es hat einen tiefen Ausschnitt und ist superweit, so dass es ihr über eine Schulter rutscht und fast bis zum Nippel hinunterhängt. „Kannst du mir das feststecken?"

Sie dreht mir ihren Rücken zu und gibt mir ein paar Sicherheitsnadeln. Ich setze mich auf und raffe das Shirt zusammen. Ich weiß, dass sie es so eng will wie eine zweite Haut. Während ich zusehe, wie das Licht über Nickis Rücken tanzt, fühle ich mich allmählich besser. Ihre Haut ist fantastisch. Sie hat keine Tattoos, ihre Haut ist so weiß wie Reispapier, samtweich und riecht nach Kokosbutter. „Okay, ich gehe uns Kaffee und Donuts holen", zwitschert Nicki und hüpft von der Couch, nachdem ich alles festgesteckt habe. Gott, sie ist mit Sicherheit immer noch auf Drogen. Wahrscheinlich hat sie noch nicht einmal geschlafen. Das Letzte, was ich gestern Nacht gehört habe, bevor ich eingeschlafen bin, war, dass sie sich mit Soda auf der hinteren Veranda den Sonnenaufgang ansehen wollte. Sie sind seit jener Nacht im Clubhouse nicht nur miteinander ins Bett gegangen, sie haben sich auch eine Menge Sonnenaufgänge gemeinsam angesehen. Entweder steht Soda plötzlich auf Romantik oder er ist gerade in einer schlaflosen Drogenphase. Schwer zu sagen.

Ich schalte den Fernseher ein und schaue mir *Oprah* an, bis Soda aufwacht und ins Wohnzimmer kommt. Er setzt sich neben mich. „Letzte Nacht hat Knockout mir gesagt, dass sie mit mir Schluss macht!"

„Was? Das ist was Neues!" Ich bin geknickt, weil ich es mag, wenn Nicki im Haus ist. Das Leben scheint weniger deprimierend, wenn ich ihr beim Herumhüpfen zusehe.

„Sie hat gesagt, sie hat heute Abend eine heiße Verabredung mit einer Femme. Und dass sie nicht noch mal auf meine Masche hereinfällt, damit ich sie dann in drei Monaten wieder einfach fallen lasse."

„Hmmm, kluges Mädel."

„Aber ich stehe auf sie. Wir bleiben immer bis zum Morgengrauen auf und reden über alles. Ich habe mit ihr sogar über mein Gender-Zeug geredet! Und jetzt verabredet sie sich einfach mit einer Femme, weil sie weiß, dass ich mich dann schrecklich fühle. Sie versucht, es mir heimzuzahlen! Es wissen doch alle, dass sie nicht mit Femmes ins Bett geht. Sie ist die Queen von ..." Soda verstummt, weil wir hören, wie die Haustür unten zugeschlagen wird und Nicki mit ihren Stöckelschuhen die Treppe heraufklackt.

„Ich habe gehört, du stehst auf Ladys?", sage ich später, als ich eines der Donuts verdrücke, die Nicki uns geholt hat.

„Ja, höllisch." Soda verdreht die Augen.

„Oh, Soda, du denkst wohl, alles dreht sich immer nur um *dich*, hm? Dass ich jetzt nur was mit Femmes anfange, um dich zu ärgern, hm? Mensch, du bist so von dir selbst eingenommen, zum Kotzen!"

Auweia. Jetzt fangen sie bestimmt zu streiten an. Mensch, zwei Wochen ohne Streit und jetzt *wumm*.

„Gib mir mein verdammtes Harley-Shirt zurück!", knurrt Soda.

„Bitte!" Nicki zieht das T-Shirt aus. „Ich bin sicher, meiner Verabredung wird dieses Outfit ohnehin viel besser gefallen." Sie trägt nun nur noch ein winziges weißes, durchsichtiges Bustier, das sich eng an ihre Rippen und Brüste schmiegt. Das Harley-T-Shirt schleudert sie Soda direkt ins Gesicht, dann nimmt sie ihre Handtasche und stöckelt wieder durch den Flur und die Treppe hinunter.

Ein paar Minuten später, während ich Soda zuhöre, wie er über sie schimpft, lässt mich der Gedanke, dass ich noch mehr Donuts essen will, nicht mehr los, aber die verdammte Nicki hat sie alle mitgenommen. Als ich auf den Couchtisch sehe, stelle ich fest, dass sie stattdessen verrückterweise ihre Tüte mit Drogen dagelassen hat. Ich schiebe die Drogen schnell in meine Tasche, um sie vor Soda zu verstecken. Die Drogen haben diesen ganzen Wahnsinn in letzter Zeit noch schlimmer gemacht. Statt zu schlafen, zieht er sich jetzt irgendwas rein, und seine müden Augen kommen nur in den winzigen Augenblicken zur Ruhe, wenn er zwinkert. Er ist wegen so vieler Dinge aufgebracht gewesen und um dem Ganzen noch eins draufzusetzen, ist der Doc letzte Woche verschwunden, genau jetzt, wo, wie Soda es ausdrückt, „wir ihn beide voll brauchen!" Fast jeden Tag ist Soda den Doc suchen gegangen, aber er ist nicht in seiner „Praxis". Er geht auch nicht an sein Handy. „Was für ein Drogendealer geht nicht an sein Handy?", stöhnt Soda. Üblicherweise versucht er mich zu überreden, mit ihm den Doc suchen zu gehen, aber ich gehe nicht mehr gern aus dem Haus, es sei denn, ich muss zur Arbeit. Es regnet schon seit Wochen und ich kann nicht mit dem Skateboard fahren, was für einen Sinn hat es dann? Ich weiß nicht, wie ich damit klarkommen soll, wenn meine Gedanken verrücktspielen und ich nicht skaten kann. Und tanzen kann ich auch nicht gehen; denn das letzte Mal musste ich sämtlichen Bois in der Stadt dabei zusehen, wie sie Mia angetanzt haben, als ob sie Frischfleisch wäre. Alle wollten mit ihr tanzen. Ihre Hüften haben einen Rhythmus gehabt, dass meine Schrittpartie schon vom Zusehen wehgetan hat. Und sie will auch nicht mehr mit mir reden, weil sie – wie eine ihrer Freund_innen mir erzählt hat – denkt, dass ich mit Nicki ins Bett gehe. Als ich also ausgehen wollte, habe ich mich letztendlich super-hammermäßig betrunken, nur damit ich wenigstens eine Minute lang den Schmerz in meiner Brust nicht fühlen musste.

Es ist besser, im Haus zu bleiben, mit Soda und Nicki. Oder nur mit Soda, und zu kiffen und zu versuchen, *THUG* zu gewinnen. Leute kommen uns besuchen. Ich glaube, unsere Freund_innen machen sich Sorgen, dass sie uns eines Tages vor dem Fernseher festgefroren finden werden, also klingelt ständig jemand an der Tür, so dass wir uns dann streiten müssen, wer sich aus dem dicken Deckenberg schälen und die lange Treppe hinunterlaufen muss, um die Tür aufzusperren. Üblicherweise trifft es Soda, weil ich den Vorteil habe, dass mich mein schwindender Vorrat an Pillen nicht sehr kümmert, so dass ich ihn damit bestechen kann. „Lass Dixie und Tiny rein, dann gebe ich dir mein letztes V", sage ich und Soda trottet dann widerwillig durch den Flur.

Während wir *THUG* spielen, bekommt Soda einen Anruf von seiner Ex Tiffany, die ihm erzählt, dass sie dem Doc neulich ihr Auto sehr billig verkauft hat, wobei ein riesiger Vorrat an Drogen Teil der Bezahlung war. Das bringt uns zu dem Schluss, dass der Doc vielleicht nur eine Autoreise macht und bald zurück sein wird. „Ich versteh's nicht. Warum ruft er nicht an und verabschiedet sich", sagt Soda traurig. Ich glaube, dass seine Depressionen in letzter Zeit hauptsächlich mit dem Verschwinden seines Docs zu tun haben.

An jenem Abend will Soda natürlich ins Vine gehen, wo irgendeine Benefizveranstaltung für ein queeres Musikvideo stattfindet, aber ich weiß, dass er in Wahrheit nur Nicki nachspionieren will. Als wir gerade einmal fünf Minuten dort sind, kommt Manno zu uns und sagt: „Heilige Scheiße, Nicki knutscht mit einer Femme und das ist das Heißeste, was man sich vorstellen kann." Als wir hinübersehen, ist Nicki tatsächlich eng an ein hochgewachsenes sexy Mädel geschmiegt, das wie ihre Zwillingsschwester aussieht. Ein Haufen Bois steht herum und sieht den zwei sich lasziv gebenden Femmes mit den gleichen langen schwarzen Zotteln dabei zu, wie sie abwechselnd an ihren Cocktails nippen und übereinander herfallen.

Soda erstarrt. „Gehen wir", knurrt er mir zu. Wir schieben uns durch die Menge zur Tür, bis Tiny uns abfängt. „Hey Leute, trinkt einen Schnaps mit mir zu Ehren von Caseys Geburtstag."

„Soda, Georgie, hallo. Ich kann nicht glauben, dass ihr das Haus verlassen habt!" Dixie kommt zu uns und küsst uns auf die Wange. Im selben Augenblick bleibt mein Blick in einer fernen Ecke an Mia hängen und ich möchte kotzen. Soda und ich werfen uns einen Blick zu.

„Igitt, gehen wir irgendwo anders hin!", ächzt Soda.

Dixie flüstert mir zu: „Ist Soda geknickt wegen Nicki? Meine Güte, ich hasse diese Zicke. Was zum Teufel macht sie nur mit ihnen? Ist es was Einfaches? Ich meine, im Bett. Was ist ihre Masche?"

Ich schüttle meinen Kopf und versuche, von all meinen Freund_innen wegzukommen, die sich um uns scharen. Alles, woran ich denken kann, ist, dass ich hoffe, dass Mia Nicki mit ihrer Verabredung sieht, damit ihr klar wird, dass ich ganz offensichtlich nicht mit ihr schlafe. Soda zieht mich am Ärmel meiner Lederjacke durch das Meer von Lesben zur Tür und ehe ich michs versehe, sind wir in einem Taxi und auf dem Weg zu so einer hippen Hetero-Bar in SoMa.

Als ich zum ersten Mal seit einer gefühlten Ewigkeit wieder in meinem Bett aufwache, ist mein einziger Gedanke, wie glücklich ich bin, dass es nicht nach Mia riecht. Stattdessen riecht es nach dem Hetero-Mädel, mit dem ich letzte Nacht Sex hatte. Mensch, manchmal vergesse ich, dass Heteras sich fantastisch als Therapie eignen, wenn das eigene Selbstbewusstsein am Boden ist. Ich meine, sie lieben es, die ganze Nacht gevögelt zu werden, und alles ist aufregend neues, eigentlich verbotenes Territorium für sie, und weil sie es sich in ihrer Fantasie schon so lang mit Mädels vorgestellt haben, sind sie völlig begeistert, wenn ihre Fantasien tatsächlich wahr werden.

Trotzdem fühlt sich der Trennungs-Trost-Sex an, als würde mir jemand mit einer Taschenlampe ins Gesicht leuchten, sie ein- und ausschalten und ich dabei dennoch kaum mit der Wimper zucken. Die Leere wird nur mit irgendetwas gefüllt. Ich musste mich wirklich sehr konzentrieren, um Mias Gesichtsausdruck beim Sex nicht zu vermissen, als das Hetero-Mädel leise stöhnend auf meinem Kissen lag. Dann, als ich meinen Kopf zwischen ihren Beinen und meine Finger in ihr hatte, versetzte es mir einen schrecklichen Stich, als sie sich an die Vorhänge klammerte, die Mia und ich gemeinsam gekauft hatten und die direkt über dem Bett hingen, als wären sie nur dazu da, um beim Sex noch heftiger zur Sache gehen zu können. Ich wurde abgelenkt und dachte an den Tag, als wir sie in diesem Keller-Diskont-Textilgeschäft in der Mission Street gekauft hatten. Daran, wie ich Mia gegen einen Stoß von Teppichen mit Leopardenmuster gedrückt und ihre geschwungenen Lippen geküsst hatte.

So schnell lasse ich mich ablenken!

Aber es ist gut, dass Hetero-Mädels beim Sex nie selbst die aktive Rolle übernehmen wollen. Ich will im Moment nicht einmal von einer Fremden gevögelt werden. Was für einen Sinn hätte das? Damit sie es mir zu sanft, zu langsam, zu schnell oder zu heftig machen kann? Da gebe ich jederzeit einer einsam gerauchten Zigarette den Vorzug.

Nachdem das Mädel und ihre Freundin gegangen sind, gehe ich in die Küche, um Kaffee zu machen. Soda ist bereits aufgestanden. Er sagt: „Früher habe ich es geliebt, Heteras ins Bett zu kriegen. Du weißt schon, ihnen zur Erleuchtung zu verhelfen, aber niemals das Was-ist-tabu-Gespräch mit ihnen führen zu müssen und zu wissen, dass sie dich nicht anrufen und nerven werden, weil sie vermutlich irgendwo einen Freund versteckt haben. Aber letzte Nacht war so langweilig. Sie hat so leblos dagelegen. Bevor ich noch mal mit einem Hetero-Mädel ins Bett gehe, knöpfe ich mir lieber ein Kissen vor."

„Du hast wegen Nicki einen Knacks weg!", entgegne ich. „Es ist ein Wunder. Alle hier werden plötzlich erwachsen und sind fähig, zu lieben."

„Nee", meint Soda.

Aber später, als ich frühstücke, erwische ich ihn dabei, wie er traurig auf das Fotoposter von Nicki starrt, das Cruzer gemacht hat und das an der Küchenwand hängt.

Als ich über die Straße laufe, um den Mission-Bus zu erreichen, fährt das Busfahrer-Arschloch los, obwohl ich weiß, dass er mich hat kommen sehen. Einmal haben Cruzer und ich uns darüber beklagt, dass so viele Busfahrer_innen in San Francisco uns einfach im Regen stehen lassen, und Dixie und Cello haben nur gemeint: „Für mich halten Busse immer an."

Ach nee. Sie sind ja auch heiße Mädels.

Ich verfluche den Bus und versuche, zur Arbeit zu gehen beziehungsweise zu rennen. Der Regen hindert mich total daran, meine Fortbewegungsmittel mit Reifen oder Rollen zu benutzen. Ich weiß, dass ich zu spät kommen werde, was schlecht ist, wenn mein Boss da ist, weil er bereits sauer auf mich ist, da ich mich schon zwei Mal krankgemeldet habe.

Ich bin zehn Minuten zu spät und werde einfach so gefeuert.

Ich versuche, mit meinem Boss zu diskutieren, aber er behauptet, ich habe mich drei Mal krankgemeldet, was nicht stimmt, weil ich mir an einem dieser Tage dienstfrei erbeten hatte, weil Cellos beste Freundin auf ihrem Fahrrad von jemand Unbekanntes überfahren und getötet worden war und ich an ihrer Gedenkfeier in Ocean Beach hatte teilnehmen wollen. Ich hatte sogar den Zeitungsartikel über die arme Goldy mitgebracht und ihn mit roten, verquollenen Augen meinem Boss gezeigt. Hatte erzählt, dass sie ihrer Freundin gerade in der Karaokebar einen Abschiedskuss gegeben hatte, bevor sie ihren Helm aufgesetzt hatte und die Polk Street entlanggefahren war, wo sie von einem großen schwarzen Geländewagen überfahren worden war, der über eine Kreuzung gedüst war. Es war alles so schrecklich traurig, das war der traurigste Winter seit Menschengedenken.

Aber mein Boss ist so ein Scheißkerl. Es interessiert ihn nicht, ob irgendein queeres Mädel verstorben ist. Er sagt, es gibt keine Entschuldigung für meine Fehlzeiten. Ich bin gefeuert. Eigentlich will ich noch weiter diskutieren, aber ich fühle mich so verdammt benommen. Ich bin müde, meine Hose ist vom Regen klatschnass und ich bin kurz davor, in Tränen auszubrechen. Also gehe ich, bevor mein Arschloch-Boss meine Tränen sieht.

Als ich zu Fuß nach Hause gehe, obwohl es regnet, mache ich einen Umweg über die Straßenecke vom Doc, in der Hoffnung, dass der Doc vielleicht wieder aufgetaucht ist. Zuerst meine ich, seinen

Rollstuhl im Nebel zu sehen, aber es ist nur eine Illusion. Als ich näher komme, ist er so was von nicht da. Meine Welt hat ohnehin schon an einem seidenen Faden gehangen und jetzt bricht wirklich alles zusammen. Ich begebe mich nach Hause und ziehe meine superekligе Arbeitsjeans aus, deren Säume für alle Zeiten von gemahlenem Kaffee und Wischwasser verkrustet sein werden. Über ein Jahr lang habe ich sie bei der Arbeit getragen. Ich hasse sie und würde sie liebend gern nie wieder sehen. Also befördere ich sie wie einen Basketball in meinen Abfalleimer, aber dann merke ich, dass ich sie immer noch riechen kann, darum gehe ich in Boxershorts nach draußen und stecke sie in den Abfalleimer im Keller. Eine Sekunde lang fühlt es sich befreiend an, aber dann unerträglich furchteinflößend.

Nachdem ich wieder nach oben gegangen bin, nehme ich ein paar Schlaftabletten und krieche zurück ins Bett.

Panisch wache ich auf, mein Herz schlägt ganz schnell. Ich habe geträumt, dass das Creamsickle zusammenbricht, riesige Brocken sind heruntergefallen, wie in *Die Unendliche Geschichte*, als das Nichts angreift.

Scheiße! Mir fällt wieder ein, dass ich heute Morgen gefeuert worden bin. *Verdammte Scheiße.* Ich nehme eine Einschätzung meiner Lage vor. Für die Miete ist gesorgt, wie durch ein Wunder, weil die Miete so niedrig ist, aber darüber hinaus bin ich ziemlich im Arsch, weil ich diesen Monat nicht genug gearbeitet habe, um irgendwelche Ersparnisse anzusammeln. Ich könnte mir etwas von Soda leihen. Er hat immer Bares, weil er bei all den neuen Sound-Gigs in letzter Zeit gutes Geld verdient. Ich darf eindeutig kein Geld für Alkohol oder Drogen ausgeben. Mit dem Bargeld, das ich habe, kann ich vermutlich zumindest ein paar Wochen auskommen, während ich versuche, einen neuen Job abzustauben.

Soda weckt mich, damit ich mir mit ihm auf der hinteren Veranda den Sonnenaufgang ansehe. Er ist darüber jeden Morgen so aufgeregt, als ob er nie draufkommen würde, dass das tagtäglich stattfindet. Ich glaube, es hat irgendwie angefangen, als wir gehört haben, dass Goldy gestorben ist. Am Morgen danach rüttelte Soda mich wach und meinte: „Das Leben ist zu kurz, um den Sonnenaufgang zu verpassen!" Er klang wie mein verrückter Vater, mit dem ich nur ein paarmal abgehangen hatte, aber wir waren beide Male zelten gefahren und er hatte dann mich und meine Schwestern superfrüh am Morgen aufgeweckt und so was gesagt wie: „Lasst uns auf den Berg steigen!" Beide Male war ich, als er uns nach dem Wochenende bei unserer Mutter absetzte, erstaunt, dass wir nach den Abenteuern in der Wildnis immer noch am Leben waren. Das war, bevor er sich in Luft auflöste.

Es überrascht mich immer wieder, wie still es auf der hinteren Veranda ist, das Creamsickle ist quasi so hoch oben, dass die Geräusche von Leuten, die ein wirkliches Leben führen, nicht durch unsere Fenster dringen. Wir sind nicht zwischen Nachbarhäusern eingequetscht, es gibt nur einen zugesperrten Basketballplatz und eine leer stehende Wohnung, aus der gruseligerweise bis auf Knarren keine Geräusche dringen. Bei Sonnenaufgang herrscht auf der hinteren Veranda eine äußerst gespenstische Stille, so dass nur manchmal ein Gesprächsfetzen von zehn Straßen weiter durch die Wolken dringt oder gedämpftes Sirenengeheul.

In der Skyline schimmern verschiedene Farben durch, wie wenn drei verschiedene Slushy-Geschmacksrichtungen von 7-Eleven in einem XXL-Becher vermischt worden wären, Kirsche, Rootbeer und Heidelbeere. Diese Stadt ist so schön. Deswegen kann ich sie selbst dann nicht verlassen, wenn sie mich runterzieht. Ich sehe zu, wie die Häuser auf den Hügeln allmählich in Sonnenlicht getaucht werden, Reihe für Reihe. Ich glaube, ich kann sogar den Coffeeshop sehen, in dem ich fast zwei Jahre lang gearbeitet habe und von dem ich gestern gefeuert worden bin. Obwohl ich nicht wirklich viel Geld verdient habe und so viel arbeiten musste, dass ich keine Zeit mehr gehabt habe, im City College Kurse zu belegen, bin ich überzeugt, dass es schwer sein wird, einen besseren Job zu finden, einen, bei dem ich meine eigene Musik hören darf und in dem sich niemand um meine verrückten Frisuren schert.

„Ich habe das Gefühl, dass ich es nicht schaffe, einen anderen Job zu finden! Ich kann in dieser Stadt nicht überleben!", jammere ich Soda zum millionsten Mal vor.

„Wenn du mich auch so verlässt wie Cruzer, dann bringe ich dich um, Georgie", sagt Soda mit supertrauriger Stimme. Er sieht mich an, mit geröteten Augen und einem Gesicht, in dem so viele Farben zu sehen sind wie im Sonnenaufgang. Wenn Soda friert, werden seine Lippen violett, auf seinen Wangen erscheinen rosa Flecken, als ob er gerade ein paar gelangt bekommen hätte, und seine blauen Augen strahlen wie ein wolkenloser Himmel. „Alle Menschen in meinem Leben sind früher oder später gegangen, Mütter, Schwestern, Brüder, Kumpel, Mädels ..."

„Du bist doch derjenige, der sich nicht halten lässt!" Soda spinnt. Möglich, dass er schon seit drei Wochen nicht mehr geschlafen hat. Auch die ganze letzte Nacht war er wach und hat mit ein paar Kokserinnen über die Apokalypse gequatscht.

„Du bleibst schön hier. Morgen suchen wir dir einen neuen Job. Ich übernehme deine Miete, wenn nötig. Ich bin für dich da, komme, was wolle, Kumpel."

Ich fühle mich schon besser. Ich atme die frostige, neblige Luft tief ein und sehe zu, wie das Lila sich mit dem Rot der Skyline vermischt.

So ein Mädel, das Tiny mitgebracht hat, sagt zu ihr: „Was stimmt nicht mit deiner Freundin?"

„Ihr wurde das Herz gebrochen."

„Das macht ihr immer noch zu schaffen? Von so einem Mädel namens Mia, oder?"

„Japp."

„Ich hab gehört, Mia geht mit Katie D. ins Bett."

„Pscht."

Es ist drei Uhr morgens und ich habe den Großteil der Nacht damit verbracht, auf der Couch zu liegen und so zu tun, als würde ich schlafen, weil ich immer noch deprimiert bin und die Mädels, die Tiny mit nach Hause gebracht hat, mich nerven. Und warum wissen alle über mein Liebesleben Bescheid? Das nervt mich auch. Wurde mein Herzblut über die gesamte Toilettenwand der Mädels-Bar verschmiert, so dass alle es sehen können? *Vermutlich*. Die ganze Nacht lang sind Leute im Creamsickle ein und aus gegangen. Sie setzen sich auf meine Beine, weil ich die ganze Couch in Beschlag genommen habe. Dafür lassen sie mich an ihren Zigaretten ziehen.

Cruzer ist auch da. Sie hat die letzten paar Tage mit uns abgehangen, weil ihre Freundin in Philadelphia ist und sich Unis ansieht. Nachdem der Cat Fight Club zu Ende war, ist ein ganzer Pulk von Leuten mit ihr zu uns nach Hause gekommen, inklusive Nicki, die weiß, dass Soda in der Arbeit ist, so dass sie vorbeikommen kann. Soda ist immer noch sauer auf sie, weil sie Spielchen mit ihm gespielt hat.

Nicki zieht ihre Drogen aus ihrer Handtasche. Es wird eine lange Nacht werden. Ich weiß, ich sollte brav sein und ins Bett gehen und früh aufstehen, um einen Job zu suchen, aber es wird ohnehin die ganze Nacht lang irre laut sein, also warum soll ich überhaupt versuchen zu schlafen? Außerdem werden nirgends Jobs ausgeschrieben! Ich habe meinen Lebenslauf im ganzen Viertel verteilt, aber niemand ruft mich zurück.

Cruzer redet darüber, dass sie die Person, die Goldy umgebracht und einfach Fahrer_innenflucht begangen hat, immer noch nicht gefunden haben. Das Erste, was Cruzer gemacht hat, als sie nach Hause gekommen ist, war, im Wohnzimmer einen *Día de los Muertos*-Altar für Goldy zu errichten. Nicki zieht an ihrer Zigarette, während sie ihn anstarrt, mit Tränen in den Augen. „Schätzchen, es passieren eine Million trauriger, trauriger Dinge. Es passieren so viele schlimme, schlimme Dinge", sagt sie zu niemand Bestimmtes. Nicki sieht wunderschön aus, wenn sie high ist. Sie beginnt über das *Gossip*-Konzert an diesem Freitag zu reden. Ich kann es mir nicht leisten hinzugehen. „Ich brauche einen Job", seufze ich.

„Ich wünschte, sie würden jetzt gerade Jobs in der Dildo Factory ausschreiben", sagt Tiny.

„Warum kommst du nicht ins Minxy arbeiten", schlägt Nicki mit einem Kichern vor. Sie meint den Stripclub, in dem sie arbeitet, so eine Peepshow, in der ihren Berichten zufolge ein Haufen Rockerinnen und Dykes arbeiten. Ich habe schon mal mitbekommen, wie sie Dixie die Striptease-Branche vorgeschlagen hat. Ich wette, dass Nicki Geld oder so was kriegt, wenn sie neue Mädels anheuert, weil sie immer so eifrig bemüht ist, sie mit ihrem Lasso einzufangen. Sie hat Dixie ganz scharf darauf gemacht, indem sie ihr erzählt hat, wie viel Geld sie damit machen könnte, aber Dixie hat schließlich gekniffen, weil sie immer so tut, als wäre sie ein braves Südstaaten-Mädel, zu artig für eine derartige Arbeit.

„Das wäre so reizend, wenn wir zusammen arbeiten würden", kreischt Nicki.

„Georgie als Stripperin? *Haha*, ja klar." Cruzer lacht schallend, was mich anpisst.

„Was, du denkst, ich kann keine Stripperin sein?" Ich schleudere meine Arme in die Höhe und zeige mit meinen Händen auf sie. Sie sitzt auf der anderen Seite des Zimmers.

„Du kannst noch nicht mal in Stöckelschuhen gehen. Weißt du noch, wie deine Schwester letztes Jahr geheiratet hat und du ungefähr zehnmal fast auf die Schnauze geflogen bist? Du hast quasi null Gleichgewicht und bist total unfallgefährdet", gibt Cruzer zu bedenken.

„Ja klar. Ich kenne kein Mädel, das so gut skaten kann wie Georgie", meint Dixie.

„Weil sie eine Draufgängerin ist, aber ich sag's euch, sie bleibt nicht immer bei allen Tricks auf dem Board, bei der Hälfte der Tricks fliegt sie runter."

Ich ächze. Warum reden sie über mich, als ob ich nicht anwesend wäre? „Mensch, wie schwer kann das schon sein? Schwerer, als im Coffeeshop blutige Junkie-Pisse vom Boden aufzuwischen?"

Nicki beginnt, davon zu reden, dass ich nicht einmal total wie eine Femme gestylt sein muss, um mit ihr zu arbeiten. „Es hat mal so ein hartes androgynes Mädel eine Weile lang dort gearbeitet. Mensch, ich war echt scharf auf sie, aber ich glaube, sie ist mit ihrer Freundin nach Südamerika abgehauen. *Mmmm*, ihr Name war Charlie. Alle Tänzerinnen-Mädels waren scharf auf sie."

Cello, mit der ich früher ins Bett gegangen bin, sagt: „Ich weiß, du hast unter all diesen Schlabberklamotten einen spitze Körper."

„Ja, diesen Arsch solltest du nicht verstecken", meint auch Dixie.

„Ich weiß nicht, woher ich den habe", sage ich in Bezug auf den Hintern, der im letzten Jahr wie aus dem Nichts an meinem vorher so knochigen Körper aufgetaucht ist.

„Gott will dir bestimmt etwas sagen, entweder hast du diese Kurven einfach bekommen, um ein paar Babys zu machen, oder du hast sie, um mit ein bisschen Arschwackeln Kohle zu machen", behauptet Dixie. Durch ihren Südstaaten-Akzent klingen ihre Sätze manchmal wie Countrysongs.

„Dann nehme ich bitte die Scheinchen", sage ich.

„Ich habe ein Paar alte Stripperinnen-Schuhe. Ich bring sie vorbei, dann kannst du mit ihnen üben", sagt Nicki.

„Ha! Wisst ihr Ladys überhaupt, wie Georgie zu ihrem Namen gekommen ist?", fragt Cruzer.

„Georgie Porgie puddin' pie, kissed the girls and made them cry", singt Nicki und streicht mit ihrer Hand an meinem Bein entlang, bis sie in meinem Schoß zu liegen kommt.

„Nee, nee", meint Cruzer. „Nicht durch so einen Mist. Das ist ein Lied für pummelige Kerlchen, wie mich. Die beschissene Wahrheit ist, dass ihre Schwester, als unsere liebe Georgette noch ganz klein war, sich ein Buch mit dem Titel *Georgie-Wicht* aus der Bücherei ausgeliehen hat, über ein Kind, das sich geweigert hat, zu duschen, woraufhin seine Mutter es aus dem Haus geworfen hat, also haben ihre Schwestern angefangen, sie die ganze Zeit so zu nennen. Sie haben immer gesungen, *‚Georgie-Wicht, wäscht sich nicht'.*"

„Nein, wie süß", sagt Nicki.

„Das stimmt nicht." Ich werfe Cruzer einen wütenden Blick zu. „Meine Familie hat angefangen, mich Georgie zu nennen, als ich ungefähr drei war, weil ich einen Vokuhila hatte und mich geweigert habe, Kleider anzuziehen."

„Ich werde dieses Buch finden und es euch beweisen." Cruzer grinst und leckt die Klebefläche des Joints, den sie dreht. „Wie auch immer, ihr Süßen werdet Georgie nicht in ein Mädchen verwandeln. Sie ist meine beste Freundin, weil sie nicht weint oder jammert wie ein Mädchen", sagt Cruzer. „Es ist ihr alles scheißegal, wie mir."

„Leck mich! Du bist so frauenfeindlich, Cruzer", schreit Dixie. „Du willst wissen, warum Soda *viel* besser ankommt als du. Weil sie charmant und ein Kavalier ist."

Cruzer zuckt mit den Achseln.

„Verwöhntes Bonzenkind", beschimpft Dixie sie. Sie weiß, dass Cruzer das hasst.

„Hunde-Kidnapperin", schießt Cruzer zurück.

„Du hast mir den Hund verdammt nochmal geschenkt!", faucht Dixie. „Du hast ihn deiner cracksüchtigen Freundin gestohlen, die auf Entziehungskur gegangen ist, weißt du noch? Die einzige Sorte Mädel, die mit dir ausgehen würde!"

„Oh wow, zwischen euch beiden gibt's ganz schön viel sexuelle Spannung", seufzt Nicki.

Dixie steht auf. „Cello, gehen wir."

„Ich sollte auch gehen, bevor Soda nach Hause kommt", sagt Nicki. Sie sucht zwischen den Sofakissen nach ihrer kleinen goldenen Handtasche.

„Zu viel Drama in letzter Zeit", ächze ich. Meiner Ansicht nach gibt es einen direkten Zusammenhang zwischen der Menge an Koks, die alle schnupfen, und wie dramatisch sich alle benehmen. Ich brauche einen Job, damit ich diesem Mist entfleuchen kann.

Nachdem die Mädels gegangen sind, lächelt Cruzer. „Dann bleibt mehr für uns." Sie reicht mir den frisch gedrehten Joint. Es ist halb vier Uhr morgens, Zeit zu relaxen. Als wir bekifft sind, schweift Cruzer allmählich ab und redet nur noch über Nagellack. „Georgie, was du auch tust, lass dir von diesen Mädels nicht die Nägel lackieren. Dixie hat immer versucht, diesen Scheiß an mir zu üben, als sie die Kosmetik-Ausbildung gemacht hat, und ich persönlich bin der Meinung, dass es sehr unfein ist, ein Mädel mit lackierten Fingernägeln zu vögeln. Ich meine, das Zeug könnte absplittern oder so."

Ich bekomme einen Lachkrampf. „Wie kommst du nur auf so 'nen Scheiß?"

Als Soda von der Arbeit nach Hause kommt, bin ich sehr erleichtert, weil Cruzer schon zwanzig Minuten lang über Topsy gesprochen hat, während ich einfach vor mich hin starre, gelangweilt und bekifft. Hoffentlich bringt Soda sie zum Schweigen. Aber stattdessen kündigt Cruzer, nachdem sie Soda davon erzählt hat, dass „bei allen Süßen Drama angesagt war", an: „Wenn Topsy nach Philadelphia zieht, muss ich mit ihr gehen."

„Ich ertrage deinen Scheiß nicht mehr!" Soda stakst davon und knallt die Tür zu seinem Zimmer zu.

„Du bist heute eine echte Rausschmeißerin, Cruz-y." Ich erhebe mich von der Couch, um mich fürs Bett fertig zu machen.

Nachdem ich meine Zähne geputzt habe, stehe ich im Badezimmer viel zu lange vor dem großen Spiegel. Wahrscheinlich bin ich einfach bekifft. Ich schiebe mein Männerunterhemd in Größe S nach oben und nehme meinen Körper unter die Lupe. Ich ziehe den Bauch ein und schiebe meine Brust raus. Dann versuche ich einen Hüftschwung. Als ich mir *Georgie-Wicht* als Stripperin vorstelle, muss ich lachen.

Kapitel 14

Voller Unruhe warte ich darauf, dass die Uhr endlich Mitternacht anzeigt, weil genau dann meine Lebensmittelmarken-Karte freigeschaltet wird und Soda mich zu Cala Foods fahren wird, damit wir dort Schweinekoteletts holen können. Ich hatte Steaks kaufen wollen, weil das festlicher wirkt, aber Soda hat den Doc eingeladen, der endlich wieder in der Stadt ist. Der Doc hat ein ganzes Arsenal an originellen Einzeilern, aber einer von Sodas Favoriten ist: *Das Leben ist nur eine Platte mit Schweinekoteletts.* Den hat der Doc gerade erst neulich angebracht, als wir an seiner Ecke vorbeigeschaut haben. Um zu erklären, wo er gewesen war, erzählte er uns eine lange, weitläufige Geschichte, die sich um eine Frau drehte, die er als eine *wilde Zigeunerinnen-Hexe* beschrieb, die ihn entführt und dazu gebracht hätte, sie in Las Vegas zu heiraten. *Hat mich verzaubert!*, zischte er, während er ein oranges Pillen-Röhrchen vor unserer Nase schüttelte, das sich anhörte wie der Schwanz einer Klapperschlange.

So ein Mädel namens Kimi kommt auch zur Schweinekotelett-Party. Ich habe mich dazu gezwungen, in sie verknallt zu sein, um mich von Mia abzulenken. Ich habe Kimi vor ein paar Wochen kennengelernt, als ich einen Zucker-Rausch hatte, weil ich gerade bei einem Queer-Jell-O-Wrestling-Wettkampf in einem riesigen Swimmingpool voller Kirsch-Wackelpudding mit Soda gerungen hatte. Soda hatte gewonnen, wahrscheinlich weil ich in letzter Zeit so arm war, dass ich unterernährt war. Er hatte mich ziemlich am Anfang des Kampfes in die Höhe gehoben und dann auf den Boden geworfen. Aber alle glaubten, dass ich gewonnen hatte, weil die Ringrichterin, eine Kleine namens Coby, so bekifft war, dass sie uns verwechselte und nach dem Kampf meine statt Sodas Hand hob, so dass die Menge mich bejubelte, obwohl alle verwirrt waren. Dann lernte ich Kimi kennen. Sie wollte etwas in Bezug auf den Kampf zu mir sagen, doch dann drängte mich die Menge gegen sie und ihr weißes Hemd wurde mit roten Flecken übersät. *Scheiße. Entschuldigung.* Mir tat das leid, deswegen brachte ich sie zur Toilette, damit sie ihr Shirt im Waschbecken auswaschen konnte. Sie war supersüß, hatte ein Outfit an, das so perfekt abgestimmt und winzig war, dass es aussah, als hätte sie es von einer Puppe gestohlen. Es tat mir noch mehr leid, dass ich es ruiniert hatte. *Es ist okay, ich mache alle meine Kleider selbst. Ich ziehe ein Outfit nie zweimal an*, beteuerte sie. Aber dann, draußen im Innenhof, hatten wir ein gutes Gespräch darüber, wie arm und arbeitslos wir beide waren. Sie war gerade mit der Modeschule fertig geworden und weigerte sich trotzig, zu akzeptieren, dass sie nur im Einzelhandel einen Job bekommen konnte. Wir hakten unsere kleinen Finger ineinander und taten einen Schwur, dass wir zusammen ins Lebensmittelmarken-Büro gehen würden. Ich hatte jeden Tag so unnachgiebig nach einem Job gesucht, dass ich es nie geschafft hatte, meinen Scheiß geregelt zu kriegen, um dort hinzugehen.

Cruzer hatte mir schon gleich am Anfang, als ich meinen Job verloren hatte, geraten, mir Lebensmittelmarken zu holen. Zuerst diskutierte ich mit ihr. „Du hast selbst gesagt, dass du die damals so einfach bekommen hast, weil du nicht weiß bist!"

„Du könntest es zumindest versuchen! Ich meine, du hast nicht einmal Geld für Essen!"

Mein Magen knurrte als Antwort.

Kimi war ein guter Anreiz. Bei der Wrestling-Veranstaltung versprachen wir einander, dass wir am Montag um acht Uhr morgens hinradeln würden, und ich verfluchte mich dafür, dass ich solche Versprechungen machte.

Im Gebäude an der Ecke Mission Street und Third Street, in dem es die Lebensmittelmarken gab, überließ sie mir einen Ohrstöpsel ihrer Kopfhörer, während wir Stunde für Stunde auf diesen kleinen Plastikstühlen saßen und darauf warteten, dass unsere Namen aufgerufen wurden. Aus dem Lautsprecher hörte ich ständig, wie von allen die vollständigen Namen vorgelesen wurden, und es war mir vor Kimi peinlich, dass sie auch meinen langen, mädchenhaften Namen ausrufen würden.

Wir mussten beide am nächsten Tag wiederkommen, um noch weiteren Papierkram mitzubringen, Kontoauszüge, auf denen stand: *Ich bin pleite*, und Nachweise von Rechnungen. „Wie wär's, wenn ich einfach bei dir übernachte, damit wir beide rechtzeitig für unsere

Termine aufwachen? Da deine Wohnung näher ist?", schlug Kimi vor.

Beim dritten Termin musste ich es in Erwägung ziehen, mich von Kimi zu trennen, da ich Lebensmittelmarken bekam, ihr Antrag aber abgelehnt wurde. Ich meine, so pleite war ich. Ich wollte sie nicht einmal zur Schweinekotelett-Party einladen, aber dann schauten wir zur Happy Hour im Vine vorbei und da saß sie und nippte an einem Guinness, wie Menschen es taten, wenn sie Bier als Abendessen tranken.

Ich hatte Schuldgefühle. Aber konnte ich ein netter Mensch sein, wenn ich fast am Verhungern war? Es war nicht meine Schuld, dass Kimi nicht infrage gekommen war. Ich war sicher gewesen, dass sie es würde, wegen Cruzers „weil ich nicht weiß bin, haben sie mir quasi Sozialhilfe gegeben"-Theorie, denn Kimi war Asiatin, hätte sie da nicht den Vorzug vor mir bekommen sollen? Ich schätze, nein, da sie immer noch als Studierende eingestuft war, weswegen sie nicht infrage kam. Wie seltsam. Studierende mussten Hunger leiden. Was für ein Abschreckungsmittel dagegen, dass Leute noch mal zur Schule gingen.

Als ich draußen mit Dixie rauchte, belehrte sie mich, sagte, dass den ganzen Prozess mit Kimi durchzumachen so ähnlich sei, wie wenn man mit jemand gemeinsam einen Lottoschein kaufte, und dass man dann verpflichtet sei, den Gewinn zu teilen, wenn man ein guter Mensch war. Also konnte ich nicht Schluss mit ihr machen. Stattdessen ging ich wieder hinein und lud sie zu Schweinekoteletts um Mitternacht zu uns ein. „Dann wird die Karte freigeschaltet. Soda fährt mich zu Cala, damit wir ein Festessen einkaufen können."

Nachdem wir das köstliche Abendessen gegessen haben, das Soda und ich gekocht haben, geht Kimi, weil sie früh am nächsten Morgen ein Vorstellungsgespräch hat, aber ich frage mich, ob der Doc ihr Angst gemacht hat. Er hat ständig Witze darüber gemacht, dass sie sich auf seinen Schoß setzen solle. Als ich wieder ins Wohnzimmer komme, nachdem ich sie nach unten gebracht habe, lacht Soda mich aus. „He, das Mädel hat dich eben ausgetrickst, sie hat deine Schweinekoteletts gegessen und ist dann abgehauen, bevor sie dich rangelassen hat."

Ich zucke mit den Achseln. „Ich sollte Schluss mit ihr machen, hm? Ich bin so was von nicht mal bereit, mit jemand auszugehen."

„Sei vorsichtig, sie könnte eine Zigeunerinnen-Hexe sein", sagt der Doc allen Ernstes.

Als meine Lebensmittelmarken-Karte wirklich schnell ausgeschöpft ist, befinde ich, dass es teilweise Kimis Schuld ist. Und außerdem essen, wann immer ich eine Ladung Lebensmittel kaufe, all die Schnorrer_innen, die regelmäßig im Creamsickle abhängen, alles auf. Tiny bleibt oft bei uns über Nacht und ich lasse sie mein Essen haben, weil sie uns jeden Morgen Frühstück macht. Ich vermisse das Frühstück, das Cruzer immer gemacht hat. Es war ihre Spezialität, die Eier, Bohnen und Tortillas zuzubereiten, die sie günstig im Eckladen bekam. Und an besonderen Tagen machte sie uns immer Huevos Rancheros oder Chilaquiles.

Die verrückte Tiny isst nur den Speck, wenn sie uns Frühstück macht. Sie isst nie richtiges Essen. Neulich habe ich ihr dabei zugesehen, wie sie zwei Streifen Speck und einen Energy-Alcopop zum Frühstück verdrückt hat, und sie gefragt, woher sie ihre Proteine bekommt, woraufhin sie gesagt hat: „Was sind Proteine?" Ich habe nicht rausbekommen, ob sie gescherzt hat. Sie trinkt auch niemals Wasser, nur diesen Energy-Alcopop und andere Energydrinks in leuchtenden und giftigen Farben. Infolgedessen ist ihr Mund ständig orange eingefärbt, als ob sie eine Marionette in der *Muppet Show* wäre. Aber von mir aus ist es okay, Tiny durchzufüttern, weil wir den ganzen Tag miteinander abhängen, da sie auch arbeitslos ist. Wir fahren mit dem Skateboard herum und machen bei Internetcafés halt, um nachzusehen, ob irgendjemand uns eine E-Mail wegen eines Jobs geschrieben hat. Es ist nie eine E-Mail da. Was mich wirklich sauer macht, ist, dass Topsy und auch Sodas blöde Verabredungen mein Essen essen. Zum Beispiel heute Abend, ich gehe in die Küche und sehe Nicki, die mit Soda eine solche Hin- und Her-Beziehung hat, dass man kaum mitkommt, wie sie in Spitzenunterwäsche und Stöckelschuhen vor dem geöffneten Kühlschrank steht und meine Käsescheiben mampft.

Als ich sie anmeckere, meint sie: „Was? Du bekommst sie ohnehin umsonst. Was ist? Meinst du, der Staat kann uns nicht *alle* versorgen?"

„Für diese Käsescheiben musste ich ungefähr zwei Tage lang anstehen", sage ich.

Sie ignoriert mich und schnappt sich noch ein paar Scheiben mehr, bevor sie aus der Küche stöckelt.

„Ich habe keine Arbeit!", schreie ich ihrem heißen Hintern nach, der durch den Gang wieder zu Sodas Zimmer wackelt.

„Du könntest eine haben! Ruf bei der Peepshow an, Dummerchen!", schreit sie zurück. Ich höre sie kichern, als sie Sodas Tür schließt.

Ein paar Abende später bin ich deprimiert, weil alle beim *Gossip*-Konzert sind, nur ich nicht, weil ich zu pleite bin. Sogar Kimi ist dort hingegangen, weil sie klein beigegeben und eingesehen hat, dass sie nicht über Nacht eine berühmte Designerin wird, und nun T-Shirts in einem trendigen Klamottenladen faltet. Perfektes Timing, nun, da sie schon dabei behilflich gewesen ist, all meine staatliche Unterstützung aufzuessen.

Ich versuche, allein Videospiele zu spielen, bin aber schnell gelangweilt. Keinen Job zu haben wird nach einer Zeit so langweilig. Mein Magen knurrt. Ich nehme noch einen Schluck von meinem Bier. Ich lebe von den Kalorien in Bier. Ich trinke das Bier aus und beschließe dann, Nickis teuren Weißwein zu trinken, den sie im Kühlschrank gelassen hat. Rache ist süß.

Dann sitze ich auf der Couch und starre Napoleon an, der zurückstarrt, bis es uns beiden langweilig wird, einander anzustarren. Es ist so still im Haus, dass es irgendwie schon beängstigend ist. Ich sollte eine *Gossip*-CD einlegen und eine private Tanzparty veranstalten. Nein, das wäre nur noch deprimierender.

Ich sehe hinüber zu Nickis Stripperinnen-Schuhen, die schon seit fast einem Monat in der Ecke des Wohnzimmers liegen. Sie liegen halb unter der Couch, sind also knapp davor, für immer zu verschwinden, an den Ort, an dem sich auch die goldenen Hanteln verbergen. In letzter Zeit habe ich die Schuhe oft beäugt, sie unter die Lupe genommen. Wenn ich zum Beispiel versuche, bei *Grand Theft Auto* zu gewinnen, fällt mir plötzlich auf, dass sie dort liegen, sie locken mich, quasi wie Glücksspielautomaten, die mit blinkenden Lichtern schnelles Geld versprechen.

Ich beschließe, dass es Zeit ist, die Schuhe zu einem romantischen

Spaziergang um den Couchtisch auszuführen. Ich hebe sie auf und mustere sie eindringlich. Sie sehen wie große leuchtende Plastik-Raumschiffe aus, mit einer zehn Zentimeter dicken Plateausohle aus durchsichtigem glitzerndem Plastik und einem langen spitzen Ding, das an der Ferse herausragt und wie eine Mini-Stripperinnen-Stange aussieht. Es sieht wie eine extrakleine Stripperinnen-Stange für eine Barbiepuppe oder so was aus. Ich lasse mich auf den Boden plumpsen, zerre meine roten, gammeligen Skateboard-Schuhe von meinen Füßen und schlinge die glitzernden Riemen der Mond-Schuhe um meine Knöchel. Als ich die Riemen festschnalle, fühle ich mich in den 30 Zentimeter hohen Schuhen sicher. Ich fühle mich so souverän, dass ich mich gerade aufrichte und mein ganzes Gewicht auf sie verlagere.

Wumm, mein Fuß knickt um und auf den harten Holzfußboden.

Autsch.

Offenbar geben die zarten Riemchen nicht sehr viel Halt! Von den glatten Scheißteilen rutscht man leicht ab. Und wie laut die verrückten Schuhe sind. *Klack, klack, klack*, klappern sie dahin, während ich mit steifen Roboterinnen-Schritten, die unmöglich sexy aussehen können, Runden um den Couchtisch drehe. Napoleon sieht mir mit zur Seite geneigtem Kopf zu.

„Fälle bitte kein vorschnelles Urteil, Naps, wenn ich auf einem Board Tricks machen kann, kann ich auch auf diesen blöden Stöckelschuhen gehen!"

In echt habe ich jedoch das Gefühl, Switch zu fahren, das Gegenteil von dem zu tun, was sich natürlich anfühlen würde, aber ich versuche, es wie ein Kinderspiel aussehen zu lassen.

Als Tiny und Soda später vom Konzert nach Hause kommen, ziehe ich die Schuhe noch einmal an, damit ich ihnen meine neuen Fähigkeiten zeigen kann. Es läuft super, bis ich es beim Herumwirbeln etwas übertreibe, und ich schätze, Tiny hat ihre Strickmütze auf den Boden geschmissen, als sie hereingekommen ist, denn ich bleibe mit Barbies kleiner Stripperinnen-Stange hängen und verliere das Gleichgewicht.

Soda versucht, mich am Arm zu fassen, bevor ich hinfalle, aber der Wein und die Plateauschuhe sind einfach zu viel, so dass ich so heftig auf den Boden knalle, dass das Creamsickle wackelt. Ich liege auf dem Rücken und starre auf den rissigen Putz an der Decke.

Soda sieht auf mich herunter und grinst. „Jetzt können wir Nicki bestätigen, dass du dich nicht als Stripperin eignest."

„Ja", ächze ich. „Jetzt ist es offiziell."

„Das ist gut, ich habe mir schon Sorgen gemacht, dass ich dich als Femme attraktiv finden könnte, und das wäre komisch."

„Lüg nicht. Das würde dir total gefallen." Ich grinse zu ihm hinauf. Dann setze ich mich auf und reibe die Stelle an meinem Hintern, an der sicher schon bald ein riesiger blauer Fleck sein wird.

Als ich am nächsten Morgen in meinem Bett aufwache, habe ich noch alle Klamotten an. Soda schläft in seinen Boxershorts und seinem Breast-Binder neben mir. Er ist superlange wach geblieben und hat mit Tiny Drogen genommen. Als das Licht allmählich durch die Lamellen der Jalousien gedrungen ist, ist er dann ins Bett gekrochen und hat gemurmelt: „Schlafen", und ich habe ihm dabei geholfen, seine Hose auszuziehen. Dann hat er sich unter der Decke zusammengerollt.

Ich habe meine Periode bekommen.

Ich hasse das Leben. Ich stehe auf und durchsuche das Haus nach einem Tampon, weil ich kein Geld habe, um welche zu kaufen, und begebe mich dann unter den Couchpolstern auf die Suche nach Kleingeld, so dass ich zumindest anfangen kann, etwas zusammenzusparen. Das Haus ist so dreckig und der Tisch ist voller verschüttetem Bier, Drogen-Überreste und Gras. Tiny pennt auf Cruzers Couch. Ich vermute, dass sie vielleicht einen Tampon hat, aber sie wacht nicht auf, sogar dann nicht, als ich ihr quer durch das Zimmer Pennys an den Kopf werfe.

Mir wird bewusst, dass ich die Pennys vielleicht für meine Tampon-Mission brauche, also gehe ich zu ihr hinüber und sammle sie wieder von ihren Haaren auf. Dann lehne ich mich über sie und schalte die Stereoanlage ein. Ich drehe die Lautstärke wirklich hoch, aber Tiny wacht noch immer nicht auf. Ich sehe aus dem Fenster, das den Blick auf die gesamte Stadt freigibt. Die winterliche Stimmung ist in warmes Sonnenlicht getaucht, der blaue Himmel leuchtet ganz bizarr und die Vorhänge beim Fenster bauschen sich in leichtem Wind. Ich sollte aus dem Haus gehen. Auf dem Tisch sind noch die Drogen, nach denen ich nicht greifen will. Ich kann mir gut vorstellen, Drogen zum Frühstück zu nehmen und darin Zuflucht zu suchen, weil ich so gelangweilt und deprimiert bin. Stattdessen rufe ich Kimi an und frage sie, ob sie in den Park gehen will. Hauptsächlich will ich aber einfach bei ihr zu Hause vorbeischauen und versuchen, einen Tampon von ihr zu schnorren, oder von einer ihrer Mitbewohnerinnen.

Es ist heiß für Januar, einer von den Tagen, an denen man auf den Gehsteigen im Mission-Viertel in der Sonne braten kann, so dass ich mich aus meinen Lagen von Kapuzen-Pulli und Thermo-Wäsche pelle. Mir ist schwindlig, denn zu Kimis Haus muss man einen Hügel hinaufgehen, und auf halber Höhe habe ich das Gefühl, zu sterben, verkatert und während vermutlich schon Blut an meinem Bein hinuntertropft. Scheiße, mir kommt in den Sinn, wie armselig ich geworden bin. Ich setze mich auf Kimis Veranda hin, wobei mir mein Hintern von meiner Bruchlandung am Abend zuvor wehtut, und denke darüber nach, dass Geld zumindest einen Bruchteil meiner Probleme lösen könnte.

Dann rufe ich Knockout Nicki an. „Hey, Süße. Was genau muss ich machen, um strippen zu lernen?"

„Hör mal, warum gehst du nicht einfach hin und probierst es aus. Schau dir an, worum es geht. Nur komm nicht, wenn ich arbeite, weil sonst all deine jahrelangen Mühen, so zu tun, als ob du mich nicht ins Bett kriegen willst, zunichte gemacht werden."

Ein paar Abende später sind Soda und ich in einer Bar und ersäufen den Valentinstag im Alkohol. Weil wir beide wegen dieses Feiertags deprimiert sind, haben wir beschlossen, gemeinsam einen Hass-Tag zu zelebrieren. Ich muss ständig daran denken, dass ich vor einem Jahr mit Mia auf der Fensterbank im Creamsickle Sex gehabt habe, so dass unsere beiden Herzen fast über das Fenstersims hinuntergefallen sind. *Scheiß auf Mädels*. Mia hat vermutlich gerade ein romantisches Date mit einer neuen Loverin. Kimi muss arbeiten und Nicki hat Soda in letzter Minute gesagt, dass sie den Abend mit ihrer Femme-Eroberung verbringen will. „Es macht Sinn, dass Nasty Nicki mit diesem Mädel ausgeht. Sie sieht total wie ihre Zwillingsschwester oder so aus und Nicki ist so eitel, vermutlich hat sie das Gefühl, sie hat mit sich selbst Sex", brummt Soda.

„Ganz bestimmt", pflichte ich bei. Aber ist es falsch, dass ich meine Sammlung von Vintage-Skateboard-Decks dafür geben würde, um den beiden beim Sex zusehen zu können?

Mir dämmert, dass Nicki eine Verabredung hat und deswegen nicht in der Arbeit ist. Wir können in ihren Club gehen! Eine perfekte Anti-Valentinstag-Mission: Stripclubs und eine Flasche Whiskey. Als ich Soda das vorschlage, sind wir weniger als fünf Minuten später draußen auf der Straße und winken ein Taxi herbei, das uns nach North Beach bringen soll.

Die Fensterblende der kleinen Kabine, in die Soda und ich uns gequetscht haben, wird nach oben geschoben und drei Sekunden später drücke ich mein Gesicht an das Glas, wie eine Katze, die in ein Fischglas starrt. Da entdecke ich ein Heilmittel für mein gebrochenes Herz. Das Mädel ist am anderen Ende der Bühne. Sie ist umwerfend, trägt nichts als eine schwarze Perücke mit Pagenschnitt und einen klassischen Nietengürtel um ihre Taille. Drei andere nackte Mädels kriechen oder bewegen sich tanzend auf uns zu und flirten uns dabei an, aber ich kann nur daran denken, dass sie mir den Blick auf meine zukünftige Ex-Frau versperren. Ich habe nur Augen für *sie*. „Nur ein Kerl pro Kabine", sagt eine rothaarige Stripperin, die in unser Fenster gelächelt hat.

„Scharf, sie halten uns wirklich für Kerle", flüstert Soda aufgeregt.

„Seid ihr beiden überhaupt alt genug, um hier zu sein?"

Wir nicken beide. Ja. Ja. Versprochen.

„Okay, also, nur ein Kerl pro Box, es sei denn, ihr zwei habt ein Valentinstags-Rendezvous und wollt für uns herumknutschen!"

Soda grinst mich an. Wir greifen beide gleichzeitig nach dem Whiskey, so dass sich unsere Hände berühren, woraufhin wir in nervöses Gelächter ausbrechen. „Wir warten!", flöten die Mädels.

Ich muss betrunken sein, weil ich Soda an seinem schwarzen Halstuch packe und loslege. Sein Kuss ist heftig und warm, wie der erste Schluck Whiskey nach einer Trockenperiode. Als ich mich von ihm losreiße, nehme ich immer noch seinen Geruch wahr, vermischt mit dem fahlen muffigen Geruch des mit Sperma und Bleichmittel getränkten Kabinenbodens. Mir fällt wieder ein, dass die Mädels uns zusehen, und ich reiße mich von dem intensiven Blickkontakt los, der zwischen Soda und mir am Laufen ist.

"Oooooh." Die Mädels spähen alle auf Händen und Knien in unsere Box, gurren und kichern über unsere Knutscherei. Eines hat vor Staunen den Mund aufgerissen wie ein Fisch mit großen Augen. Ein anderes sieht wie ein Mädel aus, das ich ein- oder zweimal im Vine gesehen habe, es könnte sein, dass sie unter dieser unecht wirkenden blonden Perücke kurze Dreadlocks trägt. Noch ein anderes sieht seltsamerweise wie Cruzers erste Freundin von der Kunstakademie aus. Ich habe gehört, dass sie vor Jahren nach New York gezogen ist. Das Mädel mit der Pagenkopf-Perücke hat sich zu ihnen gesellt, so dass der restliche Raum leer ist, da all die nackten Live-Mädels vor unserem Fenster sind.

Die Mädels haben angefangen, miteinander zu tuscheln.

„Verbringt ihr *Jungs* also so euren Valentinstag?" Das Mädel mit der blonden Perücke sagt *Jungs*, als ob sie weiß, dass wir Queers sind. Ich meine, hat Nicki nicht erzählt, dass jede Menge Dykes mit ihr arbeiten? Ich kann nicht glauben, dass die Crew noch nie hier gewesen ist. Es ist quasi das letzte noch unerschlossene Terrain.

Soda macht immer noch große Augen und sieht sich all die Brüste und Hintern an, die nur wenige Zentimeter vor unseren Augen sind. Ich nehme noch einen Schluck vom Whiskey und stelle die Papiertüte mit unserer Flasche auf dem Fenstersims ab. „Ohh. Ich will auch was davon", flötet die mit der Pagenkopf-Perücke.

Ich tue so, als würde ich ihr die Flasche durch die Scheibe geben wollen. „Blödes Glas." Ich grinse. Wenn da kein Glas zwischen diesem Mädel und mir wäre, würden wir schon heiraten. Zuerst würde ich die verrückte Zeena ausfindig machen und mich von ihr scheiden lassen und dann würde ich diese umwerfende Stripperin heiraten. „Wie heißt du?", frage ich, als ob mir das irgendetwas über ihr wahres Leben offenbaren würde.

„Page. Du kannst mich in einer Stunde in der Fantasy Talk Box besuchen."

„So lange habe ich nicht Zeit. Wie wär's jetzt?"

Sie kichert.

Soda setzt sich auf die Kabinenbank, die nicht besonders hygienisch ist, befürchte ich. Er legt seine Hand auf die Beule in seiner Jeans. Für gewöhnlich trägt er einen Soft-Packer, aber heute Abend sieht es so aus, als würde sein Packing aus etwas Größerem bestehen. Er hat sich diesen biegbaren Schwanz gekauft, den er vor ein paar Monaten bei Luc gesehen hatte. An dem Tag, als er ihn von Tinys Arbeitsplatz nach Hause brachte, durfte ich ihn über meinen Männerunterhosen anprobieren. Ich trug ihn eine Weile lang in seinem Zimmer. Plötzlich konnte ich verstehen, warum Kerle sich ständig an den Schwanz griffen. Ich wollte die ganze Zeit hingreifen. Er war genau in perfekter Reichweite und so leicht zu halten wie ein Joystick oder so. „Hey, ich will mir hier echt einen runterholen", sagt Soda. „Also mit meinem Schwanz. Ich will so tun, als wäre ich ein echter Kunde, ein verheirateter Kerl oder ein Geschäftstyp, der hier nach der Arbeit herkommt. Kannst du dir eine eigene Kabine besorgen? Weil, verheiratete Kerle würden nicht mit ihrem Kumpel in eine gehen und das macht meine Fantasie irgendwie kaputt."

„Okay." Ich zucke mit den Achseln. Es verletzt mich ein bisschen, dass Soda nicht so tun will, als wären wir verheiratete Kerle und würden einen Wichskreis machen, aber was soll's. „Das ist scharf", sage ich, „aber spannst du mir meine Freundin aus?"

„Nee, ich mag die mit den Kirschen auf ihren Strümpfen."

Ich sehe durchs Fenster, um einen letzten Blick auf meine Favoritin zu erhaschen, aber sie ist nicht mehr auf der Bühne. *Mist!*

„Treffen wir uns später in der Nummer dreizehn", sagt Soda, bevor ich gehe. Das ist die Videokabine, in der wir uns zuerst versteckt haben, als wir ins Minxy gekommen sind und nicht rausgekriegt haben, welche der zig Millionen nummerierten Türen mit der Bühne und den nackten Live-Mädels verbunden sind. Als wir merkten, dass wir in einer Videokabine waren, versuchten wir rauszukriegen, ob wir den Paris-Hilton-Porno ansehen konnten, waren dann aber enttäuscht, dass in der Kabine schon bestimmte Pornos vorprogrammiert waren, so dass wir uns rausschlichen, um nach den echten Mädels zu suchen.

Ich wandere eine Minute lang im dunklen Gang herum und frage mich, ob ich zu den Live-Kabinen zurückgehen soll, obwohl meine Favoritin weg ist. Allmählich grusle ich mich aber vor den Kerlen, die im Gang umherstreifen und mich ansehen, als ob sie wüssten, dass sich unter all meinen Kleidungsschichten ein Mädel verbirgt, als ob sie irgendeinen geheimen Mädchen-Geruch riechen könnten, während mir nicht einmal bewusst ist, dass ich ihn verströme. Außerdem ist da so ein Mädel auf einem Podest, in einer rot beleuchteten Box am Ende des Ganges, die mir mit Gesten zu verstehen gibt, dass ich in ihre Kabine kommen soll. Ich werde nervös. Ich kann jetzt nachvollziehen, dass Kerle in diesem Porno-Labyrinth von sich ständig öffnenden und schließenden Fenstern und Türen das Gefühl haben, nicht mehr ganz bei Sinnen zu sein und nur in die Richtung gehen zu können, in die ihre steifen Schwänze zeigen.

Unter der Nummer dreizehn leuchtet ein grünes Licht, ein vertrautes Leuchtsignal in einem Irrgarten von Gängen und Türen. Ich schleiche mich hinein und schließe die Tür hinter mir. Die Kabine ist kleiner als der Kleiderschrank in meinem Schlafzimmer. Es sieht aus wie in einem Beichtstuhl, alles ist in glänzendem Schwarz gestrichen, sogar die Bank. Ich durchsuche meine Taschen nach ein paar weiteren einzelnen Dollars, habe aber nur einen Fünf-Dollar-Schein. Vermutlich bin ich im Begriff, mein Geld für die Taxifahrt nach Hause in den Schlitz zu stecken. Aber ich werde nicht in dem gruseligen Sarg sitzen, ohne dass ein Porno läuft, also opfere ich den Schein. Auf dem Bildschirm erscheint ein Kerl mit einem riesigen Schwanz, der ihm von einem dieser hässlichen blonden Möchtegern-Pornostar-Mädels gelutscht wird. Die Kamera ist auf ihr Gesicht gerichtet und sie sieht mit aufgerissenen blauen Augen hinauf. „Ich liebe es, dir einen zu blasen", sagt sie mit vollem Mund.

Zuerst bin ich nur angeekelt von der ganzen Sache, dem Schwanz, dem kaputten Mädel, und will mein Geld zurück. Dann gruselt es mich allmählich, weil das Mädel ihren Blick nach oben gerichtet hat, direkt zu mir aufsieht. Es fühlt sich an, als würde sie zu mir aufsehen, als wäre sie zwischen *meinen* Beinen und würde *meinen* Schwanz lutschen. Hoppla, ich kann nicht anders, als davon angeturnt zu werden.

Ach nee, ich bin sicher, genau darum geht es bei dem Porno. Ich wünsche mir sogar, ich hätte einen Schwanz wie Sodas, mit dem ich spielen könnte. Ob ich wohl auch kommen könnte, wie er es kann, indem ich einfach das Unterteil vom Schwanz an meinem Teil reibe? Kurz ziehe ich in Erwägung, mir die Hände in die Hose zu schieben und es mir selbst zu machen, aber dann frage ich mich, ob ich allein schon durch das Sitzen auf der Bank schwanger werden könnte. Also stelle ich mich aufrecht hin und stelle einen Fuß auf der Bank ab, so dass ich ein Stück weit in meine Jeans komme.

Klick. Der Türknauf wird gedreht.

Ich erstarre. Mein Herz hämmert so stark gegen meinen Brustkorb, dass ich fast einen Herzinfarkt bekomme. Ich kann meine Hände gerade noch schnell vom Hosenschlitz meiner Jeans nehmen, als die Tür sich knarrend öffnet. Ich kann nicht glauben, dass ich die verdammte Tür nicht zugesperrt habe! *Schwachkopf!* Page mit der Pagenkopf-Perücke kommt in die Kabine und sperrt die Tür für mich zu. „Dein Freund hat mir gesagt, du willst mich hier treffen." Sie wirft einen flüchtigen Blick auf meine aufgeknöpfte Hose.

Danke, Jesus, denke ich. „Ja, äh, ich hab kein Geld", stottere ich.

„Hah, Dummerchen. So war das nicht gemeint." Sie lacht laut. „Ich will einfach am Valentinstag mit ein paar süßen Mädels herumknutschen, aber ich stecke hier in der Arbeit fest! Dagegen lässt sich nichts sagen, hm? Aber schnell, ich habe nur zehn Minuten Pause." Sie kommt näher zu mir. Ich wünschte, es wäre im schwarz gestrichenen Raum nicht so dunkel, dass ich ihren halb nackten Körper und all ihre weiblichen Reize nur schemenhaft erkennen kann. „Zehn Minuten und dann schön hübsch zurück auf die Bühne", flötet sie. Sie drückt mich auf die Bank und ich mache mir überhaupt keine Gedanken wegen ungewollter Schwangerschaft mehr. Ich würde Drillinge austragen, um mit diesem Mädel herumknutschen zu dürfen.

Page setzt sich in ihrem schwarzen Seiden-Kimono rittlings auf meinen Schoß. Sie schmeckt nach Whiskey. Ich frage mich, ob sie gerade mit Soda rumgemacht hat. *Diese Schlange.* Im Porno ändert sich die Kameraeinstellung, so dass mehr Licht in den Raum fällt und über Pages Gesicht flackert. Als ich ihren Hals küsse, stöhnt sie leise. Sie drückt ihren ganzen Körper an meinen und reibt ihren mit paillettenbesetzten Hotpants verhüllten Hintern an meinem Schritt.

Wie ist mein Leben plötzlich so super geworden? Ich streiche mit meinen Händen Pages Körper rauf und runter, während sie sich auf meinem Schoß bewegt. Als sie ihre Hand in den Schritt meiner Jeans legt, schwant mir, dass sie davon ausgegangen ist, dass ich wie Soda einen Packer trage. *Verdammt.* Also gebe ich stattdessen meine Hand dort hin und reibe mit der engen Naht der Glitzer-Shorts über ihre Pussy.

Das Pornostar-Mädel auf dem Bildschirm hinter Pages Perücke stöhnt. Ich sehe, dass sie den Schwanz wieder tief in den Mund genommen hat. „Gott, dieser Scheiß ist so seltsam", meint Page und dreht sich zum Video um. „Manchmal kommen Kerle in die Fantasy Box und sagen: ‚Hey, kannst du deinen Dildo in den Mund nehmen und sagen: Ich liebe es, Schwänze zu lutschen?' Ich meine, sie wollen hören, wie du mit vollem Mund redest. Und man klingt dann wie eine verdammte Idiotin, wie wenn man sagt: Ich wiebe es, Wänze tu wutschen." Page nimmt ihre Hand in den Mund und demonstriert es mir. Sie lacht.

Mist. Plötzlich habe ich ein schlechtes Gewissen, weil ich sie als Lustobjekt betrachtet habe. Ich nehme meine Hände von ihrem Körper. Daraufhin beugt Page sich zu mir, um mich zu küssen, und reibt ihren Körper noch fester an meinem Schoß. Sie verändert ihre Position, so dass eines ihrer Beine nun zwischen meinen Beinen ist und ihre Zunge auf meiner schwimmt. Mein Schritt fühlt sich an, als würde er gleich explodieren.

Aber stattdessen ertönt ein lautes brummendes Geräusch und eine rote Lampe blinkt, während der Bildschirm schwarz wird. Mein Geld ist alle. „Die Zeit ist um", lacht Page. Sie küsst mich noch einmal, sehr schnell, und dann ist sie weg. Ich lehne mich zurück, allein in der leeren Kabine, starre auf den schwarzen Bildschirm und lausche meinem extralauten Herzschlag. Ich frage mich, ob ich mir die letzten fünf Minuten nur ausgedacht habe. Die Vorstellung von Soda, wie er am anderen Ende des Ganges seinen Schwanz reibt, kommt mir in den Sinn und ich knöpfe meine Hose noch einmal auf.

Als ich meinen Kopf aus der Kabine stecke, schaue ich belämmert in die Überwachungskamera über dem leeren Gang, die genau auf mich gerichtet zu sein scheint. Ob ich wohl Ärger kriegen kann, weil ich eine Gratiseinlage bekommen habe und Page auch noch anfassen durfte? Wer weiß. Nachdem ich um eine Ecke gegangen bin, finde ich Soda in der Lobby. Er beugt sich über den Schalter, hinter dem der Türwächter sitzt und ein Comicheft liest. Das Mädel, das auf der Bühne die Kirsch-Strümpfe getragen hat und wie Cruzers Ex aussieht, sitzt daneben auf einem Stuhl und raucht eine Zigarette. Als ich näher komme, sehe ich, dass sie es definitiv ist. Wie hätte ich das Gesicht des weinenden Mädels vergessen können, das ich von fast zwei Dutzend riesigen Fotografien kenne?

„Das ist Cherry", stellt Soda sie vor. Ich will sagen, *nein*, das ist Bitchy Brenda, das war der Spitzname, den Cruzer und ich ihr gegeben hatten, halte aber den Mund.

„Hey Georgie." Cherry zieht vollkommen lässig an ihrer Zigarette, als ob es nicht drei Jahre her wäre, dass wir uns zuletzt gesehen haben. Wenn ich es mir recht überlege, habe ich sie nicht mehr gesehen, seit sie Cruzers ganzes Zeug auf die Straße geworfen hat, vor die Einzimmerwohnung im Stadtzentrum, in der sie gemeinsam gewohnt hatten und die ganz in der Nähe der noblen Kunstakademie war, auf die sie beide gegangen sind. „Soda und ich haben gerade darüber gesprochen, wie unglaublich gut unsere Namen in Kombination klingen." Cherry stößt Rauch aus.

„Ja, wie süß wäre bitte die Ansage auf unserem Anrufbeantworter?", meint Soda.

Ich muss fast würgen. Sie flirten so was von miteinander und das ist so was von nicht okay.

„Hat Page dich gut unterhalten? Sie ist so wild. Schafft es quasi ständig, gefeuert zu werden."

Ich bin froh, dass Cherry das Gespräch auf etwas Lustvolleres lenkt. „Ja. Ich bin ganz verliebt in diesen Laden."

„Aha. Soda hat mir gerade erzählt, dass du hier arbeiten willst. Wir brauchen immer dringend neue Mädchen. Ich bin so was wie eine Vorgesetzte, genau genommen eine Mademoiselle, keine Madam, aber egal. Wir wär's, wenn ich deinen Namen für die Anfängerinnen-Nacht in ein paar Wochen aufschreibe und du kannst herkommen oder auch nicht."

„Okay. Obwohl ich nicht glaube, dass das mein Metier ist. Aber ich werde versuchen, zu kommen." Ich ziehe Sodas Jacke in Richtung Tür, weil mir nicht gefällt, wie lächerlich er Bitchy Brenda angrinst. „Dann sehen wir uns Freitagabend?", sagt er zu ihr, als wir den Club verlassen.

Was? Hat Soda sie etwa zur Party von einer von Tinys Freund_innen am Freitag eingeladen? Das verheißt nichts Gutes.

Im Taxi sage ich Soda, dass Cherry tabu ist. „Das ist Cruzers Ex und ich kann nicht glauben, dass du sie durch irgendeinen sonderbaren Zufall noch nie kennengelernt hast. Aber sie ist verrückt und das würde Cruzer nicht gefallen, ganz und gar nicht."

„Das ist schon soooo lange her. Dieses Mädel ist total heiß."

Ich seufze. Ich lasse das Thema sein, weil Cherry vermutlich sowieso nicht zur Party kommt, weil sie sich offenbar all die Jahre versteckt hat. Außerdem möchte ich Soda lieber in allen Details erzählen, wie Page in der Videokabine ihre Pussy auf meinem Schoß gerieben hat.

Als das Taxi in unsere Straße einbiegt, sind Soda und ich zu dem Schluss gekommen, dass wir gerade den besten Valentinstag aller Zeiten verbracht haben, vielleicht sogar die beste Nacht dieses Jahres, weil es bis jetzt so mies war.

„Also gehst du jetzt vortanzen oder was?", neckt Soda mich. Wir wanken betrunken die kurvenreiche Treppe zum Creamsickle hinauf.

„Aber hallo. Ich werde Stripperin, wenn ich dann mit Page arbeiten kann! So schwer kann es ja nicht sein."

„Es klingt einfacher, als für ein Mädel mit dem Skateboard von einem Dach zu springen." Soda lacht. „Du musst nur deine haarigen Beine rasieren und lernen, wie man sich an einer Stange bewegt."

In der Woche darauf fange ich an, die Stripperinnen-Schuhe zur Übung die ganze Zeit über zu tragen. Wann immer ich sie anziehe, muss ich an Pages heiße rote Plateau-Stöckelschuhe denken und werde angeturnt. Manchmal komme ich nicht mal zum Laufübungs-Teil, weil ich mich auf mein Bett zurückfallen lasse und es mir stattdessen selber mache.

Nachdem ich es zustande bringe, mit den Schuhen zu gehen und zu tanzen, denke ich mir, dass ich mich vermutlich auch in Gegenwart von anderen mit ihnen wohlfühlen sollte, also versuche ich sogar, locker in meiner Küche herumzustehen und mich mit Tiny, oder wer auch immer im Haus ist, zu unterhalten. Ich denke mir auch noch andere Aufgaben aus, wie Klimmzüge mit den Stripperinnen-Schuhen, oder ich springe von der Theke und versuche, sicher auf ihnen zu landen. Oder ich putze, damit ich etwas habe, was mich von den Schuhen ablenkt, so dass ich mich instinktiv in ihnen bewege.

Eines Tages, als niemand zu Hause ist, rocke ich zu *Mötley Crüe* ab und tanze in der Küche herum, während ich die Plateauschuhe anhabe und den Boden wische. Shelby, die sich vermutlich still und leise reingeschlichen hat, steckt plötzlich den Kopf zur Tür herein. Ich bin so überrascht, dass ich ungefähr einen Meter hoch in die Luft springe und trotzdem elegant wieder lande. Ich bin so aufgeregt, dass ich mich in den Schuhen so geschickt bewege, dass es mir nicht einmal was ausmacht, dass Shelby in der Tür steht und mich mit heruntergeklappter Kinnlade anschaut. Keine Ahnung, ob sie mehr darüber schockiert ist, dass ich Stripperinnen-Schuhe trage, oder darüber, dass ich unsere Elends-Bude putze, was niemand von den Bewohner_innen hier je tut.

Ich kann es kaum erwarten, Nicki mit meinen Laufkünsten zu beeindrucken. Ich wünschte, sie hätte gerade diesen Sprung gesehen! Sie würde sagen: „Schau, wie du durch die Küche flitzen und sogar überrascht werden kannst und auf wundersame Weise immer noch aufrecht auf diesen Zehn-Zentimeter-Absätzen stehst! Als Stripperin bist du ein Naturtalent, Georgie!"

Am Montagabend treffe ich mich mit Cruzer, um im Vine etwas Billard zu spielen, und als wir draußen vor der Tür rauchen, kommt Nicki zu uns. Sie verlässt das Vine mit einer Gruppe heißer Mädels, die nah an der Straße stehen und nach einem Taxi Ausschau halten, eine von ihnen ist ihre Femme-Zwillingsschwester, die sie sich ebenso wie Soda warmhält. In letzter Zeit wird ständig über die beiden getratscht, dass sie überall herumknutschen und die ganze Woche lang auf den Tanzflächen kleine Staus verursachen.

„Ich möchte morgen Abend dein Make-up machen", sagt Nicki zu mir. „Unbedingt."

„Ich weiß noch nicht, ob ich zum Vortanzen gehe." Ich zucke mit den Achseln, weil ich selbst noch nicht überzeugt bin, und außerdem hört Cruzer zu. Ich hatte die ganze Stripperinnen-Karriere-Idee vorhin erwähnt und es hatte ihr einen Heidenspaß gemacht, mich damit aufzuziehen.

„Na und? *Wir* möchten trotzdem, dass du morgen Abend zu uns kommst", flötet Nicki. „Bitte, bitte?"

„Vielleicht." Ich kann spüren, wie meine Wangen rot werden. Nicki beugt sich nun nah an mein Gesicht und schaut es mit zusammengekniffenen Augen an, als ob es ein Buch wäre, das sie im Dunkeln zu lesen versucht. „Ich weiß schon genau, welche Farben ich bei dir nehmen möchte", säuselt sie.

Ein Taxi fährt heran und Nicki und die heißen Mädels quetschen sich hinein, während Cruzer und ich ihnen zusehen und fast schon vor Begeisterung sabbern. Ein Mädel hat einen so kurzen Rock an, dass wir ihr Unterhöschen aufblitzen sehen können. „Vielleicht ist diese Stripperinnen-Sache im Grunde genommen eine gute Idee", meint Cruzer mit großen Augen. „Ich meine, was, wenn diese heißen Miezen deine zukünftigen Arbeitskolleginnen sind?"

Nicki lebt in einer winzigen Einzimmerwohnung mit einem Balkon, der, wie sie sagt, die Beengtheit der Bude wettmacht, weil sie gern nackt sonnenbadet. Der Boden ihrer Wohnung ist übersät mit Stöckelschuhen, Make-up, Perücken und funkelnden Dingen. Außerdem sind überall Mädels. „Alle haben gehört, dass ich dich umstyle, und gebettelt, zum Zuschauen kommen zu dürfen", meint Nicki. „Ich schätze, es wird wie eine Pyjamaparty."

Nickis Immer-mal-wieder-Handlangerin (je nachdem, ob sie sich gerade hassen oder nicht, weil sie Schwestern sind), Veronica, mixt in der Küche Drinks. Mensch, ich liebe lesbische Schwestern. Besser sind nur noch lesbische Zwillinge und die sind nicht so selten, wie man vielleicht denkt. Cello liest auf Nickis pinkem Bett eine Modezeitschrift und zwei der Mädels, die mir sagen, sie heißen Lexy und Kitten, sitzen im Schneidersitz auf dem Boden und lackieren einander die Nägel. Eine Femme-Pyjamaparty vom Feinsten! Ich kann es kaum erwarten, Cruzer und Soda zu erzählen, dass ich mich in eine hineinschmuggeln konnte. Sie werden total neidisch sein.

Nicki baut ein paar helle Lampen auf, weil, wie sie mir gesagt hat, als wir die Treppe zu ihrer Wohnung hinaufgegangen sind, sie mich filmen will, während ich geschminkt werde. Es hat sich herausgestellt, dass es für ein Projekt, das sie für ein Gender-Studies-Seminar macht, sehr gut wäre, wenn sie, wie sie es ausgedrückt hat, eine „Butch" mit Lippenstift filmen könnte. Sie hat gemeint, dass das Thema etwas mit Femme-Identität zu tun habe. „Aber wer wird das dann zu sehen bekommen?", habe ich protestiert.

„Nur meine Profs und die anderen Studierenden. Wie willst du eine Stripperin werden, wenn du nicht mal mit geschminkten Lippen gefilmt werden willst?", hat sie mich geneckt.

Als Veronica mir meinen dritten schicken Drink reicht, ist mir das Gefilmtwerden egal, obwohl das grelle weiße Licht, das so ausgerichtet ist, dass es mir direkt ins Gesicht leuchtet, schrecklich nervig ist. Die Mädels stehen in einem Halbkreis um mich herum. Sie werden nicht müde, mir in die Wangen zu kneifen und farbige Stifte und Tuben an mein Gesicht zu halten. Ich habe das Gefühl, wieder fünfzehn zu sein, als meine von Modezeitschriften besessenen Schwestern mindestens ein Jahr lang versucht haben, mich zu bedrängen und dazu zu bringen, dass mir meine fettigen Haare und meine buschigen Augenbrauen nicht scheißegal waren. Das war, bevor sie es aufgegeben und sich darauf konzentriert haben, mir stattdessen gemeine Spitznamen zu geben.

Natürlich ist das Erste, was Nicki tut, meine Augenbrauen zupfen. Ich hasse diesen Scheiß. Ich habe auch schon Ex-Freundinnen gehabt, die das gemacht haben. Es ist unverkennbar, dass sie irgendeine Befriedigung daraus ziehen. Ich will nicht wie ein Baby klingen, aber ich würde lieber von meinem Skateboard runterfliegen, als diese kleine Pinzette wieder und wieder meine Augenpartie attackieren zu lassen, als wäre sie eine angriffslustige Biene. Aber was die Sache dieses Mal fast angenehm macht, ist Nickis warmer und süß nach Wassermelone riechender Atem auf meiner Wange und dass Veronica mir immer wieder meinen Gin Tonic nachschenkt und Lexy, die meine Hand hält und sich bereit macht, um meine Nägel zu lackieren.

„Du hast ein total tolles Gesicht zum Schminken, große Augenlider und markante Wangenknochen." Nicki beginnt, mir Sachen aufs Gesicht zu schmieren. „Wenn du eine Minxy wirst, nehmen wir dich mal ins Sephora mit."

„Was ist das?"

„Es ist ein Kosmetik-Paradies", seufzt Veronica. Sie reißt die Augen weit auf. „Ich hasse es dort, weil ich dann immer *alles* haben will!"

„Dann siehst du mal, wie viel wir investieren, um heiß auszusehen!", sagt Lexy.

„Ja, zum Beispiel dieser Eyeliner, der hat ungefähr zwanzig Mäuse gekostet." Nicki wedelt mit einem kleinen Stift vor meinem Gesicht herum.

„Was? Kann man nicht einfach einen Buntstift nehmen?" Das lässt alle Mädels in kreischendes Gelächter ausbrechen. Ich male mir all die einfachen Möglichkeiten aus, wie ich einen solchen Stift oder eine daumenlange Lippenstifthülse klauen könnte. Eigentlich habe ich schon vor Jahren mit dem Klauen aufgehört, nachdem diese Gewohnheit bei mir völlig außer Kontrolle geraten ist, aber vielleicht würde dieser Job einige neue Arten von einfallsreichem Konsumverhalten notwendig machen.

„Du siehst allmählich teuflisch gut aus. Aber ich habe noch immer das Gefühl, meinen kleinen Bruder zu schminken", lacht Nicki.

Als ich ein paar Minuten später in ihren kleinen Spiegel sehe, finde ich, dass ich mehr wie eine Dragqueen als wie eines der Mädels aussehe. Ich muss den Spiegel weiter weghalten, weil ich mich nur schwer an all die Farben, die mir aus meinem Clowngesicht entgegenleuchten, gewöhnen kann. Nicki nimmt mir den Spiegel aus der Hand und fängt an, eine Haarsträhne von mir um einen Lockenstab zu wickeln. Im Endeffekt schöpfen die Mädels alle Verschönerungsmöglichkeiten aus, die sie bei mir anwenden können. Dann verlagern sie zu meiner Erleichterung ihre Aufmerksamkeit darauf, Drinks zu trinken und vor der Kamera zu plaudern. Nicki stellt Fragen wie: *Was bedeutet Femme-Sein für dich?*

Im grellen Licht wird mir allmählich heiß und meine Haut fühlt sich klebrig an. Ich hole meine BluBlocker-Sonnenbrille aus meinem Rucksack. „Warum versteckst du deine Unschuldsengel-Augen", kreischt Nicki und reißt sie mir vom Gesicht. Dann widmet sie sich wieder dem Filmen, aber ich bezweifle, dass ihr Film gut wird, weil sie so betrunken ist. Ich unterhalte mich selbst, indem ich die heißen Fotos von Nicki und ihrer Schwester zu Highschool-Zeiten, die im Zimmer hängen, unter die Lupe nehme. Highschool-Fotos von Bois, mit denen ich befreundet bin, sind immer das Gegenteil von süß, ihre unglücklichen Butch-Gesichter mit den mit Haarspray fixierten Ponyfrisuren oder Rattenschwänzchen sehen darauf immer nur witzig aus.

Meine Augen jucken und meine Wange kitzelt, also reibe beziehungsweise kratze ich sie reflexartig. Als ich kurz darauf auf meine Hände sehe, sind dort blaue, rote und pudrige weiße Schlieren.

„Was tust du denn da?", schreit Nicki, als sie sieht, wie ich die Farben auf meinen Fingern betrachte. „Ich werde dir die Hände auf den Rücken binden."

Zuerst glaube ich, sie scherzt, aber dann bückt sie sich unter ihr Bett und holt ein Stück schwarzes Seil hervor. Natürlich hat sie ein Seil unter ihrem Bett. Es ist eines aus dem Sortiment, das Tiny im Sexshop verkauft. Alle Mädels kichern, als Nicki mir tatsächlich die Hände auf den Rücken bindet.

Danach reibe ich meine Wangen einfach an der Kapuze meines Pullis, wenn es mich kitzelt. Jetzt, da ich gefesselt bin, hoffe ich, dass all die Mädels heimgehen, quasi als hätte ihnen jemand ein Stichwort gegeben, so dass ich mit Nicki allein sein kann, aber sie sitzen nur herum, werden zunehmend betrunken und ihre Zungen beim Tratschen immer gelöster. Besonders als Nicki die Kamera ausgeschaltet hat und sie über meine Freund_innen sprechen, als ob sie vergessen hätten, dass ich auch noch da bin.

„Was soll ich nur wegen Tiny machen?", jammert Cello.

„Soll ich mir Soda aus dem Kopf schlagen?", seufzt Nicki.

„Warum findet ihr Soda eigentlich so toll?", melde ich mich zu Wort. Schlau, wie ich bin, verberge ich meine Hand, die ich, als die Mädels nicht hergesehen haben, befreien konnte, so dass ich mir nun meinen Drink hinter die Binde kippen kann.

„Wegen der kleinen Hände", sagt Nicki, ohne zu zögern.

„Die perfekte Größe", stimmt Veronica bereitwillig zu.

Ich hatte vergessen, dass Soda mit beiden Schwestern im Bett war, wenn auch nicht gleichzeitig. Das ist so irre.

„Ich meine, sie flutschen einfach hinein und es fühlt sich einfach himmlisch an", sagt Nicki.

„Niemand hat mich vor ihr gefistet", erzählt Veronica, die meist etwas mit Kerlen hat.

„Ha, aber wenn wir schon über Soda reden – ich wollte im Bett immer trashige Spielchen mit ihm spielen, ihr wisst schon, das Mädel von der Wohnwagensiedlung oder Cowboy-Spielchen. Aber er wollte immer Pirat oder so 'nen Scheiß spielen! Als ob das sexy wäre! Oh, ihr kleinen Bois mit euren Peter-Pan-Komplexen", kichert Nicki.

Dann sagt sie: „Aber Mensch, er war scharf wie eine Geheimwaffe." Nicki schüttelt ihr seidiges schwarzes Haar und streicht sich mit ihrem Finger über ihre Lippen.

„Und wie ist es mit Cruzer?", frage ich als Nächstes.

„Hmmmf", meint Nicki. „Sie ist so ein Arsch, aber sie kommt immer direkt zur Sache. Kein Herumalbern. Von ihr kann man es rund um die Uhr französisch kriegen. Das gehört gewürdigt, eine solche Hingabe an Pussys."

„Cruzer ist ein Arsch", stöhnt Cello.

„Warte, willst du ihnen all das weitersagen?", unterbricht Veronica.

„Ja, denn wenn du deine Femmes hintergehst, machen wir dir die Hölle heiß", warnt Nicki. Ihre katzenhaften Augen werden schmal und sie schaut böse, was schnell einmal passiert.

Ich bekomme ein wenig Angst vor den Mädels. Sie sind ein toughes Grüppchen von Femmes mit superspitzen Absätzen und scharfen Zungen. Um in unserem Viertel zurechtzukommen, müssen sie oft harte Mädels sein. Also halte ich den Mund. Auch weil dieser Mist über Cruzer sehr viel mehr war, als ich hören wollte, doch als ich versucht habe, mir die Ohren zuzuhalten, habe ich das Seil stattdessen nur noch enger zugezogen.

Die Mädels hören auf, sich zu unterhalten, und beschließen, mir zu zeigen, wie man einen Lapdance macht. Gerade als es wirklich gut läuft, kommt Kimi zur Tür herein. „Oh, wir haben ein neues Spielzeug!", sagt sie, als sie mich total geschminkt und gefesselt sieht. *Na toll*, das wird unser ohnehin noch sehr verhaltenes Sexleben komplett ruinieren. Ich habe mich vom ersten Tag an geweigert, mich von Kimi vögeln zu lassen. Das kann ich einfach nicht, wenn ich noch nicht über meine jeweilige Ex-Freundin hinweg bin. Das ist ein Umstand, mit dem ich mich gerade abzufinden beginne, und jetzt das, ich sehe wie eine gefesselte kleine Bottom aus und trage noch dazu Lippenstift. Es ist komisch, dass Kimi überhaupt vorbeigekommen ist, weil ich gedacht habe, sie hasst Nicki. Mädels sind so verwirrend. Die meiste Zeit, wenn Nicki nicht in der Nähe ist, nennen all die Mädels sie eine Hure, aber nun liegen sie ihr kichernd zu Füßen.

Kimi ist diejenige, die mir letztendlich den Lippenstift abwischt. Das macht sie, weil sie herumknutschen will. Ich bin erleichtert, dass ich nach all den Misshandlungen endlich auch ein wenig zum Zug komme. Vielleicht werden die Mädels, wenn ich lang genug bleibe, sogar anfangen, Flaschendrehen zu spielen oder so was. Ich meine, machen Mädels auf Pyjamapartys denn nicht solche Sachen? Ich habe es auf diese Weise jedenfalls geschafft, mit gut der Hälfte des Cheerleading-Teams in meiner Vorstadt-Highschool herumzuknutschen.

Als ich am nächsten Tag mit Soda auf der hinteren Veranda einen Joint rauche, will er alles über die Pyjamaparty erfahren. „Ich bin von Nicki gefesselt worden und dann ist Kimi vorbeigekommen, völlig unerwartet, und hat meine Annäherungsversuche bei den anderen Mädels zunichte gemacht."

„Verdammt, vielleicht sollte ich auch so tun, als wollte ich Stripperin werden, und mal schauen, wie gut ich dann bei den Mädels landen könnte!", meint Soda.

„Ich bin echt total pleite, Kumpel."

„Ich weiß, ich weiß. Hey, wenn du mit Nicki ins Bett willst, dann ist mir das egal. Ich hab mir schon immer gedacht, das könnte vielleicht genau das Richtige für dich sein, und ich bin nicht komisch bei solchen Sachen."

Ich frage mich, ob Soda das nur sagt, um zu rechtfertigen, dass er neulich Abend im Minxy versucht hat, bei Cruzers Ex zu landen.

„Weiß nicht. Ich glaube, Nicki ist gerade nur deswegen so besessen von mir, weil ich eine direkte Verbindung zu dir bin, und sie macht dich gern eifersüchtig."

„Hm. Also, ich komme nicht mit ihren Spielchen klar. Ich bin auf der Suche nach einer neuen Freundin, so viel ist sicher. Vielleicht was Festes. Cruzer sieht in letzter Zeit so glücklich aus und als ob sie sich total wohlfühlt, das macht mich ganz eifersüchtig. Weißt du was? Ich habe von Dixie gehört, Cruzer zieht vielleicht an die Ostküste, wenn Topsy dort einen Studienplatz bekommt. Wahrscheinlich hat sie zu viel Angst davor, es uns zu erzählen."

„Oh, sie zieht nie von hier weg", sage ich. „Sie liebt es hier. In ihren Augen ist hier das Pussy-Paradies auf Erden. Außerdem ist sie noch nie ohne mich irgendwo hingezogen."

Ich will nicht daran denken, dass Cruzer vielleicht wegziehen könnte. Ich bin zu bekifft, um jetzt solch traurige Sachen auf meinen Trip mitzunehmen.

„Du solltest dir von mir die Augenbrauen zupfen lassen. Sie sind total außer Rand und Band." Ich nehme Sodas Gesicht genau unter die Lupe.

„Was zum Teufel! Du klingst wie eine von meinen Ex-Freundinnen. Verzieh dich."

Was das Thema Haarentfernung betrifft, hat Nicki mir letzte Nacht gesagt, dass ich vor dem Vortanzen meine Bikinizone wachsen soll. Das scheint eine gute Idee zu sein, weil ich mich die ganze Zeit, seit ich gesehen habe, wie nackt die Mädels im Minxy sind, gestresst und gefragt habe, ob meine Pussy jemals bereit für den ersten großen Auftritt vor Peepshow-Publikum sein wird. Dann muss ich daran denken, wie sehr ich das Augenbrauen-Zupfen gehasst habe. Wie kann ich da die Bikinizonen-Enthaarung auch nur in Erwägung ziehen?

Soda stupst mich an und reicht mir den Joint. Kurz bekomme ich eine Gänsehaut, als ich merke, dass die Mädels recht haben. Er hat bemerkenswert kleine Hände.

Die große Party am Freitagabend findet in einem Haus in den Hügeln der Stadt statt, wo irgendein Schwuler, mit dem Tiny zusammenarbeitet, und ein paar Mädels aus einer Band wohnen. Als ich mit Soda und Tiny ins Wohnzimmer komme, sehe ich Kimi dort tanzen, die gleich auf mich zukommt. „Hier." Sie zieht einen kleinen Plastikbeutel aus ihrer Hosentasche und holt ein paar braune Stängel heraus, die ich mit einem Schluck Bier hinunterschlucke. Dann tanzt Kimi wieder von dannen und zurück auf die Tanzfläche. Darüber bin ich froh, weil ich sehen kann, dass sie eine Menge verrückter Drogen-Energie hat, und ich damit nicht umgehen kann. Ich verspüre jetzt schon Unbehagen, weil ich glaube, dass es sein könnte, dass eines der Mädels, die hier leben, Mias neue Freundin ist.

Ich gehe kurz auf die große hintere Veranda hinaus, aber dort sind so viele Leute, dass ich nervös werde und mich wieder ins Haus schleiche und eine der Türen im langen Gang öffne. Ich kenne niemand im ersten Zimmer, darum gehe ich weiter zum zweiten, schließlich finde ich dann zwei Freundinnen von mir, Coby und Manno, die im dritten Zimmer auf einem Bett sitzen. „Was geht, Kumpel?", sagt Manno, als ich ins Zimmer komme und die Tür schließe, so dass die elektronischen Beats vom DJ-Pult draußen kaum noch zu hören sind.

Auf dem Boden steht ein aufgeklappter Laptop, aus dem wunderschöne Musik kommt. Sie klingt so vertraut. Ich setze mich neben den Computer auf den Boden und fühle mich irgendwie wie unter Hypnose. Ich lehne mich mit dem Rücken ans Bett und schließe meine Augen. „Was hört ihr euch da an?", frage ich, obwohl ich die Antwort bereits zu kennen glaube.

„Mias neue CD. Wir haben sie auf Repeat laufen."

„Oh." Ich frage mich, ob das Daisys Zimmer ist. Daisy ist eines der Mädels, die in dem Haus leben, und sie arbeitet in einem Aufnahmestudio, das sich einmal angeboten hatte, Mias neues Album aufzunehmen, damals, als wir noch zusammen waren. Sie ist das Mädel, von dem ich vermute, dass Mia mit ihr ins Bett geht. Ich meine, nicht einmal ich habe ihre neue CD, warum dann also diese Person?

„Hör es dir damit an", sagt Manno. Sie stülpt mir schwarz-goldene, gepolsterte Kopfhörer über die Ohren. Plötzlich ist das gesamte Zimmer um mich herum ausgeblockt, all die redenden Leute, die Tanzenden vor der Tür, die kichernden Mädels und der Nachbarshund, der die Partyleute anheult. Das Einzige, was ich höre, ist Mias Stimme, die schaurigen Klagelaute, und dann ein sich steigerndes Crescendo, als die Energie des Songs sich wie ein riesiger Ballon aufbläst. Die Enge in meiner Brust, die ich seit der Trennung wochenlang nicht mehr gespürt habe, ist nun mit voller Wucht wieder da. Ich kann Teile von Songtexten erkennen, die Mia mir erzählt hat oder die sie laut gesprochen hat, während sie die Songs auf meiner Fensterbank geschrieben hat, als wir zusammengewohnt haben. In jeden Song sind Stücke unserer Liebesaffäre eingewebt. Sie hat Liebe, Schmerz, Eifersucht und Sex in diese drei Minuten langen Melodien einfließen lassen.

Ich habe ein ganzes Album darüber geschrieben, wie du mir das Herz gebrochen hast.

Ich nehme die Kopfhörer herunter, bleibe aber dort sitzen und höre mir die Musik – zumindest nach meinem Gefühl – sehr lange an. Zumindest so lange, dass die Pilze zu wirken beginnen. Als ich durch die Glasschiebetür nach draußen sehe, scheinen die Gebäude unterhalb auf tausend unterschiedliche Arten zu leuchten, honigfarben, mit verschwommenen Farben, die an den Rändern flimmern.

Als die CD zum zweiten Mal fast bis zur Hälfte gespielt worden ist, sehe ich auf und eine Gruppe von neuen Leuten steht beim Fenster herum, vermutlich um Drogen zu nehmen. Ich habe das Gefühl, dass ich gehen sollte. Die ganze Situation ist seltsam, in einem wildfremden Zimmer zu sitzen und die Musik meiner Ex anzuhören, von der ich nicht länger ein Teil bin. Was, wenn ich meinen Kopf gerade an das Bett lehne, auf dem sie Sex mit ihrer neuen Loverin hat? *Igitt*. Ich habe das Gefühl, vielleicht die Pilzstängel erbrechen zu müssen, und stehe auf.

Manno sitzt nach vorn gebeugt da und hat ihr Kinn auf ihre Handballen gestützt, während ihre Fingerknöchel nach oben zeigen, auf den einen steht *Stay* und auf den anderen *Gold*, ein Tattoo, das sie sich für Goldy hat machen lassen, gleich nach deren Tod. Ihre Augen sind fast nur Schlitze. Manno und Coby sind immer so hinüber, dass es schwer ist, jemals zu erraten, was sie genommen haben. Coby hat ihre Hand auf Mannos Kreuz gelegt. Streichelt sie sie oder habe ich schon Halluzinationen? Manchmal bin ich kurz irritiert, wenn Butches miteinander ins Bett gehen, weil sie es immer im Geheimen machen. Aber je länger ich Coby und Manno zusehe, wie sie sich miteinander verhalten, desto offensichtlicher ist es für mich, dass sie miteinander ins Bett gehen. Es liegt nicht nur an den Pilzen. Sie ziehen abwechselnd an einer Zigarette und sehen sich dabei tief in die Augen.

Das ist heiß, denke ich mir. Ich möchte Soda suchen gehen und ihm ins Ohr flüstern: „Coby und Manno haben eine ernsthafte BROmanze." Er wäre total schockiert, aber gleichzeitig auch begeistert. Wir spinnen beide gern Theorien darüber, dass alle mit allen ins Bett gehen. Im Geheimen, in den frühen Morgenstunden, Butch mit Butch, Femme mit Femme. „Lasst uns alle einander lieben", wie Zeena es sagen würde.

Ich gehe auf den Balkon hinaus, wo ich Soda zuletzt gesehen habe, und außerdem brauche ich etwas frische Luft, um die Pilze unten behalten zu können. Ich kann die Drogen nicht von mir geben, weil ich sie brauche, um die Nacht durchzustehen. Soda sitzt auf dem Balkon und spricht über die Apokalypse, was ein sicheres Anzeichen dafür ist, dass er total betrunken ist. Er beschreibt seinen Plan, ein Schiff zu bauen, irgendwie so eines wie die Arche Noah, wenn „Das Ende" kommt. Er ist überzeugt, dass er dann wissen wird, wie man ein Piratenschiff von Grund auf baut. Die meisten seiner Freund_innen sind schnell extrem gelangweilt vom Apokalypse-Gelaber. Sie starren dann nur in die Luft und nicken, während er rumschwafelt, so wie es bei Tiny gerade der Fall ist. Aber Soda hat eine neue begeisterte Zuhörerin, weil Cherry bei ihm sitzt und eifrig nickt. *Oh Scheiße*. Ich hatte nicht gedacht, dass sie auftauchen würde. Als ich mich hinsetze, höre ich, dass er das Thema sogar ausgeweitet hat, nun geht es auch darum, auf welche Weise man am besten Selbstmord begeht, um dem bevorstehenden Untergang und der Apokalypse zu entgehen.

„Von der Brücke springen", stimmen sie beide überein.

Ich will mich ins Gespräch einklinken, aber die Pilze scheinen mir ganz plötzlich das Sprechen zu erschweren.

„Ich glaube, es ist Schicksal, dass wir uns kennengelernt haben, Soda", sagt Cherry.

Ich verschlucke mich fast an einem Eisstückchen in meinem Gin Tonic. Cherry und Soda hat so was von kein Schicksal zusammengeführt, und wenn es so wäre, würde Cruzer sie umbringen, bevor sie diese Theorie je untermauern könnten. Soda rutscht näher zu Cherry hin. Es sieht so aus, als würden sie sich jeden Moment küssen. Ich erwäge schnell irgendeine Methode, um die Annäherungsversuche zunichte zu machen, gebe das aber nach einer Sekunde auf. Ich bin zu high, um mich ins „Schicksal" einzumischen, und ich habe es völlig aufgegeben, in dieser Stadt Drama irgendeiner Art verhindern zu wollen. Was ich gelernt habe, ist, dass Queers miteinander im Bett landen, komme, was da wolle. Kein Gedanke an die Gefühle von Ex-Freund_innen oder daran, dass beste Freund_innen sauer sein könnten, hält jemals irgendjemand tatsächlich davon ab, ein Gefühlschaos zu veranstalten, oder hat Mädels jemals daran gehindert, es miteinander zu tun, sogar wenn die Konsequenz vielleicht eine Ohrfeige oder eine kaputte Freund_innenschaft ist.

Ich drehe mich um und kehre zurück ins sichere Hausinnere.

Da sehe ich Mia.

Sie sitzt auf einer Couch nahe der Küche. Ich habe sie seit fast einem Monat nicht gesehen. Sie hat ihre Haare geschnitten, auf einer Seite über ihrem linken Ohr sind sie rasiert und sie hat einen Undercut. Auf der anderen Seite sind sie immer noch lang und reichen fast zu ihren Schultern. Es sieht wahnsinnig gut aus. Versetzt mir einen Ruck in meinem Magen. Nun kann man ihren Hals sehen, meine Lieblingsstelle an ihr, zart und karamellfarben, und die Reihe von winzigen Sommersprossen-ähnlichen Muttermalen eine Daumenbreite über ihrem Schlüsselbein, die mich immer ganz wahnsinnig gemacht haben. Ich habe es geliebt, am Morgen ihre Haare zur Seite zu schieben und sie zu küssen. Nun, da ihre Haare auf einer Seite geschoren sind, kann die *ganze Welt* ihren Hals sehen. Sogar das Tattoo, das früher unter ihren Haaren verborgen war, *Mouse*, ein Spitzname, den ihre Großmutter ihr gegeben hatte, in Old-Style-Schrift, ist nun halb entblößt. Ich möchte zu ihr hinrennen und meinen Kapuzen-Pulli über ihre Sommersprossen-Muttermale und ihr Tattoo werfen. Ich will so tun, als wäre ich immer noch die Einzige, die von ihnen weiß. Ich will, dass sie wieder zu mir gehört. Den Gedanken, dass jemand anders ihren Hals küsst, ihre Spitznamen und Geheimnisse kennt, kann ich nicht ertragen. Daisy, das Mädel, das neben ihr sitzt, weiß vermutlich alles über sie.

Ich stolpere zurück, weg von der Couch, auf der Mia mit ihrer vermutlichen neuen Loverin sitzt, und suche nach Kimi. Als ich sie tanzend und mit herumwirbelnden bunten Haaren auf der Tanzfläche finde, sage ich ihr, dass ich einen schlechten Trip habe und gehen will. „Oh, dann gehe ich auch", meint sie.

Scheiße. Ich will, dass sie einfach bleibt und weitertanzt. Was zum Teufel! Sind wir zusammen oder so was? Warum verlassen wir die Party gemeinsam? Ich bin so was von nicht bereit für eine neue Freundin. Ich rufe mir in Erinnerung, dass ich die Sache mit Kimi beenden muss. Dass es okay ist, allein zu sein. Ich weiß genau, was ich sagen will: „Ich bin noch nicht über meine Ex hinweg." Offensichtlich. Dagegen kann sie nichts sagen.

Ob ich weiß, wo ihre Jacke ist? Kimi steckt ihren Kopf zum Balkon hinaus, um nach ihr zu suchen, und flüstert dann: „Oh mein Gott! Soda knutscht mit Cherry!"

Ich schnappe Kimis Hand, gehe ins Zimmer, in dem getanzt wird, und durchwühle Haufen von Jacken und Taschen. Schließlich finde ich ihre Jacke, ziehe Kimi von der Tanzfläche und schiebe uns durch das schwitzige Durcheinander von Leuten zur Tür. „Cherry-Soda", lallt Kimi den ganzen Weg die Treppe hinunter. „Ha, ha, ha, ha, ha, ha! Das ist verdammt komisch! Sie könnten ihre Kinder Rum und Wodka nennen. Mmmm, ich liebe Wodka-Soda, oder Rum und Cherry-Cola, oder wie wär's mit Whiskey und Gingerale mit einer Cherry?" Kimi ist auf einem Trip. Sie schwafelt herum, bevor ihre Stimme allmählich verstummt, als ich mich vom Treppenhaus entferne und sie hinterherstolpert.

Ich fühle mich heute total behämmert, als ich mit meinem Skateboard vom Triple P wegfahre, wo ich mit Dixie und Cello ein Morgen-nach-der-Party-Frühstück gegessen habe.

Alle sprachen darüber, dass Soda mit Cherry nach Hause gegangen war und was Cruzer machen würde, wenn sie es herausfand. Cello glaubte, dass sie Soda ein blaues Auge verpassen würde. Nicht Sodas erstes blaues Auge, so viel war sicher. Alle waren so mit diesem Drama beschäftigt, dass ich kaum ein Wort über meine verrückte Nacht verlor. Ich bin nur auf die Triple-P-Bank gesunken, mit meiner Kapuze über dem Kopf, deren Bänder ich festgezogen hatte, so dass die Kapuze eng an meinem Gesicht anlag. Alle glaubten, dass ich immer noch auf einem Trip wäre, wegen der Rauschpilze gestern Nacht, deswegen tätschelten sie mir nur immer wieder den Kopf. Zwischen all ihrem Gerede, in den Pausen zwischen ihren Sätzen konnte ich die melodischen Beats von Mias Songs hören, die letzte Nacht in mein Ohr gepumpt worden waren. Die Mädels machten sich auf den Weg in den Dolores Park, aber ich sagte ihnen, dass ich skaten wollte. Ich spürte so eine kribbelnde Energie, die meine Füße während des ganzen Frühstücks ungeduldig unter dem Tisch herumzappeln ließ. Ich musste mir diese Unruhe aus dem Körper skaten. Ich warf kurz einen Blick auf mein Handy, bevor ich es in meine Gesäßtasche steckte. Kimi konnte vielleicht anrufen. Und vielleicht konnte ich mich noch einmal umentscheiden, was den Schlussstrich mit ihr betraf, weil ich keine Ahnung gehabt hatte, dass ich mich beim Aufwachen so einsam fühlen würde.

Um drei Uhr morgens auf dem Nachhauseweg durch die Straßen im Mission-Viertel, nachdem man Rauschpilze geschluckt hatte, war nicht der beste Zeitpunkt, um sich von jemand zu trennen. Kimi wollte ein letztes Mal Sex haben. Sie versuchte pausenlos, mich in jeden Hauseingang zu drängen, an dem wir vorbeikamen. Ich konnte sie nicht einmal küssen, weil ihr Gesicht ständig in seltsamen Formen in mein Blickfeld kam. Wer will schon Sex haben, wenn man Rauschpilze geschluckt hat? Ich wollte es jedenfalls nicht. Ich wollte nach Hause und vielleicht versuchen, es mir beim Gedanken an Mias Hals selbst zu machen. Es frustriert mich total, dass ich mich nicht dazu bringen kann, Kimi zu mögen. Ich meine, es liegt wirklich nicht an ihr. Sie ist süß. Sie ist gut im Bett. Sie gibt mir Drogen. Außer dass ich meine Lebensmittelmarken mit ihr teilen musste, ist alles lässig gewesen, und das Beste an ihr ist, dass sie mich davon abgelenkt hat, ständig an Mia zu denken.

Ich denke an das heiße Mädel im Stripclub. Und daran, dass ich endlich mein Leben weiterleben sollte. Mir ein Hobby suchen. Einen verdammten *Job*. Dann denke ich noch ein bisschen länger an Page. Ich höre auf zu skaten, setze mich auf mein Skateboard und lehne mich mit dem Rücken an das Wandgemälde in der 24th Street.

Dann rufe ich Nicki an. „Hey, ich bin's, Georgie, äh, ich habe mich gefragt, was ich machen soll wegen meiner, du weißt schon?"

„Deiner was?", schreit Nicki. „Ich kann dich nicht verstehen, Herzchen."

Genau vor mir ist ein Pärchen stehen geblieben und schaut auf ein Blatt Papier, eine Straßenkarte oder so was. Ich versuche, Zeit zu schinden, damit sie sich vielleicht verziehen, aber sie bleiben wie angewurzelt auf dem verdammten Asphalt vor mir stehen.

„Hallllooooo?"

„Äh ja, ich bin noch dran. Ich muss wissen, was ich wegen meiner *Pussy* machen soll?", nuschle ich ins Telefon.

Nicki lacht. „Was meinst du?"

„Ich meine, sie ist total wie Mutter Natur sie geschaffen hat." Ich kann mir vorstellen, dass Nicki sich auf ihre hübschen roten Lippen beißt, um einen Kicheranfall zu unterdrücken, den sie herauslassen wird, sobald sie aufgelegt hat und ihrer süßen Schwester das ganze Gespräch brühwarm weitererzählt. Ich kann spüren, wie meine Ohren heiß werden.

„Nun, das klingt, als ob du etwas Pussy-Selbstvertrauen brauchst, Georgie-Porgie, wenn du diesen Job an Land ziehen willst."

„Ach nee."

„Okay, also, mach Folgendes. Schnapp dir was zu schreiben."

Ich greife in die Vordertasche meines Rucksacks und schnappe mir meinen Edding, den ich zum Taggen verwende.

„Ich gebe dir die Adresse von einem wirklich, wirklich billigen Laden in Russian Hill. Ich weiß, wie pleite du bist und dass Soda dein Sugardaddy ist, total untypisch für diesen Mistkerl, aber was soll's, ich verrate dir den Geheimtipp für Stripperinnen mit kleinem Budget. Der Laden ist abgefahren, eine Bikinizonen-Enthaarung kostet nur so was wie zehn Mäuse und das wird dir bestimmt totales Pussy-Selbstvertrauen geben, was du für dein Probetanzen total brauchen wirst."

Ich schreibe die Adresse, die sie mir gibt, auf meinem Unterarm auf, wo ich immer wichtiges Zeug aufschreibe, das ich nicht vergessen darf.

Am nächsten Tag sitzen Tiny und ich auf den Bänken draußen vor der Hamburgerbude in der South Van Ness Avenue. „Was machen wir heute?", fragt Tiny, während sie sich Pommes in den Mund stopft.

„Ich hab mir gedacht, du könntest mich nach Russian Hill fahren, damit ich mir eine Wachsbehandlung für meine Pussy machen lassen kann", vermelde ich.

Tiny sieht besorgt aus und schluckt heftig. Das wirft sie wirklich aus der Bahn, da wir unsere Tage üblicherweise damit verbringen, herumzusitzen und uns zu bekiffen oder in der Gegend zu skaten und faul Jobbewerbungen abzugeben. Ich bringe vermutlich auch unsere Bro-Dynamik durcheinander, indem ich meine Pussy erwähne, weil sie aussieht, als wolle sie lachen, aber angesichts meines ernsten Gesichtsausdrucks hält sie sich einfach weiterhin an ihre Pommes.

Ich bin überzeugt, dass ich mich mit der Wachsbehandlung für meine Pussy quasi so was wie einem Initiationsritus für Stripperinnen unterziehe, so dass ich mich dann tatsächlich wie eine Stripperin fühlen werde. Ich habe mir noch nie irgendwo mit Wachs die Haare entfernt. Ich rasiere mir nicht einmal die Beine oder die Achseln, aber insgeheim gibt es einen anderen Grund dafür, dass ich mir eine Wachsbehandlung geben lassen will. Seitdem ich Mia neulich gesehen habe, hat es für mich wieder *Bonjour tristesse* geheißen. Schmerz kann eine tolle Ablenkung von dieser ziemlich deprimierten existenzialistischen Einstellung sein. Nachdem mir mein Herz aus dem Leib gerissen worden ist, habe ich mir also ziemlich viele Schmerzen zugefügt, indem ich mir beispielsweise ein riesiges klebriges Trennungstattoo habe machen lassen oder indem es mich täglich extraheftig von meinem Skateboard auf den Asphalt geknallt hat. Heißes Wachs auf meine Bikinizone geklatscht und die Haare samt Wurzeln rausgerissen zu bekommen, erscheint wie ein einigermaßen kostengünstiger Weg, um heute tatsächlich etwas zu fühlen. Schließlich kann ich Tiny dazu überreden, mich dort hinzufahren, indem ich ihr sage, dass sie mich wahrscheinlich schreien hören wird. „Außerdem wird dieses Abenteuer auch Whiskey und Vicodin beinhalten", füge ich hinzu, um es ihr noch schmackhafter zu machen.

Zuerst gehen wir in die Bar direkt neben *Nina's Nagel- und Enthaarungsstudio*, damit ich mich körperlich und seelisch vorbereiten kann, indem ich Schmerzmittel schlucke und Schnäpse trinke. Ich habe dafür aber nur ein paar Minuten, weil Tiny in einer Stunde woanders sein muss, deswegen bin ich leider immer noch nüchtern, als ich mich nach nebenan begebe.

Nina, eine untersetzte Asiatin mit einem Gesichtsausdruck, der keinen Zweifel daran lässt, dass sie nicht zu Späßen aufgelegt ist, nimmt mich in einen kleinen Raum mit, der mit Raumteilern aus Plastik abgegrenzt ist, wie ein Abteil in einem Großraumbüro. Tiny wird also mit Sicherheit zuhören können, wie mir die Haare ausgerissen werden, während sie im Warteraum einer Reihe heißer Miezen zusieht, die sich eine Pediküre machen lassen.

Nina spricht nicht viel Englisch, so dass sie mir ihre Anweisungen mit kurzen, energischen Handbewegungen gibt, die so viel bedeuten sollen wie: *Ziehen Sie Ihre Kleidung aus* oder *Legen Sie sich auf den Rücken*. Plötzlich habe ich sogar noch mehr Angst, weil ich durch die Art, wie sie mich herumkommandiert, definitiv das Gefühl habe, dass sie insgeheim eine Domina sein könnte. Nina bekräftigt diesen Verdacht, als sie mir gebietet: „Beine auseinander", wobei sie mit ihrem Wachs-Spachtel auf mich deutet.

Ich hoffe, dass Tiny das nicht gehört hat.

Nachdem ich die Beine breit gemacht habe, höre ich überhaupt nichts mehr. Mein ganzer Körper zittert vor Schmerz und ich habe allmählich das Gefühl zu schweben. Vielleicht mache ich gerade eine Art Bikinizonen-Enthaarungs-Zen-Transzendenzerfahrung. Mein Mund ist trocken und mein Gesicht fühlt sich taub und kribbelig an. Vielleicht hätte ich mehr als nur den Milchshake vorhin zu mir nehmen sollen. Ich habe das Gefühl, gleich ohnmächtig zu werden. Moment mal! Wäre es nicht super, ohnmächtig zu werden? Auf diese Weise könnte ich all die Schmerzen überspringen und einfach mit einer schön adretten Pussy aufwachen, aber dann kommt mir in den Sinn, wie peinlich es wäre, in voller Grätschstellung ohnmächtig zu werden! Kommt nicht in die Tüte, besonders nicht in einem Raum, dessen Wände so dünn sind wie die eines Abteils in einem Großraumbüro. Aber ich werde nicht ohnmächtig. Ich sehe Nina dabei zu, wie sie schnell an ihrer Mission, der Rodung meiner Haare, arbeitet. Und sie macht sich wirklich über meine *gesamte* Haarpracht her, nicht nur über die Ränder meiner Bikinizone. Immer wieder klatscht sie ihren kleinen Spachtel, von dem orangestichige Wachsschmiere tropft, auf meine Pussy, um dann mit einem Ruck meine Haare auszureißen. Ehe ich michs versehe, hat sie meine gesamte Schambehaarung in weniger als drei Minuten eliminiert. *Wow*. Dann befiehlt sie: „Umdrehen!"

Hä, auf was habe ich mich da eingelassen? Von diesem Teil hat Nicki mir nichts erzählt! Ich tue jedoch, was Nina befiehlt, weil sie ihre Heißwachs-Peitsche schwingt und ich mich zu benommen fühle, um überhaupt irgendetwas an dieser verrückten Situation infrage zu stellen. Ich drehe mich um und Nina nimmt meine beiden Hände und legt sie jeweils auf eine meiner Arschbacken. „Auseinanderziehen!", befiehlt sie.

Ich mache keine Einwände. Ich ziehe meine Arschbacken auseinander und bereite mich darauf vor, dass das heiße Wachs auf mich geklatscht wird.

„Zu eng!", sagt Nina.

„Hä?"

„Zu eng." Nina klopft mit ihren Plastikhandschuhen auf meine Arschbacke. Mir wird bewusst, dass ich meinen Hintern zusammengekniffen habe, genauso fest wie meine Augen, während ich in Gedanken bete, dass der ganze Prozess schleunigst vorbei sein wird, aber ich schätze, ich bin so angespannt, dass Nina ihr Wachs nicht auftragen kann. Ich versuche, mich zu entspannen. Ich denke daran, dass Tiny wahrscheinlich von einem Ohr zum anderen grinst, während sie den Enthaarungs-Geräuschen lauscht. Hinterher ziehe ich langsam meine Klamotten wieder an und stehe unbeholfen da, mit prickelnder Schrittpartie und ebenso prickelndem Hintern. Ich fühle mich überwältigt, irgendwie verwandelt durch diese Erfahrung.

Im Auto mache ich Scherze darüber, Tiny das Resultat zu zeigen. Als sie kreischt: „Bitte nicht!", muss ich lachen. Ich bin so stolz auf meine neue Pussy oder zumindest darauf, was ich dafür durchgestanden habe, dass ich sie jemand zeigen möchte. Ich möchte damit prahlen, wie hart ich bin, dass ich eine Fremde heißes Wachs auf meinen verdammten Hintern habe tropfen lassen und mir all meine Haare habe ausreißen lassen! Aber es ist nicht wie bei einem neuen Tattoo. Ich kann es nicht einfach allen zeigen.

Später rufe ich Nicki an: „Du hast mir nicht gesagt, dass sie mir heißes Wachs auf den Hintern klatschen würden!"

„Was! Du hast dir ein Brazilian Waxing machen lassen? Ich habe Bikinizone gesagt, nicht Brazilian!" Nicki lacht sich schlapp.

„Woher hätte ich das wissen sollen? Sie hat kein Englisch gesprochen!"

„Haha, sie haben nur Brazzziiilllian gesprochen, hm? Wie im Land der Schlampen!" Sie kichert noch mehr. „Komm vorbei und zeig es mir."

„Kommt nicht in die Tüte." Ich kann spüren, wie mein Gesicht rot wird.

„Bitte", flüstert Nicki mit ganz rauchiger Stimme. Ich wette, sie hält ihr altmodisches perlmuttfarbenes Vintage-Telefon in der einen Hand und ein Glas Weißwein in der anderen. Sie ist so heiß.

„Nein", sage ich und lege auf, als sie gerade einen neuerlichen Kicheranfall hat. *Scheiße*. Wenn ich nicht einmal mit dem Gedanken fertig werde, Nicki meine Pussy zu zeigen, wie soll ich sie dann beim Vortanzen einem Raum voller Stripperinnen und Kunden zeigen?

Cruzer bietet mir an, mich mit dem Truck zum Vortanzen im Minxy zu fahren, weil es am anderen Ende der Stadt ist. Ich wäre mit Nicki mitgefahren, aber sie muss in ihrem anderen Job arbeiten. Da ich müde bin, weil ich letzte Nacht sehr lange wach geblieben bin und gefeiert habe, treibe ich mich als Erstes komplett mit Kaffee in die Höhe.

Dann sitze ich auf dem pinken Futon im Umkleideraum und bibbere, während ich darauf warte, dass ich an der Reihe bin. Ich bin vollkommen nackt, bis auf Nickis Stripperinnen-Schuhe, weil die Vorschrift lautet: Nur Schuhe. Ich sitze neben zwei anderen nackten Stripperinnen-Anwärterinnen, die auch darauf warten, dass sie mit Vortanzen dran sind. Alle zehn Minuten kommen die Madams heraus und rufen das nächste Mädel mit ihrem selbst gewählten Tänzerinnen-Namen auf, demjenigen, den sie auch tragen werden, wenn sie engagiert werden. Vorhin, als ich noch im Büro war, habe ich auf die leere Zeile auf dem langen Bewerbungsformular gestarrt, über der *Tänzerinnen-Name* stand. Ein paar Minuten lang habe ich mit meinem Stift auf den Rand des Blatts geklopft. Und zwar den Rhythmus des *Guns N' Roses*-Songs, der in Cruzers Truck im Radio gelaufen war. Wir hatten ihn dröhnend laut aufgedreht und so getan, als würden wir headbangen.

Tänzerinnen-Name ____________________

Klopf, kopf. Klopf, klopf.

Schließlich habe ich *Axl Rose* hingeschrieben.

Mir wird klar, dass der übermäßige Kaffee-Genuss eine schlechte Idee war, weil ich nun ganz zapplig bin. Ich spiele mit meiner Kaffeetasse herum. Ich bibbere. Ich knirsche mit den Zähnen. Ich beäuge meine Jeans und mein schlabbriges *Spitfire*-T-Shirt, die auf dem Boden liegen. Ich vermisse sie schrecklich. Sie haben noch nie so gut ausgesehen. Ich meine, auch alle anderen sind nackt (das habe ich gesehen, als ich mich flüchtig umgesehen habe, bevor mein Blick dauerhaft an dem lindgrünen Teppich unter meinen Füßen haften geblieben ist) und eigentlich sollten wir im gleichen Boot sitzen oder so was, aber ich fühle mich extranackt wegen meiner superentblößten Pussy. Ich überkreuze meine Beine so eng wie möglich über meiner kahlen Schrittpartie.

Ich glaube, das Mädchen, das auf dem vorderen Teil der Couch sitzt, starrt mich an. „Hey, du bist Georgie, hm?", ertönt eine lebhafte, leise Stimme. Es ist das Mädel, mit dem Cruzer in Santa Cruz in der Nacht im Bett war, in der ich Mia kennengelernt habe. Sie sieht anders aus als das letzte Mal, als ich sie gesehen habe und als sie im leeren Diner auf dem Tisch getanzt hat. Ich meine, sie trägt gerade *nur* rote Cowboystiefel, aber auch ihre Frisur ist anders oder so was. Mir fällt ein, dass sie Mias Ex ist. *Verdammte kleine Welt.* Ich hoffe, sie erzählt Mia nicht, dass sie mich hier gesehen hat. Wenn Mia diesen Tratsch hört, wird sie denken, dass ich nach unserer Trennung völlig den Verstand verloren habe.

„Oh hey", murmle ich dem Mädel zu. „Du lebst jetzt hier?"

„Ja. Bin erst vor einer Woche umgezogen. Ist ja interessant, dass ich dir hier über den Weg laufe."

Die Interessantheit der Situation ist mir sehr bewusst. *Au weia.* Ich überkreuze meine Beine noch enger über meiner entblößten Pussy und warte darauf, dass die Madams meinen Namen rufen.

„Dakota." Die Madam mit der Sechzigerjahre-Schmetterlingsbrille kommt ins Zimmer und Mias Ex springt auf und meint aufgeregt: „Wünsch mir Glück."

Zehn Minuten später kommt die Madam zurück und ruft Axl Rose auf. Sie scheint nichts Außergewöhnliches an meinem Namen zu finden. *Puh.* Als ich ihn vorhin schnell hingeschrieben habe, habe ich nicht angenommen, dass sie ihn geradewegs einfach so verwenden würden. Wenn ich den Job kriege, denke ich mir einen ernsthafteren Stripperinnen-Namen aus. So ein Mädel im Umkleideraum hat sich vorhin als Panacea vorgestellt. *Was bedeutet das? Griechische Göttin des Heilens.*

Oh.

Ich bin so beschäftig damit, Panik wegen meines seichten Stripperinnen-Namens zu haben, dass ich kaum wahrnehme, dass ich auf Nickis Mondschuhen bereits den ganzen Weg bis zur Bühne getrippelt bin. Die Madam stellt mich vor, aber ich kann sie kaum hören, weil mein Herz so heftig klopft. „Ladys, das ist Axl Rose", sagt sie schmunzelnd in den Raum, in dem bereits andere nackte Mädels tanzen. Ich stakse in die Mitte des mit rötlichem Licht beleuchteten Raums und warte eine halbe Sekunde lang darauf, dass etwas passiert, während ich reglos vor den beleuchteten Spiegeln stehen bleibe wie ein Reh im Scheinwerferlicht.

Plötzlich beginnen sich kleine Fenster rings um die kreisförmige Bühne zu öffnen. Die Fenster an den Wänden sehen ein bisschen wie die Schützenstände in einer Schießanlage aus und ich komme mir vor wie das verdutzte nackte Zielobjekt, während ich nahe der verspiegelten Rückwand umherschwanke. Ich bin froh, dass ich geübt habe, in den Schuhen für Überraschungsangriffe gewappnet zu sein, denn nun habe ich das Gefühl, dass sich aus allen Richtungen überraschend Augen auf mich richten. Nicki hat mir gesagt, das Wichtigste, auf das ich mich konzentrieren muss, sei, dass ich meine Beine so oft wie möglich spreize und somit den letztlich kassenfüllenden Anblick immer mal wieder kurz preisgebe. Um dabei möglichst einfallsreich zu sein, klettere ich auf die durchsichtigen glitzernden Stangen, die alle Fenster umrahmen, und schwinge wie ein kleiner Affe an den Wänden herum. Dadurch, dass ich so voller Koffein bin, bin ich bei meinen Bein-Kicks und Grätschen vor jeder kleinen Fensteröffnung ziemlich akrobatisch. Ich stelle sicher, dass ich jedem grinsenden Gesicht in jedem einzelnen Fenster einen intimen Einblick präsentiere.

Nachdem ich ein paar Minuten lang meine krampfhaften Bewegungen gemacht habe, drehe ich mich um und schaue, was die anderen, *echten* Stripperinnen machen. *Ups!* Wie langsam die sich bewegen! Sie sehen wie träge Katzen aus, wie sie verspielt umherrollen und sich auf dem roten Teppich strecken. Wenn sie ihre Beine tatsächlich spreizen, tun sie es neckisch, so dass es aussieht, als wäre ein Pornofilm in der Zeitlupen-Einstellung stecken geblieben. Wie peinlich! Ich versuche, meinen Körper langsamer zu bewegen, um die sphinxy Minxy-Katzen nachzuahmen. Aber nach all dem Kaffee fühle ich mich immer noch wie die Kugel in einem Flipperautomaten und bestürme die Fenster, als ob es dafür jeweils zehn Punkte gäbe. Genau in dem Moment, als mein hämmerndes Herz aus meiner nackten Brust zu bersten droht, kommt die Madam mich endlich holen. *Wow, das war gar nicht so übel.* Eigentlich hat es sogar irgendwie Spaß gemacht. Ich war so beschäftigt damit, mich an den leuchtenden Stangen herabzuschwingen, dass ich sogar vergessen habe, die heißen nackten Mädels, die mit mir auf der Bühne waren, anzusehen.

Die Madams sagen mir, dass sie mich im Laufe der Woche anrufen werden. Ich rufe Cruzer an, die in der Bar ums Eck wartet. Ihre Miene ist irgendwie komisch. „Wie war's?", fragt sie, als ich in ihren Truck einsteige.

„Ich war wie ein Affe auf Crack. Ich glaube nicht, dass ich dafür geschaffen bin, eine Stripperin zu sein", meine ich traurig.

„Das hätte ich dir schon vorher sagen können."

Auf der Fahrt zurück ins Mission-Viertel sind wir beide still. Ich bin deprimiert wegen meines Vortanzens und Cruzer hat immer noch diesen seltsam ernsten Gesichtsausdruck.

Schließlich bricht sie das Schweigen. „Soda hat mich gerade angerufen und mir gesagt, dass er mit meiner Ex ins Bett will. Ich schätze, das ist ohnehin bereits passiert und er versucht jetzt nur, es mir beizubringen."

Scheiße. Warum ausgerechnet jetzt.

„Äh. Keine Ahnung. Ich war so beschäftigt damit, in Mondschuhen gehen zu lernen, mir heißes Wachs auf meine Körperteile klatschen zu lassen und mich von Femmes schminken zu lassen, dass ich nicht mitbekommen habe, was alle anderen gemacht haben."

„Aha."

„Du hasst Bad News Brenda doch sowieso", rufe ich ihr in Erinnerung.

„Ja, was soll's. Ich habe Soda gesagt, dass ich nicht nach Hause komme, wenn er mit ihr ausgeht. Ich werde einfach mit Topsy nach Philadelphia ziehen, wenn ich sie je zusammen sehe. Scheiß auf

Soda und seinen Mist. Er denkt, er kann jedes einzelne Mädel in dieser Stadt dazu bringen, dass es sich in ihn verliebt!"

Ich weiß, dass Cruzer in letzter Zeit ein Arsch gewesen ist, aber ich will nicht, dass sie wegzieht. *Verdammter Soda*. Warum muss er ihr beinahe einen triftigen Grund geben, gegen den ich nichts einwenden kann?

Am nächsten Morgen kann ich nicht richtig laufen, so einen Muskelkater habe ich in meinen Oberschenkeln von all den gegrätschten Kniebeugen. Wenn ich schon nach zehn Minuten einen solchen Muskelkater habe, wie soll ich da eine ganze Schicht durchstehen? „Du wirst Stripperinnen-Muskeln bekommen", meint Nicki am Telefon, als sie mich anruft, um zu fragen, wie mein Vortanzen gelaufen ist. Obwohl ich ihr von meinen Tanzbewegungen erzählt habe, denkt sie immer noch, dass ich einen Rückruf bekommen werde.

Ich liege den ganzen Tag herum und sehe fern, da mein Körper zu sehr wehtut, um zu skaten. Soda kommt nach Hause und versucht, über Cherry zu reden, aber ich verbiete ihm, mit mir über sie zu reden. Ich will heute nicht daran denken, dass Cruzer vielleicht wegzieht, und ins Bodenlose fallen.

Als mein Telefon klingelt, springen wir beide ganz aufgeregt auf.

„Oh, es ist nur Kimi", sage ich.

Ich hatte vergessen, dass sie mich ständig anruft und ich ihr neulich versprochen hatte, dass ich Sonntagabend etwas mit ihr trinken gehen würde. Entweder will sie die Trennung verarbeiten oder sie will wieder bei mir landen. Ich sollte aus dem Haus gehen und mich mit ihr treffen. In letzter Zeit habe ich ein Schattendasein geführt. Außerdem fühlen sich meine Beine besser an und ich will wieder skaten.

Kimi versucht, mich zu verführen, aber ich bin brav und bemühe mich, nicht so viel zu trinken, dass ich das zulasse. Als jemand in der Jukebox Mias neue CD laufen lässt, zucke ich zusammen. Kann ich denn nicht mal in meine Lieblingsbar gehen, ohne aus der Jukebox Schmacht-Songs über meine letzte Trennung zu hören! Ich beschließe, mich zu betrinken. *Einen Whiskey, bitte*. Später gehe ich in die Toilette, zücke meinen Edding, den ich zum Taggen benutze, und tagge über alles, was ich jemals für Mia auf die riesige Graffiti-Wand in der Toilette geschrieben habe. Als ich aus der Toilette komme, laufe ich Nicki direkt in die Arme. Sie ist so attraktiv. Ich kann nicht glauben, dass ich sie, wenn ich den Job bekomme, die ganze Zeit nackt sehen werde. Sie und jede Menge anderer hübscher Mädels. Die Vorstellung scheint so weit hergeholt, kaum zu glauben, dass es tatsächlich so kommen könnte. Als Nicki mich schnell auf den Mund küsst, sehe ich, dass Kimi mich vom anderen Ende der Bar wütend ansieht. Ich ertrage jetzt kein Drama. Schließlich habe ich mich bereits von ihr getrennt. Also gehe ich zurück zu meinem Sitzplatz neben ihr und sage ihr, dass ich gehen muss. „Die neuen CDs in der Jukebox sind wirklich nervig", meine ich. Sie sieht verwirrt aus. Ich hole mein Skateboard unter der Bar hervor und gehe.

Als ich nach Hause komme, stopft Cruzer gerade alle Sachen aus ihren Schubladen und vom Fußboden ihres Zimmers in schwarze Müllsäcke.

„Was zum Teufel tust du da?"

„Was soll die Scheiße, Soda vögelt Cherry!", brüllt Cruzer, was gleichzeitig wie eine Feststellung und wie eine Frage klingt. Sie hält inne, mit einem Haufen Klamotten in der Hand, den sie gerade in den Müllsack geben wollte.

„Äh."

„Scheiß auf ihn!" Cruzer schleudert die Klamotten in den Sack.

Mir klappt die Kinnlade runter, während ich wie angewurzelt im Flur stehe. Als ein schwerer Lastwagen vorbeirollt, schwankt der Boden des Creamsickle nach links. Ich klammere mich an das Geländer, aber das wackelt auch.

Oh nein. Cruzer ist mein Rückhalt, verdammt nochmal.

„Ich gehe mit Topsy nach Philadelphia und Tiny zieht in mein Zimmer."

„Neeeeeeiiiiiin!", heule ich.

„Scheiß auf diesen Winter. Soda vögelt vor meinen Augen meine erste große Liebe. Mädels werden von Geländelimousinen überfahren und sterben. Alle nehmen zu viele Drogen und in diesem verdammten Haus ist es viel zu kalt!" Cruzer zerrt die Müllsäcke nach hinten zum Schrankzimmer.

„Du kannst mich hier nicht alleinlassen", ich stelle mich vor sie und flehe sie an.

„Dann komm mit mir mit."

„Ich habe kein verdammtes Geld. Ich habe ungefähr zehn Cent!", schreie ich. Ich leere die Taschen meiner Jeans aus und Fussel, die Telefonnummer von irgendeinem Mädel und allerlei pinke und blaue Pillen verteilen sich über den Holzboden im ganzen Flur. Cruzer beugt sich hinunter, um meine verstreuten Habseligkeiten aufzusammeln, aber vermutlich nur, weil sie auf meine Pillen aus ist. Während sie auf dem Boden herumkriecht, mache ich auf dem Absatz kehrt, schnappe mein Skateboard, das an die cremefarben gestrichene Wand gelehnt ist, und renne mit schmerzenden Beinen die Treppe hinunter. Scheiß auf Cruzer und ihre scheißreichen Eltern, die es ihr ermöglichen, einfach die Brücken hinter sich abzubrechen und wegzuziehen!

Als ich auf dem Skateboard stehe, frage ich mich, mit wem ich skaten werde, wenn Cruzer weg und Soda mit dieser Zicke Cherry zusammen ist. Ich frage mich, ob das Minxy mich anrufen wird, und wenn das der Fall sein sollte, ob ich dann überhaupt dort arbeiten könnte? Ich frage mich, wie lange es dauern wird, bis die Haare auf meiner komisch aussehenden Pussy wieder nachgewachsen sind. Ich frage mich, ob Mias neue Freundin besser im Bett ist, als ich es war, und ob sie sie ebenso sehr liebt. Ich frage mich, was Nicki beim Schlafen trägt, ob sie nackt ist oder so was wie ein Spitzenhöschen anhat. Ich frage mich, wie schnell Cruzer zurückkommen wird. Ich frage mich, ob ich mit diesen Gummibeinen immer noch einen krass steilen Hügel hinunterdonnern kann.

Als ich oben am Dolores Hill ankomme, mache ich eine Pause, um sicherzugehen, dass keine Autos unterwegs sind. Seitdem Goldy gestorben ist, habe ich auf den Straßen immer so viel Angst. Mein Herz schlägt schnell. Dann zwinkere ich mir den Nebel aus den Augen, lasse mein Board aus meiner Hand wieder auf den Asphalt knallen und denke an nichts außer ans Fliegen.

Kapitel 15

Die Blende des Fensters, vor dem ich tanze, wird hinuntergefahren und ich kicke meinen Fuß vom Sims in die Höhe, kurz bevor die Blende ganz unten ist. Es ist ein gut eingeübter Ablauf, bei dem ich weiß, wie viele Sekunden ich für jede Bewegung brauche, etwas, das ich in den Monaten, in denen ich jede Menge Schichten im Minxy gearbeitet habe, gelernt habe. Ich schaue zu den anderen Mädels hinüber, die sich alle auf den Boden haben plumpsen lassen, denn wenn all die Fenster geschlossen sind, können wir eine Minute lang faulenzen, ohne dass unsere Beine in irgendeinem unmöglichen Winkel gegrätscht sind.

Dakota erzählt, dass sie einen neuen Trick entdeckt hat, nämlich Gleitmittel in einen Seifenspender zu füllen, um es immer zur Hand zu haben.

„Das ist verdammt genial!", sagt Lexy. „Kriegt man den in einem Badezimmer-Geschäft oder so?"

„Japp, und er sieht genauso aus wie einer von diesen pinken, kegelförmigen in öffentlichen Toiletten. Ich habe Jen ihn an der Wand genau neben ihrem Bett anbringen lassen, damit wir es den ganzen Tag machen können und uns nicht mal die Mühe machen müssen, nach der Flasche zu suchen. Man langt einfach hin und pumpt ein paarmal und schon hat man so viel Gleitmittel, wie man will."

„Das muss ich haben!", kreischt Lexy. „Ich hasse es, wenn man gerade im entscheidenden Moment die verflixte Flasche nicht finden kann. Also, wenn sie so klein ist, dass sie in die Bettritze fällt und man sich denkt, nimm deine Hand jetzt bitte nicht aus mir raus, um diese verdammte Flasche zu suchen! Grr!"

Ein Fenster in meiner Nähe öffnet sich ächzend, also gehe ich mit wiegenden Hüften darauf zu. Ich schiebe meinen Minirock nach oben und gehe tanzend in die Grätsche, so dass sich meine Beine langsam spreizen, während ich den Kerl in der halben Sekunde, bevor sein Kabinenlicht ausgeht, unter die Lupe nehme. Aber meistens sehe ich nur ein wippendes Grinsegesicht.

Egal, wie viele Monate ich nun schon im Minxy arbeite, wenn ich in die Spiegel sehe, habe ich immer noch das Gefühl, dass meine sexy Bewegungen komisch aussehen. Ich bin überzeugt, dass all der Sex-Appeal, den andere Mädels verinnerlicht zu haben scheinen, indem sie als Teenagerinnen vor dem Spiegel geübt oder auf Pyjamapartys geprobt haben, oder was sie sonst gemacht haben, das es so natürlich wirken lässt, mir völlig fehlt. Es ist, als ob alle anderen Minxy-Tänzerinnen, wenn sie im Rampenlicht stehen, reflexartig einen Katzenbuckel machen, den Bauch einziehen, ihre Brüste rausstrecken und die Lippen zu einem sexy Grinsen verziehen. Als letzten Monat Fotos von mir für die Fantasy Box gemacht wurden, musste Madam Vivian mich praktisch bei jeder Pose coachen. Bei den ersten paar setzte ich meinen typischen toughen Blick für die Kamera auf; Kinn nach unten, schmale Augen und arrogante Lippen. „Hast du denn keine *sexy* Pose, Schätzchen?", fragte Madam Vivian und zögerte, den Auslöser zu betätigen.

Wenn Soda und Cruzer dabei gewesen wären, hätten wir genauso geschaut, und außerdem die Schultern hochgezogen und unsere Hände zu einem C für Crew geformt.

„Ähm, schätze, nein", antwortete ich.

„Es werden keine Kunden zu dir in die Fantasy Box kommen, wenn du so schaust, als ob du ihnen in den Hintern treten willst", sagte Madam Vivian liebenswürdig, als ob sie eine Lehrerin wäre. Eine super-super-heiße Lehrerin.

„Tut mir leid", murmelte ich.

„Ich meine, es sei denn, du willst noch mehr Domina-Sachen lernen?", schlug sie vor. „Aber dann müsstest du dir ein paar neue Outfits besorgen. Ich würde dir ja welche geben, aber ich habe all mein Zeug an die anderen hübschen Süßen vergeben."

Mein derzeitiges Outfit bestand aus ein paar pinken Rüschen-Teilen, die es in dem Stripperinnen-Laden im Lower-Haight-Viertel billig zu kaufen gegeben hatte. Wobei „billig" nur billig für Stripperinnen-Klamotten bedeutete. Im Schnitt kostete ein fünf Zentimeter breiter Streifen berüschte Spitze, der ein Stripperinnen-„Rock" sein sollte, ungefähr zwanzig Dollar. Sobald mir ein bisschen Zeit blieb und ich nicht mehr ständig arbeitete, hatte ich vor, den Beweis zu erbringen, dass man sich so ein Outfit auch machen konnte, wenn man den Saum von einem Tutu aus dem Secondhandladen herunterriss oder irgendein hässliches paillettenbesetztes Achtzigerjahre-Kleid zerschnitt, das vermutlich weniger als einen Dollar kostete. Mode für die sparsame Stripperin.

Wie dem auch sei, meine pinken, gepunkteten Rüschen-Klamotten waren gut für mein Image, da die Madams mich in der Fantasy-Box-Hotline gern als „junges tätowiertes Flittchen" oder „flotte Punk-Lolita" anpriesen. Mich langweilte dieses Alter Ego noch nicht. Ich stellte mir dann vor, ich wäre ein minderjähriges Punkrock-Mädel, das nur auf Konzerte ohne Altersbegrenzung gehen konnte und in ihrer pinken Geldbörse mit Totenköpfen und gekreuzten Knochen darauf einen Mitgliedsausweis vom Gilman-Club hatte. Eine verdorbene, betrunkene Achtzehnjährige, deren BH-Träger mit Sicherheitsnadeln festgesteckt waren. Die ihre Totenkopf-BHs und Miezekätzchen-Unterwäsche vermutlich bei Hot Topic einkaufte. Die roten Lichter in der Fantasy Box waren dabei sehr hilfreich, da sie mich irrsinnigerweise so aussehen ließen, als ob ich kaum sechzehn Jahre alt wäre. Die Kerle fragten mich ständig: „Wie alt bist du?", mit lüsternen Augen, und warteten die Antwort nicht einmal ab. Sie hatten sich bereits ein Urteil gebildet. Ich war *jung*. Meines Erachtens war die Frage nur Teil einer Fantasie, in der „Wie alt bist du?" irgendwie aufregend anstößig klang. Dementsprechend machte ich ihre Fantasien nie zunichte und sagte ihnen nicht, dass ich zweiundzwanzig war, das schien zu alt für die Richtung, die sie einschlagen wollten. „Kaum aus dem Schutzalter raus", war meine Antwort, denn offenbar gefiel es ihnen, wenn ich Ausdrücke benutzte, mit denen sie vertraut waren.

Madam Vivian konnte schließlich zumindest ein gutes Foto von mir machen; sie brachte mich dazu, mich zu entspannen, indem sie mich an einer Flasche Whiskey nippen ließ. Sie war so eine gute Mentorin, ich meine, für eine Chefin.

Außerdem sagte sie mir, dass ich mir keine Sorgen machen sollte, wenn ich noch nicht das Gefühl hatte, dass Sexy-Sein etwas ganz Natürliches für mich war, dass man das lernen konnte, genauso wie man lernen konnte, wie man etwas kochte, wie man Kerlen einen runterholte oder wie man etwas nähte. Ja, sie sagte, wie man Kerlen einen runterholte. Klingt nach einem x-beliebigen Beispiel, aber ich glaube, das kam ihr in den Sinn, weil zwei Mädels, Sapphire und Ivy, zuvor im Umkleideraum darüber gesprochen hatten, dass es auf der Website von Hand Job Advice Lehrvideos gab, in denen Dutzende Runterhol-Techniken gezeigt wurden. Die beiden hatten vor, sich bei einem neuen Massage-Salon zu bewerben, der bald eröffnet werden sollte.

„Hast du schon mal den Zwei-Finger-Korkenzieher ausprobiert?"

„Nein, aber hast du schon den Sektquirl probiert?"

So ging es in einem fort. Ich hörte zu, während ich mich für mein Fotoshooting fertig machte.

„Wie steht's mit Melk-den-Bullen?"

Da zwängte ich gerade eine Strähne meiner eigentlich zu kurzen Haare um den Lockenstab. Japp, ich lockte mir sogar die Haare. Nicki wäre so stolz gewesen. Sie hatte sich ganz besonders engagiert, mir alle Dinge näherzubringen, damit ich meine „Femme-Jungfräulichkeit", wie sie es bezeichnete, verlor. Neulich hatte sie sogar Modezeitschriften im Creamsickle-Badezimmer liegen lassen, ganz oben auf den Stapeln von *High Times*, *Skateboard Magazine* und den zerfledderten Ausgaben des *Playboy*. Zuerst hatte ich vermutet, dass Cherry die Schuldige war, aber später in der Arbeit meinte Nicki: „Hast du in der einen *Cosmo* gelesen, dass man sich mit Feuchtigkeitslotion eincremen soll, während die Haut nach dem Duschen noch feucht ist? Ich habe immer gedacht, dass die Haut erst ganz trocken sein sollte, damit die Lotion einziehen kann, aber ich habe mich offenbar geirrt!"

„Das habe ich schon gewusst", sagte Sapphire.

„Oh ja, so bleibt die Feuchtigkeit in der Haut", stimmte ich zu und nickte geistesabwesend. Dann bemerkte ich, dass Nicki mich stolz anlächelte, und konnte nicht glauben, was da gerade aus meinem Mund gekommen war. Ich hatte mich früher nie von Kopf bis Fuß eingecremt, geschweige denn nach einer Dusche, aber ich hatte in der Tat diese albernen Zeitschriften gelesen, wenn ich auf der Toilette gesessen hatte, und diese Information war offenbar hängen geblieben.

„Wenn du willst, kann ich dir helfen, damit du dich sexy fühlst", bot Madam Vivian an, als sie das Digitalfoto von mir ausdruckte.

Was? Hatte meine Chefin das wirklich gerade gesagt?

„Äh, ich fühle mich sexy, nur nicht so, wie ein *Mädchen* sich sexy fühlt", meinte ich.

„Ja, aber du könntest dir die Schnuckelchen, mit denen du ins Bett gehst, zum Vorbild nehmen, so ähnlich wie Leute, die sich nach dem Motto *Was würde Jesus tun?* richten. Du könntest dich fragen: *Was würde eines von meinen Schnuckelchen tun?* Wie gehen sie es an, wenn sie dich verführen? Ich wette, sie spielen mit ihrem Haar, lecken sich über die Lippen und werfen dir tiefe Schlafzimmer-Blicke zu, hm?" Madam Vivian demonstrierte all diese Schritte und schmiegte sich dabei in ihrem engen schwarzen Bleistiftrock eng an das Kopiergerät, während sie Kopien des ausgedruckten Digitalfotos von mir machte.

Madam Vivians Seele lebte in einer völlig anderen Ära. Ich hatte sie nie etwas anderes als Vintage-Klamotten aus den Zwanzigerjahren tragen sehen, Pillbox-Hüte, Spitzenhandschuhe und totalen Vintage-Glamour vom Feinsten. Ich hatte sie nur einmal tanzen sehen und da hatte sie authentisch wirkende Vintage-Unterwäsche getragen, als ob sie sich diese direkt von Betty Page geliehen hätte.

Madam Vivian litt an Schlaflosigkeit und sie hatte hochoffiziell irre lange Bürozeiten. Wenn ich manchmal in meinen Pausen in ihr Büro spähte, konnte ich sie dort immer sitzen sehen, wie ihr Gesicht spärlich von der gelben Tischlampe erhellt wurde, als ob sie eine Privatdetektivin wäre, mit einem Büro, das als ein altes Bordell getarnt war. Als ob sie eine Privatermittlerin wäre, die ausschließlich für Freier und Huren arbeitete. Als sie für die Position der Madam ausgewählt wurde, stylte sie das alte, langweilige Büro sofort völlig um: Sie hängte überall an den Wänden Pfauenfedern, Vintage-Schwimmanzüge, dekadente Schals und Mode-Poster aus dem Paris der Zwanzigerjahre auf und einiges davon sogar auch in den Toiletten des Umkleideraums. Wenn Tänzerinnen einen Termin bei ihr brauchten oder wenn Madam Millie und die Mademoiselle, die beide normale Bürozeiten hatten, beschäftigt oder nicht in der Stadt waren, dann versuchte Madam Vivian immer, Termine für ein „Mitternachtstreffen" zu vergeben.

„Ich habe das Gefühl, dass wir zu dieser Uhrzeit am besten kommunizieren können", argumentierte sie den Tänzerinnen gegenüber immer. Es ging das Gerücht, dass sie Mädels auch nur um Mitternacht feuerte.

„Wenn Madam Vivian dich um Mitternacht ruft, dann bist du fertig", hatte Lexy mich während meiner ersten Woche im Job gewarnt.

Wann immer es Mitternacht schlug, damals, am Anfang, als ich noch nicht sicher war, ob ich dem Minxy nicht nur vorschwindelte, dass ich wie ein Mädchen aussehen und strippen konnte, bekam ich eine Weile lang jedes Mal, wenn ich zu Hause war und mein Handy Mitternacht anzeigte, Panik, bis eine Minute vergangen war. Als Madam Vivian mein Fantasy-Box-Fotoshooting ansetzte, musste ich sie auf elf Uhr abends runterhandeln, mit dem Argument, dass ich um zwei Uhr morgens nicht sehr wach aussehen würde. Einmal erwischte Madam Vivian mich dabei, wie ich vor meiner Schicht auf der Couch im Umkleidezimmer schlief, und bot mir eine Line Koks an. Bijou und ich machten uns dann auf der Bühne darüber lustig. „Ich möchte einfach, dass meine Süßen schön wach und munter sind!", ahmten wir sie mit ihrem rollenden Akzent nach.

Als Madam Vivian mein Foto fertig kopiert hatte und gerade die Ränder von den Abzügen abschnitt, um sie quadratisch zu machen, damit sie genau in die Schaufenster im Gang und vor der Fantasy Box passten, warf ich einen ersten Blick auf das Foto. Ich sah darauf superscharf aus, hatte rote Lippen und mit flüssigem Eyeliner gezogene Cat-Eye-Lidstriche, die Nicki mir beigebracht hatte, über meinen Augen, ein rot-schwarzer Push-up-BH zauberte mir ein Dekolleté, ein unechter Pferdeschwanz kringelte sich in einer dicken Ringellocke und der Rest meiner Frisur bestand aus diesen Baby-Locken, an denen ich so lange gearbeitet hatte. Mir war sofort klar, dass mir das Foto eine Menge neuer Kunden einbringen würde, aber ich hatte dennoch nicht das Gefühl, irgendetwas mit dem Mädel auf dem Foto zu tun zu haben.

Wenn ich fertig geschminkt war und in der Fantasy Box herumlungerte und auf einen Kunden wartete, fühlte ich mich üblicherweise wie ein Junge in Frauenkleidern. An einem Abend war ich mal superaufgeregt, weil zwei betrunkene Rowdys im Gang mein Alter Ego entdeckt hatten. Sie klopften an das Fenster und einer fragte: „Hey, bist du ein Kerl?", woraufhin beide lachten. Ich nickte eifrig und lächelte breit. Dann schnappte ich das kleine schwarze Mikrofon, das meine Stimme in den Gang übertrug und in das ich eigentlich sexy sprechen sollte, um Kerle in die Box zu locken, und sagte mit wirklich verstellter Stimme: „Oh ja, ich bin ein echter Macker." Sie fanden das ziemlich lustig und lachten sich noch mehr tot. Nach meiner Schicht erzählte ich dann Dakota im Umkleideraum die Geschichte und sie meinte, dass junge dumme Kerle sie und viele der anderen Mädels das die ganze Zeit fragten. „Sie kommen nicht damit klar, wenn Stripperinnen keine wasserstoffblonden Haare und keine riesigen unechten Brüste haben."

„Deine Drei-Monats-Evaluierung steht bevor und ich denke, du wirst überhaupt keine Probleme haben, sie zu bestehen und eine feste und echte Minxy zu werden", sagte Madam Vivian, als sie mir eine Kopie meines Stripperinnen-Glamour-Fotos reichte.

Ich grinste nur. Ich schätze, ich war mittlerweile ziemlich gut darin, „sexy zu tun". Ich hatte die Kunst perfektioniert, über längere Zeit einen „nimm mich"-Gesichtsausdruck beizubehalten, während ich auf der Bühne herumwirbelte, sogar wenn ich in Gedanken ganz woanders war. Meistens dachte ich darüber nach, wo im Stadtzentrum ich skaten gehen wollte, wenn ich aus der Arbeit kam. Bei Arbeitsende so nah an der Innenstadt zu sein war eine der tollen Sachen an meinem neuen Job: Es eröffnete sich eine ganz neue Welt an Plätzen zum Skaten.

Auf der Bühne sprechen Dakota und Lexy immer noch über die Gleitgel-Spender-Erfindung. Manchmal ziehen sich Gespräche ziemlich, weil die Mädels sich an die Regel halten: *Still sein, wenn die Fenster geöffnet sind*. Im Moment ist nur ein Fenster geöffnet und Bijou kümmert sich darum. Zwischen ein und zwei Uhr morgens ist meistens Flaute und es kommen nicht mehr als zwei oder drei Kerle herein. Um zwei Uhr morgens werden die Kabinen dann überrannt von Besoffenen, die gerade aus den Bars in der Umgebung kommen und üblicherweise bis drei Uhr morgens bleiben und versuchen ihre Whiskey-Schwänze hochzukriegen.

„Mein Kerl klebt mit den Augen an deinem Arsch", sagt Bijou zu mir und tritt von einem Fenster zurück, damit wir unsere Positionen tauschen können. Ich habe schnell rausgekriegt, dass der große Hintern, den ich all die Jahre in schlabbrigen Baggy Pants versteckt hatte, nun mein größtes Plus ist. Ich kann Männer gut zwanzig Minuten lang hypnotisieren, indem ich mit jeder Backe einfach gut zeitlich abgepasst wackle. In meiner ersten Schicht fragte Sapphire mich: „Bist du sicher, dass du nur weißer Abstammung bist? Dieser Hintern ist der Hammer."

Und dann brachte sie mir ein paar Bewegungen bei, die sie ihre „Wackel mit dem Popo"- und „Popo-Klatsche"-Moves nannte.

Neben meinem Können beim Wackeln mit dem Hintern habe ich in meinem neuen Job auch noch ziemlich herausragende Fertigkeiten an der Tanzstange gezeigt. Schon an meinem ersten Tag habe ich an der Stange quasi kopfüber Purzelbäume geschlagen. Ich klettere gern schnell bis ganz nach oben und stürze mich dann todesmutig mit dem Kopf voran nach unten. An der Stange bin ich eine Wildsau. Wenn ich an ihr hochklettere, scheppert es, und wenn ich wieder auf den roten Teppich heruntergeflogen komme, schnappen die anderen Tänzerinnen jedes Mal nach Luft. Wochenlang habe ich nach dem Üben an der Stange blaue Flecken gehabt, die sich wie die Great Lakes über die Innenseiten meiner Oberschenkel und Waden erstreckt haben. Nun säubere ich die Stange mit Reinigungsalkohol, so dass ich meinen Todessprung üben kann, während ich den Mädels beim Tratschen zuhöre.

„Was ist mit dieser Wild Card passiert, mit der du ins Bett gegangen bist?", fragt Bijou Lexy.

„Eine Wild Card?", lacht Gypsy Rose vom anderen Ende der Bühne, das aber nicht sehr weit entfernt ist, weil die Bühne quasi kleiner als mein Wohnzimmer ist. „Was ist das?"

„Das ist eine Frau, bei der du glaubst zu wissen, auf was du dich einlässt, wenn du mit ihr ins Bett gehst, obwohl du in Wirklichkeit völlig ahnungslos bist. Ich meine, ob sie die Top sein will oder Blümchen-Sex haben oder was auch immer. Dann stellt sich jedoch das genaue Gegenteil heraus, sie zieht quasi eine Wild Card oder einen Joker aus dem Ärmel und überrascht dich", erklärt Bijou.

„Das ist gegessen. Sie vögelt wie ein Karnickel. Alles, was sie macht, ist, sich fünfundvierzig Minuten lang an meinem Bein zu reiben. Sie weiß nicht, was sie will. Meine Hüftknochen waren tatsächlich schon ganz wund wegen dieser Überdosis an lesbischem Frottage-Sex. Was soll der Scheiß!", lacht Lexy. Sie hebt ihr Bein und beugt sich hinunter, bis sie ihre Handflächen auf den roten Teppich drücken kann. Ihr Blick richtet sich nach unten und sie nimmt ihren abblätternden Nagellack unter die Lupe, während sie die wenigen verbleibenden Sekunden totschlägt, bevor die acht sich in eine neun umwandelt und somit ihre nächste Pause signalisiert. Ich bin mir Lexys Pausenzeiten so bewusst, weil meine auf ihre folgt und ich darauf brenne, eine Zigarette zu rauchen. Oder wenn ich Bacci, den Türsteher, dazu bringe, dass er mich nach oben gehen lässt, kann ich ein paar Züge von einem Joint rauchen. Wenn man sich in der Spätschicht bekifft, ist alles interessanter. Ich könnte Bijou fragen, ob ich mir ein paar von ihren Minuten leihen kann, denn obwohl wir viele Pausen kriegen, sind sie sehr kurz. *Zehn Minuten Pause und dann wieder schön hübsch auf die Bühne*. Pages Singsang aus jener Nacht in der Videokabine klingt mir in den Ohren, wann immer ich mich in meiner Pause abhetze.

Das Tolle an den Pausen ist, dass sie einem strikten Zeitplan folgen, so dass man oft von einem Kunden abhauen kann, der total darin vertieft ist, sich bei deinem Anblick einen runterzuholen. Früher habe ich das gemein gefunden, aber das war anfangs, als ich neu war und es mir noch nicht scheißegal war. Aber Pussy ist Pussy, das weiß ich heute, und es ist völlig legitimer Peepshow-Kundenservice, die eine gegen eine andere auszutauschen. Sie zahlen für ein Pussy-Puppentheater, nicht für eine individuelle Beziehung.

Nachdem Lexy in die Pause gegangen ist, sagt Bijou: „Ich frage mich, ob ich mich über ihre abgelegte Liebschaft hermachen soll. Dieses Mädel, über das sie geredet hat, ist total süß."

In meiner Pause stöckle ich nach unten in den Umkleideraum. Er ist leer wie immer spätabends und es ist still dort, bis auf den leise hörbaren Rhythmus der Bühnenmusik und die undeutlichen Stöhn-Geräusche in den Pornos in den privaten Videokabinen auf der anderen Seite der Wand. Es ist fast Mitternacht und wir arbeiten bis drei Uhr morgens, die Welt legt sich irgendwann einmal schlafen, aber wir Minxys schweben in diesem Raumschiff voll nackter Mädels, unsere Pussys sind hellwach und wir lächeln nach der Stechuhr.

Ich rolle schnell mein Schlauchoberteil hinunter, so dass es notdürftig als Rock dient, werfe mir ein Hemd über und tausche meine 7,5-Zentimeter-Absätze gegen meine Schachbrettmuster-Vans aus, dann verlasse ich den Umkleideraum durch die Tür, die quasi als Portal fungiert und das Hinterzimmer der Mädels, eine unterirdische Muschelschale mit pinken Wänden, funkelnden Lichtern und allem möglichen Glitzerzeug, von den dunklen, schmutzigen Gängen trennt, in denen es nach Sperma und Kölnischwasser riecht. Um von der anderen Seite wieder in den Umkleideraum zu kommen, müssen wir Mädels in eine Kamera lächeln, die oben an der Decke angebracht ist, damit die Tür mit dem Türsummer freigegeben wird. Das Minxy ist wie ein lustiges Gruselkabinett auf einem Rummelplatz, mit all diesen kleinen Zimmern, die mithilfe von Türschlössern abgetrennt sind, und den Türsummern und Signallichtern, über die das Öffnen und Schließen der Türen kontrolliert wird, während die wichsenden Kunden quasi fortwährend Reise nach Jerusalem spielen.

Ich finde nach wie vor, dass die Kerle beduselt aussehen, als ich auf dem Weg zu meiner Zigarettenpause am Gang an ihnen vorbeigehe. Sie sehen aus, als ob sie durch ein Gruselkabinett mit Zerrspiegeln schlurfen und versuchen würden, Fantasie und Realität auseinanderzuhalten. Zuerst wichsen sie sich während der Arbeitspause einen ab und später gehen sie dann zu ihren Ehefrauen nach Hause. Sie knipsen Dinge in ihren Köpfen so oft an und aus, dass ich schätze, dass es ihnen schwerfallen muss, ihre Fetische voneinander zu trennen. Ich rauche hinter der Empfangstheke schnell eine Zigarette und verstecke mich vor dem Gejohle und Geschrei der Leute draußen, die an diesem Freitagabend in den Bars unterwegs sind. Ich weiß, dass es draußen Krawalle gibt, denn als ich vorhin zur Arbeit gekommen bin, waren da so viele Verbindungsstudenten, dass ich mein Skateboard hochgenommen und an meinen Körper gedrückt und die Rollen hinter meinen Arm geklemmt habe, um nicht gegen ihre betrunken schwankenden Beine zu schlagen, während ich mich vorbeigeschoben habe. Das Lustige daran ist, dass sie mich nur für einen kleinen Jungen gehalten haben, aber fünfzehn Minuten später haben sich einige von ihnen beim Anblick meines hübschen geschminkten Gesichts und meiner Brüste im Push-up-BH wahrscheinlich einen runtergeholt.

Nach meiner Pause eile ich wieder nach drinnen, weil ich die letzte Minute brauche, um eine Verschönerung an meinem Outfit vorzunehmen, bevor ich zurück auf die Bühne gehe. Ich muss meine Perücke zurechtrücken – manchmal, wenn ich mich auf dem Boden herumwälze, wird sie ganz schief – und die halterlosen Strümpfe hochziehen, damit sie schön oben bleiben und bis direkt unter meinen Hintern reichen. Manchmal ragen meine nicht abrasierten Beinhaare aus dem dünnen Material meiner Strumpfhosen und ich muss sie noch weiter nach oben ziehen, damit die Haare wieder unsichtbar sind.

Seitdem ich eine Minxy bin, habe ich einige Tricks gelernt, wie man viele von den leidigen Körperpflege-Sachen, die Mädchen machen, umgehen kann. Meine genialste Entdeckung machte ich, als Nicki mich zum ersten Mal in den billigen Stripperinnen-Laden im Lower-Haight-Viertel mitnahm und meinte: „Okay, kauf ein paar Strumpfhosen und halterlose Strümpfe, besonders schwarze, für die Tage zwischen den Wachsbehandlungen – oder, du weißt schon, die Tage, wenn du dich vielleicht zu rasieren vergisst."

Wenn ich mich zu rasieren vergaß, *ach nee*. Das war jeden verdammten Tag der Fall.

Trotz all des Traumas, das ich für die Pussy-Wachsbehandlung auf mich genommen hatte, hatte es den Anschein, dass die Haare im Nu wieder nachwuchsen, und zwar so, dass es ziemlich unattraktiv, ungleichmäßig und stoppelig aussah. Ich hatte jedoch beschlossen, das Trauma dieser Erfahrung auf keinen Fall nochmals zu erleiden und deswegen nicht wieder in *Nina's Nagel- und Enthaarungsstudio* zu gehen. Es war mir egal, dass Nicki sich über meine, wie sie es nannte, „geringe Schmerztoleranz" lustig machte.

„Was? Ich habe jede Menge Tattoos", wandte ich ein. „Aber dieses Heißes-Wachs-auf-den-Arsch-Ding ist echt krank!"

Also habe ich es mir zur Routine gemacht, meine Bikinizone zu rasieren, was bedeutet, dass es oft vorkommt, dass ich mich bei Freund_innen zu Hause ins Badezimmer verziehe und mich im Schnellverfahren rasiere, wenn ich gerade wo abhänge und nicht nach Hause hetzen will, bevor ich zur Arbeit gehe. Ich bewahre die pinken Einweg-Rasierer in einem kleinen Beutel in der Vordertasche meines Rucksacks auf, in dem früher immer meine Pipe war. Aber sich die Beine zu rasieren, das erfordert mehr Einsatz und ist sehr zeitaufwendig. Ich habe mir nie die Beine rasiert, bis auf einmal, nachdem meine Schwestern mich attackiert und mit dem Victoria's-Secret-Katalog meiner Mutter vor meinem Gesicht herumgewedelt und gesagt hatten: „Willst du denn nicht auch so hübsch sein wie sie?", während sie mit ihren Fingern auf das Foto von Cindy Crawfords langen, glatten Beinen gepocht hatten. „Hmm, nein. Aber kann ich mir diese Zeitschrift ausborgen, wenn ihr damit fertig seid?"

Außerdem habe ich Narben auf meinen Beinen, auf meinen Schienbeinen sind einige, die gut einen halben Zentimeter groß sind und von Zusammenstößen mit Beton-Pflanzenbehältern stammen, auf meinen Knien habe ich kreisförmige rote Narben, nachdem ich eine Million Mal auf die Schnauze gefallen bin, wenn ich mich in Halfpipes oder Bowls habe hineinfallen lassen, und an meinen Knöcheln habe ich kleine Kerben davongetragen, als mir mein Board einmal nach dem Sprung von einer Ramp draufgeknallt ist.

Als ich einmal in den Umkleideraum kam, sah ich, wie Bijou mit einem Bein in der Luft und einer kleinen Spraydose in der Hand ihren Schenkel mit Farbe besprühte, und brachte sie dazu, mir ihren Trick zu verraten. Sie erzählte mir von einem lustigen Produkt namens Airbrush-Beine. Das Zeug war super, man konnte sich einfach mir nichts, dir nichts eine dicke Schicht Cindy-Crawford-Beine aufsprühen. „Du kannst sogar blaue Flecke abdecken", sagte Bijou. Bijou war Burlesque-Tänzerin, aber auch ein riesiger Tollpatsch, so dass sie ständig hinfiel und blaue Flecken auf ihren Beinen hatte. Im Minxy war es in Ordnung, blaue Flecken zu haben, aber üblicherweise nur, wenn sie so aussahen, als hätten sie mit Sex zu tun, wie Bissspuren auf den Brüsten oder Narben von Nadel-Spielchen, eben so, dass die Kunden sich fragten, wie versaut du wohl warst. Aber in der Fantasy Box ließ sich nicht gut Geld verdienen, wenn man auf den Waden und Knien blaue Flecke hatte wie eine obdachlose Hausbesetzerin. Deswegen besorgte ich mir die dunkelste Farbe Airbrush-Beine, die im Walgreens nahe meiner Wohnung erhältlich war. Es war mir egal, dass dieser Farbton eigentlich für afroamerikanische Frauen konzipiert war. Schließlich wollte ich meine Skateboard-Kriegsverletzungen und Narben verdecken und dachte mir, dass es so aussehen würde, als ob ich superdunkle Nylon-Strumpfhosen tragen würde.

Meine Dose war ziemlich schnell leer und ich fand schnell heraus, dass das Problem mit Airbrush-Beine war, dass die Farbe bereits nach der Hälfte meiner Schicht abgerieben war, da ich immer so viel auf dem Boden herumrollte. Außerdem bekam ich Ärger, weil meine Barbie-Beine auf den Metallstühlen im Umkleideraum Flecke hinterließen. Es war sehr traurig zu sehen, wie erpicht meine unechten Strumpfhosen waren, von mir wegzukommen.

Als ich dann im Stripperinnen-Laden mit Nicki auf die Wand mit den farbenfrohen Strumpfhosen starrte, wurde mir klar, dass Strumpfhosen ein lebensrettendes Accessoire waren. Tarnung für Rasierfaule! Ich schnappte mir ungefähr sechs Stück, altmodische schwarze halterlose Strümpfe, die Sorte mit durchgehender rückseitiger Naht, knallrosafarbene mit Pepita-Muster, pinke mit Schleifen, schwarze mit Goldglitzer und ein paar andere Ausführungen in dunkler Farbe. „Brauchst du so viele?", fragte Nicki mit hochgezogenen Augenbrauen, als sie in einem Kunstleder-Minikleid aus der Umkleidekabine kam. Mensch, mit Stripperinnen einkaufen gehen machte echt Spaß.

„Ich tanze immer mit vollem Körpereinsatz", sagte ich mit sehr ernstem Gesicht. „Ich habe Angst, dass ich Laufmaschen bekomme."

Der Trick bei den Strumpfhosen ist, dass ich daran denken muss, sie immer wieder rauf- und von meiner Haut wegzuziehen, wenn ich auf der Bühne bin, da manchmal Haare durch das Material ragen. Ich habe jedoch keine Ahnung, wie viel die Kerle tatsächlich sehen können, deswegen ist das vielleicht gar nicht so schlimm. Eine weitere tolle Sache an den Strumpfhosen ist, dass man schludrig lackierte Zehennägel in ihnen total gut verbergen kann. In einer von Nickis strategisch platzierten Schönheits-Zeitschriften habe ich gelesen, dass nichts mehr „ungepflegte Frau" schreit als eine längst fällige Pediküre. *Wow*, wer weiß so was? Ich schätze, Nicki, denn sie hat mich dazu überredet, mir eine Pediküre machen zu lassen, bevor sie mit mir für die Fantasy Box üben würde. Natürlich willigte ich ein. Wenn Nicki mit mir für die Fantasy Box übte, bedeutete das, dass ich mit ihr knutschen durfte und mir von ihr beibringen lassen konnte, versautes Zeug zu reden, und ihr dabei zusehen, wie sie es sich selbst machte, und das alles während meiner Arbeitszeit, so dass ich dafür auch noch bezahlt wurde. Mani-Pedi-Termin? Kein Problem!

Nicki muss es lieben, mich zu quälen, weil sie mich in ein Nagelstudio mitnahm, das genau in der Valencia Street war, der Straße, in der man üblicherweise garantiert zufällig Freund_innen, einer Ex-Freundin oder einer möglichen zukünftigen Ex begegnete. *Na toll.* Der Laden hatte noch dazu riesige Fenster, so dass alle reinschauen konnten, wenn sie vorbeigingen. Also lehnte ich mich im Massagestuhl neben Nicki zurück, tauchte meine Füße in das blubbernde Wasser und zog meine Baseballkappe tief ins Gesicht, damit möglichst viel von meinem Gesicht verdeckt war.

Nicki machte sich fast vor Lachen in den Rock, als ich einen heftigen Kicheranfall bekam, weil die Blasen, die aus den Fuß-Düsen kamen, mich an den Fußsohlen kitzelten. Ich hatte mich bekifft, bevor wir uns trafen, damit der Tag vielleicht noch mehr Spaß machen würde, und jetzt konnte ich nicht aufhören zu kichern. Die Ladys, die in dem Laden arbeiteten, mussten ebenfalls lachen. Sie kannten Nicki mit Namen. „Dein kleiner Bruder?", fragten sie sie in Bezug auf mich, während sie das schmuddelige Hosenbein meiner Baggy Jeans hinaufschoben. Ich konnte nicht sagen, ob das ein Scherz war. Mein Kicher-Konzert schlug jedoch in ein Angstgefühl um, als die Ladys anfingen, an mir herumzuschnipseln, zu hobeln, zu schrubben, zu stutzen und zu polieren. Eine Lady nahm sich meinen Fuß vor und grub mit einem Gerät unter meinen Zehennagel, während eine andere durchsichtigen Nagellack auf meine Fingernägel strich. Es fühlte sich schlichtweg komisch an, dass derart an mir herumgezupft wurde. Wie viel wurde diesen Frauen wohl gezahlt dafür, dass sie Leuten die Zehennägel reinigten! Ich rechtfertigte die ganze Sache, indem ich mir dachte, dass meine neuen schicken Füße auch eine Art Dienst an der Öffentlichkeit verrichten würden, wenn ich Fuß-Fetisch-Shows in der Fantasy Box machen würde.

Nicki fand es so amüsant, wie unwohl ich mich augenscheinlich wegen der ganzen Sache fühlte, dass sie mit ihrem Handy ein Foto von mir im Pediküre-Sessel machte und es gleichzeitig an Lexy, Cello und Veronica schickte. Es war mir egal, das war nebensächlich im Vergleich zu meiner Sorge, dass Mia und ihre Freundin Daisy vorbeigehen und denken könnten, ich sei Nickis kleiner Hampelmann oder so was. *Naughty Nickis Bois, sie begleiten dich sogar zur Mani-Pedi!* Ich konnte den neuen Slogan schon vor mir sehen.

Als meine Nagellackfarbe wählte ich Strawberry Margarita aus. Ich entschied mich aufgrund des Namens, nicht aufgrund des Farbtons für sie. Es war schon fast Happy Hour und ich wäre lieber im mexikanischen Restaurant um die Ecke gewesen, wo man einen Pitcher Margaritas für weniger als zehn Mäuse bestellen konnte. Nicki ließ sich eine French Manicure machen. Als wir zur Bar gingen, sah sie immer wieder auf ihre Finger hinunter und rief: „Ich liebe diesen Scheiß. Es erinnert mich an meine Zeit in der katholischen Schule, alle Snobs, mit denen ich mir in meiner Fantasie wilde Knutschereien ausgemalt habe, hatten French Tips."

Der glänzende beerenfarbene Lack auf meinen Nägeln hielt nur ein paar Tage, denn als ich das nächste Mal skaten ging, wurde durch das Griptape die ganze Farbe von den Nagelspitzen geschabt. Die Zehennägel hielten jedoch länger, so dass ich mir letztendlich wieder eine Pediküre machen ließ, auch weil es eine gute Gelegenheit war, um den Kontakt zu den anderen Minxy-Mädels zu pflegen und den neuesten Klatsch mitzubekommen. Ich hatte jede Menge Zeit für spontane femme-mäßige Verschönerungsausflüge, da Cruzer schon lange fort war und Soda immer mit Cherry zusammen.

Meine neue Minxy-Clique war die neue Szene, die ich brauchte, um der Selbsthass-Spirale zu entfliehen, in der ich seit der Trennung von Mia gewesen war. Kurz bevor ich anfing, in der Fantasy Box zu arbeiten, schaute ich bei Tinys Arbeit vorbei und holte mir eine Ladung neuer Sex-Spielzeuge. „Da hat wohl jemand eine neue Freundin", säuselte Tinys Arbeitskollegin, unsere Freundin Skeeter, als sie an der Kasse die Preise für einen pinken funkelnden Vibrator, einen Anal-Dildo samt Gleitgel und lila Handschellen mit Leopardenmuster eintippte. Ich wollte ihr schon erklären, dass ich in meinem neuen Job gerade dazu ausgebildet wurde, es mir selbst zu machen, aber dann nickte ich nur. Mein neuer Job war wirklich fast so aufregend wie eine neue Übergangsbeziehung. Soda erzählte mir, dass Mia sie eines Abends im Vine abgefangen hatte und den Namen der Person wissen wollte, mit der ich zusammen war. Alle dachten, ich würde mich im Winterschlaf mit einer neuen Freundin befinden, da ich quasi aus der Szene ausgeschieden war. In Wirklichkeit war ich die ganze Zeit im Minxy. Ich hatte sogar angefangen, meine Zahnbürste und meinen Pyjama dort zu lassen und die Nacht dort zu verbringen, wenn ich bis spätnachts arbeitete. Ich war quasi gemäß dem Lesben-Klischee schlechthin total schnell dort eingezogen.

Da ich jedes Wochenende Spätschicht hatte, was für jedes neue Mädel Vorschrift war, ging ich nie aus. Das Minxy war wie die Anonymen Alkoholiker_innen, so gut hielt es mich davon ab, in Bars und auf der Creamsickle-Couch die ganze Nacht lang zu trinken und Drogen zu nehmen. Als ich dennoch einmal mit Soda in die Mädels-Bar ging, langweilte ich mich, weil all die Mädels ihre Klamotten anließen. In der Arbeit wurde ich mit visuellen Reizen völlig überflutet. Es gab immer ein neues Mädel anzuschauen. Hunderte von Mädels waren in Bereitschaft und arbeiteten nur einmal im Monat, um sich ihre Mitgliedschaft zu erhalten, und es kamen immer neue Mädels vorbei, meist verrückte Glühwürmchen, die am Ende der Nacht ausgebrannt waren und nie mehr wiederkamen.

An dem Abend, an dem ich mit Soda ausging, sah ich nur zu, wie die Bläschen in meinem Bier nach oben stiegen, und sah mich nicht einmal um, um unter die Lupe zu nehmen, was Soda als die neuen heißen Schnitten bezeichnete, die nach Post-Winterschlaf-Trennungen auftauchten. „Du bist total Pussy-übersättigt!", rief Soda. Das stimmte. Ich hatte ihm gerade erzählt, dass ein paar Stunden zuvor Lolita, die eine Krawatte und karierte Kniestrümpfe wie eine Internatsschülerin getragen hatte, sich plötzlich vor meinen Augen vornüber gebeugt, ihre Zehen berührt und gerufen hatte: *Tamponfaden-Kontrolle bitte!*, bevor sie zur Bühne gehetzt war. Und ich hatte nicht mal mit der Wimper gezuckt.

„Ich wette, du könntest ein Dutzend Arten anatomisch korrekter Pussys zeichnen", sagte Soda und warf Bar-Servietten nach mir. „Ich meine, sogar die wenigsten Mädchen sind sich total sicher, wie Pussys aussehen, oder? Ich meine, bei einem Schwanz ist die Sache ziemlich klar, oder? Alle könnten einen Schwanz zeichnen, wenn es einen Zeichenwettbewerb dafür gäbe, aber eine wirklich wahrheitsgetreue Pussy, das ist komplizierter."

„Ein Schwanz-Zeichenwettbewerb?" Ich musste lachen.

Soda trank in letzter Zeit so viel, er war deprimiert, weil Cruzer ihn hasste, Nicki ihn hasste, Cherry ihm dauernd hinterherlief und ich so viel in der Arbeit zu tun hatte, dass ich nie mit ihm abhing. Er lallte schlimmer als der betrunkene Mann, der jede Nacht an der Ecke unseres Häuserblocks stand, hin und her schwankte und uns immer zurief und nachbrabbelte: *Hey, ihr Bengel, verkuppelt mich mit dem Mädel mit den Schlangenleder-Stöckelschuhen!* Neulich Nacht hatte er mich angemacht. Es war, als ob Männer nun die Stripperin an mir riechen konnten. Neulich ging ich aus der Arbeit, ohne vorher meinen Lippenstift abzuwischen, und boah, der Busfahrer zuckte angesichts meiner abgelaufenen Karte nur mit den Schultern und die Angestellten im Schnapsladen, die mich üblicherweise argwöhnisch anstarrten, wenn ich mit meinem Board reinkam, lächelten mich superfreundlich an.

„Du bist eine totale Pussy-Expertin, Kumpel", meinte Soda und stieß etwas wenig zielsicher sein Glas an meines.

Das stimmte. Nach einem Monat im Minxy wusste ich, wie Pussys aus jedem Blickwinkel aussahen, wenn Mädels sich vorbeugten, die Beine grätschten oder sie bei einem Handstand aufblitzen ließen. Ich musste keinen Mädels hinterherjagen. Ich war von nackten Mädels umgeben. Und außerdem, wenn ich mit jemand was angefangen hätte, dann mit Page, meiner neckischen Arbeitskollegin. *Verdammt*, sie war unglaublich. Ich wurde nie mit ihr gemeinsam eingeteilt, weil sie die Tagesschicht hatte, denn die Mädels, die Teil der Kooperative waren, durften sich die guten Schichten aussuchen. Aber ich sah sie beim Schichtwechsel. Sie hatte sich ins Büro geschlichen und sich die Zahlenkombination von meinem Schließfach besorgt und ließ mir immer Whiskey und Süßigkeiten da.

Beim Arbeitstreffen im Motorcycle Club, wo wir uns alle betranken, fing sie mich bei der Toilette ab. Sie sagte, dass sie niemals mit einer Arbeitskollegin ausgehen würde. „Um Minxy-Romanzen ranken sich einige Legenden und sie haben schon bei vielen berühmtberüchtigten Tänzerinnen zum schnellen Karriereende geführt." Sie stellte ihren Drink auf dem Sitz eines Vintage-Motorrads ab, das Teil der Museumsausstellung war, und rückte meine Krawatte zurecht. Ich hatte mich für das Treffen schön angezogen, weil ein Filmteam aus Frankreich da war, das einen Fernsehbeitrag über den Club filmen wollte. „Aber wir sollten mal eine Zweier-Vorstellung in der Fantasy Box geben", murmelte Page. „Das würde meinen Stammgästen sicher sehr gefallen."

Später kam Bijou zu mir. „Pages Beuteschema ist total auf Trannys ausgerichtet. Du wirst sie nie bekommen. Sie veralbert dich nur. Das kann sie am besten."

Mir war egal, ob es stimmte, dass Page nur mit Transmännern ausging. Mit ihr zu flirten machte schon genug Spaß. Außerdem wusste ich, dass Bijou mich ins Bett kriegen wollte, sie versuchte ständig, mich dazu zu überreden, mit ihr einen Porno für ihr Amateur_innen-Porno-Unternehmen zu machen, also war sie wahrscheinlich nur eifersüchtig.

Nachdem ich mein Outfit in Ordnung gebracht habe, gehe ich schnell durch den schmalen Gang zurück zur Bühne. Während ich meine Schuhe mit Reinigungsalkohol abwische, tönt die Musik bereits laut in meinen Ohren und bringt meinen Körper in Schwung. Dakota hat als Nächste Pause, also bewege ich mich auf ihren Standort zu. Als sie auf Händen und Knien zu mir aufsieht und lächelt, sage ich: „Zeit für eine Pause, meine Hübsche." Sie schnappt ihre Leopardenmuster-Unterlage für ihren Hintern und klappert mit ihren Absätzen an mir vorbei und ich nehme ihren Platz vor einem großen Mann ein, der seinen Schwanz in der Hand hat. Sein Gesichtsausdruck ändert sich nicht, als er ein neues Mädel vor sich sieht. Seine Hand pumpt, ohne zu zögern, weiter.

Um drei Uhr morgens, als wir fertig sind, ziehe ich gleich auf dem dreißig Sekunden dauernden Weg durch den winzig-schmalen Gang von der Bühne zum Umkleideraum meine Stripperinnen-Schuhe aus, so dass ihre klobigen Plastikteile bereits aneinanderklacken, als ich zu meinem Schließfach komme. Ich trete mit meinen nackten Füßen fest auf den Boden auf, strecke die schmerzenden Partien und gewöhne meine Füße wieder daran, normal zu gehen. Die Schuhe stopfe ich in mein Schließfach. Die Schließfächer nehmen zwei Wände des Umkleideraums ein und bieten die einzige Erleichterung fürs Auge, denn die anderen Wände sind in grellem Pink gestrichen und haben helle giftgrüne Zierleisten. Alle haben ihre Schließfächer mit Aufklebern, ihren Namen, Ansteckern für die Rechte von Sex-Arbeiter_innen, Fotos und Zeitschriften-Ausschnitten geschmückt. Auf meinem Schließfach ist ein Foto von Bob Burnquist, der einen total coolen Grab-over-Hip-Trick in einem dieser verrückten, krass aussehenden brasilianischen Skateparks macht. Mein großes Ziel ist es, genug Geld vom Tanzen zu sparen, um mich auf ein verrücktes Südamerika-Skate-Abenteuer zu begeben und Lucia zu besuchen und die Skateparks, die ich bislang nur aus Zeitschriften kenne, in natura unter die Lupe zu nehmen, oh, und natürlich um mit schönen brasilianischen Mädels abzuhängen.

Madam Vivian kommt in den Umkleideraum, sie ist zu dieser späten Stunde hellwach und lächelt kokett. Während wir wieder unsere Straßenklamotten anziehen, lässt sie ihren Blick über uns alle schweifen. „Ich habe gerade die Ansage für die Hotline aufgenommen, meine hübschen Süßen. Bijou, dich habe ich als vollbusiges

Glamour-Girl bezeichnet, mit so sinnlichem gutem Aussehen und sexy Kichern, dass man weiche Knie bekommt."

„Gut. Ich hoffe, ich kriege morgen lauter Kerle rein, die höllisch große Brüste lieben", kichert Bijou.

„Das ist meine absolute Lieblingsbeschäftigung, um drei Uhr morgens zu Hause die Ansage aufs Band sprechen und an all meine hübschen Süßen denken, während ich an meinem geöffneten Schlafzimmerfenster rauche."

Ich kann mir Madam Vivian vorstellen, wie sie in ihrem im Vintage-Stil ausgestatteten Schlafzimmer raucht, mit ihrem langen schwarzen Zigarettenhalter mit der Goldspitze in einer Hand und einem altmodischen Telefonhörer in der anderen. Sie ist die Verkörperung der geheimnisvollen erotischen Frau, die in den Fünfzigerjahren auf den Buchumschlägen von lesbischen Schundromanen abgebildet war. Sie wäre die gertenschlanke Frau in einem schwarzen Kleid, die am Rand im Schatten steht und ihre Hände auf die Schultern einer kurvenreichen Blondine gelegt hat, um sie auf die Schattenseite hinüberzulocken.

„Nette Unterwäsche." Madam Vivian nimmt meinen Buben-Slip unter die Lupe, bevor sie aus dem Zimmer wirbelt und ihre Seidenschals hinter ihr herflattern.

Manchmal, wenn ich in den frühen Morgenstunden im Minxy bin und noch ganz aufgedreht vom stundenlangen Tanzen, habe ich das Gefühl, in einem Paralleluniversum zu sein. Dann ist mir nicht einmal danach, nach Hause schlafen zu gehen, ich will einfach nur weiter mit den Mädels lachen. Es gibt jede Menge Insiderinnen-Witze über die Kunden und wir haben alle möglichen Spitznamen für die Stammkunden. Ich fühle mich dann immer so, wie ich mich früher gefühlt habe, als Cruzer, Molly und ich siebzehn waren und verrückte Skateboard-Ausflüge unternommen haben, zum Beispiel nach L. A. Und einmal sind wir sogar ins Auto gesprungen und zwei Tage ohne Unterbrechung nach Kanada gefahren, zum Slam City Jam. Es ist dieses „Ich sitze schon stundenlang mit diesen Mädels im Auto und wir sind alle aufgekratzt und stacheln uns gegenseitig an"-Gefühl. Das Minxy hat diesen Effekt, außer dass wir hier nicht in einem Auto, sondern auf der verspiegelten Bühne quasi wie in einem leuchtenden, roten Raumschiff eingesperrt sind. Vielleicht ist das der Grund dafür, dass ich oftmals nach der Spätschicht letztendlich im Umkleideraum penne. Wenn ich die Sicherheit des behaglichen Raumschiffs mit den nackten Mädels verlasse, dann muss ich mich damit befassen, durch diese kalten, von Cracksüchtigen bevölkerten spätnächtlichen Straßen nach Hause zu kommen. Wenn ein paar Mädels, mit denen ich getanzt habe, auch aus meinem Viertel sind, dann kann ich es mir leisten, mir mit ihnen ein Taxi zu teilen, aber das kommt selten vor. Alleine ein Taxi zu nehmen kostet einen Stundenlohn. Manchmal ist es cool, mit dem Skateboard zu fahren, weil die Straßen so schön sind und mir niemand Beachtung schenkt, außer die Stadtarbeiter_innen mit den riesigen Kehrmaschinen, die jede Nacht die Market Street reinigen. Aber es ist dennoch auch die wichtigste Stunde für die Polizei und die Obdachlosen. Ich muss damit rechnen, angeschrien und von Drogendealern belästigt zu werden, die denken, dass ich nur aus dem Grund zu dieser Stunde draußen bin, um Drogen zu kaufen. Einmal hat sich mir ein Polizist plötzlich in den Weg gestellt und mir quasi einen Herzinfarkt verursacht. Außerdem dauert die Fahrt mit dem Skateboard fast fünfundvierzig Minuten, so dass ich erst kurz vor Sonnenaufgang zu Hause ankomme.

Als ich einmal um diese Zeit nach Hause gekommen bin, war Soda immer noch auf, high wie nur irgendwas, und hat sich den Sonnenaufgang angesehen. Soda ist in letzter Zeit so im Eimer. Deswegen ist es auch deprimierend, nach Hause zu kommen. Ich weiß nicht, wie ich ihm helfen soll, und das ist beschissen, also ist es leichter, einfach auf der Ausziehcouch zu schlafen, schön geborgen in der pinken Muschelschale des Umkleideraums, und den BART zu nehmen, wenn er am Morgen wieder in Betrieb geht. Dakota und Lexy übernachten auch oft im Minxy. Wir können üblicherweise mindestens bis elf Uhr morgens schlafen, weil der Umkleideraum unterirdisch liegt, so dass es dort stockdunkel bleibt, wie früher in meinem Zimmer in der Höhlen-Wohnung.

Am Morgen werde ich durch das Klingeln des Telefons im Umkleideraum geweckt, noch bevor die Tänzerinnen zur Frühschicht um elf Uhr morgens hereinkommen. Sapphire ist dran und meldet sich für die Frühschicht krank. „Kannst du für mich einspringen?", bettelt sie. Ich sehe zu Lexy hinüber, die neben mir schläft. Wir sind noch lange aufgeblieben, haben die billigen Klatschzeitschriften gelesen, die im

Umkleideraum herumliegen, und das „Mit welchem Star würdest du lieber ins Bett gehen?"-Spiel gespielt. Das hat Spaß gemacht, weil Lexy bi ist, deshalb lässt sich nie vorhersagen, welches Gender sie wohl wählt. Ich könnte Lexy fragen, ob sie die Schicht will, aber sie tut mir leid, weil sie diese Woche quasi jeden Tag hier gewesen ist.

Da ich ja bereits im Minxy bin und der Weg von meiner Wohnung am anderen Ende der Stadt bis hierher schon die halbe Miete ist, beschließe ich, die Schicht einfach zu übernehmen. Ich werfe einen Blick auf mein Schließfach und das Foto von Bob, der in Brasilien seinen Grab-Trick macht, und sage: „Klar." So kommt es, dass ich mein gesamtes *Leben* in meinem Job verbringe. Ich werde nicht einmal wissen, wie das Wetter draußen ist, bis ich eine Zigarettenpause mache. Es fühlt sich jedoch so an, als ob es draußen heiß ist. Im Umkleideraum ist es heiß und stickig. Da es keine Fenster gibt, haben Lexy und ich den großen Ventilator so aufgestellt, dass er die ganze Nacht auf unseren Futon geweht hat. Deswegen habe ich geträumt, ich wäre in einer riesigen, wirbelnden roten Raumschiff-Kugel, die über der Stadt schwebt.

Um drei Uhr nachmittags ist die Schicht schließlich zu Ende. Ich schlurfe langsam in den Umkleideraum hinunter und lasse mich auf den Futon fallen. Ich bin so müde. Träge fange ich an, meine halterlosen Strümpfe runterzurollen. Cherry ist ebenfalls im Umkleideraum und macht sich für die Nachmittagsschicht fertig. Sie zieht ihr enges blaues Jeanskleid aus, was mir in Erinnerung ruft, dass außerhalb des dunklen Raums ein unerwartet warmer, appetitlicher Frühlingstag ist. Während meiner hastigen Zigarettenpausen habe ich bereits etwas von dem Sonnenschein genossen.

„Hi, du kleine Rabaukin", sagt Cherry, die nun völlig nackt ist. Sie setzt sich auf einen der Stühle direkt mir gegenüber und beugt sich über den langen Schminktisch, der immer mit allem möglichen Mädchen-Kram übersät ist, Make-up, Haarklammern, Lockenwicklern, einem Haarglätter, einem Föhn und allerlei Hautcremes. Sie blickt prüfend in die Spiegelwand, wobei ihr Gesicht von oben von einer Reihe großer runder Glühbirnen beleuchtet wird, und beginnt, sich schnell zu schminken, verteilt hastig weißen Puder, blauen Schimmer und rote Kleckse.

Cherry wird nicht Cherry genannt, weil sie etwa kirschrote Haare hätte oder in irgendeiner Weise ein süßes Gemüt, sondern weil sie ein Tattoo mit zwei an ihren Stielen verbundenen Kirschen in ihrem Nacken hat, das sie sich als Teenagerin während einer Rockabilly-Phase hat machen lassen. Niemand kann das Tattoo sehen, das ihr zu ihrem Namen verholfen hat und von ihren Haaren verdeckt wird, außer man tanzt mit ihr und sie beugt ihren Kopf zum Boden hinab. Außer uns bekommt vermutlich nur Soda es zu sehen, denn zur allseitigen Bestürzung führt er tatsächlich eine monogame feste Beziehung mit ihr. Soda ist mit Cherry monogam geworden, nachdem sie ihm angeblich das Leben gerettet hatte. Er hatte sich in einer Tour die Kante gegeben, seitdem Nicki damals immer mit all den Drogen zu uns gekommen war. Dann war es noch schlimmer geworden, als Cruzer fortgegangen war und ich mich abgemeldet hatte. Wenn ich von der Arbeit nach Hause kam, fand ich Soda immer an einer anderen Stelle schlafend vor. Er wanderte mitten in der Nacht im Haus umher, schleifte seine Decke hinter sich her und schlief alle paar Stunden an einem anderen Platz ein. Nie schlief er in seinem eigenen Bett. Er schlief in Cruzers Bett, wenn Tiny nicht da war. Er schlief in meinem Bett, wenn ich nicht zu Hause war. Er rollte sich in der Tausch-Bibliothek im Extrazimmer zusammen. In einer Nacht fand ich ihn sogar komplett weggetreten auf einem Haufen Couchpolstern, die in die Krallenfuß-Badewanne gestapelt waren.

Wenn ich nicht arbeitete, versuchte ich, ein Auge auf Soda zu haben. Ich ging dann immer in die Bars und brachte ihn nach Hause. Als ich ihn in einer Nacht im Vine fand, war er schrecklich angezogen, sah wie ein totales Wrack aus. Er hatte in der Nacht zuvor seine Jacke verloren, also hatte er sich einfach etwas direkt aus der Fundsachen-Kiste, die im Keller des Vine stand, gefischt. „Das ist die lesbischste Jacke, die ich je gesehen habe", machte ich mich angesichts des Sakkos im Einheits-Lesben-Look über Soda lustig, als ich mit ihm nach Hause ging. Das ist der Punkt, an dem dir klar wird, dass du eingreifen musst. Wenn jemand von deinen Freund_innen anfängt, sich die Klamotten aus der Fundsachen-Kiste zu fischen.

In der Woche darauf fiel Soda betrunken von seinem Board, als er mit dem Skateboard vom Cat Fight nach Hause fuhr, und brach sich einen Zahn ab. Ich musste bis spätabends arbeiten, aber Cherry kam gleich angelaufen und sammelte Soda ein. Er hatte sie abblitzen lassen, weil er immer noch in Nicki verliebt gewesen war und ein schlechtes Gewissen wegen Cruzer gehabt hatte, aber dann, nach dieser Nacht, änderten sich die Dinge. Cherry bezahlte Soda einen falschen Goldzahn, der seinen abgebrochenen nun ersetzte.

Eine weitere Woche später rettete Cherry Soda anscheinend nochmals das Leben, als sie mit dem Schlüssel, der früher der Schlüssel für One-Night-Stands war und den Cherry nun konfisziert und als den ihren beansprucht hatte, in die Wohnung kam. Sie fand Soda bewusstlos auf dem Boden seines Zimmers, mit einer violetten Beule auf seiner Stirn. Soda war tatsächlich vom Deck seines Piratenschiffs gestürzt.

Als ich am nächsten Tag nach Hause kam, ganz knatschig, weil ich auf der Ausziehcouch im Umkleideraum geschlafen hatte und noch mit der alten, bröckligen Schminke im Gesicht gerade im BART nach Hause gefahren war, wurde ich von Cherry empfangen, die mir hysterisch erzählte, wie sie Soda vor dem Tod bewahrt hatte.

„Vor dem Ertrinken", korrigierte ich sie, aber sie redete so laut, dass sie mich nicht hörte.

Das war drei Wochen her, der Sturz vom Piratenschiff, und seit diesem Tag sind Soda und Cherry wie siamesische Zwillinge. Und das so sehr, dass ich Soda seitdem nur einmal gesehen habe. Er erzählte mir, dass er in der Nacht nicht dem Tod nahe war, sondern nur vom Meer geträumt habe. Er sei so glücklich gewesen, dass er nicht einmal mitbekommen habe, dass er vom Schiff gefallen war und sein Kopf hämmerte, bis Cherry ihn schüttelte und schrie und weinte, auf diese hysterische Art, die typisch war für Mädels, die in Soda verliebt waren.

„So ist auch Ol' Dirty Bastard vom Wu-Tang Clan gestorben", schrie Cherry ihn an. Er sagte, dass Cherry versuchte, ihn dazu zu bringen, dass er in eine Entzugsklinik ging, oder zumindest zu einem Treffen der Anonymen Alkoholiker_innen, was er aber nicht wollte. „Ich gebe nicht so leicht auf", scherzte er. Sie stritten immer stundenlang darüber, bis das Mädel, das in Cruzers Zimmer zur Untermiete wohnte und eine Ausbildung machte, drohte, auszuziehen, wenn die ganze Zeit Leute herumschrien.

Ich war froh, dass Cherry ein Auge auf Soda hatte, aber warum musste sie ihn in ihrer Wohnung einsperren? Ich vermisste ihn.

Cherry wohnte nicht nur am anderen Ende der Stadt, wo es keine Buslinien gab, sie ließ Soda auch nie ihr Auto haben. Deswegen klebten sie, wenn ich sie überhaupt einmal zu Gesicht bekam, aneinander wie siamesische Zwillinge. Unglücklicherweise sah ich Cherry die ganze Zeit in der Arbeit und bekam von ihr zu hören, was Soda so machte. Sie schien irgendwie Befriedigung daraus zu ziehen, mir zu erzählen, wie gut es Soda ging. Das erwähnte sie gern in Anwesenheit von anderen queeren Minxys, die gerade ebenfalls auf der Bühne oder im Umkleideraum waren. Sie prahlte damit, als ob Soda ein wildes Tier wäre, das sie gezähmt hatte. Oder als ob Soda so ein altes Auto wäre, das schon seit einer Ewigkeit hinterm Haus gestanden hatte und das sie hergerichtet und wieder reibungslos und verlässlich zum Laufen gebracht hatte.

Neulich Nacht sagte Cherry mir auf der Bühne, dass sie und Soda füreinander bestimmt seien. Dass ihr Sodas Name während der letzten Jahre fast ein Dutzend Mal ins Ohr geflüstert worden sei, bevor sie sich kennenlernten. Sie sagte, dass manchmal einfach irgendwelche Freund_innen sie in einem Club oder einer Bar geschnappt und geflüstert hätten: „Schau mal, da ist Soda", um sie auf so eine alberne Weise in Sodas Richtung zu lotsen, aber sie habe immer nur die Augen verdreht, weil sie sich nicht in den Dunstkreis ihrer Ex habe einmischen wollen. Sie behauptete, Soda würde dasselbe über sie sagen. Dass eine bestimmte Barkeeperin im Vine, die alles sah und wusste, immer mal wieder zu ihr gesagt habe: „Du solltest diese Cherry kennenlernen, sie war gerade hier, eine Sekunde bevor du reingekommen bist." Und dann habe sie immer in sich hineingelacht: „Hach, Cherry und Soda, das wäre doch wirklich perfekt."

„Und dann haben wir uns schließlich kennengelernt, nach all den Jahren und dieser ganzen Flüsterpost." Cherry lächelte und wackelte vor einem geöffneten Fenster mit ihren Brüsten.

Ich sehe etwas Funkelndes in der Kiste mit den Sachen, die zu verschenken sind, also stehe ich vom Futon auf, um es genauer anzusehen. Die Kiste mit den Gratis-Sachen nehme ich regelmäßig unter die Lupe, weil ich so knausrig bin, wenn es darum geht, neue Stripperinnen-Outfits zu kaufen. Ich habe das Zeug nur in der Arbeit an, also ist es nicht gerade so, dass ich es auch zu anderen

Gelegenheiten brauchen kann, wie die meisten Mädels, die ihre Sachen auch tragen, wenn sie in Clubs ausgehen oder so.

Lolita kommt die Treppe heruntergesprungen und fängt an, von einer Höschen-Party zu erzählen, die sie gerade in der Fantasy Box veranstaltet hat. „Ich will auch eine Höschen-Party!", sagt Cherry.

Ich muss mich über Cherry beugen, um mir das funkelnde Ding aus der Gratis-Kiste zu schnappen.

„Was ist das?" Sie zeigt auf einen getupften Schal, also gebe ich ihn ihr. Sie nimmt ihre dunklen Haare zusammen, legt den Schal darunter und bindet ihn dann zu einem Knoten. Sie hat die Art von Haaren, die vom Glätten ganz steif sind und ihr zottelig ins Gesicht hängen, so dass ihre gewölbten Augenbrauen, die sie sonst immer etwas böse aussehen lassen, verdeckt werden.

„Ich glaube, der hat Betty Lou gehört." Lolita wirft einen Blick darauf. Betty Lou ist schwanger und kommt deswegen nicht mehr, obwohl es schon ein paar schwangere Mädels gegeben hat, die fast bis zur Entbindung weitergetanzt haben.

„Manchmal kann ich mein Outfit komplett neu aufmotzen, nur mit dem Zeug, das in der Kiste ist", sagt Cherry.

Ich bin damit beschäftigt, herauszufinden, ob mir das funkelnde Oberteil passt oder ob ich in Madams Büro gehen, die Schere holen und ein paar Schnitte machen muss, damit es passt.

„Soda geht heute Abend in die Bar. Du solltest mit ihm mitgehen, er vermisst dich", meint Cherry, während sie nach Bonbons riechendes, klebriges Zeug in ihr Haar gibt.

Gott, ich hasse es, dass ich nur noch erfahre, was bei Soda so los ist, wenn ich dieser Tussi zuhöre, die ihn an der kurzen Leine hält. Mir ist schlecht. Ich habe während der ganzen Schicht nichts gegessen, außer Donuts, die Madam Millie heute Morgen mitgebracht hat. Und Cherry verschlimmert dieses Gefühl noch. Also schleudere ich das funkelnde Oberteil auf den Boden und beschließe, dass die Scheren-Arbeiten warten müssen. Ich muss raus aus dem Umkleideraum und an die frische Luft. Der kleine Raum ist überfüllt mit all den anderen Tänzerinnen, die auf die nächste Schicht warten. Lolita fährt fort, die besonderen Eigenheiten ihres Kunden mit dem Höschen-Fetisch zu beschreiben, Dakota spricht laut in ihr rosa Handy, um Lolita zu übertönen, und so ein neues Mädel, Sunshine, diskutiert mit Madam Millie über die Gepflogenheiten im Club. Ich stopfe mein restliches Zeug in mein Schließfach, zerre mir meine Jeans über meine Unterhosen, ziehe meine Skateboard-Schuhe an, schließe den Reißverschluss meines Rucksacks, wische mir meinen Lippenstift mit dem schwarzen Ärmel meines Kapuzenpullis ab, hole mein Skateboard unter dem Futon hervor und gehe durch die Portal-Tür, die mich wieder in die Welt da draußen entlässt.

Ich fahre gern durch die Montgomery Street zum BART, denn wenn ich an den richtigen Stellen langsamer fahre, erwische ich eine grüne Welle, weil die Ampeln speziell auf all die zu Fuß gehenden Geschäftsleute abgestimmt sind. Ich setze mir die Kapuze meines Pullis auf, da ich weiß, dass einige der Anzugmänner, an denen ich vorbeifahre, wahrscheinlich unter den heutigen Kunden gewesen sind.

Ich muss völlig wahnsinnig sein, denn obwohl ich todmüde bin, lasse ich den BART ohne mich abfahren und fahre ein paar Häuserblocks weiter zum Embarcadero. Ich kann den Gedanken, nach Hause zu fahren und im Haus zu sein, nachdem ich die letzten vierundzwanzig Stunden eingepfercht gewesen bin, einfach nicht ertragen. Obwohl sie schon vor Jahren die besten Skate-Stellen im Embarcadero plattgewalzt und die entlang der San Francisco Bay verlaufende Straße saniert haben, um sie total skateboarduntauglich zu machen, gibt es immer noch ein paar kleine Kanten, auf denen ich gern herumgurke.

Ich skate, bis ich so müde bin, dass sich meine Beine wie Wackelpudding anfühlen. Dann fliege ich auf die Schnauze. In dem Moment, als ich schnell meine Hände ausstrecke, um mein Gesicht zu schützen, damit es nicht auf den Beton knallt, wird mir bewusst, dass ich nicht wie früher einfach Sachen probieren oder total halsbrecherisch skaten kann, denn nun ist mein Körper mein Kapital. Mit einem kaputten Gesicht kann ich in der Arbeit kein Geld verdienen und mit einem kaputten Knöchel kann ich nicht tanzen. Muss ich jetzt also erwachsen werden? Wird mein Skateboard jetzt in einer Ecke liegen und staubig werden, damit ich alle Risiken vermeiden und sicherstellen kann, dass ich die Rechnungen bezahlen kann? Wie deprimierend.

Ich fahre vom Embarcadero weg und zur BART-Station in der Montgomery Street. Ich kann es nicht erwarten, nach Hause zu kommen und ins Bett zu kriechen. Die nächsten drei Tage muss ich nicht arbeiten und ich will mich einfach nur unter meiner lila Daunendecke zusammenrollen und die ganze Zeit schlafen. Das ist der einzige Vorteil daran, dass ich das Creamsickle in letzter Zeit quasi für mich allein habe. Ich kann drei Nächte hintereinander durcharbeiten und dann den Rest der Woche verschlafen, völlig ungestört.

Ein paar Tage später rufe ich Soda an, nachdem er noch immer nicht nach Hause gekommen ist, um ihn zu fragen, ob er mit mir skaten geht. „Ich habe aufgehört, mir Sachen einzuwerfen", sagt er. „Es ist ziemlich beschissen und ich will noch nicht mal rausgehen. Ich sitze nur in der Wohnung und Cherrys Katzen starren mich an, als ob ich ein Verlierer wäre."

„Scheiße. Hat Cherry dich dazu gezwungen?"

„Nee. Ich habe herausgefunden, dass der Doc ein Drogenfahnder ist. Ich fühle mich so betrogen."

Ja klar, denke ich mir. Es ist Soda zuzutrauen, dass er so eine Ausrede hat. Und: Was?! Der Doc ist ein Drogenfahnder? Soda erzählt mir die ganze Geschichte. Folgendes war geschehen: Katie, die Barkeeperin im Vine, war mit einer Undercover-Drogenfahnderin ausgegangen. Das wusste ich schon, denn vor einigen Monaten, als sie sich gerade kennengelernt hatten, war ich an einem Bloody-Mary-Sonntag mit Soda und Dixie in der Bar und Soda war superkomisch und paranoid in Bezug auf Katie.

„Sie könnte verwanzt sein", flüsterte er uns zu. „Diese Polizistin könnte Katie für eine verdeckte Ermittlung über den Drogenkonsum von Lesben benutzen! Sie ist wahrscheinlich noch nicht mal eine Lesbe, sondern gibt sich für einen Undercover-Auftrag nur als eine aus!"

„Eine verdeckte Ermittlung über den Drogenkonsum von Lesben. Ja klar, weil das so dringend nötig ist!" Dixie musste so sehr lachen, dass sie fast an einer Olive erstickte.

„Schhhh!", grinste Soda. „Von nun an müssen wir alle, wann immer Katie herumschleicht, in Geheimsprache reden, wenn jemand über Drogen sprechen will."

Soda zufolge sollte das Ganze so funktionieren, dass wir das Thema schnell auf Computer lenken sollten. Er demonstrierte das sogar, als Katie herüberkam, um Dixie noch eine Bloody Mary zu machen. Soda sagte sehr laut und deutlich: „Okay, also, was für Programme verwendest du?"

Dixie und ich mussten lachen und Katie sah uns trotzdem so an, als ob wir auf Drogen wären. Ich nahm an, Soda wollte vor Katie nur intelligent wirken, weil er auf sie stand, auch wenn alle angesichts Katies Geschmacks skeptisch waren. Er versuchte schon seit Jahren, was mir ihr anzufangen.

„Sie wird nie mit dir ins Bett gehen, weil du kein Draufgänger bist", sagte Dixie ihm. Soda tat immer so, als könne er sich nicht mehr erinnern, was er bestellt hatte, wenn Katie sich mit ihrem Tablett über die Bar lehnte.

„Ein Pabst, was denn sonst?" Katie verdrehte immer nur die Augen.

„Du bist so schön. Das lässt mich alles vergessen", meinte er dann.

Darum war Soda vor ein paar Tagen ganz aufgeregt, als Katie sagte: „Ich muss dir was sagen!" Er dachte, sie wolle mit ihm knutschen, denn das passierte im Hinterzimmer sehr oft. Aber stattdessen erzählte Katie: „Also, neulich hat meine Verabredung über den Doc gesprochen und gesagt, er ist ein Drogenfahnder!"

„Das darf nicht wahr sein." Soda war sehr bestürzt, das zu hören.

„Darum sitzt er am helllichten Tag auf der Straße und vercheckt den ganzen Tag sein Zeug. Den Bullen sind die hippen Leute, die bei ihm Pillen kaufen, egal. Sie haben ihn da draußen positioniert, um an die wirklich großen Fische ranzukommen."

In dem Moment kam Soda sich sehr dumm vor. Der Doc saß den ganzen Tag in seinem Rollstuhl an der Ecke und spähte auf die Straße. Soda fielen die ständigen blauen Augen ein, von denen der Doc immer behauptete, er hätte sie von anderen Drogendealer_innen bekommen, und dass der Doc einmal für ein paar Wochen ohne jede Erklärung verschwunden war. Es war so offensichtlich!

„Aber es ist ja nicht so, dass der Doc dich ausspionieren würde", sage ich am Telefon zu Soda. Nicht etwa, weil ich seine Drogen-Angewohnheiten unterstützen will. Ich will nur zu bedenken geben, dass der Doc Soda liebt. Sie hatten sich im letzten Jahr so eng angefreundet, dass Soda über ihn gesprochen hatte, als ob er ein alter Freund oder ein Familienmitglied wäre.

„Ich unterstütze keinen Drogenfahnder!", meint Soda lautstark. „Das wäre ja total beschissen. Ein Drogenfahnder ist das Letzte. Ich will jetzt nicht mal mehr in der Umgebung herumspazieren, weil ich mit ihm in Verbindung gebracht werden könnte!"

Ich erinnere mich an eine Geschichte, die Soda mir mal erzählt hat, als ich gerade ins Creamsickle gezogen war und wir immer die ganze Nacht wach blieben und redeten, und zwar dass er als Jugendlicher zweimal verraten und ausgeliefert worden war. Beim ersten Mal war er dreizehn gewesen und hatte sich so sehr in ein älteres Mädel in seiner Highschool verknallt, das Christin war, dass er wegen ihr auch zum Christentum konvertierte. Das Mädel kam bei ihm zu Hause vorbei und brachte ihn dazu, all seine CDs und all das Zeug, das sie als unchristlich erachtete, wegzuwerfen. Dann verbrachte er Monate damit, Geld aufzutreiben, um mit dem Mädel auf einen christlichen Camping-Gruppenausflug zu fahren, weil er dachte, das sei seine einzige Chance, um mit ihr allein zu sein. Doch das Mädel brach ihm das Herz, als sie den christlichen Camp-Betreuer_innen hinter seinem Rücken sagte, dass er – wie er es formulierte – „ein winziges bisschen Gras" in seinem Wanderbeutel hatte. Soda wurde noch am selben Tag mit dem Bus nach Hause geschickt und verlor das ganze Geld, das er für den Ausflug aufgetrieben hatte. Und das Mädel sprach nie wieder mit ihm.

Das zweite Mal ereignete sich ein Jahr später, als er von zwei Polizisten direkt aus der Schule eskortiert und für einen Monat in eine Besserungsanstalt für Jugendliche geschickt wurde. Damals verkaufte er Gras und arbeitete unter einem größeren Drogendealer, von dem er dachte, dass er sein Freund sei. Er hatte sogar mit ihm Sex gehabt, um eine Vertrauensbasis zu schaffen, aber der Drogendealer lieferte Soda dennoch aus, um seinen eigenen Arsch zu retten.

„Ich hasse Drogenfahnder", sagt Soda am Telefon. „So niederträchtig bin ich verdammt nochmal noch nie betrogen worden. Ich werde den Doc trotzdem vermissen. Wenn ich ihn jemals wieder sehe, sollte ich seinem Rollstuhl vielleicht einen Tritt verpassen, wie diese eine Frau, *ha*, weißt du noch?"

„Und was jetzt?", frage ich Soda. „Warum gehen wir nicht skaten. Das ist die perfekte Beschäftigung, wenn man nüchtern ist."

„Kann jetzt gerade nicht. Cherry hat mir einen Termin bei ihrer

Therapeutin besorgt. Sie soll gut sein. Ich will meinen Scheiß auf die Reihe kriegen. Weißt du, die letzten paar Monate habe ich mich immer betrunken und dann, beim Einschlafen, habe ich an Cellos Freundin denken müssen, die jetzt tot ist, du weißt schon, Goldy. Sie war noch so jung und hat noch ihr ganzes Leben vor sich gehabt und ich bin einfach durchgedreht, weil mir das so ungerecht vorgekommen ist. Sie war so *brav*. Warum sie? Ich meine, warum nicht ich? Ich habe mir dann immer gedacht, ich bin noch hier, obwohl ich so wertlos im Vergleich zu diesem Mädel bin. Ich kann nicht mal mit Liebe umgehen. Ich bin im falschen Körper geboren worden und total unglücklich darüber. Ich verschwende mein Leben damit, Pillen einzuwerfen, aber ich habe mir gedacht ... wenn ich sterben würde, dann könnte ich vielleicht als Bio-Mann wiedergeboren werden. Das ist ganz schön abgedreht, oder?"

Ich würde alles in der Welt geben, um Soda jetzt umarmen zu können. Ich wünschte, es wäre mir möglich gewesen, in den letzten paar Monaten mit ihm über Trans-Sachen zu sprechen, aber ich hatte ehrlich keine Bezugspunkte. Ich meine, natürlich hatte ich *Stone Butch Blues* gelesen. Das hatten wir alle. Aber Soda brauchte mehr als ein Buch. Er brauchte eine wirkliche Person, mit der er sprechen konnte, die das kannte, was er fühlte, vielleicht wie es mit Luc kurz der Fall war. Ich bin froh, dass Cherry ihm eine Therapeutin beschafft hat. Dixie erzählte mir letztens, dass viele Bois anfingen, trans zu leben. Ich war schon so lange nicht mehr ausgegangen, aber Dixie setzte mich immer ins Bild. Sie sagte: „Denny ist auf T, und Chad lässt sich jetzt als ‚er' bezeichnen, genauso wie Theo, und Manno ist wie ein völlig neuer Mensch."

„Vielleicht solltest du mit Denny oder Manno darüber sprechen?", meine ich zu Soda.

„Ja. Aber allein schon der Gedanke daran bringt mich zum Ausrasten. All diese ‚Und was, wenn ...'-Fragen wirbeln mir die ganze Zeit durch den Kopf. Zum Beispiel, was, wenn meine Eltern mich noch mehr enterben, als sie es sowieso schon getan haben? Was, wenn ich mich in eine dieser schrecklichen Dumpfbacken verwandle, die ich nicht ausstehen kann? Was, wenn Mädels wie Nicki nicht mehr mit mir ausgehen wollen, weil ich dann wirklich ein Mann bin? Was, wenn ich mir die Transition nicht leisten kann? Was, wenn ich es nicht allein schaffen kann? Ich kriege einfach Angst,

Georgie, jedes Mal, wenn ich daran denke, und ich habe nicht vor vielen Sachen Angst. Es ist so eine riesengroße Sache."

„Sieh es mal so, du redest darüber, dass Goldys Leben zu kurz war, und du weißt, dass du vielleicht glücklicher bist, wenn du diesen anderen Weg einschlägst, also, was hast du vom Leben, wenn du dieses Risiko nicht eingehst?"

Nachdem ich aufgelegt habe, schnappe ich mir mein Skateboard und beschließe, zum Embarcadero zu fahren und dort auf den drei Stufen den Kickflip zu versuchen, den ich mich neulich nach der Arbeit nicht getraut habe.

Kapitel 16

Heute findet ein verpflichtendes Arbeitstreffen statt, um Minxy Mania zu planen, das im Vesuvius über die Bühne gehen wird, einer Bar um die Ecke vom Club, in die Tänzerinnen gern in der Pause gehen, oder nach ihrer Schicht, um noch einen zu trinken. Minxy Mania ist eine Party, die das Minxy jedes Jahr im Frühling veranstaltet, um den Jahrestag zu feiern, an dem der Club in den Besitz der Mitarbeiterinnen übergegangen ist. An diesem Tag dürfen sich alle vergnügen und machen, was sie wollen, und hinter den Fensterscheiben hervorkommen, um Lapdances zu geben und als barbusige Schuhputzerinnen zu fungieren. Natürlich knutschen an diesem Tag auch alle Mädels miteinander herum, deswegen bin ich sicher, dass es dann mit Page zu einigen Ausschweifungen kommen wird. Ich kann es kaum erwarten.

Als ich in die Bar komme, haben Bijou, Lexy, Nicki, Page, Lolita und Dakota sich schon in die Nische der „Barbusigen Psychiaterinnen" gepfercht und trinken Cocktails. Ich schätze, sie sind früh gekommen, um sich ihren Lieblingsplatz zu sichern. Als ich mich neben Lexy quetsche, sagt sie mir, dass Bijou eine Runde ausgibt, weil sie fantastisch gute Laune hat. „Ich glaube, sie hat endlich guten Sex mit der Wild Card."

Das Treffen hätte eigentlich schon beginnen sollen, aber Madam Vivian, die das Treffen einberufen hat, ist noch nicht einmal hier. Die meisten anderen Minxys ebenfalls nicht. Sie trudeln langsam in der Bar ein, stilvoll verspätet, wie es typisch für Minxys ist. Der Club hat ein Flair von salopper Verspätung und Treffen fangen meist erst mindestens eine halbe Stunde nach dem angesetzten Termin an. „Ich liebe Minxy Mania", quiekt Nicki. „Einmal bin ich mit Sapphire auf der Bühne eingeschlafen und am Morgen komplett mit Gleitgel und Federn bedeckt aufgewacht."

„Ich kann nicht glauben, dass wir dafür bezahlt werden, dass wir uns in Schlagsahne wälzen", sagt Bijou. Sie hat die Idee gehabt, einen menschlichen Eisbecher mit einem Haufen Mädels zu planen.

Madam Vivian kommt schließlich und bestellt einen Drink, dann beginnt sie ohne Eile mit den „Misfit Girls" zu sprechen, als ob sie ganz vergessen hätte, dass es ein Treffen gibt. Die Misfit Girls sind eine Gruppe von Minxys, die Models auf einer Softcore-Porno-Website sind, die unter hippen Leuten sehr bekannt dafür ist, dass sie Models aus dem Alternative- und Punkrock-Bereich zeigt.

Cherry kommt die Treppe heraufgehetzt, weil sie glaubt, zu spät zu sein, aber das kümmert niemand wirklich. Als sie sich in die Sitznische fallen lässt, sehe ich, dass ihre Augen ganz verquollen sind, als ob sie geweint hätte. Ihr sonst so perfekter Haarschopf ist zerzaust und ihre sich weit nach oben wölbenden Augenbrauen, die üblicherweise so aussehen, als ob sie mit einem kleinen Pinsel auf ihre Stirn gemalt worden wären, sind verschmiert, ebenso wie das restliche Make-up auf ihrem Gesicht. Mein erster Gedanke ist, dass Soda sie bestimmt betrogen hat, weil es mir schwerfällt, daran zu glauben, dass Soda monogam lebt. Cherry hat gerade Schichtende gehabt, deswegen denken die anderen Mädels sofort, dass sie vielleicht einen Nervenzusammenbruch wegen eines Sexarbeit-Burn-outs hat. „Arbeitest du in letzter Zeit zu viel, Süße?", fragt Bijou.

„Nein, das ist es nicht", platzt Cherry heraus. „Es ist, weil Soda sich T spritzen will! Und zwar schon sehr bald. Wir haben im Auto gestritten und dann, kurz bevor er mich vor dem Club abgesetzt hat, hat er gesagt: ‚Übrigens, nächste Woche fange ich mit den Spritzen an.' Das ist doch keine Art, mir so was Wichtiges mitzuteilen! Und dann bin ich meine ganz Schicht lang eine totale Heulsuse gewesen!"

Eigentlich ist es ziemlich einfach, zu weinen, während man im Minxy arbeitet. Man könnte so viel weinen, wie man will, mit tränenüberströmten Wangen, weil die Tränen im Rotlicht verschwinden. Und die Kerle in den Kabinen bemerken es nicht, solange man sich nicht zu ihnen rüberbeugt und ihnen das Gesicht aus der Nähe präsentiert, was ich üblicherweise nur mache, wenn ich gute Laune habe. Dann geht man in die Pause und denkt sich: *Na toll, jetzt ist aus mir eine weinende Stripperin geworden! Wie entsetzlich!* Das machte ich während meiner ersten paar Wochen in dem Job durch, als ich ständig kleine Nervenzusammenbrüche wegen meines Lebens hatte und mich stressen ließ von Dingen wie Sodas selbstzerstörerischem Trinken oder der Psycho-Scheiße, die ich in Kauf nahm, indem ich für Geld zur Femme wurde. Damals kriegte ich auf der Bühne schnell die Krise, weil ich wirklich müde war und immer noch den totalen Kulturschock wegen der ganzen Eigenheiten des Jobs hatte.

Alle versuchen, Cherry zu trösten. „Soda wird einfach noch heißer werden", versichert Bijou ihr.

„Das ist es nicht", sagt Cherry. „Ich kann einfach nicht glauben, dass er mit mir nicht ausführlicher darüber reden wollte. Ich will an seiner Transition teilhaben."

Page, die schweigend in der Ecke der Nische gelesen hat (verdammt, sie ist heiß *und* klug), hebt ihre langen Wimpern vom Buch und rutscht herüber, bis ihre Hüften direkt gegen Cherrys drücken. Sie flüstert etwas in Cherrys Ohr, das ein Lächeln auf deren trauriges Gesicht zaubert. Wenn überhaupt jemand Cherry wieder aufmuntern kann, dann Page. „Über T-Jungs weiß Page natürlich *bestens* Bescheid", meint Bijou zu mir, aber ich ignoriere sie. Ich bin viel zu beschäftigt damit, Page dabei zuzusehen, wie sie aufgeregt mit ihren Händen gestikuliert, während sie Cherry etwas zuflüstert, wobei ihre kleinen Brüste durch ihre Bewegungen aus dem etwas zu großen U-Ausschnitt ihres Vintage-Kleids rutschen. Page bemerkt meinen Blick und wirft mir ein kokettes Lächeln zu, während sie mit Cherry flüstert. Sie ist immer im Verführungsmodus.

„Ich verstehe nicht, warum man mit einem Trans-Kerl ausgehen wollen würde. Ich meine, was ist der Unterschied zu einem Mann?", fragt Lexy. Sie ist bi, aber sie hängt nie in der queeren Szene ab. Page, die damit beschäftigt gewesen ist, ihren Mund halb an Cherrys Ohr zu drücken und mir währenddessen Schlafzimmerblicke zuzuwerfen, reißt sich plötzlich von Cherry los. „Oh, Mädel! Einem Tranny einen zu blasen ist so heiß", sagt sie und beißt sich auf ihre rot geschminkte Lippe. Ich stelle mir vor, dass sie auch ihre Schenkel unter dem Tisch zusammenpresst. „Sex mit Tranny-Schwänzen ist so anders, sogar ganz anders als mit einer Dyke mit einem Strap-on", fährt Page verträumt fort. „Diese Jungs wissen, wie sie mit ihren Schwänzen umgehen müssen. Sie wissen, worauf es ankommt."

„Du musst es ja wissen, Mädel", sagt Bijou.

„Das ist mir alles egal", ertönt Cherrys Stimme wie eine kleine Explosion aus dem Klamottenhaufen in der Ecke der Nische. „Was, wenn er anders riecht? Was, wenn sich die Pheromone von meinem

Soda ändern und die Liebe nicht mehr dieselbe ist? Oder was, wenn seine Pheromone sich ändern und er mich nicht mehr mag?"

Bis zu diesem Moment hatte ich nicht wirklich verstanden, warum Cherry so bestürzt darüber ist, dass Soda auf T sein wird. Ich hatte gedacht, sie sei so stolz auf ihn, weil er nun clean ist, zur Therapie geht und jetzt endlich versucht, sich selbst zu verstehen. Mir schien, dass das das Richtige für Soda ist und dass er diese Richtung schon lange eingeschlagen hatte. Aber nun, da Cherry die Sache mit den Pheromonen erwähnt hat, klingt das wie eine legitime Sorge. Würde ich mich immer noch heimlich nach Mia sehnen, wenn sie für mich nach nichts mehr riechen würde, wenn ich mein Gesicht an ihren Hals drücken würde? Also, wenn man sich wegen des Geruchs in eine Person verliebt, oder was für ein biologischer Prozess auch immer Liebe ist, tief in den Zellen drinnen, dann schätze ich, wird man auch wollen, dass die Person genau dieselbe bleibt, oder?

„Außerdem, was, wenn er nur mit anderen Tranny-Jungs ins Bett will?", heult Cherry.

Bijou, die vor einer Sekunde den Tisch verlassen hat, kommt zurück und stellt ein Schnapsglas mit Jägermeister vor Cherry hin. Sie kippt ihn runter, wobei das lange verhedderte Haar in ihr Gesicht fällt, das sie zu einer Grimasse verzogen hat.

„Es stimmt, dass eine Menge Jungs auf ihresgleichen stehen, sobald sie auf T sind", meint Page, obwohl sie Cherry in ihren Befürchtungen vermutlich nicht noch bestärken sollte. Ich würde ihr liebend gern erzählen, dass Soda in der Vergangenheit quasi schon diesbezügliche Erfahrungen gesammelt hat, mit mir und ein paar anderen Bois, so dass es nicht so wäre, dass T irgendwas ändern würde, aber ich halte meinen Mund, weil ich schließlich schon mal eine gesamte Kunstausstellung gesehen habe, die den Tränen dieses Mädels gewidmet war, und weiß, wie schwierig es ist, sie zu stoppen. Stattdessen sage ich: „Ja, aber wir wissen ja alle, dass Soda *toootaaal* auf Mädels steht."

„Nun, ich kenne so einen Typen namens Theo", erzählt Bijou. „Ich versuche jetzt schon seit Wochen, seine Aufmerksamkeit zu erregen, aber er sieht mich noch nicht mal an."

„Vielleicht steht er einfach nicht auf sie", flüstert Lexy in mein Ohr. Sie ist sauer auf Bijou, weil diese gerade zur Junior-Mademoiselle, die für die Zeitpläne zuständig ist, gewählt worden ist und

Lexy letzte Woche für die schlechtesten Tanzschichten eingeteilt hat.

„Wie, meinst du, ist das bei Theo? Ist er schwul?", fragt Bijou Page. „Ich glaube nämlich schon, denn ich hab mich ihm total an den Hals geworfen, so wie sich eine Menge Mädels ihm immer an den Hals werfen, und es ist nichts gelaufen! Am Ende des Abends ist er einfach mit diesem Boi Cody gegangen."

Page verdreht die Augen und lacht. „Keine Ahnung, man weiß nie, ob sie auf mädchenhafte Mädels oder auf tuntige Jungs stehen. Tranny-Jungs sind die ultimativen Wild Cards."

„Ich bin früher mit Jo ausgegangen, der damals noch nicht auf T war, und der hat gesagt, dass er nie mit einem Boi oder mit einem Kerl rumknutschen würde, und dann im nächsten Sommer, als er in New York war, ist er mit einem Bio-Kerl zusammengekommen", erzählt Dakota.

Das Gespräch lässt Cherry wieder mit dem Schniefen anfangen.

„Wer ist Theo?", fragt Lexy, um das Thema zu wechseln.

„Erinnerst du dich an diesen einen Typen auf Kittens Party, von dem ich gesagt habe, dass er mich nach dir gefragt hat?"

„Oh, ich erinnere mich an ihn. Es war eiskalt draußen, aber er hat ständig sein Hemd ausgezogen."

„Nun, wenn du dein Hemd zwanzig Jahre lang oder so nicht in der Öffentlichkeit ausziehen könntest und es dann plötzlich kannst, würdest du es auch die ganze Zeit machen", meine ich.

„Ja, ich glaube, er hat sein Hemd ungefähr dreimal ausgezogen, und ich hatte keine Ahnung, dass er nicht von Geburt an ein Kerl gewesen ist. Wow, das haut wirklich gut hin", sagt Lexy.

Cherry schnieft lauter.

„Nun, ganz egal, ob Soda schwul wird oder nicht, welcher Schwule könnte schon unserer scharfen Cherry widerstehen?" Bijou streichelt über Cherrys glänzendes Haar. „Du kannst sogar die Peepshow-Schwulen umdrehen und kriegst ihre Dollars."

Alle stimmen zu. Cherry kippt einen weiteren Schnaps runter, dann nimmt Page sie auf die Toilette mit und als sie zurückkommen, sieht sie schon besser aus. Als ich nach ihnen in die Toilette gehe, um Soda von meinem Handy anzurufen, liegen auf der ganzen Waschtischplatte verstreut zerknüllte Papiertaschentücher, die Page benutzt hat, um das verschmierte Make-up unter Cherrys Augen wegzuwischen. Ich will sichergehen, dass Soda okay ist. Wenn ich ihn erreiche, würde ich dieses Treffen problemlos ausfallen lassen, um mich mit ihm zu treffen. Doch Soda nimmt meine Anrufe nicht entgegen, also kehre ich wieder zur Sitznische zurück.

Klack, klack, klack. Madam Vivian klopft mit der Seite ihres metallenen Vintage-Zigarettenetuis auf die Tischplatte einer Nische. Alle Minxys drehen sich allmählich in ihre Richtung um, mit langsamen Bewegungen, wie faulenzende Katzen. „Okay, kommen wir zur Sache, meine hübschen Süßen", sagt Vivian. Sie knallt das Klemmbrett mit der Anmeldeliste für Minxy Mania auf den Tisch. „Gebt das herum. Bis jetzt haben wir eine Wrestling-Show. Dafür brauchen wir eine Pfeife. Lexy macht mit einem Haufen Mädels einen menschlichen Eisbecher. Lexy, Schätzchen, denk dran, dass du dafür Plastikfolie zum Drunterlegen mitbringen musst, ich will keine Schokoladensoße auf dem neuen Tanzteppich. Cinnamon macht eine Spekulum-Show und braucht Freiwillige. Sapphire bietet auf ihrem Körper Body Shots an. Dakota organisiert Girl Fights, Bijou macht Burlesque und will Back-up-Tänzerinnen und ich mache natürlich meine berühmte *Valley Of The Dolls*-Show. Außerdem brauchen wir noch mehr freiwillige barbusige Schuhputzerinnen. Und Ladys, Ladys, *Ladys*, kein Haare-Ziehen, es gibt immer genug Ausschweifungen für alle."

Ich teile mir mit Cherry, Bijou und Nicki ein Taxi nach Hause, da wir alle im selben Radius von zwölf Häuserblocks am anderen Ende der Stadt wohnen und Cherry mit ins Creamsickle kommt, um nach Soda zu suchen. Wir werden als Letzte abgesetzt, deswegen sind wir ein paar Blocks lang nur zu zweit im Taxi. Cherry ist betrunken von all den Schnäpsen, die ihr alle spendiert haben, damit es ihr besser geht.

„Weißt du, ich habe immer gewusst, dass Soda ein Junge sein will", sagt sie zu mir. „An einem Abend, als wir erst ein paarmal miteinander ausgegangen waren, waren wir betrunken und ich habe ihn angebettelt, um ihn vögeln zu dürfen, und da ist er zusammengebrochen. Er hat die Krise gekriegt, hat stundenlang im Badezimmer geheult. Damals habe ich ihn dazu überredet, eine Therapie zu machen."

Ich umarme Cherry etwas halbherzig. Es ist das erste Mal, dass wir nett zueinander sind, und das zum Teil nur, weil sie betrunken ist und ich angeheitert bin und sie mir wegen ihrer endlosen Heulerei leidtut.

„Ich habe das Gefühl, dass ich dir das erzählen kann, weil du Sodas beste Freundin bist", meint Cherry.

Bin ich das? Warum ruft er mich dann nicht zurück? Und wo zum Teufel ist er?

Als Soda mich endlich zurückruft, ist es schon sehr spät in der Nacht und Cherry ist schon in seinem Bett eingeschlafen. Ich kann sofort an seiner Stimme erkennen, dass Soda getrunken hat. Sogar noch bevor er sagt: „Treffen wir uns in der Photo Booth Bar." Er will außerdem wissen, ob Cherry bei uns zu Hause ist. „Nun, ich will sie nicht sehen, also sag ihr nicht, wo ich bin. Ich kann dieses Mädel gerade nicht ertragen."

Ich skate zur Photo Booth Bar. Als ich die Bar betrete, schlägt mir der Geruch von Zigarettenrauch und Schwefel entgegen. Die Bar ist die letzte in der Stadt, in der Leute rauchen dürfen, und an der hinteren Wand stehen vier Passfotoautomaten, die immer kaputt sind. Nach einem Abend in der Photo Booth Bar riechen die Klamotten nach Zigarettenrauch und Entwicklerlösung und man muss den Kapuzenpulli, den man sonst vielleicht nur von Zeit zu Zeit wäscht, in die Waschmaschine stecken. Soda sitzt gebückt an einem kleinen runden Tisch, auf dessen Mitte eine rote Kerze brennt. Er sieht viel besser aus als vor ein paar Monaten, als er im Creamsickle seine Tage versoffen und nächtelang gekokst hat. Die Ringe unter seinen Augen sind verschwunden und seine Haut ist wieder rosig und strahlend. Seine straßenköterblonden Locken sind unter einen schnittigen weichen Filzhut gesteckt, an dem auf einer Seite eine kleine rote Feder steckt. Er ascht mit seiner Zigarette auf den Boden, wie alle anderen auch, und nimmt gerade einen kleinen Schluck von seinem Bier, als ich auf den leeren Stuhl neben ihm rutsche. „Ich habe gewusst, dass du nicht vollkommen trocken sein kannst. Dixie hat gesagt, dass Leute dich Sober Soda nennen, und das hat wie ein Oxymoron geklungen!"

Soda lacht und gibt zu, dass das nicht das erste Mal ist, dass er einen oder zwei Drinks trinkt. „Manchmal ist das die einzige Sache, die ich machen und vor Cherry geheim halten kann."

„Keine Ahnung, wie du sie aushältst."

„Ich liebe sie, glaube ich, also halte ich sie aus." Soda zuckt mit den Achseln. „Aber sie treibt mich in den Wahnsinn. Versucht, mich zu ihrem stubenhockerischen Houseboy oder so 'nem Scheiß zu machen."

„Sie ist total aufgelöst."

„Sie ist nur sauer, weil ich diesen Scheiß nicht mit ihr besprochen habe", meint Soda. „Aber es ist meine Entscheidung und ich weiß, ich werde glücklicher sein, wenn ich mich, so wie ich bin, richtig fühle. Mein ganzes Leben lang habe ich vor mir weglaufen wollen. Jetzt nicht mehr."

„Ja, aber sie redet lauter verrücktes Zeug über Pheromone und solche Sachen."

„Was soll's, sie wechselt schließlich ihr Parfüm jede zweite Woche, und ich will sie auch immer noch." Soda lacht. Dann wird sein Gesicht ernst und er hebt sein Bierglas. „Ich werde ein Junge sein."

Ich habe ihn schon wirklich lange nicht mehr so glücklich und seiner Sache so sicher gesehen.

Als ich ein paar Wochen später von der Arbeit nach Hause komme, erschreckt mich Soda zu Tode, als er hinter der Küchentür hervorspringt. Ich habe mich gewissermaßen daran gewöhnt, so zu tun, als ob ich allein lebe, weil niemand je zu Hause ist, außer Shelby oder vielleicht ab und an Tiny, die nun in Cruzers Zimmer zur Untermiete wohnt, deswegen springe ich vor Schreck ungefähr drei Meter in die Höhe. Soda kriegt sich vor Lachen fast nicht mehr ein. „Ich bin endgültig wieder zurück", gibt er mir bekannt. „Ich habe mich gerade aus dem Gefängnis gemogelt."

Ich werfe einen flüchtigen Blick auf den Femme-Fetisch-Kalender, der in der Küche hängt. Dem Datum nach sind die ständig gemeinsam verbrachten Flitterwochen offiziell vorbei. „Ist sie immer noch dein Mädel?", frage ich.

„Ja, aber ich brauche massiv Raum. Ich mache gerade einen ziemlichen Scheiß durch, wo ich mich auf mich selbst konzentrieren und egoistisch sein muss. Sie ist angepisst, weil ich nicht bei ihr wohnen bleibe, aber sie wird darüber hinwegkommen. Sie wird einfach ausnahmsweise auch mal hier übernachten müssen." Cherry hat Soda einmal erzählt, dass sie nicht gern im Creamsickle übernachtet, weil es in ihren Augen eine Bruchbude ist.

„Lass uns skaten gehen!", sage ich. „Ich meine, nachdem ich geduscht habe."

Soda grinst. „Ja, ich muss noch auspacken und so 'nen Scheiß, aber dann machen wir die Gegend unsicher."

Kapitel 17

Ich muss in der Fantasy Box besser werden. Nicki meint, ich bin darin nicht gut, weil ich zu nervös bin und nicht die Kontrolle über die Kunden habe. „Sie sind wie Hunde. Sie können deine Angst riechen", sagt sie mit einer Gruselstimme. Sie schlägt vor, dass ich mir Pornos ansehe und die Einzeiler nachspreche, die die Mädels verwenden. „Gewöhn dir einfach die Klassiker an, wie ‚*Ohhh*, mach's mir fester. Ich liebe deinen riesigen Schwanz.' Solche Sachen."

Also frage ich Bacci an einem Abend nach meiner Schicht, ob ich mir etwas vom umfangreichen Porno-Bestand des Clubs ausleihen kann. Ich werde die Pornos mit nach Hause nehmen, um sie mit Soda anzusehen, der ohnehin Unterhaltung braucht, da er in letzter Zeit so gelangweilt von seinem alkoholfreien Dasein ist. Er trinkt nicht und schluckt auch keine Pillen und kokst nicht, also raucht er ungefähr dreimal so viel Gras. Anstatt jeden Abend in die Bars zu gehen, bleibt er zu Hause und bekifft sich und sieht fern, oder er bekifft sich und geht skaten, oder er bekifft sich und hängt mit Cherry in seinem Zimmer ab, oder er bekifft sich und malt irgendwelchen Scheiß auf die Unterseiten von alten Skateboard-Decks. Das Bemalen der Skateboard-Decks ist sein neuestes manisches „Ich bin nüchtern und habe zu viel Zeit zur Verfügung"-Kunstprojekt. Es begann, als Ed ihm einen riesigen Stapel Decks gab, die im Keller seines Hauses lagen, da alle von Eds Mitbewohnern professionelle Skater waren und die ganze Zeit neue Decks bekamen und die alten einfach in die Ecke warfen. Soda musste zweimal mit voll beladenen Armen hin- und herlaufen, um all die Decks ins Creamsickle zu bringen. Als ich aus der Arbeit nach Hause kam, lagen mindestens zwanzig Decks auf dem Boden in Sodas Zimmer verteilt.

Soda kommt jeden Tag von der Arbeit nach Hause, raucht einen Joint und fängt dann an, die Decks zu bemalen. Cherry kommt vorbei und sieht ihm dabei zu. „Mach eines für mich", sagt sie mit ihrer übertriebenen Begeisterung, weil sie immer extraviel

Unterstützung zeigen will, was alles betrifft, das Soda macht und bei dem kein Alkohol im Spiel ist. Im ganzen Haus sammelt Soda Zeug, das er dann auf die Decks klebt, so dass jedes ein Thema hat. Potter, der eigentlich nur noch vorbeikommt, um die Miete einzusammeln, ist eines Abends aus seinem Zimmer aufgetaucht, um Soda irgendwelchen Nippes zu geben, und ein anderes Mal hat er ein paar abgepackte Spritzen von Shelby bekommen, die ehrenamtlich für ein Spritzentauschprogramm arbeitet. Als ihm die Schrottteile aus dem Haus ausgingen, fing er an, jeden Sonntagmorgen auf den Alemany-Flohmarkt zu gehen, von dem er immer tonnenweise coole Fundstücke mitbrachte. „Wenn du nicht trinkst, liegt der gesamte Sonntagmorgen wie ein unentdecktes Land vor dir", verkündete er. An einem Sonntag ging ich mal mit ihm mit und fand einige Vintage-Sonnenbrillen für Cruzers Sammlung.

Wir vermissen Cruzer beide schrecklich. Sie ruft mich ein- oder zweimal pro Woche an, aber mit Soda hat sie noch nie gesprochen, seit sie weggezogen ist. Immer wenn sie nach Soda fragt, gibt sie bissige Kommentare über ihn ab und das pisst mich an. „Malt Soda immer noch diese Boards an?", fragte sie einmal. „Was für eine Verschwendung, Leute könnten auf ihnen skaten." Ein anderes Mal legte ich einfach auf, weil sie sagte: „Oh, Soda wird jetzt auch ein FtM? Leute, seid ihr jetzt die Paradebeispiele für das genderqueere San Francisco oder so was?" Sie machte mich wütend, aber ich wusste, dass sie nur eifersüchtig war, weil sie sich ausgeschlossen fühlte. Einmal stellte sie mir, als sie betrunken war, eine Million Fragen über Sodas Transition und murmelte dann: „Das ist alles so verkorkst. Ich weiß nicht mal mehr, was bei meiner eigenen Crew los ist."

Es ist sehr warm, als ich von der Arbeit nach Hause skate. Mein Rucksack ist extraschwer, weil er bis zum Rand mit Pornovideos vollgestopft ist. Bacci wollte mich nicht die DVDs ausleihen lassen, nur die Videokassetten. Ich skate besonders vorsichtig, weil ich mir ständig vorstelle, wie ich mitten auf die Straße falle und mein Rucksack aufgeht, so dass Videos mit Titeln wie *Die geilen jungen Schlampen von der Uni* und *Arsch-geile Bräute* über die ganze Kreuzung versprengt werden.

Als ich die Treppe zum Creamsickle hinaufgehe, ist mir unangenehm heiß und ich bin verschwitzt. Ich brülle *Hallo* in die Wohnung und höre den Widerhall meiner Stimme, während ich mir die Baseballkappe runterreiße, unter die ich meine Haare beim Skaten stecke und deren Rand nun feucht vom Schweiß ist. Meine Haare sind jetzt so lang, dass sie mich schon am unteren Ende meines Halses, fast bei meinen Schultern, kitzeln, wenn sie nicht unter meine Kappe gesteckt sind. Dieses Gefühl habe ich nicht mehr gespürt, seit ich mir meine Haare vor dem zweiten Schuljahr zum ersten Mal habe kurz schneiden lassen, denn danach habe ich mir meine Haare nie mehr lang wachsen lassen. Bijou hat mir empfohlen, Schwangerschaftstabletten zu nehmen, die mit Eisen vollgepumpt sind, damit meine Haare schneller wachsen, und ich glaube, sie haben quasi über Nacht gewirkt. Ich lasse mir die Haare wachsen, weil es mich nervt, bei der Arbeit meine juckende, schwitzige Perücke zu tragen. Es wäre mir nicht so wichtig, wenn mir nicht aufgefallen wäre, dass ich an einem Tag, als ich einmal eine Perücke mit langen, wallenden Haaren über meinem zotteligen, kurzgeschorenen Wuschelkopf getragen habe, in der Fantasy Box viel mehr Geld als sonst verdient habe.

Da ich mich in der Wohnung allein wähne, gehe ich mit hochgeschobenem T-Shirt, als hätte ich ein bauchfreies Top an, ins Wohnzimmer und sehe vermutlich wie eine Jung-Schwuppe in einem Nachtclub aus, dichtes, vom Skaten verschwitztes Wuschelhaar und die Arme mit Pornos beladen. Das ist der Anblick, der sich Soda bietet, als er die Augen öffnet. Er hat auf der Couch vor den geöffneten Erkerfenstern geschlafen, mit auf dem Sims abgelegtem Kopf, so dass Wolkenfetzen die Kulisse für seine Kappe bilden, die Kappe mit dem Schild, auf dessen Unterseite Cruzer *Bio-Pussy schmeckt besser* gekritzelt hat. Die Sonne scheint auf Sodas Gesicht und er sieht irgendwie wie ein Engel aus, seine Augen, die blauer sind als der Himmel hinter ihm, blinzeln mich an, als ob sie nicht wüssten, wer ich bin.

„Was läuft, Kumpel? Heute kein Unterricht?" Ich fange an, die Kassetten auf den Tisch zu stapeln.

„Kumpel? Du siehst heiß aus", sagt Soda langsam, während er mich anspäht und mich grinsend von oben bis unten ansieht.

„Halt den Mund." Ich ziehe hastig mein T-Shirt runter.

„Wenn wir nicht beste Kumpel wären ...", nuschelt Soda, zündet sich eine Zigarette an und blinzelt mich weiterhin an, während er raucht. „Wie du hier reinspaziert bist, hab ich nicht mal gewusst, dass du meine Mitbewohnerin bist, hast wie eine heiße Schnitte aus einem Traum ausgesehen, die mir Pornos bringen kommt."

„Träum weiter. Mit nüchternen Leuten gehe ich nicht ins Bett", scherze ich und lasse mich auf die Couch vor dem luftigen Fenster fallen.

Soda lacht. Er schnappt sich ein Skateboard-Deck vom Boden. „Schau dir das an." Das Deck ist mit verwischter blauer und grüner Farbe gestrichen und am Rand entlang sind mit einer Schablone Umrisse von Schiffen aufgemalt worden und am hinteren Ende die Anfänge von etwas, das wie die Flosse einer Meerjungfrau aussieht. Ich bin beeindruckt. Ich habe nicht gewusst, dass Soda malen kann, aber es macht Sinn, da er so ein guter Tagger ist.

„Wow. Du solltest versuchen, dieses Zeug in den Kunstgalerien im Hayes Valley zu verkaufen. Die hippen Yuppies würden bestimmt total viel dafür blechen." Ich stehe auf und schiebe eines der Pornovideos in den Videorekorder. „Muss ein paar Hausaufgaben machen."

„Was für Hausaufgaben? Herausfinden, was Elefantenrüssel sind?" Soda lacht sich kaputt. Er liebt es, sich über mich lustig zu machen. Als ich gerade anfing, im Minxy zu arbeiten, war ich wegen einiger Dinge verwirrt, also kam ich nach der Arbeit immer zu einem betrunkenen Soda nach Hause und erzählte ihm detailreiche schlüpfrige Geschichten. Eines Nachts sagte ich: „Manche Kerle haben Schwänze, die wie Elefantenrüssel aussehen."

„Igitt, was meinst du damit?"

„Schwänze, die so was wie ein labberiges Donut an der Spitze haben und komisch und schlaff sind."

Soda fing an, kreischend zu lachen. „Oh mein Gott, diese Schwänze sind einfach nicht beschnitten!"

Ich schätze, da Soda mit vielen seiner Drogendealer im Bett war, als er zur Highschool ging, hatte er eine Menge Schwänze zu Gesicht bekommen. Was mich betraf, so hatte ich zuvor nur ungefähr einen gesehen, und das war im Dunkeln, als ich fünfzehn war, in der Hütte hinter dem Haus meiner Mutter, und ich war betrunken von einer 1-Liter-Flasche King Cobra, einem Starkbier. Natürlich hatte ich in Pornozeitschriften und -filmen Schwänze gesehen, aber bei meiner ersten Schicht im Minxy war es wirklich das erste Mal, dass ich ein Dutzend Schwänze in echt und in allen Ausführungen und Größen sah, die Elefanten-Ausführung inbegriffen, und das innerhalb meiner ersten halben Arbeitsstunde. Es war die totale Reizüberflutung und mein Kopf explodierte an diesem Tag fast. Als ich in jener Nacht einschlief, kamen in meinen Träumen lauter Schwänze vor. Es hatte nichts mit Sex zu tun, sondern es waren eher solche Szenen, dass ich zum Beispiel beim Skaten war und einen Frontside 50/50 machte, auf etwas, was ich für einen Wandvorsprung hielt, und dann sah ich hinunter und erkannte, dass es ein riesiger Penis war.

Auch wenn Soda sich die ganze Zeit wegen des Elefantenrüssel-Vorfalls über mich lustig machte, war ich sehr froh, dass ich nur ihm davon erzählt hatte, anstatt meinen brandneuen Stripperinnen-Freundinnen. *Das* wäre wirklich peinlich gewesen.

Drei Stunden später kleben wir noch immer vor dem Fernseher und sehen Pornos an. Wir haben die Superheldin namens Jenna Jameson entdeckt und sind ganz besessen. Unsere Münder stehen ein paar Minuten lang offen, während wir ihr dabei zusehen, wie sie es zwei Mädels, die auf ihr liegen, gleichzeitig macht, mit jeder Hand einer. „Das nenne ich mal *echtes* Multitasking!", ruft Soda, als wir die Szene zum dritten Mal laufen lassen.

Ein paar Wochen später kann ich es Jenna J. zuschreiben, dass sich mein Einkommen verbessert hat. Nachdem ich angefangen habe, mich von ihr inspirieren zu lassen, bin ich in der Fantasy Box so viel besser geworden. Ich fange außerdem an, mir genau zu merken, welche Anweisungen mir ein Kerl gibt, um dann beim nächsten Kunden darauf zurückzugreifen. Also wenn Fantasy-Box-Kunde Nummer eins sagt: „Leg dich auf den Rücken und sag: ‚Komm auf meinem Gesicht.'", dann mache ich genau dasselbe bei Kunde Nummer zwei, was den außer Rand und Band geraten lässt. Auf diese Weise haben die Kerle in Wirklichkeit nur miteinander Sex, weil sie viel mehr Pornos und viel mehr Zeitschriften angesehen haben, als ich es jemals könnte, und deswegen besser wissen, was Kerlen gefällt.

„Ich kann nicht glauben, dass du das gesagt hast, du bist so ein schlimmes Mädchen", meint Kunde Nummer zwei und ich denke mir: *Nun, das war nicht wirklich ich. Der Mann, den du gerade hast rausgehen sehen, hat es sich einfallen lassen.* Sie halten mich für eine sexbesessene, mannstolle kleine Schlampe, aber in Wirklichkeit bin ich nur ein wohlerzogener Papagei.

Als ein Kerl einmal meint: „Du bist wie die ultimative Sex-Göttin, hm?", muss ich fast laut lachen. Trotzdem freut es mich zu hören, dass ich meine Arbeit gut mache. Es ist so, wie wenn Kundschaft im Coffeeshop gesagt hat: „Sie machen einen verdammt guten Iced Vanilla Soy Latte." Jetzt kann ich von mir behaupten, einen verdammt guten vorgetäuschten Blowjob durch eine Fensterscheibe bieten zu können.

Pussys sind ein Mysterium, das quasi die ganze Welt regiert. Kerle sind offenbar sowohl besessen von ihnen als auch zutiefst verwirrt, so wie sie Geldscheine in den Automaten schieben und mir dann zwischen meine gespreizten Beine starren, ganz gebannt, mit großen Augen, als ob sie noch nie etwas dergleichen gesehen hätten. Das haben sie vermutlich tatsächlich nicht. Wenn man bedenkt, wie sehr die schrecklichen, unerreichbaren Schönheitsideale unserer Gesellschaft Mädels verunsichern, dass sie es einfach lieber haben, wenn beim Sex die Lichter aus sind.

Aber im Minxy sind die Lichter an, es sind sogar Scheinwerfer auf meine Pussy gerichtet, so dass die Kerle sich hinknien und niederbeugen, um einen genaueren Blick darauf werfen zu können. Ein Kunde bittet mich, ihm genau zu sagen, wie er seine Freundin zum Orgasmus bringen kann. Ein anderer fragt mich, ob ich ejakulieren kann. Wie kann er seine Frau das nächste Mal, wenn sie Sex haben, auch dazu bringen?

Ich lächle und demonstriere es im Detail. Ich gebe ihm sogar eine Gratis-Extraminute, nur um sicherzugehen, dass er die Technik begreift. Um sicherzugehen, dass er nie mehr vergisst, wo die Klit ist, auch nicht im Dunkeln. Ich zeige es ihm aus jedem möglichen Blickwinkel, strecke meine Beine in die Höhe in Richtung der Scheinwerfer an der verspiegelten Decke wie eine Synchronschwimmerin und denke mir dabei, dass irgendein Hetero-Mädel mir für ihren nächsten Orgasmus danken sollte.

„Wer ist dran?", murmelt Soda immer von seiner Couch her, wenn wir fernsehen und mein Telefon piept. Sober Soda mischt sich immer total in meine Angelegenheiten ein, weil er quasi keine eigenen mehr hat. Traurigerweise rufen unsere Sauf-Kumpel ihn nicht oft an und weil er eine Freundin hat, rufen ihn auch nicht mehr ständig Mädels an.

Meistens wenn mein Telefon abends piept, ist es noch nicht mal was Aufregendes. Es ist üblicherweise eine SMS oder ein Anruf von einem Minxy-Mädel, das die Schicht tauschen will. „Die nackten Mädels rufen mich ständig an", prahle ich vor Soda.

„*Hmmm*. Du Glückliche." Die Decke, die er über seinen Kopf gezogen hat, dämpft sein Kiffer-Lachen.

Die nackten Mädels, die Sapphires, Candys und Lulus, haben immer zigtausend gute Gründe, warum sie nicht zur Arbeit kommen können. Um drei Uhr an einem Samstagmorgen muss sich sicherlich immer irgendjemand um ein Familienmitglied im Krankenhaus kümmern oder hat plötzliche, hinderliche grippeähnliche Symptome. Es gibt endlos viele Gründe, warum sie unmöglich tanzen können.

Piep. Piep.

„Wieder nackte Mädels?", fragt Soda erwartungsfroh. „Von nun an stelle ich mir immer, wenn dein Telefon klingelt, eine Minxy vor, die nackt auf ihrer schwarzen Ledercouch oder auf ihrer berüschten pinken Bettdecke faulenzt und dich anruft."

„Du solltest ihre Krankmeldungen nicht zum Anlass für deine Tagträume nehmen, du Idiot. Sie sind nur ein Haufen flunkernder kleiner Luder."

Soda lacht, während ich nach meinem Telefon greife. Dieses Mal ist es keine Minxy. Ich habe einen Anruf von Mia verpasst. Ich habe sie seit Monaten nicht mehr gesehen und auch nichts mehr von ihr gehört.

„Es hat sich was Wichtiges getan und ich habe es allen außer dir erzählt, aber dann ist mir klar geworden, dass du die einzige Person bist, bei der es mir wichtig ist, dass sie es weiß ...", sagt sie in ihrer Nachricht.

Ich gehe in mein Zimmer, um sie zurückzurufen, da Soda eher paranoid als locker ist, nun, da er kein Alkoholiker mehr, aber dafür ein Kiffer ist. Er würde mir bestimmt raten, Mia nicht zurückzurufen, und irgendwas sagen, das düster und apokalyptisch klingt, dass ich mit einem Rückruf die Büchse der Pandora öffnen könnte oder so was.

Über das Telefon hat Mias Stimme nicht mehr die herzzerreißende Wirkung auf mich, die sie vor drei Monaten noch gehabt hätte. Sie erzählt mir, dass Bijou einen ihrer gemeinsamen Songs auf die Website ihrer Band gestellt hat und dass so eine Elektro-Pop-Band ihn sich angehört und sie ausfindig gemacht hat, weil sie sie als ihre Sängerin haben wollen. Also haben sie sie dann nach Seattle einfliegen lassen, um Aufnahmen zu machen, und ganz plötzlich hat sie per Telefon erfahren, dass sie einen Plattenvertrag bekommen und ein Werbebudget, inklusive einer bezahlten landesweiten Tour.

Ich habe gewusst, dass Mia mit Bijou Aufnahmen gemacht hatte, weil Bijou in der Arbeit einmal allen auf der Bühne erzählt hatte, dass sie so müde sei, weil sie die ganze Nacht wach gewesen sei und mit Mia in Starlas Keller Songs aufgenommen habe. „Ihre Stimme ist wirklich erstaunlich! Ich habe schon ewig versucht, sie dazu zu bekommen, mit mir ein Nebenprojekt anzufangen, und jetzt, wo es endlich so weit ist, ist es genial", schwärmte sie. Mich nervte es, dass Bijou in meiner Gegenwart über Mia sprach, aber ich konnte mir auch vorstellen, dass sie zusammen wirklich gut waren. Bijou machte feministischen Elektro-Pop auf Beat Machines und Mia ging eher in Richtung Indie-Rock mit Gitarre, so dass die Kombination super klingen konnte. Ich sagte Bijou, dass ich eifersüchtig war, dass sie so viel mit Mia abhängen durfte: „Wir sind immer noch nicht in dem Stadium unserer Trennung, wo es okay ist, einfach befreundet zu sein."

„Ja, das passiert nicht, bevor man nicht komplett über jemand hinweg ist", meinte Bijou.

„Denkst du auch, dass sie nicht über mich hinweg ist?", fragte ich, obwohl ich wusste, dass ich damit zu sehr auf Infos drängte.

„Was glaubst du denn?", erwiderte Bijou und drehte sich um, um dem Kunden in der Kabine vor ihr ihre volle Aufmerksamkeit zu schenken, also war klar, dass das alles war, was ich aus ihr rauskriegen würde.

„Ich bin so stolz auf dich!", sage ich am Telefon zu Mia. Ich kann nicht anders, als mich an sie als ein P. Y. T. – Pretty Young Thing wie in dem Michael-Jackson-Song, ein hübsches junges Ding, zu erinnern, das damals bei Sonnenaufgang auf der Terrasse vor dem geschlossenen Diner an der Küste gesessen hat, daran, wie die Sonne hinter ihr aufgegangen ist und sie zu Dixie gemeint hat: „Ich ziehe in die

Stadt. Wegen meiner Musik", mit so einem Ausdruck wilder Entschlossenheit in ihren Augen.

„Weißt du, als ich es erfahren habe, warst du die Person, der ich es erzählen wollte", sagt Mia am Telefon, „und es war so schwierig, dich nicht anzurufen, ich habe eine ganze Woche lang dagesessen, mich zusammengerissen und auf mein Handy gestarrt und dann konnte ich doch nicht anders."

„Ich freue mich total, dass du mich angerufen hast. Ich vermisse dich", sage ich verlegen. Und eine Minute lang sagt keine von uns beiden was.

„Eine Sache noch. Als du am Ende des Winters verschwunden bist, habe ich gedacht, dass du dich in jemand Neues verliebt hättest und total schnell mit ihr zusammengezogen wärst, und war echt eifersüchtig, aber letztens habe ich zufällig Dakota getroffen und sie hat gesagt, dass du die ganze Zeit im Minxy tanzt? Wie krass! Ist das wahr? Ich meine, ich kann mir dich nicht einmal in einem Rock vorstellen!"

„Ja. Das hält mich auf Trab und bringt Geld ein."

„Ist es ein komisches Gefühl, deine Pussy dem Feind zu zeigen?", fragt sie.

„Nee. Darüber denke ich eigentlich gar nicht nach. Außer wenn ich einen beschissenen Tag habe oder so was. Meistens denke ich nur an das Geld. Ich spare, um auf Reisen gehen zu können."

„Das ist so schräg, ich kann mir das kaum vorstellen." Sie lacht. Ich erinnere mich daran, wie sehr ich ihr Lachen liebe. Ich frage mich, wie sie jetzt überhaupt aussieht. Ich habe das Gefühl, dass ich mich so sehr verändert habe.

„Ich fahre morgen nach L. A., um die Verträge zu unterschreiben und mich mit den Managern vom Plattenlabel zu treffen, aber vielleicht gehen wir mal was trinken oder so, wenn ich wieder zurück bin?"

„Auf jeden Fall."

Nachdem ich ins Wohnzimmer zurückgegangen bin, setze ich mich sehr nah neben Soda auf die Couch und starre ihn an. „Was? Du machst mich ganz paranoid!" Er versucht, über meinen Kopf hinweg das Pornovideo weiterzuverfolgen, in dem sich gerade fünf Leute miteinander vergnügen.

„Sehe ich anders aus?", frage ich.

„Ich bin derjenige, der hier auf T ist, das sollte ich dich fragen!"

„Darüber reden wir die ganze Zeit", entgegne ich. Nicht dass es mir etwas ausmachen würde, letztens las er mir das gesamte FtM-Informationsblatt von Dimensions, dem Gesundheitszentrum für das Castro- und Mission-Viertel, vor und ich erfuhr, welche Veränderungen alle dauerhaft waren und welche Veränderungen wieder rückgängig gemacht werden konnten, wenn man aufhörte, T zu spritzen, und so weiter. Wir machten auch eine Weile lang Witze darüber, ob es tatsächlich möglich war, dass Sodas Sextrieb noch stärker wurde, denn er hatte ja quasi bereits die höchste Stufe erreicht.

„Ich schätze, ja." Soda blinzelt mich an, weil es nun schon nach Sonnenuntergang ist und wir die Lichter nicht eingeschaltet haben, weil wir die letzten drei Stunden so in Jenna Jameson vertieft waren. „Ich meine, du siehst heiß aus, aber das habe ich schon immer gefunden."

„Glaubst du, Mia würde finden, dass ich mich verändert habe?"

„Warum denkst du über Mia nach?"

Ich lasse die Frage unbeantwortet.

„Ja, kann sein, dass Mia sich in den Arsch beißt, dass du damals, als ihr zusammen wart, nicht so gut mit dem Eyeliner umgehen konntest und ihr nicht ihr Make-up gemacht hast."

Ich gebe Soda einen Fausthieb auf den Arm.

„Aua." Er reibt die Stelle, an der ich ihn getroffen habe. „Du schlägst jedenfalls nicht wie ein Mädchen zu, so viel ist sicher."

„*Ooooh*, meine neuen Freundinnen aus der Minxy-Mafia würden dich nicht ausstehen können. Schon vergessen? All die sexy nackten Mädels? Sie sind außerdem auch heiße Third-Wave-Feministinnen!", necke ich Soda.

„Ist doch super, je mehr sich Mädels über dich aufregen, desto mehr wollen sie mit dir ins Bett. Schon lustig, oder?"

Ich lache.

„Und ich wette, Mia ist irgendwo noch immer ziemlich sauer auf dich, also hast du beste Chancen."

Kapitel 18

Ich starre auf das Poster, das auf die Tür des Umkleideraums im Minxy geklebt ist. *Was tun gegen Sexarbeit-Burn-out*, steht darauf. *Gönnen Sie sich eine Massage. Verwöhnen Sie sich.* Was? Ich habe kein Geld für so einen Scheiß. *Machen Sie Urlaub* ist der Ratschlag auf der Liste, der mir ins Auge springt.

Ich brauche eine Pause. In letzter Zeit sehe ich die Männer, die an mir vorbeigehen, wenn ich in der Fantasy Box bin, böse an, vom Geruch im Club kriege ich einen Knoten im Magen und, was am schlimmsten ist, Page arbeitet ein paar Monate lang nicht. Sie war so klug, dem nebligen, mickrigen Sommer in San Francisco zu entfliehen. Sie ist nach Hause an die Ostküste gefahren, wo die Sommer wirklich heiß und klebrig sind, wo sie, wie sie mir gesagt hat, den ganzen Sommer lang superkurze abgeschnittene Jeans und Schlauch-Tops tragen und auf ausladenden Veranden Eistee schlürfen würde. Bevor sie wegfuhr, schrieb sie in das Fantasy-Box-Mitarbeiterinnen-Notizbuch, in dem alle lasen, wenn sie sich in der Box langweilten: *Axl Rose, ich werde dich vermissen. Ich werde an dich denken, wenn ich nachts nicht schlafen kann.* Mensch, sie schmiss sich ganz schön ran. Ich fühlte mich dennoch nicht wirklich als was Besonderes, weil sie auch an ein paar von den anderen Minxys einige sexy Zeilen schrieb. In diesem Buch flirteten immer alle miteinander, schrieben, dass sie einander flachlegen wollten und solches Zeug, einmal schrieb eine Tänzerin sogar: *Candy, willst du mit mir gemeinsam eine flotte Nummer in der Box machen? Kreuze Ja oder Nein an.*

Burn-out.

Mittlerweile nimmt mich das Minxy fast schon sechs Monate lang vollkommen in Beschlag. All die Sachen, die früher mal aufregend für mich waren, die Geschichten von verrückten Fetischen in der Fantasy Box, die nackten Mädels, sogar die langen Nächte im Vesuvius sind allmählich ein alter Hut. Als ich das Sapphire erzähle, meint sie, dass ich einfach die nächste Stufe erklimmen müsse.

„Die Peepshow ist nur eine Einstiegsdroge."

Sie hat recht. Viele Mädchen, die im Minxy anfangen, machen später Fotos für Zeitschriften, Internet-Pornos, queere Pornofilme, Junggesellenfeiern, Sex-Arbeit im Außeneinsatz oder arbeiten als Domina. Page kann es sich leisten, den ganzen Sommer lang wegzufahren, weil sie letzten Monat einen queeren Porno gedreht hat, einen, den ich mir nicht ansehen will, weil ich mir die Überraschung nicht kaputt machen will. „Man muss auch was der Fantasie überlassen", erklärte ich Soda eines Abends, als er darauf bestand, dass wir Tiny bitten sollten, den gerade veröffentlichten Porno von der Arbeit mit nach Hause zu bringen. Es gab schon eine Warteliste für den Film, aber da Tiny eine Managerin war, hätten wir sie umgehen können.

„Was? Du siehst das Mädel fast jeden Tag nackt!", quengelte Soda. „Was gibt es da noch Neues? Du verdirbst mir den Abend."

„Sieh ihn dir mit Cherry an!"

„Kumpel, ich hasse es, Pornos mit ihr anzusehen, die in San Francisco gedreht worden sind. Sie wird immer ganz eifersüchtig, wenn ich ein Mädel zu lang ansehe, weil sie dann denkt, das ist eine von meinen Ex-Freundinnen, oder zukünftigen Ex-Freundinnen, und sie geht total hoch deswegen."

Ein weiterer guter Grund für Sexarbeit-Burn-out ist der komische Ausschlag auf der Rückseite meines Oberschenkels. Er kommt von den Teppichen im Minxy und es ist nicht einfach aufgescheuerte Haut, es ist etwas viel Beunruhigenderes. Ich kann nicht einmal sagen, was für eine beunruhigende Sache das genau ist, denn ich habe keine Krankenversicherung, deswegen weiß ich es nicht. Wenn ich krank werde, mache ich, was alle meine Freund_innen in so einem Fall machen, ich sitze ungefähr sechs Stunden lang im Allgemeinen Krankenhaus im Wartezimmer. Es ist immer ein Abenteuer, dieses Wartezimmer. Einmal, als Mia Grippe hatte, machte so ein Typ, der sich vor Schmerzen krümmte und Blut auf seinem weißen Hemd hatte, als hätte er eine Stichwunde, sie immerzu an. Er saß auf der anderen Seite des Zimmers und brachte es fertig, dass alle Leute im Wartezimmer sich unwohl fühlten, weil er nicht aufhörte, „Hey, Mädchen!" zu rufen und zischende Geräusche in ihre Richtung zu machen, als wollte er eine Katze rufen.

Meistens wenn irgendetwas Seltsames in Bezug auf meine Gesundheit geschieht, ist meine erste Reaktion, zu versuchen, es eine

Weile lang zu ignorieren. *Bitte geh wieder weg, ich will nicht ins Allgemeine Krankenhaus fahren oder zur unentgeltlichen Sprechstunde im Lower Haight oder sonst wohin.* Wenn es nicht weggeht, bitte ich meine Freund_innen um Rat. Als ich Tiny meinen Ausschlag zeigte, behauptete sie beharrlich, ich hätte Krätze. „Die Medikamente kosten ohne Krankenversicherung achtzig Dollar", meinte Tiny. „Wenn du jemand Nettes in der Apotheke erwischst, kommst du vielleicht damit durch, wenn du lügst und sagst, es ist gegen Filzläuse, dann kriegst du es umsonst, weil so was von der Stadt übernommen wird, aber meistens erwischt man niemand Nettes in der Apotheke."

„Ich habe keine achtzig Dollar", jammerte ich.

„Ich habe gehört, dass sie in Jos Haus letzten Monat Filzläuse gehabt haben. Du solltest sie anrufen und fragen, ob sie noch Medikamente haben."

Ich wollte Jo nicht anrufen. Ich mochte ihn nicht einmal, weil er mir einmal eine Freundin ausgespannt hatte, aber mir gefiel auch der Gedanke nicht, dass sich vielleicht Ungeziefer in meiner Haut eingenistet hatte, also rief ich Jo an. Ich beschrieb ihm meinen Ausschlag und er behauptete beharrlich, dass es ganz sicher keine Filzläuse wären, denn Filzläuse würden wie die Hölle jucken. Mein Ausschlag juckte nicht. Ich war total sauer, dass ich meinen Quasi-Feind hatte anrufen und ihm für nichts und wieder nichts von meinen peinlichen, selbst zugefügten Beschwerden hatte erzählen müssen.

Am nächsten Mittwoch ging ich während der Ambulanzzeiten zur St.-James-Krankenstation, die Gesundheitsklinik für Sex-Arbeiter_innen. Im Wartezimmer saß ich eingequetscht zwischen einer umwerfenden Transvestitin und Prostituierten namens Za-Za, die mich Süße nannte, und einer Straßenpunkerin, die mich unentwegt finster anblickte. Später, als wir draußen vor der Krankenstation rauchten, meinte Za-Za, dass das Punk-Mädel mich nur finster angeblickt habe, weil sie mich flachlegen wollte. Za-Za war so optimistisch, mir war klar, wenn das Mädel mich tatsächlich in die Finger kriegen wollte, dann nur, um mir die weniger als fünf Dollar in meiner Hosentasche zu klauen. In der Klinik gab es gratis Essen, um das sich alle drängelten, und wow, es wurden sogar kostenlose Massagen angeboten.

Wie sich herausstellte, war mein Ausschlag eine ziemlich harmlose Sache. Er kam jedoch definitiv von den Teppichen im Minxy.

Als ich Madam Vivian davon erzählte, machte sie am nächsten Tag kunstvolle mit Filzstift geschriebene Schilder, auf denen stand: *Sommersonnenwende-Putz! Zeit, all eure Garderobenschränke zu putzen und all eure Sachen zu waschen, Handtücher, Sitzunterlagen, Decken. Macht euch frisch für den Sommer!* Dakota meinte, wenn sie irgendjemand tatsächlich sagen würden, dass man vom Teppich einen Ausschlag bekommen konnte, dann würden Dutzende von Minxys kündigen und der Club würde für immer dichtmachen müssen. „Dieser Laden hängt an einem seidenen Faden. Und der kann jede Sekunde reißen." Es war ersichtlich, dass einige der älteren Minxys schon wussten, dass der Laden eine Brutstätte für Hautausschläge war, zum Beispiel Marla, die immer Satin-Handschuhe, die bis zu den Ellbogen reichten, anhatte, sogar an heißen Tagen, oder Claudette, die dich immer mürrisch ansah, wenn deine Stripperinnen-Schuhe aus Versehen ihren Arm streiften, wenn du mit deinen Beinen herumwirbeltest.

Ich hielt den Mund, aus Loyalität der Kooperative gegenüber. Aber seitdem stellte ich sicher, dass meine Plüsch-Sitzunterlage mit Leoparden-Muster immer zwischen mir und dem Teppich war, wenn ich Shows auf der Tanzfläche machte.

Den Stoff für meine Sitzunterlage knöpfte ich Cherry ab. Sie kam zu Beginn des Sommers mit einem Beutel voller farbenfroher Stoffe im Creamsickle vorbei und kündigte an, dass sie die Wohnung neu dekorieren würde. Als Soda aufhörte, bei ihr zu Hause zu übernachten, und ihr klar wurde, dass sie sich dazu herablassen musste, ins Creamsickle zu kommen, meinte sie zu Soda, dass sie die Bude aufpolieren wolle.

Cherry richtete unglaublich kitschige Dinge in der Wohnung an. Sie hängte im sonst vorhanglosen Wohnzimmer Spitzenvorhänge auf. Sie wienerte die Böden. Sie breitete ein Tischtuch, das aussah wie ein Zierdeckchen, auf dem hässlichen Tisch aus. Einmal versuchte sie sogar, einige von Cruzers Fotografien von den Wänden zu nehmen, um sie mit seltsamen Bildern von Dreiecken und Vierecken in matten Farben zu ersetzen, aber ich hielt sie davon ab.

„Cruzer bringt dich um", drohte ich und da sie mal mit Cruzer ausgegangen war und somit aus erster Hand wusste, dass Cruzer verrückt war, glaubte sie mir und versuchte nicht mehr, das Abdeckband von den Rändern der riesigen Foto-Bahnen zu ziehen.

Mir war klar, dass Cherry nur ein paar bestimmte Fotos runternehmen wollte, weil sie darauf abgebildet war. Cherry, als sie achtzehn und auf der Kunstakademie war, mit einem „gerade das Coming-out gehabt"-Look, inklusive doppelt gepiercter Augenbrauen, Nasenring, mit Manic Panic gefärbter Haare und Igelfrisur sowie Tribal-Tattoo auf der Brust, das inzwischen mit einem riesigen Adler mit ausgebreiteten Flügeln überdeckt worden war.

„Als ob Cruzer je zurückkommen wird", schnaubte Cherry.

„Oh, sie wird zurückkommen, sobald du und Soda Schluss macht", zischte ich sie an. Das war ziemlich harsch. Aber es brachte Cherry dazu, dass sie ihre Schere und die Schachtel mit Nägeln auf den Boden knallte und sich wieder in Sodas Zimmer verzog.

In Wirklichkeit war Cruzer bereits kurz davor, zurückzukommen. Als ich sie ein paar Tage zuvor angerufen hatte, hatte sie gesagt: „Ich habe gerade einen Nervenzusammenbruch gehabt. Mein Hufeisen-Ring ist auf dem Weg in die Arbeit zerbrochen und das war total symbolisch. Ich vermisse euch so sehr."

Ich drehte den Hufeisen-Ring an meinem Finger. Erstaunlicherweise hatte ich ihn nie verloren, denn der einzige Finger, auf den er passte, war an der Hand, die ich zum Vögeln brauchte. Das bedeutete, dass ich ihn so manches Mal in der Hitze des Gefechts abnahm und auf meine Laken fallen ließ, oder auf die Laken der Person, mit der ich gerade Sex hatte. Wenn ich meine Jeans noch anhatte, gelang es mir immer, ihn in meine Hosentasche zu schieben, aber wenn ich das vergaß, verlor ich ihn für kurze Zeit. Er kam jedoch immer zu mir zurück. Einmal nahm ich ihn ab, um ein Mädel auf dem Rücksitz eines Mietautos zu vögeln, und als mir bewusst wurde, dass er weg war, rief ich die Firma an und eine Frau dort sagte: „Ich habe das Ding gerade fast mit dem Staubsauger aufgesaugt, du hast Glück." Ein anderes Mal ließ ich ihn auf der Kommode einer Bekannten, mit der ich einen One-Night-Stand hatte, und eine Woche später gab ihn mir ihre Freundin, mit der sie nicht monogam war, im Vine mit einem Grinsen im Gesicht zurück.

Cruzer erzählte mir, dass sie ihren Ring in einem Laden reparieren lassen würde. Sie sagte auch, dass sie und Topsy sich die ganze Zeit stritten.

„Komm nach Hause", bettelte ich.

Machen Sie Urlaub. Die letzte Zeile des „Haben Sie ein Sexarbeit-Burn-out?"-Posters schwirrt mir im Kopf herum, während ich in der Fantasy Box liege. Ein Mann mit einer blauen Schürze, der in einem der Restaurants in der Nähe arbeitet und einer von den Kerlen ist, die hier immer herumschleichen, geht zum dritten Mal innerhalb von zehn Minuten vorbei, um einen schnellen kostenlosen Blick auf meinen Hintern und meine Brüste in meinem kleinen Outfit zu erhaschen. Noch kein einziges Mal habe ich gesehen, dass er auch nur einen Penny hier im Laden ausgegeben hat, aber er schleicht sich immer herum, um einen Blick zu erhaschen. Ich denke an meine mageren Ersparnisse für die Südamerika-Skate-Reise. Ich könnte schon mehr zusammenhaben, aber ich habe das Gefühl, wann immer ich einen Gehaltsscheck bekomme, muss ich das Geld für neue Stripperinnen-Schuhe ausgeben, weil meine ausgelatscht sind, oder für einen neuen Dildo oder neues Make-up oder was auch immer. Vielleicht sollte ich einfach Cruzer besuchen fahren, denke ich mir.

So ein Stammkunde kommt in die Box, mit einer Plastiktüte in der Hand, von der ich weiß, dass sie voller Höschen ist. „Noch ein Höschen bitte", werde ich auf seinen Wunsch mindestens fünftausendmal während der nächsten drei Minuten sagen müssen. Er wird auch versuchen, über den Preis zu verhandeln, indem er darauf besteht, dass er, da ich ja meine Klamotten nicht ausziehen muss, nur den halben Preis bezahlen sollte. Warum sind Fetisch-Kerle so geizig, wo doch dies offenbar der einzige Club ist, in dem Tänzerinnen bereit sind, ihren Act direkt auf ihre Bedürfnisse abzustimmen? Widerwillig schalte ich den Buzzer an.

Später kommt Potter in der Wohnung vorbei, was seltsam ist, weil er in letzter Zeit nie vorbeikommt, außer um Rechnungen zu erledigen und dann gleich wieder zu gehen. Als ich ihn am anderen Ende des Flurs sehe, denke ich eine Minute lang, es ist schon wieder der Monatserste und ich habe die Miete vergessen. Er kommt ins Wohnzimmer.

Seine Hand, die den Hals eines schweren Krugs mit Carlo-Rossi-Wein umklammert, zittert leicht. „Sie verkaufen das Haus."

Soda lässt eines der kleinen Gewichte, die er gerade stemmt, mit einem lauten Knall auf den Boden fallen. Der Boden bebt. „Was heißt das genau?"

„Das heißt, dass wir vielleicht ausziehen müssen. Wenn der neue Besitzer das will, was, wie ich diese Straße kenne, vermutlich der Fall sein wird."

Potter spielt darauf an, dass offenbar jeden Monat ein neues Haus in unserer abschüssigen Straße entkernt und dann mit einem viel höheren Profit wieder vermietet wird. Ich hake immer ein Haus nach dem anderen ab, wenn ich an ihnen vorbeiskate. *Ein weiteres vom Establishment in Beschlag genommen!* Unser Haus befindet sich am Rand des historischen Liberty Hill, eines Hotspots für aufgemotzte Häuser zu Millionenbeträgen.

„Nun kann jederzeit ein Räumungsbescheid an unserer Tür hängen. Man weiß nie", meint Potter zu uns.

„Wohin zum Teufel sollen wir dann ziehen?" Mir kommt in den Sinn, wie sehr die Mietpreise im Viertel in letzter Zeit in den Himmel geschossen sind. Ich starre auf die unglaubliche Aussicht vor unseren Wohnzimmerfenstern, wozu ich Cherrys Spitzenvorhänge zur Seite schieben muss. Wie traurig, gerade hat das Creamsickle eine Verschönerung mit Spitzen und allem Drum und Dran bekommen und nun könnte alles für die Katz sein.

Ich rufe sofort Cruzer an und informiere sie über die möglicherweise bevorstehende Tragödie.

„Was zum Teufel, schon wieder?", keucht sie.

Sie sagt *schon wieder*, weil wir, als wir in Chicago gewohnt haben, schon einmal aus einem Haus haben ausziehen müssen, das wir sehr geliebt haben. Ich sage Cruzer, dass sie nach Hause kommen muss, um uns zu helfen, unser Haus zu retten. Es bedarf kaum Überredung.

„Scheiße, Topsy wird *sooo* sauer auf mich sein. Und wie soll ich all mein Zeug in das blöde Flugzeug bringen?", jammert Cruzer.

„Ich komme dich abholen", sage ich plötzlich. „Aber nur, wenn du mit mir im *Love Park* und im *Philly Side* skaten gehst."

Kapitel 19

Ich folge dem Tail von Cruzers Board, während sie uns durch eine Straße in Philadelphia leitet. Ich liebe es, in neuem Gelände zu skaten, nicht überlegen zu müssen, wo wir hinfahren. Ich gebe acht auf den mir nicht vertrauten Asphalt, die ebenen Stellen, über die ich fahren will, und die Schlaglöcher, Risse und kleinen Gruben, die ich umkurve oder über die ich einen Ollie mache. Ich muss nur dem Tail von Cruzers Board folgen. Sie leitet uns zur Bushaltestelle, damit wir den berühmten Widerständler-FDR-Skatepark ausprobieren fahren können. Das ist unsere zweite Station. Gerade sind wir aus dem *Love Park* vertrieben worden, wo jemand vom Sicherheitsdienst uns verfolgt hat, aber wir hatten es geschafft, immerhin gut zwanzig Minuten dort zu skaten, also ist es das wert gewesen.

Ich bin schon eine Woche in Philly und bleibe den ganzen Monat lang. Cruzer hat in ihrem Job eine Kündigungsfrist von einem Monat und hat mich überredet, so lange wie möglich zu bleiben, indem sie mir Freigetränke in der Bar, in der sie arbeitet, und täglich neue Skate-Abenteuer versprochen hat.

Es ist heiß. Eine klebrige Hitze, so dass meine Zehen sich in meinen Vans-Slippern mit Schachbrettmuster matschig anfühlen. Ich kann spüren, wie der Schweiß mir über den Rücken rinnt. An meinem ersten Tag hier habe ich mir in dem Vintage-Laden, in dem Topsy arbeitet, so einen grauen Piloten-Allzweck-Overall besorgt und bis zum Nachmittag hatte ich bereits Ärmel und Hosenbeine abgeschnitten. Seitdem habe ich nur diesen Overall getragen, aber es fühlt sich immer noch so an, als hätte ich zu viel an.

Ein riesiger Lastwagen hupt laut, als Cruzer und ich über eine Kreuzung fahren, und zwei Kerle grinsen anzüglich zum Fenster heraus. Was zum Teufel? In Philly wird mir so oft etwas nachgerufen oder ich werde angehupt, es ist Wahnsinn. In San Francisco hat mir beim Skaten niemand Aufmerksamkeit geschenkt, aber hier ist es, als ob ich in einem Bikini skaten würde oder so was. Der schlabbrige Overall ist nicht einmal sehr freizügig. Ich glaube, es hat mehr damit zu tun, dass ich augenscheinlich wie ein Mädel aussehe, anstatt auf meinem Board, wie sonst üblich, ziemlich inkognito zu sein, in meinem bis über den Kopf gezogenen Kapuzenpulli und den herunterhängenden Jeans. Das Nervige daran, wenn mir ein Kerl etwas aus seinem Auto nachruft, ist, dass es wie eine echt billige Aktion wirkt. Es ist, wie wenn dir jemand einen unerwarteten Tiefschlag verpasst, sie pfeifen dir quasi aus dem Hinterhalt hinterher oder rufen dir etwas nach und laufen dann weg wie kleine Kotzbrocken. Und es lohnt sich nicht einmal, etwas zurückzurufen, weil sie schon weg sind, bevor du ein *Fuck you* ausspucken kannst. Die ganze Sache erinnert mich daran, wie es war, als ich fünfzehn war, damals, als noch überhaupt keine Mädchen Skateboard fuhren, so dass jedes männliche Wesen, das in einem Auto vorbeifuhr, einen Kommentar dazu abzugeben hatte. Oft fühlte es sich so an, als wäre man auf einer Bühne, wenn man mit dem Skateboard auf der Straße irgendwohin unterwegs war.

Mach einen Trick!

Auf was fährst du denn sonst noch ab?

Hey, Mäuschen, mach einen Ollie für mich.

Ich hätte noch was Besseres, mit dem du dich vergnügen kannst.

Heeeeeeey, Betty.

Auf einem Skateboard unterwegs zu sein kann ähnlich sein, wie wenn man ein sichtbares Tattoo hat, es ist ein Vorwand für jeden Blödmann, um dich anzusprechen. Der Vorteil, wenn man auf einem Skateboard unterwegs ist, ist jedoch, dass man Schwachköpfen immer ziemlich schnell davonfahren kann. Außerdem übertönt das Geräusch der Rollen auf dem Asphalt manchmal die Großmäuler in den Autos, so dass sie nur wie doofe Hunde aussehen, die ihren Kopf zum Fenster rausstecken, mit offenem Maul, als ob sie Käfer fangen wollten. Ich kann es nachvollziehen, dass man auf ein Mädel einen Blick werfen will oder was auch immer, ich meine, wenn ich mitten auf der Straße skate, sehe ich mir auch gern die Frauen an. Aber ich muss ihnen keine blöden Bemerkungen zurufen, vor allem nicht aus dem Hinterhalt von einem Sattelschlepper herunter. Sie lächeln mich ohnehin an, wenn ich vorbeirolle.

„Hey, Rattenschwänzchen", ruft so ein Kerl von der Türschwelle eines Spirituosenladens, als wir auf der Straße stehen bleiben und darauf warten, dass der Verkehr langsamer wird, damit wir zur Bushaltestelle auf der anderen Straßenseite gehen können. Cruzer hüpft von ihrem Board, reißt sich die Baseballkappe vom Kopf und wirft sie mir zu. Sie verdreht die Augen. Obwohl ich unter meinen Haaren schwitze und mir zu heiß ist, als dass ich eine Kappe tragen möchte, setze ich sie auf und stecke meine zwei kleinen Haarzöpfe unter die Kappe, während wir über die Straße zur Bushaltestelle gehen. In der zerkratzten Plastikscheibe des Wartehäuschens sehe ich mir mein verschwommenes Spiegelbild an. Bis auf die Kommentare auf der Straße genieße ich es im Großen und Ganzen wirklich sehr, nicht über meinen Körper nachdenken zu müssen. Ich kann sogar vergessen, dass ich einen Körper habe. Zum ersten Mal seit sechs Monaten muss ich nicht dafür sorgen, dass ich diese nervtötenden Rasierer im Vorderfach meines Rucksacks habe. Es ist mir scheißegal, ob ich einen fetten blauen Fleck oder einen Pickel im Gesicht bekomme. Es kümmert mich einen Dreck, ob mein unter die Kappe geschobenes Haar total fettig ist oder meine Klamotten nach Schweiß riechen, weil ich den ganzen Tag lang Skateboard gefahren bin. Ich schminke mich nicht oder irgendwas in der Art. Ich mache einen auf extraschmuddelig und liebe es.

Während wir auf den Bus warten, meint Cruzer zu mir: „Ein Freund hat mir gesagt, dass man den *FDR Park* nie *Philly Side* nennen soll. Und wir müssen uns von unserer besten Seite zeigen, weil die Einheimischen den Park von Grund auf neu gebaut haben, wie *Burnside*, sie haben also viel Schweiß und Herzblut in die Walls gesteckt, und außerdem sind sie ziemlich revierbewusst, also sind sie nicht übermäßig nett, wenn sie den Park mit Neulingen teilen sollen."

Nachdem wir eine Weile lang im *FDR Park* herumgekurvt sind, kaufen wir uns Sandwiches und Limo und setzen uns in der Seitenstraße auf unsere Boards. In der Seitenstraße gibt es Sachen, auf denen mir das Skaten sogar noch mehr Spaß macht als im eigentlichen Park. Innerhalb des Parks schwirren eine Menge bulliger Einheimischer herum und ein paarmal wäre ich beinahe niedergemäht worden. „Schau mal, Geo, sieht so aus, als ob ich in die Mangel genommen werde", meint Cruzer, während sie durch einen Halbtunnel aus einem rostigen Metallzaun fährt, der sich oben zusammenrollt. Er ist auf der einen Seite höher und rollt sich dann immer enger zusammen, wie eine Welle. Sie streckt ihre Hand aus wie beim Surfen. Dann setzt Cruzer sich auf ihr Board und zündet sich eine Zigarette an. „Topsy will so sehr, dass ich bleibe."

„Ich weiß. Vielleicht kettet sie dich sogar mit Handschellen ans Bett, wenn wir nächste Woche fahren wollen."

„Weißt du, mir gefällt's hier. Ich freu mich total, dass ich einen Job als Barkeeperin gefunden habe und Topsy ist super, aber ich fühle mich so einsam ohne meine Kumpel ... ohne meine Bro-Crew."

Ich kann nicht glauben, dass Cruzer über ihre Gefühle spricht. Das einzige Mal, als das bisher vorkam, war, als wir ungefähr sechzehn waren und zum ersten Mal LSD ausprobierten und uns all diese Hippies in ihrem Auto zum Strand mitnehmen wollten. Die Hippies fuhren dann ein Reh an und hielten auf der Straße eine Zeremonie ab, um sich von der Seele des Rehs zu verabschieden, was Cruzer und mich total zum Ausflippen brachte. Später, als wir in der nebligen Nacht am Strand saßen, rückte Cruzer dann mit all diesem Scheiß raus, dass sie ihren wirklichen Vater nicht kenne und dass sie sich ohnehin schämen würde, ihn kennenzulernen, weil sie nicht einmal Spanisch sprach und auch nichts über ihre wirkliche mexikanische Familie wusste, und dass sie noch mehr zu einer Fremden geworden sei und ihre Vergangenheit in noch größerer Ferne liege, seit ihre Mutter einen reichen weißen Kerl geheiratet hatte und sie plötzlich Geld hatten, und dass sie keine Jungs möge und hoffe, keine Lesbe zu sein, weil die Lesben in ihrer Schule so einen schrecklichen Klamottengeschmack hätten. Aber das ist lange her. Nun führt der einzige Weg, um herauszufinden, was in Cruzers Kopf vorgeht, über die Hochglanz-Seiten ihres Skizzenbuchs, über ihre kleinen handschriftlichen Kritzeleien an den Rändern oder auf den kleinen leeren Stellen zwischen den eingeklebten Fotos.

„Ich hätte nie gedacht, dass ich meine Familie so sehr vermissen würde", fährt Cruzer fort, „und nun, wenn ich daran denke, dass sie uns das Creamsickle wegnehmen, ist es total beschissen. Ich bin noch nicht bereit, dich und Soda nicht mehr einfach im Wohnzimmer anzutreffen. Ich meine, ich weiß, Soda kann ein Arschloch sein, aber Mensch, ich vermisse ihn. Kaum zu fassen, dass er die Transition macht und bald einen neuen Namen haben wird, und eine neue

Stimme und das ganze Zeug. Ich erinnere mich noch an seinen ersten Tag in der Stadt. Ich war auf der Party, auf der Mandy auf seinem Schoß gesessen und ihm den Spitznamen Soda gegeben hat, damals war er noch so jung."

„Das ist er immer noch", sage ich. „Jung, meine ich."

„Ich möchte wieder ins Creamsickle ziehen, bevor ich alles versäume."

Einen Moment lang schweigen wir. Cruzer beobachtet die Leute, die im Park auf der anderen Straßenseite Skateboard fahren. Dann riecht sie wohl den heraufziehenden sentimentalen Moment und boxt mich schnell auf die Schulter. „Außerdem muss ich zurückkommen, weil du völlig übergeschnappte Sachen machst, wenn ich nicht da bin, wie zum Beispiel dich total krass in ein Mädchen verwandeln, und wer weiß, was du als Nächstes vorhast. Du würdest dich wahrscheinlich in Soda verlieben oder irgendwas total Lächerliches."

Ich lache. „Ich mich in Soda verlieben, wer's glaubt, wird selig."

Der Satz klingt ein wenig seltsam, wie er aus meinem Mund kommt, so dass Cruzer mir einen scharfen Blick zuwirft. Sie schnappt sich ihr Board und macht sich auf in Richtung der staubigen roten Gebäude. Ich raffe mich auf, um ihr zu folgen, denn ohne sie habe ich keine Ahnung, wo ich abbiegen und über welche rauen Straßen ich fahren muss, um nach Hause zu kommen.

Cruzer und Topsy leben in einer kleinen Wohnung genau über der Bar, in der Cruzer arbeitet. Um in ihre Wohnung zu kommen, muss man sogar durch die Bar gehen. Es ist so laut, dass ich mir, wenn ich vor zwei Uhr morgens schlafen möchte, Mias neue Demoaufnahme in Endlosschleife anhöre, bis ich einschlafe.

Bijou hat sie mir gegeben, kurz bevor ich gefahren bin. Wir waren im Umkleideraum und sie sagte: „Hier hast du was zum Anhören im Flugzeug. Du bekommst sicher einen Herzinfarkt, wenn du das hörst." Die Demoaufnahme war völlig anders als alles, was Mia bisher gemacht hatte. Sie hatten ihre melodische Stimme und ihre Gitarrenriffs mit elektronischen Beats unterlegt.

Vor ein paar Tagen ließ ich Cruzer mithören. „Dieses Mädel wird bestimmt berühmt", meinte Cruzer.

Nachdem ich fast den ganzen Monat lang, den ich in Philly verbracht habe, versucht habe, Soda zu erreichen, ruft er mich endlich während meiner letzten Woche hier zurück. Ich bin ganz aufgeregt, weil ich darauf brenne, ihm von so einer Hetera zu erzählen, mit der ich im Bett war. Sie ist praktischerweise eine Stammkundin in Cruzers Bar, so dass ich die letzten drei Nächte mit ihr nach Hause gegangen bin.

Sodas Stimme klingt ein bisschen kratzig, als ob sie auf der Tonleiter kurz haltgemacht hätte und auf die nächste Testosteron-Spritze warten würde, um noch weiter nach unten klettern zu können. Er erklärt mir, dass ihm sein Handy während eines Streits mit Cherry abhanden gekommen ist, weil es in ihr Cocktail-Glas gefallen ist. „Ein höchst verdächtiger Unfall", meint er. „Sie war nämlich angepisst, weil ich wieder angefangen habe, Gras zu verkaufen, und hat mich ständig dazu bringen wollen, damit aufzuhören. Dafür brauche ich natürlich mein Handy, und ehe ich michs versehe, schwimmt es in pinkem Wodka. Aber sie kann mich nicht vom Dealen abhalten. Der Scheiß bringt Geld ein und ich will Geld für eine Brust-OP sparen."

Die beste Neuigkeit ist, dass Soda sagt, dass es mit Cherry nicht gut läuft. „Letztens hat sie fast mit mir Schluss gemacht, als ich sie gefragt habe, ob ich ausprobieren darf, wie es ist, als Mann für einen Begleitservice zu arbeiten. Ich weiß nicht, ob es mich noch kümmert, ob sie mit mir Schluss macht. Ich möchte mich komplett auf meine Transition konzentrieren."

Dixie holt uns vom Flughafen ab. Ich habe Dixie vermisst. Ihre großen braunen Augen und ihr Südstaaten-Charme sind so behaglich. Sie ist diejenige, die sich immer so gut um alle kümmert. Wann immer jemand im Creamsickle krank ist, kommt sie vorbei und macht Tee oder bringt Filme. Der kleine Hund sitzt auf ihrem Schoß, während sie das Auto lenkt. Er fletscht so komisch die Zähne und starrt Cruzer auf dem Nebensitz an. Das macht mir eine Gänsehaut, als ob der Hund eines Tages zum Angriff übergehen und Rache für Viva Vendetta üben könnte.

Dixie und Cruzer flirten vorne und ich kann sehen, dass Cruzer sie nervös macht. Cruzers Lockenpracht ist einfach unglaublich, ihre Klamotten sind total stylish, nachdem sie in den letzten sechs Monaten in Topsys Vintage-Laden immer die erste Wahl gehabt hat, sie trägt ihre verspiegelte Sonnenbrille, ein rotes Bandana um den Hals und hat den weißen Kummerbund, den sie schon bei ihrer Hochzeit mit Dixie angehabt hat, um ihre Jeans geschlungen. Aber ich glaube nicht, dass es nur Cruzers gutes Aussehen ist, das Dixie überzeugt. Vielmehr ist es die Tatsache, dass Cruzer aus Liebe ans andere Ende des Landes umgezogen ist. Das hat Dixie dazu gebracht, Cruzer in einem anderen Licht zu sehen. Die ganze Zeit, als Cruzer weg war, hat Dixie ganz traurig geschaut und sich auf die Unterlippe gebissen, wann immer Cruzers Name aufgekommen ist. „Ich vermisse sie", hat sie dann immer zugegeben. Mist, Mädels wollen immer das haben, was sie nicht haben können.

Dixie meint, dass sie neidisch auf unsere gebräunte Haut ist. „Ihr müsst euch Sodas Arme ansehen", sagt Dixie. „Wow, er hat ziemlich trainiert. Es ist irre, wie muskulös das Testosteron ihn werden lässt! Oh, und Soda und Cherry haben sich getrennt. Ich habe gehört, dass Cherry versucht hat, sein Gras im Klo runterzuspülen!"

„Endlich", seufzt Cruzer. Sie hat das Fenster runtergekurbelt und ihre Hand tanzt auf der warmen Luft, während wir die Schnellstraße entlang nach Hause fahren.

Während ich mein Zeug über die vertraute alte Treppe ins Creamsickle hinaufschleppe, kann ich an nichts anderes denken als daran, dass nun, da der Sommer fast vorbei ist, das vermutlich bedeutet, dass es der letzte Sommer im Creamsickle war, und wir haben es nicht einmal gewusst, bis es zu spät war. Ich frage mich, wie viel Zeit uns wohl noch bleibt?

Cruzer läuft hinter mir die Treppe hinauf, lädt aber nur ihre Tasche im Flur ab und läuft dann wieder nach unten, wo Dixie im Auto wartet. „Wir gehen eine Bloody Mary trinken."

Der Blick, den sie mir zuwirft, gibt mir zu verstehen, dass sie nicht will, dass ich mitkomme und ihr die Tour bei Dixie vermassle. Ich zerre Cruzers Tasche in ihr Zimmer, schaue nach, ob wirklich niemand zu Hause ist, und klappe auf meinem Bett zusammen. Wenn man einen Monat lang auf dem Boden in einem heißen, stickigen Zimmer über einer lauten Bar schläft, vermisst man das eigene Bett garantiert sehr.

Ich wache auf, weil jemand hinter sich ein Skateboard die Treppe hinaufschleift, so dass der Tail gegen jede einzelne Treppenstufe schlägt. *Tack. Tack. Tack.* Und dann springt Soda auf mein Bett. Er ist auf allen vieren und grinst auf mich herab, seine Arme umschließen meinen Kopf und sein straßenköterblondes Haar fällt ihm vor seine stahlblauen Augen. „He Kumpel." Sodas Stimmer ist anders, klingt ein bisschen wie ein Reibeisen. Sein Gesicht hat sich auch verändert, nur leicht, so dass nur seine engen Freund_innen es eventuell bemerken. Vielleicht ist es seine Kieferpartie, vielleicht ist die etwas kantiger geworden.

Die Nachmittagssonne dringt durch meine Fenster herein und zertrennt sein Kinn genau in der Mitte, wie eine Trennlinie. Lustig, dass ich, als ich mit ihm zusammengelebt habe, nicht bemerkt habe, dass er sich verändert, aber es ist so, als wäre es notwendig, wegzugehen und zu vergessen, wie jemand aussieht, damit man zurückkommen und all die Dinge sehen kann, die nun vielleicht nicht mehr so sind, wie man sie an dieser Person in Erinnerung gehabt hat. Ich habe ihn so sehr vermisst, dass ich ihn packen und küssen möchte, und eine Minute lang scheint es, als ob er denselben Gedanken hätte, so wie er mich ansieht, als ob er gleich über mich herfallen würde. Es ist, als stünde die Luft unter Strom, mein Herz klopft wie verrückt. Auf Sodas Oberlippenflaum sind Schweißperlen. Wie ist es möglich, dass er sogar ein noch heißerer Typ geworden ist?

Mit einem Mal springt Soda auf und macht den Moment zunichte, wie wenn jemand in tiefer Stille plötzlich einen Baumzweig zerbricht. „Ist Cruzer da? Hasst sie mich immer noch?"

Ich rolle mich von der Seite auf meinen Rücken und starre die Decke an, fange an, wieder normal zu atmen. „Nee. Sie ist mit Dixie unterwegs." Dann stehe ich auf und gehe ins Badezimmer, wasche mein Gesicht mit kaltem Wasser, um den Flugzeug-Geruch loszuwerden und mich abzukühlen.

Soda kommt mir nach. „Glaubst du, es wird komisch?"

„Nö. Sie hat dir Geschenke mitgebracht." Ich habe all die Friedensopfergaben gesehen, die Cruzer für Soda besorgt hat, als wir gestern Abend gepackt haben, die Kappen, die ihm gefallen, 59FIFTY Fitted Caps in Ausführungen, die es noch nicht einmal bis an die Westküste geschafft haben, Skateboard-Decks und geschmuggelter Schnaps vom Feinsten, weil sie so begeistert war, als sie gehört hat, dass Soda wieder Alkohol trinkt.

Die Geschenke und ein gemeinsam gerauchter Joint, mehr braucht es nicht, damit die Crew-Mitglieder wieder die besten Kumpel sind. An diesem Abend sitzen wir drei auf der hinteren Veranda, wie in alten Zeiten, und rauchen das Mörder-Gras, mit dem Soda dealt. *Kush-Cannabis*. Soda hat gegrinst, als er das Zigarettenpapier geleckt hat. *Das ist total bewusstseinserweiternd.* Die Stadt sieht aus wie ein großes Maul, das sich unter unseren Füßen und Händen, die zwischen den Leisten des Holzgeländers hinaushängen und über den Rand hinabbaumeln, öffnet. „Nicki hat vorhin angerufen. Die Mädels wollen, dass ich vorbeikomme und ihnen Gras verkaufe, und sie wollen, dass wir uns ihre neue Bude ansehen", sagt Soda. „Vielleicht können wir bei ihnen ins Internet."

Vor ein paar Tagen hat Potter Soda geraten, auf die Website des Mieter_innen-Vereins von San Francisco zu gehen und gründlich die Mieter_innen-Rechte zu studieren, die vierzehn triftigen Gründe für eine Zwangsräumung. Auf welchen Grund mit welcher Glückszahl würden sie sich wohl bei uns berufen? Es klingt deprimierend, sich Nickis neue Wohnung anzusehen, in die sie gerade mit einem Haufen anderer Mädels, einschließlich ihrer heißen Schwester und Cello, gezogen ist, jetzt, da wir zwangsgeräumt werden, aber ich habe die Ladys gehörig vermisst. Die Mädels in Philly waren so sterbenslangweilig, dass ich mich nach den Femmes in San Francisco gesehnt habe, nach ihren Rockerinnen-Mähnen, ihrem wilden Lächeln und ihren Schlafzimmeraugen.

„Eine Villa voller wilder Prinzessinnen, worauf warten wir." Cruzer springt von der Veranda auf und ich stolpere hinterher, so bekifft, dass in den Straßen unter uns jetzt kleine weiße Zähne statt Häusern sind.

Das Wohnzimmer der Wilde-Prinzessinnen-Villa ist voll mit Zigarettenrauch, leeren Weinflaschen, einem dünnen Schwulen mit blauem Cat-Eye-Lidstrich und einer Handvoll Mädels, die auf der Couch faulenzen. Das letzte Mädel in der Couch-Besetzung ist Mia. Sie hat sich so klein zusammengerollt, dass es wirkt, als würde sie versuchen, sich unsichtbar zu machen, mit ihren schwarzen engen Hosen auf den schwarzen samtenen Couchpolstern und einem matten entschuldigenden Lächeln, das sie mir durch eine Nebelwand zuwirft. Angesichts ihrer Entschuldigung zucke ich mit den

Schultern, obwohl ich das Gefühl habe, in eine Falle gelockt worden zu sein, bekifft und so was von nicht darauf vorbereitet, sie zu sehen. Nicki hätte mich warnen können!

Ich lasse mich am anderen Ende des Zimmers auf einen Lehnstuhl plumpsen und versuche, mich ganz ungezwungen zu geben, so zu tun, als wäre ich nicht bekifft. Ich gebe mir Mühe, mich auf die alten Achtzigerjahre-Musikvideos zu konzentrieren, die über den Fernsehschirm flimmern. Die Mädels stürzen sich alle auf Cruzer, weil sie so lange weg gewesen ist, und sie hat ihnen Geschenke mitgebracht, noch mehr Schätze aus dem Secondhandladen. In der Zwischenzeit versucht Soda, das Geld für das Gras einzusammeln, aber niemand hört zu. Dann weisen die Mädels verärgert darauf hin, dass Soda ihnen was schulde.

„Ihr Mädels lasst mich noch pleitegehen. All meine Freunde und Freundinnen tun so, als wäre ich der Hasch-Weihnachtsmann oder so was."

„Warte! Bist du auf T?" Ein Mädel namens Tammy richtet sich auf der Couch auf und blickt Soda durch den Rauch hindurch prüfend an. „Deine Stimme klingt total danach."

„Ja."

„Es ist verrückt, dass Leute das nicht mal ihren Bekannten erzählen. In letzter Zeit sind so viele Leute auf T und man bekommt es nicht mal mit, bis sie einen Stimmbruch haben oder so was", beschwert sich Tammy.

„Was sollen wir denn tun? Es mit einer Massen-E-Mail ankündigen?" Soda zuckt mit den Achseln.

Nicki zieht an Sodas Arm. Sie verkündet, dass sie uns Bois eine Führung geben will. Nach der Hälfte der Führung verschwinden Soda und Nicki und die Führung endet in ihrem Bett.

Ich gehe wieder ins Wohnzimmer, wo Cruzer auf der Couch kifft, eingequetscht zwischen Veronica und einem anderen Mädel, ihre Augen sind nur noch kleine Schlitze. „Mensch, ich hätte nicht noch mehr von diesem Gras rauchen sollen. Mein Bewusstsein ist mehr als erweitert. Ich bin quasi auf einem anderen Planeten, und zwar ohne Raumschiff."

Tammy dreht die Electro-Musik auf, die aus einem Laptop auf dem Tisch dröhnt. Mir kommt in den Sinn, dass ich diesen Computer benutzen sollte, um wegen der Mieter_innen-Rechte nachzuschauen, aber Mia ist auf derselben Seite des Zimmers wie der Computer, also kommt das nicht in die Tüte. „Hört euch das an, Bijou und ich sind die ganze Nacht auf gewesen und haben diesen Beat gemacht." Der schwule Junge und Tammy fangen an, im Wohnzimmer herumzutanzen. Mein Kopf dreht sich. Das ganze Zimmer ist nun voller Gras-Rauch, der nirgendwohin entweichen kann. Mia versucht fortwährend, Blickkontakt mit mir aufzunehmen, bis sie schließlich Erfolg hat. Vor diesen gottverdammten Augen gibt es kein Entkommen. Sie nickt mit ihrem Kinn in Richtung des hinteren Flurs. Ihre Augen tricksen mich erneut aus, bringen mich dazu, ihr zu folgen.

Mia und ich lassen uns gegen die Flurwand sinken und sie reicht mir Schlucke von ihrem etwas warmen Bier. Als Soda und Nicki aus Nickis Zimmer gestolpert kommen, ruft Nicki Veronica und Cello auf der Couch zu: „Er hat unser Haus gerade Femme-Prinzessinnen-Bude genannt!"

„Ich hoffe, du spielst damit nicht in irgendeiner Weise auf Pillow Princesses an", sagt Veronica und wirft ein Couchkissen nach Sodas Kopf. „Ich habe mehr als die Hälfte der Bois in dieser Stadt übers Knie gelegt und sie gevögelt, bis sie nicht mehr gewusst haben, wo oben und unten ist."

„Bitte, du willst mir weismachen, dass du mit diesen Fingernägeln keine Pillow Princess bist?" Soda zeigt lachend auf Nickis lange grellpink lackierte Acrylnägel.

„Wattebäusche und Handschuhe!", schreit Veronica. „Kinderleicht."

„Aha", lacht Soda.

„Jenna Jameson macht das auch so!", brülle ich ins Wohnzimmer.

Nicki zuckt mit den Schultern. „Nenn unser Haus, wie du willst. Wir nennen euer Haus das *Stink*sickle."

„Das ist nicht nett. Wir werden wahrscheinlich zwangsgeräumt", sagt Soda traurig.

„Was!", kreischen alle Mädels. „Was stimmt nicht mit der Gegend hier? Mannos Haus ist erst letzten Monat zwangsgeräumt worden. Bei allen werden die Mieten teurer! Ihr müsst mir versprechen, dass ihr nicht wegzieht, so wie alle meine anderen Freunde und Freundinnen!"

„Wo werdet ihr hinziehen?", Mia richtet ihre süßen dunklen Augen auf mich.

„Keine Ahnung." Ich weiß nicht einmal, wie viel Zeit uns noch bleibt. Ich frage mich, mit wem ich überhaupt zusammenleben will, wenn ich nicht mit Soda und Cruzer zusammenwohnen kann.

Das Geschrei im Wohnzimmer nimmt ab und Mia hat angefangen, mir eine Geschichte zu erzählen, eine wirklich lange Geschichte von einem Mädchen mit Herzschmerz, oder vielleicht lässt der Kush-Cannabis die Zeit einfach langsamer verrinnen. Irgendwann im Lauf der Geschichte erfahre ich, dass Mia und die Musikproduzentin sich getrennt haben. Mia hat es beendet. *Ich war einfach nicht mit dem Herzen dabei*, murmelt sie. *Gehst du mit jemand aus?*

Eine Sekunde lang schließe ich die Augen. Ich sehe Page nackt vor mir, ihren gekrümmten Rücken vor einer komplett verspiegelten Wand, einen Plateau-Schuhabsatz, der mit funkelnden Glitzersteinen bedeckt ist und mir Luftküsse entgegenkickt.

„Irgendwie schon."

Mias Mundwinkel sinken herab. Meine unmittelbare Reaktion ist, dass ich sie zum Lachen bringen will, sie wieder zum Lächeln bringen, aber dann erinnere ich mich daran, wie sehr sie mich verletzt hat. Ich setze mein bestes Pokerface auf und lüge mit zusammengebissenen Zähnen: „Ich bin wirklich, wirklich glücklich." Ich sehe zu, wie auch der Rest ihres Gesichts der Abwärtsbewegung ihrer Mundwinkel folgt, wie es hinabsinkt, immer weiter hinab, wie die Wände des Creamsickle.

Kapitel 20

Am Ende des Sommers parken eine Reihe von Luxusautos vor unserem Haus und Immobilienmakler_innen zeigen mit dem Finger zu unseren Fenstern hinauf und entwerfen mit ihren aufgeregten Händen große Pläne in der Luft.

Wir sehen ihnen zu. Wir sitzen trotzig auf den Simsen der Fenster, die nach vorne rausgehen, und rauchen unsere Zigaretten, bis der Tag in den Abend übergeht, und dann der Abend in die Nacht. Wir sind wie Baumbesetzer_innen. Wir wollen die Immobilien-Anleger_innen wissen lassen, dass wir im Preis inbegriffen sind, dass wir am Haus kleben wie Rankenfußkrebse an einem Wal und dass sie uns vielleicht mit ihren Gabelstaplern von den Möbeln werden wegstemmen müssen. Wenn wir unsere Zigaretten zu Ende geraucht haben, schnippen wir die Stummel runter auf die Autos. Die Leute, denen sie gehören, sind damit beschäftigt, die leere Wohnung im Erdgeschoss zu inspizieren. Sie riechen Geld, als wären die dreckigen alten Wände mit Geldscheinen tapeziert. Unsere Zigarettenstummel prallen dumpf von den Seiten ihrer polierten Autos ab und fallen träge auf den Gehsteig, wie unbrauchbare federleichte Raketengeschosse.

Als ich dann eines Abends während meiner ersten Arbeitswoche nach meinem Urlaub von der Arbeit nach Hause komme, müde von einem langen Tag, an dem ich mich an der Stange geschunden habe und meine Pussy habe aufblitzen lassen, steht Cruzer am oberen Absatz unserer knarrenden Treppe und wedelt mit einem weißen Blatt Papier. „Sehr, sehr schlechte Nachrichten."

Das Creamsickle hat offiziell seinen Räumungsbescheid erhalten. Wir wussten, dass das kommen würde, letzte Woche war Potter vorbeigekommen und hatte verkündet, dass das Geschäft abgeschlossen worden war; er hatte den Kopf geschüttelt und geseufzt: *Jetzt kann es jederzeit so weit sein*. Jedes Mal, wenn ich nach Hause gekommen war, hatte ich erwartet, dass ein weißes Blatt Papier an unsere Tür geheftet sein würde, auf dem in großen roten Blockbuchstaben IM ARSCH stand.

Aber gerade eben, als ich zur Tür hereinkam, hatte ich all das vergessen. Mein Kopf war voll mit anderen Sorgen, meinem beschissenen Tag in der Arbeit, damit, dass ich nicht sicher war, wie lange ich das noch machen konnte. Wie schwer es war, sich mental wieder auf die Sexarbeit einzustellen, nach so einer schönen langen Pause. Ich wollte mir nicht wieder über meinen Körper Gedanken machen müssen, mich rasieren, mit dem Hintern wackeln und schlicht wieder auf meinen Körper angewiesen sein, um meine Rechnungen bezahlen zu können. Außerdem hatte Lexy heute gesagt, dass Page sich verliebt hatte, wahrscheinlich in irgendeinen Boi mit Knilch-Gesicht, der nicht gut genug für sie war, und dass sie vielleicht nicht wieder als Tänzerin arbeiten würde. Was blieb mir noch von meiner Arbeit im Minxy, wenn Page mir keinen Whiskey und keine neckischen Nachrichten mehr in meinem Schließfach hinterließ? Und warum zum Teufel hatte ich Mia abblitzen lassen, als sie versuchte, mir ihr Herz auszuschütten? Ich und glücklich? Pfttt. Ich wollte am liebsten ICH BIN NICHT GLÜCKLICH von der hinteren Veranda hinunterschreien, in der Hoffnung, dass es bis zu Mias Wohnung drang. So groß war diese Stadt schließlich nicht.

Wir müssen das Haus bis zum Ende des nächsten Monats verlassen, in einer Woche und dreißig Tagen. Die Nachricht trifft mich mit zehnfacher Wucht, jetzt, da ich sie hochoffiziell und auf dem Briefbogen des Rechtsanwalts lese. Es bringt das Fass quasi zum Überlaufen – mir entweicht eine Träne, sie rinnt über mein Gesicht und tropft auf das Papier. Cruzer, die beim leisesten Anzeichen von Emotionen in Panik gerät, nutzt die Gelegenheit, schnorrt schnell etwas Trinkgeld von mir und flieht die Treppe hinab, um ein Zwölferpack Bier zu kaufen. Als sie zurück ist, lassen wir uns schweigend auf die Couch sinken, trinken Pabst-Bier und starren die Wände unseres geliebten Zuhauses an.

Irgendwann zieht Cruzer den Diaprojektor hervor, der im Hinterzimmer schon seit Ewigkeiten verstaubt ist, und baut ihn auf dem Couchtisch auf. Wir lassen uns noch tiefer in die muffigen Couchen auf dem allmählich absackenden Fußboden sinken und schauen auf die flimmernde Wand, während wir traurig zudem tief in unsere Bierdosen blicken. Cruzers farbenfrohe Fotografien aus den letzten Jahren lassen uns in ein nostalgisches Koma fallen.

So findet Soda uns vor, als er von der Arbeit nach Hause kommt. „Es ist also offiziell?", fragt er, obwohl er die Antwort bereits an unseren mutlosen Mienen ablesen kann. Dann lässt er sich neben uns niederplumpsen und macht dieselbe Handbewegung, greift in das Zwölferpack auf dem Boden. „Und was jetzt?"

Der Dreißig-Tage-Countdown hat offiziell begonnen. Es gibt Dinge, von denen wir zweihundertmal gesagt haben, dass wir sie tun würden, und die nun *wirklich* getan werden müssen. Zum Beispiel muss ich ein für alle Mal beweisen, dass ich von der hinteren Veranda weiter spucken kann als Soda, und dann ist da dieser Klimmzüge-Wettbewerb, den wir machen müssen, es gibt noch Zimmer, in denen ich nie Sex gehabt habe, und Kunstinstallationen in staubigen Ecken der Wohnung, für die wir Bestandteile gesammelt haben. Nun gibt es für alles eine Deadline. „Oh, dieses Haus!", jault Cruzer.

Soda schlägt vor, eine Party zu schmeißen, bekommt aber nur gelangweiltes Grunzen als Antwort. Wir sind zu deprimiert, um zu feiern. Er verschwindet für eine Weile auf die hintere Veranda und als er zurückkommt, sagt er: „Hebt eure Ärsche von der Couch. Ich lade euch ins Kings Diner zu Milchshakes ein."

Er klingt, als wäre er unser Vater und wir Trübsal blasende Kinder, die den ganzen Abend auf der Couch schmollen, Cruzer kritzelt wie wild mit Farbstiften in ihre Skizzenbücher und ich versuche mich von der harten Wirklichkeit abzulenken, indem ich auf die leuchtenden Bilder starre, die der Projektor an die Wand wirft. Wir blinzeln zu Soda hinauf. Ich möchte das Haus nicht wirklich verlassen und Cruzer sieht auch so aus, als hätte sie Angst davor, als ob wir denken würden, dass das Haus, wenn wir es auch nur für eine Sekunde verlassen, verschwunden und nur noch ein schwarzes Loch an seiner Stelle sein könnte, wenn wir zurückkommen.

Wir fahren mit Fahrrädern zum Diner, Soda auf seinem BMX, ich auf einem klapprigen Cruiser-Rad von Schwinn, das jemand im leer stehenden Zimmer gelassen hat, und Cruzer folgt uns auf ihrem Skateboard und hält sich an unseren Fahrradsätteln fest, damit sie mithalten kann.

Im Diner herrscht niedergeschlagenes Schweigen, während wir alle in unseren Milchshakes rühren.

„Vielleicht sind dem Untergang geweihte Häuser unser Schicksal", murmelt Cruzer.

Dem Untergang geweihte Häuser. Häuser, in denen Leute wie wir nie wieder leben werden. Das ist schon das zweite Haus, dessen Untergang Cruzer und ich miterleben. Das erste Haus, das zwangsgeräumt wurde, war ein wunderschönes altes Sandsteinhaus am Rand von Wicker Park, einem Stadtteil in Chicago, der schnell von den Händen hipper Leute in die Hände von Yuppies überging. Wir liebten dieses Haus, es war unsere erste eigene Bude, nachdem wir gerade durch die halben Vereinigten Staaten gezogen waren, um so weit wie möglich von unseren Eltern wegzukommen. Das Haus war dreckig und riesig und gehörte ganz uns, zumindest für kurze Zeit, bis der Vermieter davon sprach, das Haus abreißen zu wollen. Wir bekamen Anrufe und Drohbriefe per Post und wir waren damals so jung und naiv, dass wir nicht wussten, dass das nicht reichte, um uns rechtmäßig aus unseren Betten zu vertreiben.

Ich war diejenige, die ein Jahr später nach Chicago zurückkehrte, um nach einem Mädel zu sehen. Ich ging unsere alte Straße entlang und sah, dass das gesamte Haus verschwunden war, alle drei aus Ziegeln gemauerten Stockwerke waren abgerissen. Es war nur noch ein schwarzes Loch dort. Ich blieb auf dem Gehsteig davor stehen und rief Cruzer in San Francisco an, um mich zu vergewissern, dass das Haus tatsächlich einmal existiert hatte. Es fühlte sich so an wie damals, während eines besonders heißen Sommers, als Hitzewellen in weiten Teilen des Chicagoer Stromnetzes zu Stromausfällen geführt hatten, so dass auch unser Straßenblock in der Dunkelheit verschwunden war und wir von den Bars nicht nach Hause hatten finden können. Außerdem waren wir damals erst ungefähr achtzehn und fast die ganze Zeit so betrunken, dass wir ständig Filmrisse hatten, so dass es an Beweisen mangelte. Aber wie bei jedem guten Filmriss hatten wir dennoch nachhaltige Flashbacks und konnten uns daran erinnern, dass die Miete sogar noch niedriger war als im Creamsickle, dass die Zimmer keine Türen hatten und in einigen Fenstern auch kein Glas war, dass wir auf den splitternden Holzdielen stecken blieben, wenn wir mit unseren Skateboards durch die großen Zimmer rollten, und dass der kalte Wind eisig durch die gesprungenen Fensterscheiben drang, so dass wir uns eng an jedes Mädel schmiegten, das uns Gesellschaft leistete.

Während ich in meinem Milchshake rühre, erzähle ich Soda, dass wir später gehört haben, dass das schwarze Loch in brandneue, prunkvolle Eigentumswohnungen verwandelt worden ist. Aber so behalte ich es nicht in Erinnerung. Ich behalte es in all seiner baufälligen Pracht in Erinnerung, mir haben sich die abblätternde Farbe und die ächzenden Holzdielen ins Gedächtnis gebrannt, wie bei einem jung verstorbenen Rockstar. „Das Creamsickle wäre der Kurt Cobain unter den dem Untergang geweihten Häusern", sage ich.

„Es ist der James Dean", meint Soda.

„Nee, es ist die Marilyn Monroe", behauptet Cruzer.

Soda seufzt. „Ich habe in so, so vielen Häusern gewohnt, in leer stehenden Häusern, nur kurz bestehenden Häusern, in Zimmern, die in Eile verlassen wurden, aber ganz im Ernst, Leute, das ist das einzige Haus, in dem ich mich je zu Hause gefühlt habe."

Wir schweigen wieder alle. Die Milchshakes stehen da, schmelzen, werden nicht angerührt, wir haben aufgehört, sie zu schlürfen, es war dumm, zu denken, sie könnten diese düstere Stimmung vertreiben.

Ich sehe der Kellnerin zu, die sich vorhin von Soda einen Ausweis hat zeigen lassen, als er ein Bier bestellt hat. Er hat sie flirtend angegrinst, während er seine Brieftasche aufklappte und ihr seinen Ausweis reichte, auf dem sein rechtsgültiger Mädchenname aufgedruckt war. Es war lustig, dass die Testosteron-Spritzen Soda sogar noch mehr wie einen Mädchenschwarm im Teenager-Alter aussehen ließen. Die Wangen der Kellnerin wurden rot, als sie ihm tief in die Augen sah und ihm seinen Ausweis zurückgab, bevor sie sich schnell umdrehte, um zu verbergen, wie nervös sein Lächeln sie machte. Wir sahen ihr alle zu, wie sie wegging. Und nun nehme ich sie nochmals unter die Lupe, während sie durch die gelben Schwingtüren nach hinten in die Küche geht. Sie trägt enge Jeans, hat einen wirklich netten Hintern und so eine verführerische Art, sich über den gelblich getönten Linoleumboden zu bewegen. Der Boden erinnert mich an das erste Mal, als ich Mia geküsst habe, während ihr Hemd auf dem Linoleum der Toilette in diesem Diner am Meer lag, daran, dass ich zusah, wie das Hemd von ihrem Körper hinunterglitt, dass ich nach unten sah und unser verzerrtes Spiegelbild auf dem glänzenden Boden zu sehen war, wie unsere Beine ineinander verschlungen waren, eine Hand einen Kopf an den Haaren nach hinten zog und wie sich ihr Mund öffnete. Ein wunderschönes schwarzes Loch.

Vielleicht üben todgeweihte Häuser auf mich dieselbe Anziehung aus wie Mädels, wie Hurricane mit ihrer Haut, die mit zittrigen Zeilen vollgekritzelt ist wie die Wände eines zwangsgeräumten Hauses. Augen wie zerbrochene Fensterscheiben, die mich anlocken und wollen, dass ich sie wieder heil mache. Mias verknotete Strähnen, wie Haarknäuel im Abfluss einer Badewanne, und ihre Augen hinter den dunklen Wimpern, wie hinter kunstvoll drapierten alten Vorhängen. Wie hat Mia es geschafft, sich wieder in meine Gedanken einzuschleichen? Ich möchte das alles so wahnsinnig gern hinter mir lassen. Aber nun ist sie wieder da, als ob ihr Herz selbst ein Haus wäre, dem die Zwangsräumung bevorsteht, so offensichtlich ein Arrangement auf Zeit, aber dennoch so schmerzhaft schwer aufzugeben.

„Lassen wir es ordentlich krachen, wenn wir schon einen Abgang machen müssen!" Cruzers Kopf schnellt plötzlich in die Höhe, nachdem sie über ihrem Milchshake zusammengesackt war. Ihre Haare sind elektrisiert, stehen vor dem Hintergrund der hellgelben Diner-Nische wie ein dunkelfarbiger Koosh Ball in die Höhe. „Wir müssen etwas aus dieser beschissenen Situation machen. Wir müssen daraus Kunst machen, verdammt nochmal!"

„Also eine Kunst-Party?" Soda sieht verwirrt aus.

Ich weiß jedoch, was Cruzer meint. Diese Sätze sagt sie immer zu mir, wenn ihr Leben beschissen läuft, sie weiß immer, dass sie zumindest ein oder zwei gute Fotos rausholen kann, wie damals, als Cherry mit ihr Schluss machte und ihr Zeug vor ihre Einzimmerwohnung auf die Straße warf, das war der Monat, in dem sie die besten Fotos von der weinenden Cherry machte. Die Fotos, die riesengroß vergrößert und für Hunderte von Dollars verkauft wurden. Die Fotos, mit denen Cruzer die Kunstausstellung gestaltete, über die in der Wochenzeitung geschrieben wurde und auf deren Welle Cruzers Karriere seitdem schwamm.

„Ja. Vielleicht eine Party. Ich meine, das Creamsickle hat so einen langjährigen Ruf. Es ist legendär und nun sind wir es, die ihm die letzte Ehre erweisen. Wir müssen alle anrufen, die jemals dort abgehangen haben, und etwas daraus machen, etwas, zu dem Leute dazukommen und etwas beitragen können. Soda, du kannst deine

Skateboard-Decks aufhängen und ich hänge meine Fotos auf und ihr könnt auf die Wände taggen, es wird wie die verdammte Factory von Andy Warhol oder so was!"

„Ich kann direkt auf die Wände taggen?", fragt Soda.

„Wieso nicht? Sie werden das ganze Ding ohnehin neu streichen, den Boden rausreißen, einige Wände einreißen. Ich meine, seht euch an, was sie mit den unteren Wohnungen gemacht haben. Total entkernt."

„Wir sollten eine Ausstellung machen", meine ich. „Damit alle vorbeikommen und sie sich ansehen können."

„Okay. Georgie, du bist für diesen Teil zuständig", sagt Cruzer, wie immer das Kommando an sich reißend.

Soda ist total aufgeregt angesichts der Vorstellung, in seiner eigenen Wohnung zu taggen. Er springt auf, stößt beinahe seinen Schokoladen-Milchshake um und knallt etwas Bargeld auf den Tisch.

Als wir gehen, suche ich mit den Augen das Diner ab, um einen letzten Blick auf die Kellnerin zu erhaschen. Sie wirft mir ein Lächeln zu, die Sorte Lächeln, die dir das Leben ruinieren kann. Ich werde mich niemals wieder auf ein todgeweihtes Haus einlassen, ich werde mich niemals wieder auf eine dem Untergang geweihte Affäre mit einem Mädel einlassen, denke ich mir, als ich mir mein Fahrradschloss vom Tisch schnappe, es in meine hintere Hosentasche schiebe und der Crew nach draußen folge.

Cruzer schiebt ihr Skateboard durch die Schlaufen ihres Rucksacks und steigt auf die Pegs, die an der Hinterachse von Sodas BMX-Rad angebracht sind, damit wir schneller nach Hause kommen.

Zu Hause putzen wir das Creamsickle dann von oben bis unten. Wir bringen den Glas-Couchtisch wieder zum Glänzen, schrubben die Schichten von Zigarettenasche und die Bierränder weg und räumen den Müll fort. Wir schleppen riesige Müllsäcke die Treppe hinunter. Dann fangen wir an, Leute anzurufen. „Wir wollen, dass Leute vorbeikommen und an den Wänden und in der ganzen Wohnung Kunst machen", sagt Cruzer zu allen Leuten, die sie anruft. *„Ein was? Ein Papiermaschee-Pony? Okay. Klar. Bring es her."*

Kapitel 21

„Wisst ihr was, wir sollten noch einen letzten Wettkampf austragen", sagt Cruzer eines Abends, als wir auf der Couch sitzen und trinken. In einem zwangsgeräumten Haus zu leben ist eine Achterbahn der Gefühle. An einigen Abenden sitzen wir stundenlang deprimiert herum und an anderen Abenden ist das Haus voller Leute, die an ihren Kunstprojekten arbeiten. In der letzten Woche ist das Creamsickle in einen Zirkus verwandelt worden. Soda hat für gewöhnlich alle seine Skateboards ausgebreitet daliegen und Sprühdosen in allen Farben bilden Ameisenstraßen über den Flur. Tiny hat Bierdosen aus dem ganzen Haus gesammelt und häuft sie für ihre Bier-Festung-Installation an. Cruzer hatte ein seltsames Malen-nach-Zahlen-Gemälde auf der Wand angefangen, aber letztens weitete sich das Gemälde immer mehr auch auf die anderen Wände aus, je betrunkener sie wurde, und dann sogar auch auf Dixies Haare. Das löste eine riesige Farbenschlacht aus. Die Farbe spritzte überallhin. Am nächsten Abend brachte Dixie Kuchen vorbei und verzierte Cruzers Haare mit Kirschen, was natürlich zu einer Essensschlacht führte. Überall Kirschen und Farbe.

Heute Abend arbeite ich nicht an meinem Kunstprojekt. Ich fühle mich irgendwie deprimiert. Bijou war hier und hat Fotos aufgehängt. Sie erzählte mir, dass Mia zu ihrer vierwöchigen Tour aufgebrochen war. Ich war fest davon ausgegangen, dass sie zur Zwangsräumungs-Vernissage kommen würde, die wir diesen Freitag veranstalteten, und dass ich dann noch eine Chance haben würde, ehrlich zu ihr zu sein, ihr zu sagen, was ich wirklich fühlte. Also denke ich gerade nicht an letzte Wettkämpfe. Ich denke an Sex und wie lange es her ist, dass ich welchen gehabt habe. Ich denke an Sex mit Mia, obwohl sie genau in dieser Sekunde vermutlich mit irgendeinem süßen, in sie verknallten Groupie Sex hat.

„Aber was für einen Wettkampf? Ich habe gedacht, wir hätten alles erledigt", murmelt Soda. Cruzer und Soda sind sehr still, als ob sie sehr gründlich nachdenken würden.

Ich spreche nuschelnd aus, was mir durch den Kopf geht. „Sex."

„Ja", stimmt Cruzer zu. Dann schweigen wir wieder alle.

„Flotte Dreier", bricht Soda schließlich das Schweigen. „Wir haben noch nie einen Dreier gehabt."

Cruzer verzieht ihr Gesicht, als wollte sie *igitt* sagen.

„Nein, nein, nicht wir drei", lacht Soda. „Ich meine so was wie eine Orgie. Diese Bude ist quasi die Abschlepp-Zentrale und während unserer Amtszeit hat es nie irgendwelche verrückten Sex-Sachen gegeben."

„Ja, eine Orgie! Haben Lesben denn keine Orgien mehr?", fragt Cruzer.

„Das klingt eigentlich nach etwas sehr Fundamentalem", pflichte ich bei.

Soda sieht besonders verwundert aus. Es ist, als würden wir uns fragen, ob alle anderen schon Dreier gehabt haben, außer uns dreien. Es klingt wirklich sehr fundamental. Was, wenn wir nicht alles getan haben, um sicherzugehen, dass das Creamsickle seinem Ruf gerecht wird? Cruzer schnappt sich eine Papiertüte, in die mal eine der großen Bierflaschen gewickelt war, vom Fußboden und schreibt mit einem schwarzen Edding darauf: „Gründe, warum wir noch nie einen Dreier gehabt haben". Sie sieht Soda und mich an, damit wir ihr Gründe nennen.

1. Äh, wir kennen alle unsere Freund_innen, also wäre es schräg.
2. Wir wollen es nicht miteinander machen.
3. Es gibt nicht genug Femmes, die keine Ex-Freundinnen von uns sind, was zu viel Drama wäre.
4. Wir nehmen nicht genug Ecstasy! (Das ist Sodas Vorschlag.)

Cruzer heftet die Papiertüte an die Wand, damit wir während der nächsten dreißig Tage an unsere Unzulänglichkeiten erinnert werden. „Der letzte Creamsickle-Wettbewerb: Die Person, die als erste einen Dreier hat, bekommt bei der Plattensammlung des Hauses die erste Wahl", verkündet sie.

Wow. Die Plattensammlung des Hauses besteht aus einem halben Dutzend Kisten mit Schallplatten, die Leute über die Jahre hiergelassen haben. Es ist ähnlich wie bei der Tausch-Bibliothek in der Vorratskammer, außer dass es total tabu ist, dass sich jemand die Schallplatten ausleiht. Die Sammlung beinhaltet zu viele außergewöhnliche Schätze, Bands, die jetzt nicht mehr existieren und die mal im Haus übernachtet und eine Single dagelassen haben, und sogar ein paar Sachen, die noch von Potters Zeit da sind.

„Abgemacht", willigen Soda und ich ein. Wir stoßen unsere Hände, die wir zu Cs gewölbt haben, aneinander, um es zu besiegeln.

Die Türglocke läutet. Es sind Lucia und Tiny mit einer Bierkiste, bereit, um an ihren Kunstprojekten zu arbeiten. Cruzer nickt in Richtung Lucia. „Auf keinen Fall, sie ist viel zu süß, als dass sie einen Dreier machen würde", flüstere ich. Die Türglocke läutet nochmals. Nun sind es Dixie und Cello. Als Cruzer mich angrinst, kann ich nur lachen.

Ein paar Stunden später sind alle damit beschäftigt, an ihren Projekten vor sich hin zu arbeiten, dass niemand wirklich bemerkt, dass Potter ins Wohnzimmer kommt. Wir hatten uns schon gefragt, wo zum Teufel er steckt. Er ist die ganze Woche über nicht vorbeigekommen, obwohl wir ihm eine Sprachnachricht wegen des Räumungsbescheids hinterlassen hatten. Ich hatte schon Angst gehabt, dass er selbstmordgefährdet ist. Nun sieht Potter sich mit einem traurigen Lächeln im Gesicht im Zimmer um. Er sieht sich die Gemälde an den Wänden an, das Papiermaschee-Pony, das vor seinem Gesicht vom Türrahmen herunterbaumelt, die Graffiti-Wand in der Küche, die Festung aus Pabst-Bierdosen, über die sich Tiny bewaffnet mit einer Tube Superkleber beugt, und die Collage aus „Heimat"-Bildern, die Lucia über der blauen Couch macht. Ich frage mich, ob Potter wohl sauer sein wird, aber stattdessen sagt er, nachdem er den bizarren Anblick auf sich hat wirken lassen, einfach nur: „Also, wie viel bekommen wir?"

Wir sehen verständnislos zu ihm auf. *Hä?*

„Ich habe euch doch gesagt, ihr sollt euch über die Mieter_innen-Rechte informieren!", ruft Potter. „Wenn ihr eure Hausaufgaben gemacht hättet, würdet ihr wissen, dass sie uns eine Abfindung zahlen."

„Sie geben uns Geld dafür, dass wir zwangsgeräumt werden? Ja klar!", macht Cruzer sich lustig. Sie denkt an die leeren Taschen, mit denen wir in der Vergangenheit das Feld haben räumen müssen.

„Wo ist der Brief?", will Potter wissen.

Hmm. Ich schätze, Cruzer und ich sind nicht weiter als bis zum Teil mit der Dreißig-Tage-Frist gekommen, als wir den Brief letzte Woche gelesen haben. Wir haben uns nicht mal die Mühe gemacht, die anderen Rechtsdokumente zu lesen, die in das dicke Kuvert gestopft waren.

Soda schiebt alles Zeug auf dem überladenen Couchtisch herum und findet den Brief. Er sieht aus, als wäre er als Untersetzer für Limodosen, Bierdosen und Pizzastücke benutzt worden, deswegen ist es kein Wunder, dass niemand von uns die Dollarzeichen am Ende der zweiten Seite bemerkt hat. Soda muss sogar die Augen zusammenkneifen, um die Ziffern lesen zu können, denn die verschmierten Tintenflecke, die meine Tränen hinterlassen haben, haben die Summe, die zwischen uns aufgeteilt werden soll, fast unlesbar gemacht. „Nun, kein Scheiß. Das ist ein schönes Sümmchen!" Sein Gesicht hellt sich zum ersten Mal seit einer Weile auf. „Fast genug, um mich vom Acker zu machen. Wenn ich diesen Sommer in den Schiffswerften arbeiten gehe, bekomme ich genug zusammen!" Potter schnappt sich das Blatt Papier von Soda und springt aufgeregt auf und ab. „Ich fahre nach Australien, Tim besuchen!"

Obwohl wir das meiste Geld brauchen werden, um uns in dieser teuren Stadt neue Wohnungen zu mieten, sind alle eine Minute lang still, als ob wir im Kopf das Geld zusammenrechnen würden. Mit einem Mal ist das Zimmer so überfüllt von all unseren Träumen, dass es uns beinahe die Luft nimmt. Tiny schreit herum, dass sie das Geld nutzen würde, um ihr Motorrad zu reparieren, und dann fangen alle an zu verkünden, was *sie* machen würden, wenn sie so viel Geld hätten. Nicki sagt, sie würde Chanel-Schmuck und Design-Klamotten wollen, Dixie würde die Schulden ihrer Mama begleichen, ich will einen endlosen Skateboard-Sommer in Brasilien erleben und Cruzer tippt einige Zahlen in den Rechner auf ihrem Handy und verkündet, dass sie mit dieser Summe eintausendsechshundertundachtzig Stück Vicodin bekommen könnte.

Als Shelby nach Hause kommt, springt sie angesichts der Neuigkeiten auf und ab. Sie hat das ganze letzte Jahr über nach New York ziehen wollen, es aber nie geschafft, genug Geld zu sparen. „Nächste Woche ziehe ich aus", verkündet sie dramatisch. „Ein Haus, das zwangsgeräumt wird, ist wie eine tote Ratte. Da will niemand in der Nähe bleiben."

Sogar nachdem alle nach Hause oder ins Bett gegangen sind, schleicht Potter im Haus herum und leert seinen Krug mit Rotwein. Er wandert durch die Zimmer und murmelt: „In diesem Haus stecken so viele Erinnerungen." Dann bleibt er vor den Wohnzimmerfenstern stehen und ruft laut: „Oh, was für Leute hier gelebt haben!"

Am nächsten Tag beginnt Shelby, ihr Zimmer und die vielen Flurschränke auszuräumen, auf dem Wohnzimmerboden bilden sich riesige Haufen von Klamotten und übrig gebliebenem Krempel, unter die sich auch kleine Schätze mischen, und Leute kommen vorbei, um die kostenlosen Sachen durchzusehen.

Dixie kommt am Montagmorgen und probiert Sachen von einem Haufen mit Mädchen-Klamotten an. „Was soll das eigentlich, dass Cruzer die ganze Zeit von Dreiern spricht? Das ist peinlich. Gestern Abend war Cellos Vater in der Stadt und ist zu so einer Kunstausstellung gekommen und da sagt Cruzer aus heiterem Himmel: ‚Cello, was hältst du eigentlich von Dreiern?' Quasi direkt vor ihrem Vater."

Ich lache. Cruzer hat sich in letzter Zeit extra-hemmungslos betrunken, um ihren Kummer über den Verlust des Creamsickle zu ertränken, deswegen ist sie taktisch vermutlich nicht sehr schlau vorgegangen. Dixie berichtet, dass Cruzer all ihren Freund_innen und anderen hübschen Mädels in der Bar komplett beiläufig vorgeschlagen hat: „Hey, Lust auf einen Dreier?", quasi direkt im Anschluss an die Begrüßung. Es ist so, als ob sie denken würde, dass der einzige Grund, weswegen sie noch nicht eine Million Dreier gehabt hat, ist, dass sie es einfach nicht vorgeschlagen hat.

„Also denkst du, dass sie jemand für einen Dreier finden wird?", frage ich Dixie, wobei ich versuche, möglichst verwirrt zu wirken, als ob ich nicht wüsste, weswegen Cruzer plötzlich so bedacht auf die Kunst der Ménage-à-trois ist.

„Nein, alle lachen sie nur aus und ich habe sie zigmal abblitzen lassen!", antwortet Dixie, während sie das Innere eines weggeworfenen Picture-O-Vatic inspiziert, der so verrostet ist, dass ich glaube, dass er für immer bei einem Bild stecken geblieben ist.

Am nächsten Morgen kommt Tiny vorbei, um durch die Kisten mit kostenlosen Videospielen, Kassetten und Platten zu schauen. „Was ist eigentlich mit Cruzer los, dass sie in letzter Zeit dauernd über Dreier redet?", fragt sie, während sie Kassetten auf einen Stapel legt. „Gestern Abend war zum Schreien. Wir sind zu so einer After-Party in der Wohnung von irgendeinem Mädel gegangen und hängen mit drei Chicas rum und plötzlich verschwindet Cruzer für eine halbe Ewigkeit. Als ich schon gehen will, finde ich sie im Badezimmer, total betrunken, sie hatte die Schuhe und Socken ausgezogen und hat versucht, ihre Füße in der Wanne zu waschen. Also sage ich: ‚Was zum Teufel machst du da? Lass uns gehen!' Und sie sagt: ‚Mensch, diese Mädels wollen sicher einen Dreier machen, also wasche ich meine Füße.'"

Ich lache mich kaputt, als ich mir Cruzer mit hochgekrempelten Jeans und mit ihren Füßen in der Badewanne vorstelle.

„Ja", fährt Tiny fort, „ich musste sie da rauszerren. Ich hab nur gemeint: ‚Cruzer, Kumpel, diese Mädels machen keinen Dreier mit dir, zieh deine Schuhe an. Wir gehen nach Hause.' Das Mädel, das sich ihr an den Hals geworfen hatte, war beleidigt, dass Cruzer auch ihre Freundin ins Spiel bringen wollte." Tiny schüttelt ihren Kopf.

Als Cruzer schließlich aufwacht, muss ich mit ihr über all den Klatsch sprechen, der in den letzten Tagen bis zu uns nach Hause geliefert worden ist. Sie stimmt zu, dass der letzte Abend vielleicht ein wenig peinlich war und dass sie die Dreier-Sache aufgeben sollte. „Ich war aber echt nahe dran. Diese Mädels waren total heiß darauf."

Einen Tag, nachdem Shelby ausgezogen ist, bemerke ich, dass sogar die Liste auf der Papiertüte auf geheimnisvolle Weise verschwunden oder von der Wand gerissen worden ist. Hat Cruzer sich geschlagen gegeben? Oder hat Shelby sie mit all den anderen Sachen mitgenommen? Shelby hat die meisten Möbel, eine Couch und den Küchentisch mitgenommen. Auch die Teller und das Toilettenpapier. Außerdem das Besteck und die Hälfte der Bücher aus der Tausch-Bibliothek im Extrazimmer. Sie hat sich sogar mit dem Eileen-Myles-Leseheft aus dem Staub gemacht, das ich vor langer Zeit versteckt hatte.

Eine Weile lang stapfe ich wütend über Shelbys Bücher-Diebstahl im Haus herum. Mir fällt auf, dass ich den Widerhall meiner Schritte im Flur hören kann. Das Creamsickle ist auf einmal unglaublich leer. Ich schaue in Shelbys Zimmer und es ist herrlich riesig und kahl. Ich zerre den Couchtisch in ihr Zimmer und fange an, darauf zu skaten. Als Soda nach Hause kommt, steigt er mit ein. Wir versuchen, auf der Wand zu skaten, und krachen quasi jedes Mal so heftig dagegen, dass die Fenster Geräusche machen wie Maracas, die geschüttelt werden. Auf einer Wand zu skaten verstößt gegen die Gesetze der Schwerkraft, aber in Skate-Videos machen sie das auch, also versuchen wir es immer wieder. Ich höre erst auf, als ich anfange, mir Sorgen zu machen, dass ich durch die Wand brechen und in ein Nest mit toten Ratten krachen könnte.

Als Cruzer aus dem Dolores Park nach Hause kommt, wo sie den ganzen Nachmittag über mit Napoleon war, denken wir uns ein Spiel aus, eine Kreuzung aus Skateboard-Fahren und Völkerball. Napoleon rennt wie verrückt an den Wänden des Zimmers entlang im Kreis und bellt den umherfliegenden Brennball an. Ich kann bereits spüren, wie sich auf meinem Arm schmerzende blaue Flecke bilden, dort, wo Soda mich wiederholt an derselben verdammten Stelle erwischt hat. Der Spaß kommt zu einem abrupten Ende, als die vordere Haustür zugeknallt wird. Das kann nur Potter sein, weil Shelby schon in einem Van in Richtung Osten unterwegs ist. Wir eilen alle ins Wohnzimmer, während Potter die Treppe heraufkommt, so dass er uns auf den Couchen vorfindet, auf die wir uns schwitzend und außer Atem und mit Schlieren vom Creamsickle-Staub auf unseren Gesichtern haben fallen lassen.

„Hey, Kids", sagt er, während wir nur mit Mühe unser Lachen unterdrücken können. „Ich werde Shelbys altes Zimmer noch für den letzten Monat vermieten."

Was? Ich habe insgeheim schon andere Dinge geplant, die wir im leeren Zimmer hätten machen können. Soda hat die Idee gehabt, die heißen Rollerderby-Mädels zu einer Haus-Partie einzuladen, Rollergirls gegen Skater_innen. Und außerdem, verschließt Potter die Augen vor der Tatsache, dass wir alle sehr bald ausziehen werden, also in weniger als einem Monat?

Am nächsten Morgen wache ich auf, weil Cruzer über mir auf meinem Bett steht, mit einem weißen Blatt Papier wedelt und brüllt. *Autsch, mein Kopf tut weh*. Ich schätze, ich bin noch mit all meinen Klamotten am Leib und ohne unter die Decke zu kriechen, eingeschlafen, nachdem ich gestern Abend von der Party nach Hause gekommen bin. Ich blinzle Cruzer verschlafen an, die heute besonders wild aussieht, mit ihrer unordentlichen verlotterten Haarmähne und ihren weit aufgerissenen Augen. Ich überlege, ob sie vielleicht immer noch auf irgendwelchen Drogen ist, aber dann fällt mir wieder ein, dass sie gestern Abend nicht mit Soda und mir mitgekommen ist, weil sie gemeint hat, sie wäre „zu beschäftigt mit dem Malen-nach-Zahlen-Ding und dem Schrott-Projekt". Klar. Alle haben gewusst, dass sie sich nur versteckt, weil ihr der Badewannen-Fußbad-Dreier-Vorfall noch immer peinlich ist.

Cruzer setzt sich rittlings auf mich und hält mir das Blatt Papier, mit dem sie herumgewedelt hat, vors Gesicht, so dass ich erkennen kann, dass es ein Scheck über viertausendfünfhundert Dollar ist, ausgestellt auf Miracruz Gonzalez. „Du musst den für mich einlösen. Ich war gerade bei der Bank of America und die haben gesagt, ich muss ein Konto eröffnen, um den Scheiß einzulösen, und Mensch, ich schulde den Ärschen eine Stange Geld, also werden sie es mir sofort wieder abknöpfen. Ich meine, ich glaube, sie haben bereits ihre Spürhunde auf mich angesetzt, denn gleich nachdem ich gegangen bin, habe ich Anrufe von lauter komischen Nummern bekommen. Inkassobüros, Mensch, sie wissen, was ich bekommen habe, und sie wollen es haben!"

Ich greife nach dem riesigen Wasserkrug, der üblicherweise neben meinem Bett steht, aber er ist nicht da. Mein Mund ist so trocken, dass ich nicht schlucken kann. Cruzer begreift, wonach ich suche, also hastet sie quer durch mein Zimmer und schiebt mir den Wasserkrug zu. „Warte, was genau willst du?", bringe ich schließlich heraus.

„Kannst du das auf dein Konto einzahlen?", bittet Cruzer und schüttelt den Scheck vor meiner Nase.

„Geh damit doch einfach zu einer Scheckeinlösestelle", ächzt Tiny neben mir auf dem Bett, die ebenfalls mit all ihren Klamotten am Leib, sogar mit ihren Schuhen an den Füßen, dort eingeschlafen ist.

„Okay, gehen wir!", brüllt Cruzer, so dass mein Kopf abermals schmerzt. „Euch allen winkt ein Frühstück."

Im Wohnzimmer schreit Soda ebenso wegen seines Schecks herum und läuft im Zimmer umher. Er wedelt mit dem Scheck vor Tinys Gesicht herum. Er lässt ihn sogar vor Nickis und Veronicas Nase baumeln. Zu aufgeregt, um sich darum zu kümmern, seinen weiblichen Geburtsnamen zu verdecken. „Meine Kleine, wo ist der teuerste Laden, in den ich dich zum Frühstück ausführen kann?" Er grinst Nicki an.

Nach dem Frühstück verkündet Cruzer, dass sie sich von den anderen absetzen will. Sie fängt plötzlich an, sie in einem zischelnden Flüsterton als „potenzielle Schmarotzer_innen" zu bezeichnen. Wir springen in den Bus und gehen in den Skate-Laden auf der Market Street, um uns brandneue Decks auszusuchen. Ich kaufe ein neues Board von Toy Machine und Cruzer kauft sich ein neues Deck, eine Skate Cap, einen Kapuzenpulli und Schuhe. Ich bin neidisch, weil ich, da ich nicht so lange wie Cruzer und Soda im Creamsickle gelebt habe, viel weniger Geld bekommen habe und achtgeben muss, wie viel ich ausgebe, damit ich noch genug Geld habe, um die Miete für ein neues Zimmer zu bezahlen. Soda sagt, dass er kein bisschen von seinem Geld ausgeben will. Er zahlt es auf ein Brust-OP-Sparkonto ein, das er nicht anrühren darf. Er ist klug und hält die Zwangsräumung für ein Zeichen, dass es Zeit ist, dass er seinen Arsch aus dem Mission-Viertel bewegt und sich seinen Traum erfüllt, auf einem Schiff in Alaska zu arbeiten. Gestern Abend, während wir bei so einer Party draußen Zigaretten rauchten, sagte er mir, dass er ganz bestimmt weggehen würde. Ich war traurig, freute mich aber auch für ihn.

Cruzer kann nicht so gut mit Geld umgehen. „Ich muss das in deinem Zimmer verstecken", meint sie auf dem Nachhauseweg mit Blick auf den dicken Packen zusammengerollter Scheine, die aus der Tasche ihrer Jeans hervorquellen.

Zurück in der Wohnung macht Cruzer Polaroid-Bilder von uns, wie wir Hundert-Dollar-Scheine im Wert von viertausend Dollar in den Händen halten. Ich fühle mich wie im Delirium, angesichts von so viel Geld. Danach steckt Cruzer sich tausend Dollar in ihre Tasche und gibt den Rest in eine Blechdose in meinem Zimmer.

Doch schon am nächsten Tag rumpelt sie am Morgen an meiner Tür und will Geld aus der Blechdose holen. Sie sagt, sie fährt mit Soda und Cherry auf den Minigolf-Platz, um ein Gokart-Wettrennen zu machen, und dann vielleicht noch zu einer Schießanlage. Es ist ätzend, dass ich heute arbeiten muss. Soda hat seinen Job schon gekündigt, um sich auf seine Alaska-Reise vorzubereiten, zu der er in zwei Wochen aufbricht.

In Bezug auf Cherry meint Cruzer brummend: „Natürlich kommt die Sache mit mir und Sodas fieser Ex wieder auf, jetzt, wo wir beide reich sind! Zumindest wird sie bestimmt superheiß aussehen, in einem Rennauto und mit einer Pistole in der Hand."

Ich schlage Cherry als Cruzers und Sodas fehlendes Bindeglied vor, um den Dreier-Wettbewerb zu gewinnen. „Dann könntet ihr euch den ersten Platz teilen", scherze ich.

Cruzer ächzt. Es ist lustig, dass angesichts all der verrückten Geld-Ausgebe-Aktionen und des fehlenden Papiertüten-Mahnbriefs schon eine ganze Weile lang niemand mehr den Dreier-Wettbewerb erwähnt hat. „Wenn heute Abend all meine Leute aus L. A. kommen, läuft der Wettbewerb wieder!", sagt Cruzer. „Wir brauchen hier nur etwas Frischfleisch."

Just in dieser Sekunde ist eine Wagenladung Skater_innen bereits in Richtung Creamsickle unterwegs, um der Zwangsräumungs-Kunstausstellung beizuwohnen, wohl wissend, dass das ihre letzte Gelegenheit ist, in unserer berühmt-berüchtigten Bude zu übernachten.

Als ich am nächsten Tag von der Arbeit nach Hause komme, liegen in der ganzen Wohnung Dildos herum. Dildos in allen Formen und Größen, ganze Haufen von ihnen, auf der Couch, den Fensterbrettern, dem Couchtisch und den Fußböden. Überall. Tiny hatte vorgeschlagen, dass Soda und die Mädels aus L. A. sie in der Arbeit besuchen sollten, um eine Führung durch die Dildo-Fabrik zu bekommen, wo sie sich den ganzen Tag lang abschuftete, um Silikon in vergnügliche Formen zu bringen. Während der Führung kamen sie an einer großen Kiste mit Dildos vorbei und Tiny erklärte ihnen, dass gerade ein neuer Dildo patentiert würde und sie deswegen sehr viele Testversionen prüfen würden und diese Dildos Verpackungsfehler hätten. „Ihr könnt so viele haben, wie ihr wollt." Cruzers Freund_innen fanden sich quasi im Gratis-Dildo-Himmel wieder und luden ihre Kapuzenpullis, Taschen und Arme mit allen Größen und Farben voll.

An diesem Abend sitzen wir alle rauchend und trinkend in Shelbys leerem Zimmer und Leute werfen Dildos herum wie bei einem Schwarzer-Peter-Spiel. Außerdem sind auch ein paar Dildos vor der Tür aufgereiht, wie eine Reihe von kleinen Raketen, die bereit zum Start sind. Ich muss über sie hopsen, als Cruzer und ich Schnaps kaufen gehen.

Die Besucherinnen sind total aufgeregt angesichts der Dildo-Spende. Sly sagt: „Das sieht wie der Anfang von einem Porno aus, *haha*“, und dann tritt unangenehmes Schweigen ein, weil noch niemand betrunken ist. Die Mädels werfen die Dildos in die Mitte des Kreises wie in eine Feuergrube. Jetzt muss nur noch jemand ein Streichholz anzünden.

„Rufen wir Nicki an“, schlägt Cruzer vor. Uns allen ist klar, dass Nicki dieses Streichholz sein kann. Allein ihr roter Mund entspricht einem Feuer der Alarmstufe drei. Die Mädels aus L. A. haben sie am Abend zuvor im Vine kennengelernt. Ein paar von ihnen wollten mit ihr herumknutschen, denn Mädels von außerhalb verlieben sich immer in Nicki, da sie nicht wissen, was für ein seelisches Wrack sie ist.

„Nicki ist auf dem Weg“, sagt Cruzer, als sie ihr Handy zuklappt.

Nachdem die Türglocke geläutet hat, gehe ich aufmachen, aber als ich die Tür öffne, steht dort statt Nicki eine naturverbunden aussehende Brünette, die Khakis trägt. „Hi, ich komme, um mir das Zimmer anzusehen“, meint sie hoffnungsvoll lächelnd.

Oh Scheiße, ein Mädel auf Zimmersuche, das die Craigslist-Annonce gesehen hat. Der verdammte Potter hat uns nicht gesagt, dass heute Abend eine Zimmer-Besichtigung stattfinden soll. Oder haben wir es vergessen? Nun, es kann ja nicht so schwer sein. Ich beschließe, es hinter mich zu bringen und bringe Khaki nach oben. *Okay, das ist die riesige, billige Wohnung, Badezimmer, Wohnzimmer. Bla, bla, bla.* Im Wohnzimmer möchte Khaki sich über die Details des Zusammenwohnens unterhalten. „Also, für wie lange genau könnte ich zur Unter–?“

Sie hört mitten im Satz zu sprechen auf, weil sie sich auf die Couch setzen wollte, aber dann gezögert hat. Wir schauen beide auf die Couch hinunter und sehen, dass sie buchstäblich mit Dildos bedeckt ist! Und zwar nicht mit welchen in bunten Farben, die offensichtlich nach Spielzeug aussehen, sondern die Dildos dort entstammen einer neuen Serie von unglaublich naturgetreu aussehenden Schwänzen in neutralen Braun- und Beigetönen, komplett mit hervortretenden Adern und angefügten lebensecht gestalteten Hoden.

„Oh! So viele Dildos“, sagt Khaki.

Ich beeile mich, die Dildos auf den Boden zu schieben, um auf der Couch Platz für sie zu machen, aber dann halte ich inne, weil ich das ganze Ausmaß der Situation erfasse. Mir wird plötzlich bewusst, dass ich betrunken und unfreiwillig in diese missliche Lage geraten bin, was mich eher lähmt, als mich zu beflügeln. Zweitens habe ich bizarre Kleidungsstücke an, zum Beispiel eine Nerzstola, weil meine Outfits in letzter Zeit, wenn ich trinke, direkt aus den Fundsachen-Haufen auf dem Creamsickle-Fußboden kommen. Vorhin hatten wir auch einen gefälschten Schwangerschaftsbauch gefunden, einst eine Halloween-Requisite von jemand, und wir hatten abwechselnd so getan, als ob es ein Bierbauch wäre, aber diesen Stab hatte ich Gott sei Dank an Soda übergeben. Drittens ist es im Creamsickle eigenartig dunkel und leise, da alle in Shelbys altem Zimmer sind, dessen Tür geschlossen ist, deswegen bin ich ganz auf mich allein gestellt. Ich kann den Kommentar zu dieser Situation, den diese Frau in der Craigslist posten wird, schon förmlich vor mir sehen. Ich kann mir sogar vorstellen, wie sie ihre Freund_innen anruft, sobald sie unsere Wohnung verlassen hat. „Okay, wir haben alle schon von verrückten Katzen-Frauen gehört, aber ich bin gerade einer verrückten Dildo-Frau begegnet. Lebt ganz allein in einem traurigen leeren Haus voller lebensecht aussehender Schwänze."

Aber dann macht Khaki etwas Schockierendes. Sie streckt die Hand aus und hebt einen Dildo, der voller Fussel ist, auf. Sie nimmt sogar ein paar davon und wiegt sie in ihren Händen, als ob sie in einem Supermarkt Avocados vergleichen würde. *Oh wow*. Ich frage mich, ob sie das fehlende Bindeglied für einen Dreier ist. Wie pornomäßig wäre das? Was für ein Plot, eine fremde Frau in Khaki-Hosen kommt vorbei und will spielen!

Ich schätze, das Beste, was ich tun kann, ist, sie allen vorzustellen, um ihr zumindest zu zeigen, dass ich tatsächlich Freund_innen habe. Als ich Shelbys Tür öffne, wabert Rauch heraus. Alle sitzen auf dem Boden im Kreis, als ob die Flasche Jack Daniel's in der Mitte eine Feuerstelle wäre. „Hey, Leute, das ist Melinda. Sie ist gekommen, um sich das Zimmer anzusehen." Niemand schenkt mir Beachtung.

„Hey, Melly, wie geht's?" Cruzer lächelt und reicht ihr ein Schnapsglas mit Whiskey. Melinda nimmt das Glas. Ich bin erleichtert, dass sie mich nicht für die verrückte Dildo-Katzen-Frau hält, aber ich bezweifle, dass sie für die paar letzten Wochen in unsere heruntergekommene, bald zwangsgeräumte Wohnung ziehen möchte. Potter ist total verrückt, dass er versucht, das Zimmer noch zu vermieten.

Als ich Khaki zur Tür bringe, steht Nicki vor dem Haus. Sie huscht zu mir ins Treppenhaus. Als sie mit ihrer heiseren Stimme spricht, blitzen ihre hübschen Zähne auf. „Na, du Süße." Ich freue mich sogar noch mehr als sonst, sie zu sehen, und ziehe sie an ihren Bündeln von Silber-Armreifen die Treppe hinauf.

Sobald ich mich wieder dem Kreis um das Dildo-Lagerfeuer angeschlossen habe, zieht Sly etwas aus ihrer Tasche und Cruzer inhaliert es und hält es dann mir unter die Nase. Ich inhaliere es ebenfalls. Das ist einfach meine natürliche Reaktion. Gruppendruck wirkt bei mir immer. Eine Sekunde später fangen meine Ohren an zu glühen. Als ich mich umsehe, empfinde ich für alle Liebe. Alle lächeln mich an und sehen wie lachende Clowns aus. Ich habe das Gefühl, mein Kopf ist brennend heiß, und es ist mir peinlich, dass mich alle ansehen. Also drehe ich meinen Kopf zu Sly, die neben mir sitzt, und verstecke mein Gesicht an ihrer Brust. Alle lachen sich kaputt. „Was. War. Das?", frage ich langsam, als mein Kopf aufhört zu brummen und ich ihn von Slys T-Shirt hebe.

„Poppers", sagt Cruzer. „Das ist die einzige Droge, bei der sogar John Waters sich die Mühe macht, sie zu nehmen."

„Oh. Das macht Spaß." Ich hatte noch nie zuvor überlegt, Poppers auszuprobieren. Ich weiß, dass Kunden bei mir in der Arbeit Poppers nehmen, während ich Shows für sie gebe. Diese Kerle sind die besten Kunden, weil man in der Box pro Minute zahlen muss und sie durch das Poppers immer total langsam werden, so dass sie mehr zahlen müssen, und außerdem stecken sie immer zuerst all ihr Geld in den Automaten, damit sie die Hand frei haben und schnüffeln können. Sie reden langsam und lächeln viel und es ist so einfach, es ihnen recht zu machen.

„Warum hast du deinen Kopf in Slys Brust vergraben!", lacht Soda.

„Keine Ahnung, ich habe mir einfach gedacht, ihr Busen sieht warm aus, und sicher!"

Alle lachen noch lauter.

Nicki inhaliert als Nächste das Poppers. Sie kichert, hebt einen der Dildos vom Boden auf und schwenkt ihn vor und zurück und alle drehen sich zu ihr, als ob sie ein Mikrofon in der Hand hätte. „Wäre es nicht schön, wenn man genau wüsste, welche Größe man am liebsten mag?", sagt sie. „Wenn man einfach wüsste, welcher der Richtige ist?"

Mit gehobenen Augenbrauen sehe ich Cruzer an. „Ähmmmm." Das Poppers ist das Benzin und Nicki hat soeben mit ihrem Mund das Streichholz entzündet.

„Wie wär's mit einem Spielchen", schlägt Cruzer vor. „Alle probieren die Dildos heute Nacht aus und Nicki darf den behalten, der sich als der beste herausstellt."

„Schließen wir Wetten ab, welcher gewinnt", meint Soda. „Ich wette auf den dicken."

Mit einem Mal greifen ein halbes Dutzend schwitzige Hände in Hosentaschen und ziehen zerknüllte Ein-Dollar-Scheine und Viertel-Dollar-Münzen voller Fussel heraus. Alle schließen Wetten ab, auf den langen, den dicken oder den großen schwarzen Dildo. Soda schiebt den Geldhaufen in die Mitte der Feuerstelle, neben die Tequilaflasche. Die Luft ist geladen mit all der Sex-Spannung.

„Hey Cruzer, geh besser deine Füße waschen", schreie ich quer über den Kreis.

Am nächsten Tag wache ich so in Abby und Sly verschlungen auf meinem Bett auf, als wären wir beim Twister-Spielen einfach umgefallen. *Oh Scheiße.* Auf dem ganzen Boden verstreut liegen Dildos und auf den Nachttisch ist ein Fläschchen Poppers ausgeleert worden. Ich habe ein Flashback und erinnere mich, dass Abby sich auf dem Bett zurückgelehnt hat, als wir gevögelt haben, dass Sly versucht hat, ihr einen Zug vom Poppers zu geben, und dass sie ihren Kopf zur falschen Zeit gehoben hat, so dass das Poppers in ihren Mund verschüttet worden ist. *Oh Scheiße*, das war ein Wahnsinnstrip. Sly hat eine Flasche Wasser in Abbys Mund geleert und als sie sich aufgerichtet hat, ihre Augen nur mehr kleine Schlitze, hat sie das Wasser auf meine ganze Brust gespuckt. Es war ziemlich heiß. Poppers und Sex passen wirklich gut zusammen. Das Poppers macht alles eine Minute lang langsamer, so als würde man sich unter Wasser bewegen. Ich frage mich, ob ich zum ersten Mal einen von Cruzers verdammten Wettbewerben gewonnen habe. Sofern Soda oder Cruzer es nicht geschafft haben, dass es unentschieden steht! Gestern Nacht sind so viele volltrunkene Ausschweifungen passiert. Ich ziehe mir Boxershorts und ein Tanktop an und trotte durch den Flur. Die Tür zu Sodas Zimmer ist einen Spalt weit geöffnet und ich kann sehen, wie er mit Nicki im Arm schläft. Der Rest der Mädels aus L. A. liegt schlafend auf den Couchen im Wohnzimmer. Wie ist es möglich, dass ich gepunktet habe? Vielleicht haben sie mich alle gewinnen lassen. Ich bin ganz aufgeregt, dass Cruzer mich nun zum Frühstück einladen muss, und wenn wir wieder heimkommen, werde ich die Platten durchgehen und mir die besten nehmen.

Kapitel 22

Als wir auf den Docks stehen und Soda zum Abschied winken, werde ich von Napoleon fast in die bewegte See geschleudert, als er versucht, dem davonziehenden Schiff nachzuspringen. Cruzer japst, schnappt sich einen Teil der Leine von mir und stemmt ihre Füße fest auf den Beton, um im Tauziehen mit dem Hund die Oberhand zu gewinnen. Eine Gruppe von niedlichen japanischen Touristinnen, die neben uns stehen, fangen angesichts unserer Anstrengungen an zu kichern. Ich wette darauf, dass auch Soda uns von der Reling dort oben auf dem Schiff auslacht. Cruzer hat ein Polaroid von Soda gemacht, wie er total glücklich vor dem riesigen Schiff steht, mit dem Anker-Tattoo auf seinem Arm, das ihn wie einen echten Seemann aussehen lässt.

Soda hat Napoleon in Cruzers Obhut gelassen, weil sie als Einzige schon eine neue Wohnung gefunden hat. Meine queere Familie ist auseinandergebrochen und ich kann mich immer noch nicht entscheiden, was ich machen will oder wohin ich ziehen will, und ob ich es mir leisten kann, meinen monumentalen Skate-Trip anzutreten. Cruzer hat mir bereits ihre Couch in ihrer neuen Wohnung angeboten, bis ich meinen Kram auf die Reihe bekommen habe.

Das Creamsickle ist besonders leer und deprimierend, als Cruzer und ich nach Hause kommen. Mit den Partys war schon vor Wochen Schluss, als wir eine neue Mitbewohnerin bekamen, ein zierliches, schüchternes Mädel aus Italien, das ein Praktikum machte und immer früh aufstehen musste. Und dann fing Soda an, sein Zeug zu packen, und alles war einfach so furchtbar traurig. „Es ist so still, dass ich die Geister hören kann, die überall im Haus herumschleichen", sagte Cruzer eines Abends, woraufhin ich anfing, in ihrem Zimmer zu schlafen. Es ist auch sehr kalt in einem leeren Haus ohne Leute, die als kostensparende Heizquellen fungieren könnten.

Ich beschließe, mich eine Weile lang zu verstecken. Also verkrieche ich mich in eine Höhle aus Decken auf meinem Bett, setze meine dicken Kopfhörer auf und höre mir all meine neuen Platten an. Mir kommt in den Sinn, dass Soda nun in einem Etagenbett auf einem Schiff schläft und in den Schlaf geschaukelt wird. Bestimmt ist er sehr glücklich. Ich vermisse ihn jetzt schon wahnsinnig.

Später gehe ich in Cruzers Zimmer, wo sie an ihrem Skizzenbuch-Projekt arbeitet. „Mia will heute Abend vorbeikommen. Sie braucht mich, damit ich ein Pressefoto von ihr mache", sagt sie.

Ich sehe zu, wie das Papier unter ihrer Hand rote Edding-Tinte aufsaugt. Ich habe gewusst, dass Mia für ein paar Tage in der Stadt ist. Dass ihre Band wieder auf der Durchreise durch San Francisco ist, nachdem ihre Tour im Pazifischen Nordwesten zu Ende ist und sie nun in Richtung Süden weiterziehen. Ich habe die Flyer für ihr Konzert morgen Abend gesehen, mit denen das ganze Vine zugepflastert ist, und mich gefragt, ob ich hingehen soll. Mich gefragt, ob ich irgendetwas tun kann, damit sie mich wieder beachtet. Aber nun kommt Mia zu mir. Muss es wirklich eigens Cruzer sein, die ihr Pressefoto macht, oder hat die Einsamkeit auf fremden Straßen sie dazu gebracht, dass sie mich vermisst?

Wir sind draußen auf der hinteren Veranda, weil Mia Cruzer gebeten hat, sie vor dem Schein der Lichter der Stadt unterhalb des Creamsickle zu fotografieren. Die große, schicke Plattenfirma, die ihre Band gerade unter Vertrag genommen hat, will, dass sie ihnen zu Werbezwecken Porträtaufnahmen mailt. Sie geben eine Stange Geld aus, um sie zu vermarkten, und wollen wissen, mit was sie arbeiten können.

Es ist einer dieser schönen, fast herbstlichen Abende, an denen die Bäume losgelöste Blätter in die Lüfte entsenden. Mia hat eine Flasche Champagner als Geschenk anlässlich der Zwangsräumung mitgebracht.

Sie zieht ihre Lederjacke für die Fotos aus, weil sie sich Sorgen macht, dass die Manager von der Plattenfirma denken könnten, dass sie zu butch aussieht, um gut verkäuflich zu sein. „Ist doch egal, sieh dir Joan Jett an!", wendet Cruzer ein.

„Sie wollen nur sehen, dass du hübsch bist. Deine Klamotten spielen keine Rolle", sage ich.

„Ich will keine lesbische Musikerin sein", jammert Mia. „Ich will Kohle machen."

Obwohl Mia gerade unter Vertrag genommen worden ist, ist sie immer noch bettelarm, weil sie ihr noch nicht den fetten Scheck geschickt haben, den sie ihr versprochen haben. Sie haben sie nur auf eine landesweite Tour geschickt und sie und ihre Band essen immer noch jeden Abend Top-Ramen-Nudeln. Mia trägt noch dieselben ramponierten schwarzen Stiefel wie damals, als ich sie vor so langer Zeit in Santa Cruz kennengelernt habe, und mittlerweile sind sie extraschäbig, die Sohlen sind mit schwarzem Klebeband befestigt.

Mia und ich bleiben draußen, nachdem Cruzer mit dem Fotografieren fertig ist. Wir trinken abwechselnd aus der Champagnerflasche. Das Haus scheppert unter unseren Füßen, wenn ein Bus vorbeifährt. „Es könnte komplett zusammenbrechen", sagt Mia dramatisch und gestikuliert mit ihrer Hand, in der sie den Champagner hält, gen Himmel.

Ich vermute, dass das ein guter Zeitpunkt ist, um sie zu küssen.

Zurück im unheimlich stillen und leeren Haus zündet Mia auf jeder Fensterbank Votivkerzen an, als ob es *Día de los Muertos* wäre. Sie sagt, dass sie dem Haus einen neuen Song mit dem Titel *Queer Castle in the Sky* gewidmet hat, und singt ihn mir vor, während sie den Text mit einem lila Stift auf die Wand unterhalb ihres Lieblingsfensters in meinem Zimmer kritzelt.

Müde vom Champagner schlafen wir schließlich ein und lassen hundert kleine potenzielle Brandherde in der Wohnung unbeaufsichtigt. Als ich mitten in der Nacht aufwache, höre ich den Regen auf die Fensterscheibe oberhalb meiner Matratze prasseln und zu meiner Überraschung hat Mia meinen Körper umschlungen, so eng, wie ein kleines Kind einen Zitronendrops mit der Faust umklammert. Ich küsse ihre Augen, bis sie sie öffnet. Ich vögle sie wach. Wir haben Sex, während die Welt schläft.

„Ich habe ganz vergessen, dass Sex so sein kann", keucht Mia hinterher. Sie ist nackt und lächelt zu mir herab und ich fühle mich, als ob mein Körper unter Strom stünde. Es kribbelt überall, ich habe weiche Knie und mein Herz explodiert fast. Ich stimme ihr vollkommen zu. *Derartiger Sex gibt dir das Gefühl, als wärst du ein ganzes Jahr lang geschlafwandelt.*

„Kommst du zu meinem Konzert?", murmelt Mia, als wir wieder einschlafen, mit schläfriger und vom Sex benommener Stimme.

„Morgen Abend. Ja, natürlich. Im Parkside."

„Nee", murmelt sie, wobei ihre Worte vom Kissen und dem lauten Regen verschluckt werden. „Zu dem in Lexington in Kentucky."

„Was?"

Sie antwortet nicht. Die Vorhänge aus ihren langen Wimpern vor ihren Augen sind zugezogen. Sie schläft. Ich zünde mir eine Zigarette an und frage mich, wie es wäre, wenn sie wieder zu mir gehören würde. Ich frage mich, ob sie wirklich Lexington gesagt hat oder ob ich nur meine, es gehört zu haben. Ich frage mich, ob sie scherzt. Allerdings schon lustig, dass sie mir früher immer erzählt hat, dass es dort eine Schwulen- und Lesben-Bar namens Mia's gibt und dass sie eines Tages mit mir dort hinfahren und in der Jukebox Dolly spielen will.

Während unserer letzten Woche im Creamsickle kommt Cruzer in mein Zimmer und wirft mich aus den Federn, indem er mir einen Jumbobecher Kaffee gibt. „Hör auf, Trübsal zu blasen! Vergiss nicht, unsere Zwangsräumung soll Stil haben." Ich versuche, mir die Decke wieder über den Kopf zu ziehen, aber Cruzer stupst meinen schlappen Körper mit ihrem Skate-Schuh. „Steh auf. Mia ist weg. Komm darüber hinweg. Das Haus wird auch bald Geschichte sein. Komm darüber hinweg! Jetzt steh auf, wir ziehen ins Wohnzimmer um!"

„Was ist mit der neuen Mitbewohnerin? Sie wird ausflippen!"

„Was kann sie schon machen? Wenn sie von der Arbeit nach Hause kommt, werden wir sie vor vollendete Tatsachen stellen."

Ich wuchte mich aus dem Bett und kippe den Kaffee runter. Es ist einer von der Sorte, bei der jede Tasse einzeln zubereitet wird und die dich wahnsinnige Projekte in Angriff nehmen lässt. Ich stürze mich auf die gewaltige Aufgabe, die Hälfte aller Sachen aus unseren beiden Zimmern durch den Flur und ins Wohnzimmer zu schleppen. Cruzer stellt ihr riesiges, mit Goldfarbe lackiertes Bett unter die Fenster und schiebt unsere Matratzen zusammen, so dass sie auf den Fensterbänken wippen und aus den Fenstern über die Stadt hinausragen wie ein Floß über einen Klippenrand.

Wir verlassen das Haus mehrere Tage lang nicht. Wir sind wie Hausbesetzer_innen, ernähren uns von den Nahrungsmittelresten, die noch in der Vorratskammer sind, Bohnen, Reis, Pasta und gefrorene

Sachen. Hinter einem großen Sack Reis in der Vorratskammer finden wir sogar zwei große Flaschen Malibu-Kokosnusslikör. Ich suche mir meine Anziehsachen aus den Haufen auf dem Boden zusammen, aus Klamotten, die wir in den alten Schränken finden, zwischen Kleidern und alten staubigen Anzügen. Ich trage die ganze Zeit eine Büffelmütze, weil es so kalt ist. Wir drehen die Stereoanlage so laut auf, dass es durchs ganze Haus schallt.

Ich befinde, dass ich unmöglich zur Arbeit gehen kann, und gebe meine Schichten fortwährend an die anderen nackten Mädels weiter, damit ich so viele Zigaretten wie möglich auf dem Floßbett rauchen kann, während ich mich aus dem Fenster lehne. Aber die meiste Zeit liegen wir einfach nur den ganzen Tag auf dem wippenden Bett, erzählen uns Geschichten und sehen zu, wie das Wetter vor den Fenstern umschlägt. Es ist Oktober und der Himmel verändert sich jede halbe Stunde, erst schwarze Wolken, dann Hagel, dann färbt sich der Himmel rot, dann geht die Sonne unter und schließlich ist der Himmel schwarz, so dass sich die Skyline klar wie ein Scherenschnitt vor schwarzem Hintergrund abzeichnet. Ich finde, es ist okay, dass ich das Haus nicht verlassen will. Ich finde, es reicht, dass ich die Welt hören kann, wenn ich die Fenster öffne, um mich beim Rauchen hinauszulehnen. Den weit entfernten Lärm von hupenden Autos, Martinshörnern, den Klang eines Trommelkreises im Park, schreiende Kinder und Gesprächsfetzen von Leuten auf dem Gehsteig. Cruzer sagt, dass sie während der Anti-Kriegs-Demonstrationen jeden Morgen auch noch den leisesten Schrei, Sirenen und das Klicken von Handschellen hat hören können.

Cruzer sammelt meist alles mögliche Zeug. Sie nimmt alle Beiträge der Kunstprojekte und Foto-Collagen von den Wänden und versucht, sie in ihr zum Bersten volles Skizzenbuch zu kleben und zu quetschen, Polaroids, Fotostreifen, Telefonnummern, Tapetenschnipsel, gekritzelte Geschichten und Zeichnungen.

Potter kommt jeden Tag vorbei und trägt eine Armladung seiner Sachen aus seinem staubigen Zimmer aus dem Haus. Er scheint jedes Mal immer nur ein Buch oder einen Pullover auszuräumen, als ob er ganz langsam Abschied nehmen würde. Auch andere Leute kommen vorbei, die wir nicht einmal kennen. Vielleicht alte Freund_innen von Potter. Eine Frau mit Kindern, die wir auf unser Bett springen und aus dem Fenster gaffen lassen. Eine alte Queen bringt altbackenen Kuchen vorbei und erzählt uns Geschichten. Wir erzählen ihnen Geschichten. So ein Typ namens James schaut vorbei und sagt, dass er mal im Creamsickle gewohnt hat, damals, als er sich in einem Zwischenzustand befunden hat, zwischen Städten und Wohnungen, zwischen Identitäten, damals, als sein Name noch anders gelautet hat als heute. Wie die Art von Namen, die Boy-Girls anfangs haben, wenn sie in die Stadt kommen, Mädchennamen wie Tiffany, Lauren oder Isabelle, bevor sie sie ändern. Bevor die Stadt ihnen neue Namen gibt. Er schreibt seinen neuen Namen auf die Wand, bevor er geht.

Am letzten Abend des Monats macht Cruzer uns aus den letzten Lebensmitteln in den Schränken Chilaquiles. Als Potter alles rausgeräumt hat, hat sie gesagt: „Warte, diese alten Maischips brauche ich fürs Abendessen."

Wir betrinken uns mit dem gefundenen Malibu-Likör. Ich laufe im Haus herum und fahre mit meinen Händen über alle Wände im Creamsickle und lege mich dann schließlich auf das Floßbett und sehe zu, wie Cruzer all ihre riesigen Fotografien von den Wänden nimmt und in Kisten verpackt. Ich darf nicht helfen, weil sie ihre Babys sind. Sie hängt riesige Bilder von Nicki, Mia, Soda, Hurricane ab, von weinenden Mädels und von Mädels, die auf Taxis tanzen.

Sie dreht den Countrysong, der auf dem Plattenspieler läuft, laut auf, so dass er durch das ganze Haus schallt. Er lässt mich an Lexington in Kentucky denken, wo Mias Band nächste Woche spielt. Ich weiß immer noch nicht, ob ich mich dort blicken lassen soll, aber vielleicht versucht Cruzer mir etwas zu sagen, indem sie diese Platte aufgelegt hat, oder sie will einfach nicht, dass ich nächsten Monat in ihrer neuen Wohnung auf der Couch schlafe. Über meinem Kopf sind die Fenster weit geöffnet und ich sehe, dass der Himmel abermals eine andere Farbe angenommen hat, eine komplett andere Farbe als alle, die ich bisher gesehen habe.

Dank

Vielen, vielen Dank an Nicole Alecu de Flers und alle Leute bei Zaglossus. Danke an Katherine V. Forrest, Michelle Tea, Amos Mac, Mom und an Cristy C. Road und Kat Marie Yoas, meine „Road Rager"-Kolleg_innen auf der Europa-Tour.